막장
수다

국군포로들의 삶과 죽음

막장수다

림일 지음

바이북스
ByBooks

죽어도 조국 대한민국에 묻히고 싶었던
국군포로들의 명복을 빕니다.

차 례

막장 수다

처녀로 꽃필 때

"우리 인민이 하늘처럼 믿고 살았던, 세상에 오직 한 분이셨던 자애로운 어버이, 위대한 수령 김일성 동지께서 서거하신 지 어느덧 3년이 지났습니다. 이 나라 산천초목도 몸부림쳤던 그날은 5천년 민족사에 가장 슬프고 비통한 악몽의 시간이었습니다."

"…"

"너무나 뜻밖에 민족의 아버지를 잃은 인민의 울분과 애통이 온 나라 방방곡곡에 차고 넘쳤습니다. 가슴이 찢어졌습니다. 생전에 우리 탄부들을 어엿한 나라의 맏아들로 내세워주시고 아껴주시던 어버이 수령님을 그리는 우리의 마음은 하얀 탄재가 되었습니다. 이 비통한 심정을 하늘이 알고 땅이 보았을 것입니다."

경제선전대장 황호재의 연설이다.

함경북도 은덕군 6·13청년탄광기업소 정문 앞에서 아침출근 시간 때에 진행하는 활기찬 충성의 경제선동이다. 선전대장의 지휘 하에 기업소당위원회 소속 선전대원 10여 명이 나팔과 기타, 타악기 등 각종 기재를 연주하며 공연을 펼친다.

사기충전을 목적으로 탄부들을 향해 노동당 충성선동의 방송연설, 가창과 연주 등으로 예술 활동을 벌리는 '기동선전대'이다.

3년 전인 1994년 7월 9일 정오.

조선중앙방송에서 중대보도로 발표된 김일성 사망소식은 충격이었다. 2천만 인민이 수령의 만수무강을 간절히 축원했었다.

최소 100세 이상은 건강하게 살 것처럼 보였던 김일성이 82세 나이로 사망했다. 수령 김일성은 2천만 인민의 어버이며 반만년 민족사에 처음 맞이하고 높이 모신 절세의 위인이다. 강도 일제에게 빼앗겼던 나라를 찾아준 광복의 은인이고 미제국주의와 싸워 이긴 강철의 애국영장이고 사회주의 조국의 건설자이고 공화국의 존엄이었다.

일상이 그대로 멈추어버렸다.

달리던 자동차와 기차도, 길 가던 행인들도 마치 영화촬영장의 연기자마냥 굳어졌다. 전국의 기관·기업소, 공장·농장, 벌목장·어장, 철도·군부대, 학교·병원 등에 조기가 걸렸으며 TV와 라디오에서는 24시간 애도방송이 끊임 없이 흘러나왔다.

당국의 긴급지시로 모든 단위에 '특별경비주간'(비상체제)이 선포되었다. 전체 인민과 군인들에게 유동과 외출이 금지되었고 음주가무, 유희가 중단되었다. 공공기관은 물론 상점·식당, 공원· 유원지, 극장·영화관, 장마당(시장) 등이 문을 닫았다.

7월 무더위는 모두를 힘들게 했다.

사람들은 주야로 김일성 동상 앞에서 울고 또 울었다. 직장에서는 김일성 학습·강연, 영화감상회 등 정치행사가 이어졌다.

자기를 낳아준 부모가 사망해도 3일간 울면 더 나올 눈물이 없다. 그러나 2천만 인민들은 장장 10일간 김일성 동상과 관련시설 앞에서 울어야 했으니 정말 고통이었다. 심지어 침을 손에 묻혀 눈가에 적시는 사람도 있었으니 더 말해 뭐하랴.

이럴 때 불평하면 반동이 된다.

고통은 또 있다. 산이며 들이며 어디서 자라는 어떤 종류의 꽃이든 전부

헌화용으로 사용하였다. 사람들은 꽃을 찾아 발길이 닿는 어디든 헤매었다. 당에서 어버이 김일성 수령의 동상과 현지지도사적비 앞에 꽃을 헌화하라는 지시가 계속 내려왔기 때문이다. 지화보다는 생화를 바치면 수령 충성심이 높은 것으로 간주되었다.

그뿐만이 아니다. 수령 애도심으로 동상과 사적비를 24시간 주야로 사람들이 교대별로 두 눈을 뜨고 지키는 것이다.

계속되는 황호재의 연설.

"우리는 절대 좌절하지 않았습니다. 그것은 바로 어버이 수령님과 똑같으신 위대한 영도자 김정일 동지께서 계시기 때문입니다. 인민을 한없이 사랑하시며 당과 국가의 전반사업을 완벽히 지도하시는 탁월한 영도력을 지니신 김정일 장군님이십니다."

"…"

"오늘 미제와 그 앞잡이들은 5천년 민족사에 최대국난을 맞은 우리 공화국 제도를 붕괴시키려고 갖은 발악을 하고 있습니다."

"…"

"우리 인민에게 있어서 당정책을 관철하는 길에서는 살아도 영광, 죽어도 영광입니다. 찬란한 공산주의 미래가 보이는 혁명의 최후승리를 위해 전체는 하나를 위하여, 하나는 전체를 위하여 일심동체의 신념과 의지를 굳게 간직하고 전진합시다."

사상 및 정신교육의 연설이다.

절대 과반의 탄부들이 아침밥도 제대로 못 먹고 출근하는 초췌하기 그지없는 모습의 실정이다. 김일성 사망 후 최대의 국가적 경제난인 이른바 '고난의 행군'이 시작되었다.

출근길 사람들의 모습이 각양각색이다.

어떤 이의 창백한 얼굴에는 기운이 전혀 없어 보이고 누군가의 강요에

13

의해 억지로 일터에 끌려나오는 모양도 있다. 탄부들에게 출근은 하루혁명의 시작이니 만사를 제치고 해야 한다. 간혹 정전이 되어 석탄생산이 일시적으로 중단되어도 반드시 기업소로 출근하여 수령사상 및 노동당정책 학습이라도 해야 하는 것이다.

출근시간은 대략 90%의 사람들이 도보로 한다. 먼 지역에 거주하는 노동자들을 위한 소형버스가 있지만 원유가 없어 멈춘 지 오래되었다. 눈에 띄는 것은 자전거를 이용하는 탄광기업소 사무실 각 부서책임자, 갱장, 중대장 등 간부들이다.

정문 주변 곳곳에 설치된 대형구호판.

"온 사회를 김일성-김정일주의화 하자!"

"위대한 수령님은 영원히 우리와 함께 계신다!"

"고난의 행군 길 웃으며 가자!"

기동선전대원은 노동자들 속에서 예술적 기량이 우수한 자로 결성되었다. 이들을 노동현장서 공연할 때는 '경제선동대원', 기업소 회관무대서 공연할 때는 '예술선동대원'이라고 부른다.

하얀 셔츠에 빨간 넥타이를 매고 초록색 정장차림인 남·여 선전대원들 모습에서 어딘가 모르게 군인다운 기풍이 물씬 풍긴다. 저마다 한껏 충성의 열정을 뿜내는 모습인 그들의 왼쪽 팔에 '경제선동대원'이라는 글귀가 써진 완장이 차져있다.

스피커에서 음악 소리가 나온다.

사나운 폭풍도 쳐 몰아내고
신념을 안겨준 김정일 동지
당신이 없으면 우리도 없고
당신이 없으면 조국도 없다

갑작스레 발생한 김일성 사망 후 거의 매일처럼 TV와 라디오, 유선방송에서 하루에도 10회 이상씩 나오는 가요 〈당신이 없으면 조국도 없다!〉이다. 노래 가사에서 보듯 김정일이 없으면 인민도 없고 국가도 없다는 너무 황당한 내용의 계몽가요다.

사람들이 처음에는 속으로 '무슨 노래가 이래? 지도자가 없다고 나라와 인민이 없다는 것이 말이 돼? 엄밀히 말해 나라와 인민이 있어야 그 속에서 지도자가 나온 것인데?' 하였다. 그러나 이런 말을 입 밖으로 내는 것은 목숨이 위태롭기에 2천만 인민 누구도 아무 반론을 못하고 그냥 묵묵히 듣고 불러야 하는 노래다.

그것이 사회의 일상이 되어버렸다.

새벽부터 늦은 밤까지 애도방송이 끊이지 않았다. 공장과 농촌, 건설장과 학교, 군부대 등 사회 모든 지역에서 귀에 못이 박히게 듣는 노래여서 마치 당연한 것으로 느껴진다.

아이들도 어른들도 한 목소리로 아침저녁 열창하는 노래 중에는 〈김일성 장군의 노래〉, 〈영원히 한 길을 가리라〉, 〈김정일 장군의 노래〉, 〈동지애의 노래〉 등 혁명가요가 일색이다. 죽은 망자에 대한 애도가와 새로 될 수령에게 바치는 충성가요가 계속되었다.

사람들의 정신은 심하게 마비되었다.

출근길에서 수령에 대한 애도연설과 충성가요를 듣는 탄부들의 표정은 천차만별이다. 누구는 황호재의 감성적 연설과 박진감 넘치는 음악에 호감을 표시하고 또 일부는 무표정의 모습을 보이기도 한다. 어두운 안색도 적지 않게 있다. 사실 그들에게는 무엇보다 하루 노동과제 수행에 대한 근심과 걱정이 더 클 것이다.

노동을 게으르게 하면 누구든 저녁총화 시간에 대중한테 호된 비판을 받으니 그게 더 무섭다. 사람들 앞에서 쥐구멍이라도 들어가고 싶을 정도로 깊은 모멸감에 빠지는 순간이다.

황호재가 말한다.

"고설란 대원의 연주와 독창입니다."

이어지는 고설란의 손풍금 연주와 독창.

시집을 가라한 어머니 말씀 처녀로 꽃필 때 가라시네
생각만 해봐도 가슴 뜨거워 싫다고 대답했네
나는야 선반공 기대 앞에 일하는 행복이 제일 좋아
허지만 어머니 허지만 어머니 시집도 가라시네

고설란은 어린 시절 가끔 아버지 고수봉이 일하는 탄광의 노동자문화회
관에서 예술 공연을 관람했다. 알록달록의 화려한 조명이 비추는 무대에서
예쁜 옷을 입고 충성과 생활의 노래를 부르며 무용을 하고 악기를 연주하
는 오빠, 언니들 모습이 못내 부러웠다.

자기 재능으로 대중의 관심과 눈길을 사로잡고 수많은 사람들로부터 열
광적인 박수를 받는 것이 마음에 쏙 들었다. 주로 기업소 및 해당기관 간
부들이 많이 받으며 소수의 혁신자가 되어 군중으로부터 뜨겁게 받는 축
하의 징표가 박수가 아닌가. 자기도 커서 꼭 그런 박수가 오래도록 터지는
공연무대에 서고 싶었다.

하여 웃음과 꿈 많은 낭만의 고등학교 시절, 부모에게 억지 생떼를 써서
과외공부를 했다. 다행히도 어머니 한연실은 탄광식당 요리사였고 후방부
서 사람들이 인기가 높은 때였다.

자식 이기는 부모는 없었다.

마침 동네에 과거 평양의 중앙예술단에서 과오를 범해 추방되어온 예술
인이 있었다. 그에게 뇌물(식량과 돈)을 수강비로 바치며 손풍금 연주 기능

을 배웠다. 어떤 때는 과외선생의 혹독한 꾸지람에 '그만둘까?' 하는 생각
도 들었다. 허나 그때마다 기필코 성공해서 부모님께 효도하겠다는 마음이
더욱 깊어졌다. 탄부의 자식도 당당히 예술인이 될 수 있음을 시범적으로
사람들에게 꼭 보여주고 싶었던 것이다.

그러나 시련도 많았다.

그녀가 단단히 작심하고 과외로 열심히 악기연주를 배울 때 어머니 한
연실이 "어려운 우리 가정형편에 무슨 악기를 배운다고 그러냐?"며 나무
라기 일쑤였다. 그럴 때마다 아버지 고수봉이 "그러지 말고 배우게 놔두
오. 안 그러면 나처럼 평생토록 노동현장에서 뼈 빠지도록 일하는 모습 밖
에 없소"라고 하였다.

집 안에서 그리고 생활의 일상에서 항상 자기편인 아버지가 곁에 있어
늘 마음 든든한 고설란이다. 마을사람들은 명절이나 휴일이면 동네 놀이터
에서 손풍금을 연주하는 그녀를 보며 "고수봉이 딸 하나만은 잘 됐소오야"
하며 칭찬을 아끼지 않았다.

"딸 하나, 열 아들 안 부럽재오!~"

"그래서 요새는 금딸, 도리깨아들이라 하잖습매?"

"설란이는 이름도 곱재오?"

언제나 이웃에게서 듣던 소리이다.

고등학교를 졸업한 고설란은 학급 동료들과 함께 아버지가 일하는 이곳
'6·13청년탄광'으로 배치 받아왔다. 학생 때 도읍지인 청진에 있는 예술전
문학교로 가려는 꿈은 한갓 물거품이 되고 말았다. 일반 신입직원들은 3개
월간 '기능공실습교육'을 받고 채탄중대, 운반소대 등에 소속되어 고된 노
동현장에 투입된다.

그녀는 입직 후 노동자문화공연에서 손풍금 연주와 독창 재능을 인정받
아 기동선전대서 근무했다. 기동선전대원은 유급편제이다. 8시간 노동을

전문 악기연주 및 화술연습, 현장공연으로 한다.

시집을 가면 어디로 가나 나 혼자 남몰래 생각했네
선반에 모범인 진실한 그이 나 혼자 생각했네
언제나 책임량 초과하며 동지애 뜨거운 젊은 그이
허지만 그이는 허지만 그이는 내 마음 아시는지

경쾌한 리듬의 가요 〈처녀로 꽃필 때〉이다. 정치성이 없어 듣기가 좋다. 어김없이 찾아오는 아침시간 탄광으로 출근하는 노동자들 중 누구에게는 좋은 노래로, 또 누군가에게는 귀찮은 노래로 들릴 것이다. 그것은 배부르고 배고픔의 차이일 것이다.

선전대장 황호재의 감성연설 때 시무룩한 모습이 다반사였던 출근길 탄부들이 고설란의 밝은 노래에는 작은 미소를 보인다. 매일 반복되는 혁명적인 딱딱한 정치연설보다는 생활의 흥겨운 노랫소리가 더 낫다는 증거이다. 그만큼 감정 변화가 심한 대중이다.

활기찬 모습으로 손풍금을 연주하며 맑은 목소리로 노래를 부르는 고설란 앞으로 젊은 남녀가 눈인사를 하며 지나간다.

안칠성은 6·13청년탄광 2갱 4중대 굴진공이다. 얼굴이 시커먼 그의 옆에서 걷는 인심후한 표정의 차순녀이다. 탄광에서 애정관계가 좋아 '찰떡부부'로 소문이 자자한 두 사람이다.

차순녀가 남편의 팔을 툭 친다.

"은별이 아부지! 설란이는 시집 안 간담까?"

"그걸 왜 내게 묻슴매?"

"시아부지와 설란이 아부지는 친구 아임까?"

"그렇지! 뭐, 때가 되면 가지 않겠소야."

"호박꽃도 한때라는데…"

"무스기라? 설란이가 호박꽃이라는 소림매?"

"아! 아임다. 장미 꽃이지비…"

탄광에는 해마다 만기제대군인 청년들이 적지 않게 입직해 오는데 이중 대부분이 고향에서 혹은 군사복무 기간에 서로 눈이 맞았던 처녀들을 데리고 오는 경우도 있다. 그리고 탄광에는 전차 운전공, 기계관리공 등 본토박이 처녀들이 다소 있다.

상대적으로 남자들에 비해 적은 숫자의 처녀들이다. 그런 특수성으로 인해 탄광처녀들이 시집을 늦게 가는 경우는 드물다. 기동선전대원인 고설란이도 과거 몇 차례 제대군인 탄부청년과 선을 보았지만 성사되지 않았다. 안칠성이 눈살을 찌푸린다.

"설란이는 얼굴 곱고, 노래도 잘해 인기가 많을 것 같은데… 요즘 스나새끼들 누깔이 어디가 붙었는지?"

"아마 스나들보다 설란이 문제인 것 같다."

"그게 무슨 소리임매?"

"내가 잘못 본지는 모르겠는데야. 설란이가 이 탄광에서 일하는 스나들은 알게 모르게 아주 별로해하는 것 같습다."

"아니? 대체 무슨 소리오야?"

"그냥 그렇다는 검다. 우리 여자들끼리 보는 눈이 따로 있습다. 너무 밸쓰지 마시오야. 은별이 아부지!"

1시간의 정문 앞 공연을 마친 선동대원들이다.

노동자문화회관 연습실에 모인 그들은 잠시 쉬었다가 연습을 계속해야 한다. 그리고 오후에는 1~2곳의 현장으로 이동공연을 나간다. 평균 30분간의 현장 공연은 대부분 갱 안으로 들어가서 진행한다. 휴식시간을 이용하여 탄부들에게 사기를 북돋아주는 것이다. 여기서도 충성선동 내용의 연설과 가창은 기본이다.

선전대장 황호재의 방은 크지도 않다.

방 가운데 초록색깔의 책상과 4개의 의자가 있다. 한쪽에는 긴 소파가 있고 다른 쪽에는 옷장과 사물함이 있다. 벽에는 선전대원들의 다양한 현장공연 사진과 노동당구호 등이 붙어 있다. 책상을 마주하고 두 처녀가 앉았다. 고설란과 기타 연주자 서복화.

황호재가 담배를 붙여 문다.

"내가 두 동무와 의논하고 싶은 것이 있슴매."

동시에 눈이 커지는 두 처녀.

"조만간 열리는 탄광기업소적인 영예의 노력 혁신전투에 맞추어서 설란 동무와 복화 동무가 함께하는 공연종목을 만들었으면 해서재오. 이를테면 2중창 연주라고 할까?"

"야아?~" 하고 놀라는 서복화.

"어째 놀라오? 내 얼굴에 파리똥이라도 묻었소?"

"지금까지 처음 들어보는 공연종목임다."

고설란도 거의 같은 눈치이다.

"대장 동지! 내 생각에는 '2중창과 연주'보다 '손풍금과 기타 연주' 혹은 '기악과 노래'라고 하는 게 좋겠슴다."

"음!~ 듣고 보니 그럴듯하오야."

"그리고 지난달에 창작한 '노래와 설화 시' 말임다. 문화회관 실내서는 그럭저럭 괜찮은데 야외에서는 조금 별로임다."

"그건 어째서 임매?"

"시라는 것이 야외에서보다는 실내에서 읊어야 더 정서가 묻어나오고 대중에게도 잘 전달이 된다고 봄다."

"역시! 고 동무는 예술 감성이 있습매."

황호재는 흡족한 표정을 짓는다.

어떤 때는 아주 열정적이고 차분하면서도 얌전한 고설란이다. 다소 허스키한 목소리로 성악도 하고 손풍금 연주도 제법인 그녀는 선전대에서 핵심대원이다. 그래서 늘 심도 있게 새로 창작해야 하는 공연 종목은 이렇게 고설란의 의견을 듣는 것이다.

더구나 남자보다는 여자가 많은 부서인 선전대서 관리책임자인 자기를 크게 지지하는 편은 있어야 할 것이다. 비단 업무수행 때만이 아니고 일상생활에서 자기를 응원하는 사람이 있다는 것은 그만큼 든든한 마음을 갖기도 하는데 도움이 된다.

"됐소. 복화 동무는 나가 오후 공연준비를 하오야."

서복화가 사뿐이 자리에서 일어났다.

"참! 저녁마다 연습은 좀 더 하고 가오야."

"야아. 대장 동지! 알겠슴다."

순간 서복화가 엷은 미소를 가볍게 보인다. 마치 오랫동안 기다렸던 반가운 소식을 들은 것처럼 몹시 반기는 기색이다. 그 모습을 곁에서 본 고설란은 조금 의아한 눈길이다.

부서 책임자인 선전대장이 공연 창작 등 선전대 운영 문제는 자기와 많이 의논한다. 그러면서 퇴근 후 개별적 연습지도는 서복화에게 해주는 것 아닌가? 하는 생각이 든다. 그러다가 자기가 받는 직업에서의 신뢰를 서복화가 옆에서 가로채면 어쩌지? 선전대원이 선전대에 있는가? 아니면 짤리는가? 하는 것은 순수 대장의 권한이다.

어쩌면 작은 인사권을 가진 황호재이기에 서복화처럼 모든 대원들이 그에게 고분고분할 수밖에 없는 상황이다. 못마땅한 일도 꾹 참고 말이다. 그것이 부서의 일상풍경이다.

21

방에는 두 사람만 남았다.

"그나저나 설란 동무는 시집을 안 가오야?"

"호호!~ 바지가 있어야 가잖습까?"

"눈이 너무 높은 거 아임매?"

"전혀 아임다. 제발 시집가고 싶습다."

"정말이오?"

"야아. 제가 대장 동지에게 거짓말 하겠습까?"

고설란은 그동안 탄광에 배치되어 온 제대군인 청년 몇을 만나보았다. 나이와 성격, 취미도 심지어 출신(고향)지역도 다른 그들에게서 공통점이 있었다. 당의 신임과 배려에 자기 한 몸을 다 바쳐 석탄전선에서 일생을 바치겠다는 것이다. 어쩌면 군대서 제대하며 당국으로부터 동일한 사상교육을 받았으니 그게 정상일 수 있다.

그래도 혹시 제대군인 중에는 가령 대학공부를 하고 탄광에서 애써 벗어나겠다는 욕망이 있는 청년이 있을까 했는데 전혀 없었다. 애초부터 이 탄광마을에서 벗어나는 것이 작은 소원인 고설란에게는 탄부총각과 더는 선을 보지 않으려고 한다.

호기심의 눈빛인 황호재다.

"처녀 마음 하룻밤에 열두 번 바뀐다고 내가 설란 동무의 그 속을 들어가 봤어야 알지비? 어째 그 속을 보여줄 용기라도 있소야?"

"야아?…"

"솔직히 그 속살이 궁금한 것도 사실임매. 여자들의 속살은 다 똑같은지? 어쩌겠소? 지금 나에게 살짝 보여주겠소야?"

"아니? 지금 뭘 말하는 검까?"

"농담이요. 이것도 할 만한 사람에게만 하는 줄 아오야? 내가 고 동무를 미워하면 아마 마주 보기도 싫겠지비."

22

얼굴이 빨개지는 고설란.

황호재는 함께 있는 선전 대원들 과반이 처녀이기에 업무 중에 질펀한 농담을 자주 하는 습관이 있다. 그러다가 상대방이 웃으며 농담을 잘 받아 주면 심심치 않게 여성의 가슴이며 엉덩이를 슬슬 만지면서 수다 떨기를 재밌어하는 고약한 버릇이 있다.

그렇다고 그것을 상부에 보고하는 처녀는 단 한 명도 없다. 사회풍조가 그렇다. 여자가 그런 소리하는 것을 본인의 부끄러움으로 알기에 대부분 혼자 속으로 삭히고 넘어가는 생활문화다.

"결혼 할 바지가 없다?~ 진심임매?"

"야아. 대장 동지두 참! 제가 왜 거짓말하겠슴까?"

"음! 그래 보이기는 하지만…"

"저 고설란! 신뢰 하나는 딱소리 난다."

"흥! 말로야 뭔들 못하겠소야?"

"대장 동지 자신을 믿듯 저도 믿으시오야."

고개를 끄덕이는 황호재.

고설란은 직장생활과 사회활동(출장공연)에서 남에게 보여주는 형식주의 보다는 실속 있는 실용주의에 더 충실한 성격이다. 어쩌면 앞에서 귀맛 좋게 아첨을 잘하는 사람보다 묵묵히 소신껏 업무에 열성인 그녀가 매력적이고 돋보일 때가 적지 않은 것이다.

황호재의 표정이 진지해졌다.

"사실은 내 고모사촌 남동생이 있소. 군관학교를 졸업하고 전연부대 부중대장으로 배치받을 예정이재오."

"야아. 그런 멋있는 동생이 있슴까?"

"군대 가기 전 약속한 처녀가 있었는데 전연부대에 배치 받은 후 그 여자 마음이 변해서 결국 채웠지 않고 뭐겠소야?"

"어머! 기차라. 전연이 어때서 그럼까?"

"그치? 나도 같은 심정임매."

"영광스러운 조국보위 초소에 선 조선인민군 군관을 싫어하는 그 간나는 대체 상판이 얼마나 반질반질 함까?"

고설란은 괜히 화가 잔뜩 났다.

과거 자기가 농촌지원 경제선동을 나가보면 어김없이 군인들도 있었다. 그녀가 본 멋있는 군인 병사들에 대한 인상은 매우 좋았다. 영용한 그들이 입버릇처럼 외우는 "조국보위도 사회주의 건설도 우리가 다 맡자"는 노동당의 구호내용이 그렇다.

당이 걱정하는 문제해결에서 언제나 최전선의 병사로 나서는 군인들이야말로 가식 없는 충성심의 소유자들이었다. 그런 군인들과 함께라면 이 세상 어디서 무슨 일인들 못하겠는가.

"상판은 사진으로 보니 동무보다 못함매."

"야아. 대장 동지두! 와 그러심까?"

"정말이요. 내가 늘 말하지 않소야. 여자의 고움은 마음이라고. 반질반질 화장한 얼굴은 기껏해야 순간 기분전환용이라고…"

"호호!~"

"왜 웃소? 내 말이 틀렸소야?"

"아님다. 맞슴다. 내 생각에는 그런 날나리 간나는 해당 조직에서 단단히 비판무대에 세워야 한다고 봄다."

"역시. 설란 동무는 멋지오야."

"저는 오직 당에서 가르친 대로 혁명도 사랑도 충성으로 하자는 입장임다. 그것이 우리시대 청년들의 의무 아임까?"

"올치비. 올치."

황호재는 직무상 자기가 데리고 있는 선전대원 중 그중 믿음이 가는 처

24

녀인 고설란에게 자기 고모사촌동생 전충혁을 소개시켜 주었다. 군관학교를 막 졸업하면서 새 부대로 배치 받아갈 때 이왕이면 결혼할 여자와 함께 가겠다며 극성인 사촌동생이다.

뜻밖의 혼인중매에 접한 고설란은 기분이 날 듯하다. 전연부대 근무하는 군관에게 시집을 가는 것은 즉시 탄광에서 퇴직한다는 소리다. 이는 결혼으로 생긴 사직이기에 이유 여하가 없고 행정처리가 빠르다. 혹시라도 대학진학이나 도읍지로 승진하는 기회가 차려질 탄부를 만나기도 하늘의 별따기마냥 힘들었다.

그에 비하면 이것은 거의 복권당첨과 같은 행운이나 마찬가지다. 인민군 군관에게 시집을 가면 대부분 농촌이나 산골로 가는데 적어도 이 탄광만큼보다는 훨씬 낫지 않겠는가. 눈만 뜨면 검은 석탄먼지가 날리는 이 어두운 탄광마을보다는 말이다.

고설란의 얼굴에 미소가 어린다.

아! 드디어 탄광을 떠날 기회가 오는가.

정부 내각정령 143호

한반도 최북단 지역의 함경북도 은덕군(옛 경흥군)은 일명 '아오지 탄광'
으로 유명하다. 해방 전 사람들 입으로 불려지던 이곳의 옛 지명 '경흥군
아오지읍'에서 유래되었다. '아오지'는 두 개의 물줄기가 어우러진다는 뜻
의 '아우라지'의 함경도 지방의 방언이다.

이곳의 북쪽에는 러시아와 중국 국경을 마주한 두만강이 흐르고 평야는
거의 없고 면적의 대부분은 구릉과 산림지대다. 오래전부터 변함없이 지역
의 주요산업은 석탄채취다.

용연노동자구 소재 6·13청년탄광.

사람들이 흔히 말하는 일명 '아오지 탄광'이다.

기업소 구내 길을 걷는 안칠성 부부.

안칠성은 1960년대 후반 여기 탄광마을에서 아버지 안시현, 어머니 김
화옥의 아들로 태어났다. 소심한 성격의 그는 집안에서 늘 부모로부터 "너
는 성격으로 보아 여자로 태어났으면 좋았을 걸 그랬다"는 핀잔을 들었다.
그럴 때마다 "아부지, 어무이! 두고 보시오야. 그래도 집안의 큰일은 스나
가 한다"고 대꾸했다.

그는 고등중학교를 졸업하고 어렵사리 청진광산기계대학 입학시험을
최선을 다해 봤으나 '점수미달' 되었다. 이유는 아버지가 국군포로이기 때
문이다. 이런 비밀도 훗날 군(郡)인민위원회 대학추천과에 근무하는 친구
의 친척을 통해 알게 되었다.

그 순간의 심정은 쓸쓸함 자체였다.

이후 6·13청년탄광 2갱의 굴진공으로 배치받은 안칠성은 배움과 연구에 대한 희망을 전혀 버리지 않았다. 경제과제 수행에서 일은 일대로 하면서 퇴근 후 그리고 휴일과 명절 등 시간이 될 때마다 책을 펼쳐들고 채탄발파공법 개조 연구를 하였다. 그렇게 해서 갱의 연간석탄 생산계획에도 일정하게 기여를 했던 것이다.

표창은 초급간부에게서 "수고했다!"는 구두 인사가 전부였다. 다른 사람들은 노동과업 초과수행, 미덕, 기술혁신 등으로 곧잘 소개되는 기업소 정문 벽보판에도 이름 한 번 올리지 못했다.

그것도 분명 '신분' 때문이었다.

작은 소망이 있었다면 통신(일하면서 매월 5일간 대학에 가서 공부하는 체계)이라도 청진에 있는 광산기계대학을 기필코 다니려고 하였다. 나름 맡겨진 석탄 캐는 일도 열심히 했으나 입직한 지 10년이 되어도 전혀 이뤄지지 않아 포기한 상태이다.

훗날 "남조선 출신의 자녀는 민족간부 후비양성에서 배제한다"는 노동당 내부규정을 우연히 알았다. 결국은 부친 안시현이 전쟁 때 인민군에 포로가 된 남조선 괴뢰군 출신이기 때문이다.

그나마 다행이라면 남보다 조금 일찍 결혼하여 가정을 이뤘다는 것이다. 지지고 볶고 해도 자기 편들어줄 아내와 딸 은별이가 있다는 것이 든든한 힘의 원천이다. 직장생활의 어려운 심정을 툭 터놓고 말할 수 있다는 가족은 마음의 큰 기둥이다.

차순녀는 함북 무산군서 태어났다.

그녀의 아버지는 함경도 토박이 출신으로 무산광산연합기업소에서 광석 캐는 일을 일생동안 하다가 50대 후반 간암에 걸려 사망했다. 고등중학교를 졸업한 차순녀는 무산군 편의기능공학교에서 이발기술을 배워 이발사가 되었다. 직업상 다양한 사람들과 대화를 많이 하는 그녀는 성격이 쾌활하고 유순한 편이다.

　다복스러운 얼굴의 그녀에게는 언니가 둘이 있었는데 모두 혼기가 지나도록 시집을 가지 못했다. 과거 연애와 중매꾼을 통해 맞선도 수차례 보았지만 어쩐 일인지 잘 성사되지 못했다. 그러다가 셋째 딸인 자기에게 친척을 통해 혼사소리가 들려왔다.

　차순녀는 기다린 듯 속히 수락했다.

　사실 자기까지 한창 좋은 20대 처녀시절 시집을 못가면 딸 셋을 한 명도 결혼시키지 못하고 눈감은 아버지에게 죄가 될 것만 같았다. 홀어머니 곁에서 두 명의 언니가 근심을 끼치는 것만도 죄송스러운데 자기까지 못난 불효의 모습을 보이고 싶지 않았다.

　하여 안칠성의 희미한 흑백사진 한 장을 보고 무작정 약혼을 하였다. 이후 결혼식에 배정 받은 화물차에 저리 이삿짐을 싣고 여기 은덕군 6·13청년탄광 마을의 안시현의 집으로 시집을 왔던 것이다.

　"은별이 아부지! 소문 들었슴까?"

　"무슨 소문 말임매?"

　"동네 숙희 아지미네 부부가 이혼한다재오?"

　"허허! 요즘에 뭐 이혼이 신기 함매?"

　"그렇기는 하지만예…"

　안칠성의 말이 사실이다. 당국의 식량배급은 전혀 없고 뭐든 '자력갱생'으로 살라하니 큰 문제이다. 하루 두 끼 먹으면 최고이니 너도 나도 먹는 문제에 신경을 곤두세우고 있는 실정이다.

　탄광가족 중에는 그나마도 안까이(아내를 지칭하는 함경도 사투리)들이 시장에 나가 장사라도 해서 겨우 옥수수국수라도 먹으면 다행이다. 나그네(남편을 지칭하는 함경도 사투리)들은 집안에서 어깨에 힘이 많이 빠진다. 집안 식

28

구들의 끼니는 안까이들이 도맡기도 한다. 그래서 여자들이 조금 드센 편이다. 반면에 남자들은 집에서 별로 큰 소리를 쳐보지 못하고 고분고분 아내들의 말에 복종하는 풍조다.

남편들 비웃는 비속어가 사회에 나왔다.

형광등, 멍멍이, 자물쇠…

고난의 행군시기 생겨난 노점(길거리)서 안까이들이 음식이며 의류, 생필품 판매 등으로 연명한다. 당의 지시에 따라 불법 장사를 통제하는 안전원들을 피해 메뚜기처럼 뛰어다니며 장사를 한다고 해서 '메뚜기시장'으로 불리는 노점이다.

탄부의 아내들은 대부분 가사를 빌미로 부양(주부)이다. 그래도 동사무소에서 하는 정치 강연이나 학습은 꼬박꼬박 참여해야 한다. 그것은 거의 공민의 의무나 같다. 또한 동에서 진행하는 각종 사회동원(노동)도 만만치 않으며 이에 불응하면 공개비판을 받는다.

안칠성이 궁금해졌다.

"그런데 어째 이혼 한담매?"

"안까이가 시장에서 돈을 못 번다고 나그네가 구박을 계속 주는데 참다 못해 이혼 한다고 함다."

"아니… 안까이가 못하면 나그네가 하지 그래?"

"45세 이하 남자는 시장출입 안 됨다."

"아참! 그렇지비!"

"그리고 둘 사이는 아이도 없으니 쉽게 갈라지는 것 같슴다."

"그 집에 본래 애가 없었던기오?"

"야아!~"

차순녀의 말대로 나이와 직업에 상관없이 시장을 수시로 출입할 수 있는 여자와 달리 45세 이하 남자들은 시장출입을 할 수 없다. 그러니 물건을 팔거나 살 수 없는 것이다. 언젠가 당에서 자본주의 산물인 시장(장마당)생활에 깊이 빠지면 돈벌이에 환장이 되어 결국은 사회주의 혁명을 수행하는 데 지장이 된다고 강연하였다.

그런 강연은 한 번 하고 끝이 아니다. 잊을 만하면 또 유사한 내용의 강연이 계속 있다. 사람은 망각의 존재이기에 당국에서 지속적으로 학습과 강연을 포함하여 매주 토요생활총화까지 하는 것이다. 전부 인민들의 사상교육을 위한 것이다.

사람마다 생활의 특기가 다르니 똑같은 장사를 하면서도 누구는 잘하고 누구는 못한다. 타고난 체질이고 습관이니 어쩔 수 없는 노릇이다. 웃는 사람이 있으면 우는 사람도 있는 법이다.

숙희 아주머니 집일은 국가의 식량배급이 중단되어 생긴 풍경이다. 사회 전체가 어려운 형국이라 별로 놀라운 일도 아니다.

"은별이 에미! 그래도 우린 다행임매."

"뭐가 말임까?"

"우리를 연결해주는 은별이가 있어서… 아이 그렇소?"

"옳습다. 내도 같은 마음임다."

차순녀는 탄광기업소 후방부 소속 이발소에 근무하는 5명의 이발사 중 한 명이다. 후방부에는 로보(로동보호)물자공급소, 은덕온천원(목욕탕), 영양제식당, 신발수리소, 양복점, 돼지목장, 부업농장 등이 있다. 모두 탄광 노동자를 위한 부대시설이다.

언제부터 탄광기업소에는 뭐든 자체로 살아가는 '자력갱생'의 구호가 더 크게 울렸다. 그래서 부업농장과 돼지목장이 생겼다. 농장에 옥수수를 심어 노동자들의 식탁에 빵이라도 올려놓고 명절 때면 돼지고기 몇 그램이라도 공급해야 한다. 상급 당위원회의 결정이니 아래 행정단위에서는 어떻게든 관철해야 하는 체계이다.

또 다른 상황도 종종 있다.

가끔 중앙과 도(道)의 지시에 따라 도내 인민들이 떨쳐나서 타 기관 및 기업소들에서 탄광지원 물자를 보내오는 경우가 있다. 작업에 필요한 소공구와 장갑, 수건, 양말 등 생필품인데 간혹 야채와 육류 같은 식품도 있다. 이것을 후방부가 받아 아래에 공급한다.

지원물자가 많으면 각 갱과 사업소, 중대(직장), 소대(작업반)까지 공급되나 그런 경우는 극히 드물다. 지원물자가 적을 때는 모범단위 몇 군데 공급하는 흉내에 그치고 만다.

떡 주무는 사람 떡을 먹기 마련이라고 후방부 사람들은 알게 모르게 여기저기서 물자들을 조금씩 축내고 있다. 직무의 특수성을 톡톡히 누린다. 안칠성은 아내가 후방부 소속이어서 그나마 다행이라는 마음이다. 안 그러면 정말 쫄쫄 굶어야 하는 처지이다.

차순녀가 남편을 힐끔 쳐다보며 계속한다.

"여보! 소식 하나 더 알려 달람까?"

"또 무슨 소식임매?"

"어제 이발하러 온 지배인 동지가 말하기를 곧 탄광기업소 '100일간 충성의 경제과업 전투'가 있다재오."

"작년 9·9절 기념 '충성의 100일 전투' 했잖습매?"

"그건 전당적으로 진행한 거지비."

"그럼 새로 하는 100일 전투는 무스기라오?"

"어버이 수령님께서 우리 탄광에 주신 교시 날짜를 기념하여 열자고 토론한 간부들의 결정이라재오."

안칠성의 "휴!~" 하는 한숨이다.

노동당 주관의 전민 참여 70일 전투, 150일 전투 소리는 평양서 자주 나온다. 주요 국가기념일 정주년(5년, 10년이 되는 해)을 기점으로 있다. 이때는 '충성의 노동', '애국운동' 등의 명목으로 2~3시간씩 연장작업(야근)은 기본이다. 일요일 휴식은 없다.

확실히 이렇게 전체 인민들이 강제로 참여하여 경제 과제 수행운동을 세차게 벌이면 국가적 노동실적은 상당히 오른다. 이 기간에 초인간적 힘을 발휘해서 일하는 사람들이 많기 때문이다.

그에 따르는 포상은 훈장과 표창장 정도. ○○일 전투 총화에서는 텔레비전, 녹음기, 재봉기, 옷감, 화장품, 속옷 등 상품배급이 있으며 언제부터인가 종잇장 표창과 쇠붙이 메달뿐이다. 더 있다면 강연이나 총화에서 대중의 박수를 받는 것이다.

내심 불평이 많은 사람들이다.

이런 ○○일간 충성의 노동전투에서 간부들에게 대중을 잘 선동하고 이끌었기에 성과의 몫이 톡톡히 차려진다. 물질적 포상은 기본이고 자기 직무에서 승진되는 기회를 빨리 맞기도 한다.

탄광기업소가 자체로 '100일간 충성의 경제과업전투'를 하겠다는 것은 어디까지나 간부들이 상급에 잘 보이려는 꼼수로 준비하는 것이다. 노동자들을 실컷 부려먹고 그로 인한 평가실적이나 우대상품은 전부 자기들이 챙기는 간부들이다.

안칠성이 고개를 아내에게 돌린다.

"여보! 아침부터 그 소리하는 이유는 뭠매?"

"몰라서 묻슴까? 또 예전처럼 마음이 들떠서 평양견학이요, 뭐요 하며 제 몸을 혹사하며 미나게 일하지 말라는 소리임다."

"허허!~ 내가 그랬댔소야?"

"나그네들은 다 이렇다니까? 자기 한 짓은 모르고 안까이들이 뭘 조금 잘못하면 고걸 두고두고 우려먹고…"

"허허! 그렇다고 치기오야."

32

"모르겠습다. 웃든 말든 밸대로 하오야."

안칠성은 과거 6·13청년탄광기업소 벽보판에 자기이름 한 번 크게 나오는 것이 작은 소원이었다. 수천여 명이나 되는 전체 탄광기업소 사람들에게 '안칠성'이라는 이름 세 글자를 경제과업 수행에서 모범노동자의 자격으로 당당히 알리고 싶었다.

수년전 공화국창건 기념일을 맞아 진행한 '충성의 100일 전투'에서 그는 '영예의 혁신자 수상' 목표로 하루 12시간의 현장노동을 하루도 쉬지 않고 100일간 하였다. 보통 강인한 정신이 아니고서는 도저히 할 수 없는 결단이고 담대한 실행이었다.

당위원회서는 특정시기 노동자들의 사기를 올려주려고 '평양견학'이나 우대상품 등을 내걸고 사회적 선전활동을 한다.

사람은 유혹에 강하고 약한 존재이다.

평양견학은 10일짜리인데 수도 평양으로 올라가 일주일간 머물면서 혁명사적지 참관, 예술 공연 관람, 문화휴식 등이 있는 특별휴가이다. 숙소는 대형 대중여관에 머물며 100% 단체생활 속에 이루어진다. 간혹 평양에 친척이 있으면 하루 정도 외출이 허가되나 대부분 첫날부터 마지막 날까지 단체행동을 한다.

어떤 문제에 몰두하면 정신이 없는 안칠성은 열심히 했는데 당위원회 결정은 "이번에는 앞 순번에 밀려서 안 되었다." "갑자기 인원조절이 생겼다." 등 알쏭달쏭한 변명만 거듭했다.

빤하다. 아버지가 '남조선 괴뢰군' 출신이기 때문이다. 어느 날 곰곰이 생각해보았다. 국군포로 자녀들에게 인민군대 초모도, 대학진학 길도, 벽보판 소개 기회도 모두 막아 놓은 당국이 평양견학의 허가는 해주겠는가. 가당치도 않은 소리이다.

안칠성이 쓸쓸한 표정이다.

"여보! 나는 이젠 평양견학 꿈도 안 꾸오."

"야아!~ 정말임까?"

"지난번에 평양견학 다녀온 7갱의 허 동무한테 들으니 말이오야. 말이 좋아 평양견학이지 내용은 별로다고 하더구만야."

"아니, 어째 말임까?"

"숙소에 난방이 안 들어와 밤에 덜덜 떨면서 잤다재오. 식사는 옥수수밥에 배춧국, 염장무가 고작이라 함매. 물도 시간제로 나와 세수도 제대로 못 했다재오. 생각만 해도 오한이 나지 않소야?"

"야아!~ 기차라. 그래도 평양인데…"

"무슨 대회참가자들은 시에서 관리하는 여관에 든다고 함매. 평양에 있는 호텔은 외국사람들을 위한 것이라 하재오."

"그럼, 빛 좋은 개살구 아임까?"

"올치비!~ 적어도 우리 눈에는 말임매."

실제로 그렇다. 경제적으로 매우 어려운 '고난의 행군' 시기를 겪으며 평양서는 각종 대회가 많이 있었다. 유·불리한 국제정세 하에 동요가 있을 수 있는 상태서 주민들의 사상통제를 더욱 강화하기 위해서다. 많은 행사들의 질적 수준이 점점 떨어졌다.

대회는 중앙당(조선노동당)과 중앙인민위원회(정부), 정무원(내각) 등에서 주관하는 것이 있는데 그 차이는 분명 있다. 숙식조건과 대회장소, 행사 후 차려지는 선물 등 내각에서 주관하는 지방공장 모범혁신자 평양방문은 그야말로 개밥에 도토리다. 평양방문 기념품 한 쪼가리도 없고 그냥 빈손으로 돌아오기가 보통이다.

이런 내막을 잘 모르고 또 설령 안다고 해도 일상에서 많은 사람들이 노동에서 혁신자가 되어 꿈의 평양견학을 한 번 가려고 무척 애를 쓴다. 그것은 일종의 평양견학 갔다 왔다는 하나의 징표, 자랑거리, 가문의 영광 등으로 되기 때문이다.

"이 말은 은별이 에미 혼자만 아오."

"야아?~ 무슨 소리임까?"

"평양에 가서 수령님 시신이 안치된 '금수산태양궁전' 참관도 충성자금을 많이 낸 사람 순으로 방문할 수 있다고 함매."

"예에?… 뭐라고요?"

"그곳을 방문하려는 사람들이 워낙 많으니 당에서 그런 규정까지 세웠다재오. 참고로 '금수산태양궁전'을 참관한 것은 어버이 수령님을 직접 뵌 것과 마찬가지니 말이오. 물론 시신이지만…"

"아니. 그게 또 그렇게 됨까?"

"인민의 어버이 수령님을 뵙는 것도 돈이 있어야 하니. 거참 말하기도 그렇고… 여하튼 기분은 좋지 않구만야."

"야아!~ 기차라."

차순녀는 놀랍기만 하다.

그녀가 탄광기업소 당위원회에서 전체 노동자들과 함께 받은 강연에서는 "어버이 수령님을 그리는 인민의 마음이 하늘만큼 높고 바다만큼 깊다"고 알았다. 그런 충성심이 그대로 고난의 행군 시기라는 그 엄혹한 경제시련 속에서도 평양의 '금수산태양궁전'이 세계 최고의 건축물로 생겨날 수 있었다고 인식하고 있었다.

김일성 사망 이후 시작된 지독한 고난의 행군은 지금도 진행 중이다. 지난 1938년 말부터 1939년까지 김일성이 이끄는 항일빨치산이 만주에서 일본군의 토벌작전을 피해 혹한 굶주림을 겪으며 100여 일간 행군한 데서 유래된 '고난의 행군'이다.

경제난관을 1930년대 풀뿌리를 캐먹으며 추위에서도 견디었던 김일성 항일유격대의 정신을 본받아 이겨내자는 소리이다.

'항일의 영웅' '고난의 행군' 개척자 김일성을 따라 배우고 충성하는 것도 결국 돈을 내야 한다니? 그것도 정액한도 없이 누가 먼저 많은 자금을 바쳤는가에 따라 충성심이 높은 사람으로 인정되니 이건 정말 황당함, 그리고 기이함 그 자체가 아닌가.

계속하는 안칠성이다.

"기찬 일이 어디 그것뿐인 줄 암매? 이제는 평양견학을 가는 것도 본인이 먹을 식량과 반찬을 싸갖고 가야 한다재오."

"어머머!~ 아니? 그 돈과 쌀, 반찬이면 그 먼 곳까지 안 가고 제집에서 편하게 먹고 쉬는 게 낫지 않습까?"

"그래도 어디 그렇소? 어쨌거나 평양에 한 번 갔다 와야 충성심이 높은 사람으로 당에서 인정해주니 말이오야."

"하긴. 그 말도 맞습매."

"참! 재밌는 세상임매. 이 나라가 말이오야."

"저도 같은 마음임다. 은별 아부지."

차순녀는 애써 미소를 짓는다. 사실 남편이 평양견학을 위해 혁신자요, 뭐요 하면서 콩 볶듯 하면 곁에 있는 자기도 많이 피곤하다. 가장 힘든 것이 식량이나 부식물 등 부엌살림 밑천이다. 우선 집 안의 쌀독이 항상 비어 있을 정도인 것이 문제. 시어머니라도 있을 때는 그렇지 않았는데 지금은 정말 힘들다.

시아버지 안시현에게 하루 한끼 쌀밥은 아니라도 시래기 섞인 잡곡밥이나 죽이라도 어떻게든 조금씩 드려야 한다. 그것은 며느리 자식의 본분이기도 하지 않겠는가.

연장 작업을 하면 야식이라도 준비해야 하는데 탄광기업소에서 식량공급이 없는 형편에서 보통 힘든 것이 아니다.

차순녀가 한참 후 입을 연다.

36

"은별이 아부지! 하나 물어도 됨까?"

"무엇임매?"

"아주 특별한 질문인데… 밸 쓰지 않겠슴까?"

"허참! 이 안까이야. 밸도 그 안에 뭐가 좀 차야 기운이 나서 쓰재오? 요즘 죽물도 겨우 먹는데 밸 쓸 힘도 없소야."

"사람들이 말하는 43호가 뭡까?"

순간 훔칫 놀라는 안칠성.

"난 또 뭐라고… 내가 예전에 말해주지 않았소야?"

"대충 말해준 것 같기도 하고…"

안칠성이 흐려진 눈빛으로 주변을 살핀다. 고등학교를 졸업하고 사회생활을 하면서부터 저도 모르게 습관이 된 버릇이다. '43호'라는 말이 나오면 왠지 신경이 곤두서고 다소 각성하게 되는 그 버릇도 이제는 10년이 넘었으니 만성화되었다.

사실 이런 때 기분은 썩 좋지 않다. '43호' 숫자 때문에 어쩌면 자기의 진로가 여기 6·13청년탄광으로 정해졌으니 말이다. 그리고 알게 모르게 사회생활 여러 면에서 불이익을 받았다고 생각하면 머릿속에서 가능하면 지워버리고 싶은 '43호'이다.

"근데 갑자기 뚱딴지처럼 그건 어째 묻소야?"

"그냥 호기심이 가서 임다."

"좋은 것도 아닌데… 왜 굳이 알려 함매?"

"그래도 가르쳐주면 안 됨까?"

안칠성이 고개를 쳐들고 한숨을 쉰다.

그를 곁에서 바라보는 차순녀가 조금 불안한 기색이다. 아내인 그녀가 작업장이나 혹은 일상에서 주변 사람들이 심심치 않게 말하는 '43호'가 무슨 대상물을 가리키는 숫자인지 다소 궁금했었다. 함께 일하는 동료에게 조용히 물어봐도 "호호! 그건 누구보다 은별이 아부지가 잘 알 것 같은데…" 하는 핀잔만 듣기 일쑤였다.

집단생활에서 자기와 상관없는 일은 깊이 알려고 하지 않는 성격의 차순녀다. 남이야 주변서 이렇든 저렇든 신경을 안 쓰고 자기 일에만 집중하는 버릇이 있다. 어쩌면 그것이 생활에 득이 될 수도 있고 경우에 따라 불편할 때도 있는 것이다.

"은별 에미! 이건 혼자만 알고 있소야."

"야아!~ 그러겠슴다."

"바로 당신 시아버지 같은 남조선 군인 출신을 의미하는 호칭임매. 안전부 주민등록상에 일반인과 구별해놓기 위해 쓴다재오."

"예에?!…"

"나도 처음에 '43호'가 궁금했재오. 그러다 몇 년 전 안전부 주민등록 기록사업에 동원되었던 친구 여동생이 나에게 조용히 알려줬슴매. 어디 가서 함부로 말하지 말라면서."

"뭐라고야?"

"43호는 남조선 괴뢰군을 의미한다재오."

차순녀는 신경이 곤두섰다.

사실 공화국에서 일반 주민들의 보통 인식에 '남조선 괴뢰군 출신'을 안 좋게 보는 시선이 많다. 당에서 가르치는 남조선은 공화국에 대한 침략기회를 호심탐탐 노리는 괴뢰정권이고 군사파쇼도당, 미제의 식민지이다. 미국은 언제든지 사회주의 공화국을 기습적으로 침략하려고 남조선에 상주하고 있으며 '보호자'의 탈을 쓴 미제에게 빌붙어 겨우 숨 쉬고 살아가는 기생충 같은 남조선정권이라고 한다.

그녀가 모든 사람들 같이 평범한 사회생활을 하면서 자주 듣는 소리는 출신성분! 그것이 뭔지? 그냥 서로 좋아하는 사람끼리 만나 가족을 이루고 아이를 낳고 맡겨진 혁명과업 수행에 모범이면 되지 않는가? 남에게 피해를 주지 않으면 말이다.

눈이 둥그레지는 차순녀.

"아니? 왜 사람을 숫자로 분류해서 부름까?"

"그게 말이오야. 1956년 내각정령 143호에 따라 전쟁 때 이북으로 올라온 남조선군대 출신 사람들에게 공민증을 부여한다는 것임매. 어버이 수령님과 노동당의 배려로…"

"정부 내각정령은 143호인데 왜 43호 임까?"

"그냥 줄여서 '43호'라고 하는검매."

"야아!~"

"처음 안전부서 주민등록상 쓰던 별칭이 이제는 많이 퍼져 우리 같은 국군포로 가족과 알 사람들은 다 암매."

"그럼 은별이 할아부지가 43호 대상이면?"

"은별이는 43호 대상자 손녀임매."

"당신과 나는?!…"

"43호 대상자의 아들과 며느리…"

기러기떼 날으네

봄 노을 피는 저 하늘가에
기럭 기러기 줄지어 나네
서로 다정히 찾고 부르며
나의 마음도 싣고서 가네

방 안에 걸린 유선방송에서 나오는 노래다. 한 망향객의 애절한 심정을 담은 가요 〈기러기떼 날으네〉. 어느 영화의 주제가다.

처량한 푸른 하늘가에 떼 지어 나는 기러기의 모습에 고향 잃은 사람들의 서글픈 마음을 표현했다. 가사, 선율에 절절한 심정을 잘 담아 많은 사람들이 애창하는 노래 중의 하나다.

아들 내외의 직장으로 출근한 후 집에 혼자 남은 안시현은 딱딱한 토방에 앉아 담배를 붙여 물었다. 그가 "콜록~ 콜록~" 하면서 "푸우!~" 하고 길게 뿜어내는 담배연기가 싫었던지 처마 밑 둥지에 앉았던 제비가 "쩍쩍!~" 소리를 내며 빨랫줄에 앉았다. 그랬다가 연기가 사라지면 다시 둥지로 오가기를 반복한다.

안시현이 부러운 눈길로 제비를 쳐다본다.

추운 한겨울을 피해서 따뜻한 남쪽 지방에 갔다가 꽃피는 봄이면 어김없이 찾아오는 제비다. 어쩌면 자기가 제비보다 못하다는 생각도 든다. 푸른 하늘을 높이 나는 한갓 새에게도 어디든 제 뜻대로 다닐 수 있는 자유가 있건만 자기에게는 전무하지 않은가.

여기 한반도 최북단 지역에, 그러니까 사회주의 공화국에서 근 50년을 살면서 '자유'를 망각했다. 사람이 그렇다. 어떤 환경에 몰입되면 그 환경에 도취되는 것이 현실이었다.

어연 반세기가 되어오도록 국토 분단으로 인해 꿈에도 그리운 고향땅을 한 번 밟지 못하는 설움은 말로 다 못할 지경이다. 이제라도 달려가면 대문 밖에서 "어서 오라! 내 아들아!" 하고 반겨 주실 것 같은 어머니의 모습이 눈에 삼삼하다.

> 보고 싶은 고향에 가고 싶은 조국에
> 아!~ 내 마음 기러기 끼르륵 끼르륵 가네

안시현의 고향은 전라남도 해남군이다. 한반도 서남쪽 아래 지역에 위치한 일명 '땅끝마을'로 불리는 고장이다. 포근하고 따뜻한 남쪽 지방으로 호남의 넓은 평지어서 벼농사 등 농업 종사자가 많고 예로부터 배추와 고구마가 조선8도적으로 유명하였다.

대부분 반도지형으로 바다와 접해 있다. 넓은 갯벌이 발달해 있으며 3면이 푸른 바다로 둘러싸인 지역의 특성상 일 년 내내 해풍이 많다. 차갑고 따뜻한 그 해풍을 맞으며 동트는 새벽 바다로 나가 물고기를 잡고 들어오는 배들이 때로는 장관이다. 그 풍경을 바라보노라면 노동의 보람이 찾아와 바닷가 어부들의 구성진 노랫소리에 담긴다.

항상 잔잔한 바다는 어부들의 희로애락이 묻어져 나오는 생활터전으로 각종 물고기를 잡아 시장에 내다 팔고 쌀과 생필품, 옷을 산다. 자식들을 학교에 보내고 다 자래우고 결혼시키는 데 필요한 돈을 벌어주는 검푸른 바다가 마냥 고맙기만 하다.

사람은 생활의 바다를 사랑했다.

그 바다는 때로 사람의 운명을 희롱했다.

간혹 을씨년스러운 날씨를 만나면 먼 바다에 나갔던 배가 성난 파도에 뒤집히기도 한다. 흔히 "바다 신령이 대로하여 고래 밥이 되었다"고 하며 망자에게는 아무것도 없다. 그래서 두세 집 건너 한 집이 과부집일 정도의 바닷가 마을이다. 그 속에서 흥얼흥얼 뱃사공들의 노랫소리가 석양이 물든 하늘가에 울려 퍼진다.

안시현의 어머니는 어부인 남편을 일찍 바다서 잃어 과부가 되었다. 그녀는 남편이 바다에서 잡아오는 물고기를 시장에서 파는 일을 부지런히 하였다. 어느덧 자라 애티를 벗은 안시현이 아버지의 뒤를 이어 배를 타겠다고 할 때 화를 내며 한사코 반대했다.

배를 타다 바다귀신이 된 남편이 원망스러웠다. 과부 설움보다 애 키우는 고생이 더 힘들었다. 그래서 도읍지 광주에 있는 외삼촌에게 부탁하여 안시현을 광주철도부 노동자로 일하게 했다.

남해 바닷가 촌놈이 도읍지로 올라와 멍하니 어리둥절했는데 다행히 외삼촌 집에 거처하면서 직장생활을 했던 안시현이다.

1950년 6월 25일, 일요일.

오늘은 휴일이어서 늦잠을 잘 생각으로 어제 밤늦게 이불 속에 들었던 안시현이다. "꼬끼오!~ 꼬끼오!~" 하는 새벽닭 울음소리가 나더니 동네 유선방송에서 아나운서의 격한 소리가 나왔다.

"주민 여러분! 중대 말씀을 드립니다. 오늘 새벽 5시, 북한 인민군괴뢰들이 38선 전역에서 한국에 대한 침범을 감행했습니다."

"…"

"거듭 말씀드립니다. 오늘 새벽 5시, 북한 인민군괴뢰들이…"

아니? 이게 무슨 소리인가?

자기가 혹시 잘못 들은 것은 아닌가? 하며 귀까지 후벼 본 안시현이다. 방금 방송에서 나온 보도대로 북한군이 38선 아래로 남침을 했다면… 이 것은 분명 전쟁이다. 주민들에게 알려준 정부방송 아나운서의 말이 거짓 일 수는 없을 것이다.

안시현이 후닥닥 자리를 박차고 일어났다. 마치 튕기는 용수철마냥 집 밖을 나가보니 동네는 평일처럼 고요한 아침이었다. 이집 저집에서 아침밥 짓는 연기구름만 뭉개 뭉개 보일 뿐이다. 혹시 자기가 꿈을 꾼 것이 아닌지 착각이 든다. 그래서 자기의 볼을 살짝 꼬집어보았는데 너무나 아팠다. 분 명 온전한 제정신이 맞고 꿈은 아니다.

그런데 전쟁이라니. 정말인가.

어머니가 있는 해남으로 가야 하나? 혹시 난리 통에 잘못되거나 생이별 을 하면 어떻게 되는가? 아니면 무엇을 해야 하는가?

분명 참혹한 전쟁이 발발했다. 끊이지 않는 총포성, 불에 타는 공장과 농 촌 그리고 시가지, 끔찍한 인명피해 등 그 전쟁이 어떤 후과를 가져 올지 경험해본 사람은 아무도 없다.

사람들이 뒤숭숭하며 좌왕우왕 할 때 직장인 철도부서 "모든 직원들은 평소처럼 일에 열중하면 된다"는 지시가 내려졌다.

3일 뒤 방송에서 나온 소리이다.

"남조선 동포 여러분! 영웅적 조선인민군 병사들은 오늘 6월 28일, 괴 뢰정부의 본거지 중앙청을 단숨에 점령했습니다. 정말이지 감격스러운 순 간이 아닐 수 없습니다. 또한 서울시청 중앙 벽면에는 영명하신 김일성 장 군의 초상화가 걸렸고 옥상에는 자랑스러운 람홍색 공화국기가 펄펄 휘날 리고 있습니다."

"…"

"그동안 얼마나 고생했습니까. 사악한 지주·자본가들이 살판 치던 여기 서울에도 인민의 낙원인 평양처럼 조선노동당 정치가 펼쳐집니다. 친미·친일파 놈들의 재산을 모두 회수하여 노동자, 농민에게 무상으로 나눠주는 꿈같은 인민정책이 곧 실시될 것입니다. 이후부터 여기 서울의 주인은 바로 시민 여러분입니다."

인민군이 중앙청에서 내보내는 방송.

안시현의 속은 후들후들 떨린다.

이게 무슨 날벼락 같은 소리인가? 서울이 공산인민군에 의해 함락되다니? 대체 말이나 되는 소리인가? 북한이 그렇게 강한가? 정말 한국이 약한가? 도대체 뭐가 뭔지 모르겠다.

동족간의 끔찍한 혈육전쟁 발발 3일 만에 한국의 수도 서울을 완전히 점령한 북한인민군은 하늘을 찌를 듯 사기충천하였다. 갓 신설된 국군은 제대로 된 정규훈련을 받은 군인도 아니었고 거기에 공군의 비행기는 고사하고 탱크 한 대 없었으니 방어능력이 너무나 약했다.

그에 비하면 인민군은 소련의 강력한 군사지원을 받아 탱크와 대포 등 각종 무기를 갖추고 기세등등했다. 서울에 입성한 인민군은 "미제의 식민지 남조선을 해방하는 김일성 영수이고 위대하고 영용한 조선인민군"이라고 자처했다. 파죽지세로 남하한 극악무도한 인민군은 이후 7월 13일 예산, 25일 광주까지 내려왔다.

목회자와 열성 종교인들을 모두 공개재판에 회부하여 처형한 인민군은 신성한 교회에 '임시인민위원회' 간판을 버젓이 달았다. 노동자, 농민 등 인민이 주인 된 세상이 왔다면서 그 인민들이 다니던 교회를 마구 짓밟아 버리는 행태에 사람들은 경악을 금할 수 없었다.

세상이 하루아침에 달라졌다.

시내 곳곳에는 '조선인민의 영명하신 영수 김일성 장군 만세!' '영광스러운 백전백승의 조선노동당 만세!' '노동자 농민의 세상, 사회주의 남조선 만세!' 등의 구호가 버젓이 걸렸다.

태어나 처음 보는 희귀한 내용의 그 현수막을 보며 일부 사람들은 잘 모르겠다는 눈치고 대부분 어이없다는 표정이었다.

가장 눈에 띄는 풍경은 '인민재판!'

그동안 동네에서 이북 공산당사회를 비방하는 데 앞장섰던 사람들, 인민군대를 환영하지 않은 주민들을 대중 앞에 세우고 비판총회를 하였다. 당간부(인민위원장)가 지적한 사람들에게 "왜? 무엇 때문에? 그런 잘못을 했는가? 동무! 사상에 큰 문제가 있다"며 억지로 잘못을 인정하게 하고 반성문을 강제로 쓰게 하였다. 생전 처음 보는 '인민공개총회' 광경에 많은 사람들은 어안이 벙벙하였다.

여기에 조금이라도 불응하는 모습을 보이면 남녀노소 상관없이 누구든 총살이었다. 거만한 모습으로 무척 호들갑 피우는 인민군 군인들의 "군법에 의해 처형한다"는 말 한마디면 끝이다.

전쟁이 이런 변화를 가져왔다.

무자비한 공산정권은 모든 것이 혁명을 위해서라고 한다. 인민군은 정치선전에 아주 능숙했다. 그들은 점령지에서 청년들의 인민군 입대를 지속적으로 강요했다. 오래지 않아 전쟁은 영웅적 인민군의 승리로 끝날 것이니 그때 미국놈 향해 총을 들지 않았던 '반혁명분자'들은 대가를 반드시 계산하겠다며 호된 으름장을 놓았다.

순진한 청년들이 인민군대에 입대했다.

신체검사는 없다. 그냥 총을 들 만한 힘만 있으면 합격이다. '영용한' 인민군을 환영하지 않으면 역시 반동시민으로 규정되어 인민재판을 받아야 했다. 그러니 마음에 드나 안 드나 무조건 인민군이 하는 행동은 절대적으로 찬성해야만 한다.

안시현은 철도노동자여서 다행히 면제가 되었다. 평시에 철도 분야를 군대만큼 중요시하는 인민군당국이었다.

전쟁의 앞날은 캄캄하였다.

이대로 한반도 전체가 공산화가 되는가. 인민군이 임시수도인 부산까지 점령한다면 태어난 지 2년도 안 된 자유 대한민국은 영영 없어지는 것이다. 이는 악몽이고 절망 그 자체이다.

천만다행히도 전쟁의 기류는 다시 바뀌었다. 멈출지 모르고 승승장구하던 인민군의 남하가 UN군의 참전과 9월 15일 미군 맥아더 장군의 인천상륙작전으로 인해 북으로 퇴각하는 상황이 발생하였다.

기적 같은 현실이 아닐 수 없다.

안시현은 두 달간 공산치하에서 살아보니 정말 치가 떨렸다. 공산당이 왜 나쁜지 똑바로 알았다. 주민의 자유의사나 표현은 없고 무조건 노동당에 절대 복종하고 따르는 체계이다. 그 노동당은 영명하신 김일성 영수이고 그에 조금이라도 반항하면 '민족반역자' '인민의 배신자' '혁명반동'이라는 굴레를 씌워 총살하였다. 그러고도 '민주주의인민공화국'이라는 허울 좋은 간판을 쓰는 인민군이 가증스러웠다.

안시현은 국군 입대를 자원하였다.

나라가 있어야 자기도 있다고 생각했다. 공산 북한의 침략 전쟁에서 나라를 지켜야 한다. 지난 5년간 자유의 땅에서 살았던 행복이 너무나 소중했다. 대통령과 국회의원을 국민의 투표로 선출하는 민주주의, 어느 지역 어디든 자유롭게 다니는 것이다.

어디 그뿐인가. 국민 개인에게 사유재산이 인정되었다. 자기는 비록 재산이 없지만 주변에 땅을 가진 친구들의 부모는 나름 잘 살았다. 그들이 교회를 통해 어려운 이웃을 돕는 모습도 보았다. 도움을 받은 사람은 또 다른 누구에게 도움을 주는 풍경도 분명 있었다. 누구든 열심히 일하면 대가는 확실하게 있었다.

이제 겨우 18살인 그가 국군에 입대하니 주변 사람들이 어린 나이에 군대에 나간다고 크게 걱정을 하였다. 총만한 애가 총을 메겠는지 하면서. 그러나 실제 군대에 나와 보니 자기보다 더 어린 15~16살의 학생들도 있었는데 일명 '소년병'이라고 불렀다.

국가의 명령에 국민은 따라야 한다.

안시현처럼 자의적으로 군대에 탄원하는 남아들도 있었지만 반대로 기피하는 사람도 있었다. 총탄이 폭우처럼 쏟아지는 전쟁터에서의 참전자의 생명은 누구도 담보하지 못한다. 말 그대로 목숨을 각오하고 입는 군복이고 전쟁터이다. 국군 초모장교들이 동네를 샅샅이 뒤지며 입대 대상자들을 찾아내기 일쑤였다.

아쉬운 것은 해남의 어머니에게 전화 한 통 못하고 군복을 입었다는 것이다. 전쟁에서 꼭 승리하고 가슴에 훈장을 달고 어머니 앞에 당당히 나서리라는 욕망만 남겨둔 채로 말이다.

> 눈을 감아도 그리운 고향
> 푸른 언덕이 어리여 오네
> 타향 만리길 바래워주던
> 나의 어머니 안녕하신지

국군은 퇴각하는 인민군을 쫓아 용감무쌍하게 북진하여 유엔군과 함께 10월 중순 원산과 평양을 점령했고 10월 말 압록강 유역인 혜산진과 두만강 유역까지 진출했다. 김일성의 침략으로 시작한 6·25전쟁이 유엔군의 승리로 끝나는 듯싶었다.

그러나 뜻밖에도 중국이 이 전쟁에 참전하면서 기류가 다시 바뀌었다.

1951년 1월 중공군과 함께 기세등등해서 남하하는 인민군에 밀려 국군과 유엔군은 38선 이남까지 퇴각했다. 다시 유엔군의 총반격에 부딪친 인민군과 중공군은 2월부터 퇴각했고 3월 중순 서울을 탈환했다. 이후 국군은 전열을 가다듬고 38선 이북지역으로 진격해 5월 무렵 경기북부, 강원도 등지서 인민군과 대치하며 일진일퇴를 거듭했다.

한 치 앞도 가늠하지 못할 엄혹한 시기.

이 즈음 안시현이 속한 국군부대는 경기도 연천에서 인민군과 대치를 했다. 낮에는 미군의 비행기가, 밤에는 인민군의 비행기가 하늘에 떴다. 한 주간은 전투고지를 국군이, 또 한 주간은 인민군이 점령하는 등 밀고 당기는 치열한 싸움이 계속되었다.

그러던 어느 날, 중대에 몇 안 남은 대원들과 힘겹게 퇴각을 하던 중 인민군과 중공군의 포위 속에 들었던 것이다. 잠시 저항을 해보았으나 소용이 없었고 꼼짝 없이 포로가 되었다.

상상도 못해 본 현실에 빠졌다.

모자와 견장이 뜯긴 안시현은 인민군 군관(장교)의 지시에 따라 10여 명의 국군 포로와 함께 군용트럭에 올라탔다. 밤새 달린 트럭은 동이 틀 무렵 평양 근교의 강동포로수용소에 도착하였다. 높다란 철창으로 둘러쌓인 수용소 건물은 한 눈에 보기에도 흉물스러웠다. 탄광의 공구창고를 개조해 사용하는 임시 건물이었다.

안시현이 수용소에 입소하니 이미 포로가 된 국군 500~600명이 족히 있었다. 그는 다음날부터 그들과 함께 탄광노동에 참여하였다. 십여 리 지하막장 아래 들어가 삽과 곡괭이로 석탄을 캐서 그것을 광차에 실어 나르는 위험하면서도 험한 일이다.

무장 군인들이 근로감독을 했다. 조금이라도 게으름을 피우거나 3명 이상 모여 밀담할 때는 엄중경고를 주었다.

시간이 흘러 1953년 7월이 왔다.

전쟁이 끝났다는 소리가 들렸다. 동족학살의 지긋지긋한 싸움이었다. 사막의 오아시스를 만난 마냥 안시현은 무척 기뻤다. 국제법에 따라 포로는 송환될 것이다. 얼마나 고대한 순간이던가. 비록 포로병의 신분이라도 고향으로 갈 수 있다.

특이한 상황이 생겼다. 북한 당국은 포로 수용한계를 핑계로 다른 곳으로 은밀히 옮겼다. 군대조직과 비슷한 '건설돌격대'!

해방 후 이북의 인구가 크게 줄었다.

이유는 노동자 농민이 주인이 되어 모든 것을 공동으로 일하고 나눠쓰자는 김일성 공산정권의 정책에 사람들이 크게 실망을 했기 때문이다. 지주 자본가의 재산을 환수하여 개인에게 나눠주거나 국가가 관리한다는 것이다. 그것을 보고 "노동자 농민이 주인 된 사회주의 세상!"이라고 했지만 사람들은 고개를 가로저었다.

평양에 들어선 공산정권은 인민대중을 상대로 밤낮 정치회의를 계속했고 주민총화, 사상투쟁, 공개처형을 밥 먹듯 하는 체제이었다. 그러니 사람들은 무지막지한 공산당이 무서워 말을 못하고 너도나도 몰래 이북지역을 벗어나 38선 이남으로 남하했던 것이다.

노동인력이 귀한 시국이었다.

전쟁으로 퍽 줄어든 노동인력 공백을 대처하기 위해 노동당은 젊은 20대 군인청년들을 공짜 노동력으로 사용하고 싶었다. 전기와 기계가 부족하니 사람이 최고 노동도구이다. 당국의 지시에 불응은 없고 그에 반대하는 것은 그가 누구이든 반동이다.

반동은 혁명의 처단대상이 된다.

무엇이든 노동당에서 결정하면 그 관철을 위해 물불을 가리지 않는 '건설돌격대'에 들어가면 월급이요, 집이요, 문화생활이요 같은 것은 전무하다. 수백여 명이 집단적으로 사상통제 속에 숙식하며 하루 14시간 이상의 강제노동을 하고 밥은 옥수수 2~3개면 끝이다. 그야말로 말하는 동물이나 인간기계가 되는 것이다.

어느 날, 안시현을 포함한 국군포로 200여 명이 평양 주변 강동역에서 화물열차에 올랐다. 모든 차량마다 자동보총을 든 인민군 병사 3~4명씩 인솔요원으로 동승했다. 유개차 안에 시루 속 콩나물마냥 빼곡하게 들어앉은 국군포로들이다.

각자의 얼굴표정이 다르다. 며칠 후 고향 땅을 밟아 볼 기대에 부푼 희망이 있고, 어딘가 모르게 근심 어린 모습도 보인다.

그들이 서로 제 좋은 소리를 한다.

"우리는 전쟁포로병이니 소속 측으로 넘겨질 거요."

"반대로 인민군 포로는 여기로 넘겨지고."

"아! 가족이 기다리는 내 고향…"

"가만! 지금 기차가 왜 북쪽으로 가는 것 같소?"

"에이. 잘 모르는 소리 마시오."

"우리 고향이 남쪽인데 왜 북으로 가겠소?"

육중한 철마는 "빼 액!~ 빼 액!~" 하는 소스라치는 울음소리와 함께 하얗고 검은 연기를 뿜어내며 이틀을 달려 한반도 최북단 지역의 어느 철도역에 도착하였다.

"치 익!~ 치 익!~" 하며 열차가 완전히 멈추었고 화물차량 미닫이문이 스스르 열렸다. 낮이고 밤이고 어둔 차량 안에 갇혔던 그들이니 밝은 바깥 세상에 눈을 부스스 비빈다.

"자! 모두 내렷!" 하는 인민군 병사다.

포로병들이 화물차량에서 내리며 좌우를 살핀다. 모두는 낯선 지역의 풍경에 의아한 눈빛이다. '아오지역'이라는 글귀, '영명하신 김일성 수상 만세!' '영광스러운 조선로동당 만세!'라는 구호판도 보인다. 북한 땅이고 남쪽과 먼 곳이 틀림없다.

속았다. 아니 그것도 아니다.

정확히 열차가 출발하며 어디로 간다고 알려주지 않은 인민군 호송장교가 아닌가. 어디서 구경을 나왔는지 허름한 꼴의 아낙네와 아이들 위주로 민간인들의 모습이 보인다. 남녀노소 그들이 이구동성으로 "어디서 저렇게 새파란 군인청년들이 왔슴매?" "아아. 정말 기차재오? 인민군대는 아닌 것 같소야!"라고 말한다. 처음 보는 군복을 입은 낯선 군인들이니 무척 호기심이 드는 모양이다.

어쩌면 감방의 죄수 꼴이다.

마치도 동물원의 짐승을 구경하려 나온 사람처럼 뵈는 민간인들을 보면서 자리에 털썩 주저앉는 포로병들도 있다. 또 누구는 "휴우!~ 세상에 이런 일도 있소? "하고 긴 한숨을 내쉬면서 "이제 우리는 어떻게 해야 하오? 꼼짝없이 공산당의 노예가 되었구면!" 한다.

한 포로병은 동료를 와락 포옹하며 "형님! 우리가 여기에 오자고 군복을 입었소?" 하며 통곡한다. 또 몇몇은 "아니? 고작해서 이날을 위해 수용소탄광에서 죽지 못해 살았단 말이오?" "아! 하늘도 무심하지? 에이 빌어먹을 내 운명!"이라고 한다.

"원통하구나! 야속하고 더러운 이 전쟁!"

"포로병도 억울한데 이건 또 뭔가?"

"지진이라도 꽉 일어나라. 다 같이 죽어버리게…"

"개만도 못한 이놈의 팔자구나!"

"엉엉!~ 어머니!~" 하며 슬프게 우는 포로들도 있다. 대부분 20대 안팎의 어린 사병들이다. 고향에 남겨진 사랑하는 가족과의 영영 생이별을 생각하면 가슴이 찢어지고 숨이 막힐 것이다. 언젠가 돌아가리라 믿었던 고향 남쪽 땅과는 정반대로 멀리까지 강제 추방되어 온 자기들의 팔자가 너무나 기구한 것이다.

인민군 군관이 소리친다.

"이 종간나 괴뢰군 놈들아! 코흘리개 애들처럼 뭐 질질 짜면서 그래? 한갓 벌레만도 못한 너희를 죽이지 않고 살려준 것만도 위대하신 김일성 장군님께 하늘만큼 감사하라우! 알간?"

포로병 누구도 아무 소리 못한다.

계속하는 인민군 군관.

"잘 들으라우! 여기 공화국에서 살고픈 사람은 오른쪽 대열에, 남조선으로 가고픈 사람은 왼쪽 대열로 서보라우!"

침울한 얼굴인 포로들의 눈이 또다시 커진다. 아니? 이틀간 여기까지 기차로 와서 다시 남쪽으로 가고픈 사람은 왼쪽 대열에 서라니? 그럴 것이면 애당초 왜 왔는가. 가령 열차가 남쪽으로 내려와서 그런 소리를 하면 몰라도… 이것은 어딘가 안 맞는 소리다.

안시현도 어리둥절해졌다.

여기 공산국가 사회에서 과연 살 수 있을까? 자기가 고향에서 짧게 체험해 보았지만 공산당은 재산의 개인소유 없이 모두가 함께 일하고 공동으로 나눠 가진다는 '인민평등법'으로 사는 사회이고 집단이 아닌가. 그러니 다소 의심스러운 소리이지만 그래도 혹시나 하는 마음에서 고향으로 가고 싶은 왼쪽 대열에 섰다.

고향에는 사랑하는 어머니가 생사를 모르는 아들을 애타게 기다리고 있을 것이다. 나라를 지키는 영웅은 못되었고 적군에 포로가 되었지만 그래도 자기를 기다리는 어머니가 있다.

설마 유혹의 거짓말은 아닐까?

그래도 어디 한 번 믿어보자. 겁에 질리고 또 신중한 고민의 얼굴인 포로들이 뒤숭숭하다. 자신들을 정말 고향으로 보내줄까? 그렇게 된다면 너무 좋겠는데… 에이 설마 그럴까? 혹시 어디 더 험한 곳으로 보내지지는 않을까? 그동안 말과 행동이 너무나 다른 인민군의 태도를 보면 충분히 의심이 가고도 남는다.

화물열차서 내린 200여 명 포로병 중 대략 절반 가까이 되는 인원이 왼쪽 대열에 섰다. 그 광경을 독이 찬 눈으로 쏘아보던 인민군 군관이 이를 깨물고 주변에 뭔가 지시를 한다. 이윽고 기관총을 들은 군인 병사가 왼쪽 대열에 총탄을 마구 퍼붓는다.

뚜르륵!~ 뚜르륵!~

"으악!~ 으악!~"

소스라치게 비명을 지르며 퍽퍽 마구 쓰러지는 포로병들이다. 그래도 혹시나 하는 마음으로 왼쪽 대열의 맨 뒤에 섰던 안시현과 동료 수십 명이 그제야 상황판단을 했다.

누군가 "야! 병신새끼들아. 살려면 오른쪽 대열로 옮기라!"고 소리를 지른다. 오른쪽 대열에서 여러 포로병들이 "사격을 당장 멈추시오!" "이건 아니지 않소?"라고 고함을 친다. 정신이 번쩍 든 안시현을 포함하여 왼쪽 대열 뒤의 포로들이 땅바닥에 납작 엎드려 재빠르게 기어 오른쪽 대열에 합류한다. 다행히 기관총 소리는 멈추었다.

한순간에 명과 암의 천국과 지옥을 오고 갔다. 분초를 다툰 그 짧은 시간 안시현은 '아! 공산당은 이렇게 야만스럽구나. 고향으로 보내준다 하고 가차 없이 사살해버리는 극악무도한 살인마, 날강도, 깡패들이구나!' 하고 뼈저리게 느꼈다.

인민군 군관이 많은 시체를 등지고 말한다.

"봤지? 누구든 이후 고향에 가고 싶다 하면 이렇게 될 줄 알라우! 여긴 너희들의 고향 남조선처럼 자유분방한 곳이 아니다."

"…"

"공화국은 사회주의 혁명전투장이다. 모두가 당에 충성하고 새로 배치 받는 탄광에서 열심히 일을 하라우! 당의 명령에는 무조건 '알았습니다!' 는 대답만 해야 한다. 알겠는가?"

"…"

"만약 당의 지시에 왜? 어째서? 무엇 때문에? 등의 토를 달면 그 누구든 '혁명의 반동'으로 그 자리서 총살이다."

꿀 먹은 벙어리가 된 포로들.

"어째 대답들이 없는가? 반항의 표시인가? 이것들이 아직 총알 맛을 더 보고 싶은가? 야! 저격수 동무들! 장탄 준비!"

그러자 여기저기서 대답이 나온다.

"알았습니다!"… "알았습니다!"…

포로병들은 인민군의 잔인함을 보았다.

인간의 사상과 이념이 저토록 무섭단 말인가. 자기와 다른 것은 전부 소멸과 파괴의 대상으로 여기는 공산정권의 사람들. 대상이 인간이든 물체이든 상관이 없다. 위대한 수령과 노동당의 지시는 절대적으로 무조건 집행해야 한다. 안 그러면 엄중한 처벌을 받는다. 그것이 곧 당에서 강조하는 혁명이고 투쟁이다.

사소한 동정과 타협은 있을 수 없다.

노동당의 핵심정책인 계급(이념) 투쟁에서는 모두가 냉정하고 단호하였다. 특히 혁명의 반동집단인 남조선에서 올라온 국군 포로병들과는 더욱 그랬다. 바로 그래서 인민군 군관이 저토록 광기를 부리며 자기 임무에 죽기 살기로 충성하는 것이다.

안시현의 마음이 갈기갈기 찢긴다.

눈앞이 캄캄하다. 이게 무서운 꿈이 아닌가 하는 의심도 든다. 자기는 따뜻한 남해 바닷가 마을서 여기 백두산 호랑이도 겨울에 추워한다는 한반도 최북단의 산골마을로 강제 이송되어 왔다.

운명의 총탄을 비껴 살아난 것도 기적이다. 사람의 목숨이 단 몇 초 사이에 끊어질 수도 있겠다는 것을 눈앞에서 톡톡히 체험했다.

"모두 화물자동차 적재함에 올랏!"

인민군 군관의 명령이다.

"자! 자! 우물쭈물 하지 말고."

막무가내인 인민군 호송 병사들의 총탁에 떠밀려 강제로 올라탄 화물차가 울퉁불퉁한 비포장도로를 달린다. 안시현을 비롯한 포로들의 얼굴에는 '에라! 모르겠다. 될 대로 되라!'는 눈빛이다. 여기저기 무너진 시설물, 초라한 판잣집들이 널려 있다.

을씨년스러운 유령마을로 보인다. 자동차가 한참을 달려 도착한 곳은 아오지 마을의 탄광지역이다. 무척이나 낯선 사람들을 조용히 맞이하는 사나운 북방 날씨의 황량한 먼지바람만 불었다. 거무스레한 하늘에서 "까 욱!~까 욱!~" 하며 까마귀가 난다. 허름한 단층건물 앞에 선 화물차에서 포로들이 으르르 내렸다.

인민군 병사들이 대열을 정비시킨다.

그들 앞에 선 간부의 왈.

"제가 여기 탄광 지배인임다. 어버이 수상 동지의 크나큰 배려로 우리 탄광에 배치되어 온 동무들을 전체 탄광 직원들의 이름으로 열렬히 축하함다. 이 고장은 아주 예로부터 질 좋은 석탄이 많이 나오는 곳임다. 석탄이 많아야 공장이 잘 돌아가는 것 아님까."

"…"

"사람이 어무이 뱃속에서부터 재능과 노력을 타고나지 않슴다. 모르는

55

것은 하나씩 배우고 서로 가르쳐주면서 일하는 것임다. '하나는 전체를 위하여! 전체는 하나를 위하여!'라는 당의 혁명적 구호대로만 하면 세상에 못 해낼 일이 없슴다. 우리는 전쟁에서 미국 놈을 때려눕힌 그 용기로 많은 석탄을 캐야함다."

"…"

"전쟁 피해를 입은 마을을 복구하자면 어려움이 많슴다. 여러분은 오늘부터 임시로 천막숙소에서 합숙을 함다. 지금 여름이니 괜찮을 것이고 살림집은 가을 전에 완공되니 걱정 마오야."

자포자기 상태인 포로들의 모습.

지배인의 얼굴에 만족감이 잔뜩 어렸다.

피가 한 동이씩 되는 20대 안팎의 젊은 노동력을 국가로부터 공짜로 제공받았다. 그것도 장정(남자) 노력 한 사람 구하기가 하늘의 별따기마냥 어려운 시기에 말이다. 이들을 낮과 밤으로 탄광의 갱도현장에서 부지런히 일을 시켜 국가가 주는 석탄계획만 완수하면 그만이다. 그것이 자신의 충성심을 보여주는 것이다.

또 다른 간부가 도도히 발언한다.

"제가 여기 탄광 당위원장임다. 우리 당은 남조선에서 올라온 여러분들을 전혀 조금도 차별하지 않을 검다. 그것은 확실함."

"…"

"여러분! 직장 생활하면서 애로가 되는 점은 누구든 언제든지 당위원회에 찾아와 허심탄회하게 말씀해주시기 바람다. 어머니 심정으로 잘 보살피라는 것이 우리 당의 정책임다. 두고 보십시오. 여러분들이 좋은 제도에 왔다는 것을 알게 될 검다."

"…"

"이 모든 것이 김일성 수상 동지의 사랑임다. 그에 보답하기 위해 동무들은 누구보다 더 많은 일을 해야 함다."

당위원장은 정치일꾼이다.

행정일꾼인 지배인보다 더 실세이다. 사람들의 사상교육의 일종인 학습, 강연, 총화 등을 전담한 사람이다. 상부에 누구는 수령 충성심이 부족하고, 또 누구 언제 어떤 행동을 했다는 등을 상세히 보고하는 사람으로 아주 정신적으로 불편한 간부이다.

탄광에 행정일꾼과 동급인 정치일꾼이 있는 것은 사회 전반적인 체계에 따른 것이다. 모든 단위에 이렇게 2명의 간부가 기관이나 단체 등을 대표하며 경영한다. 형식은 상호협력하는 방식이라 하지만 실제는 서로 견제하고 감시하는 것이다.

안시현의 마음은 절벽이다.

여기가 진짜 오지 말아야 할 곳 아닌가.

혹시 그래서 아오지가 아닐까.

곡절 많은 운명의 쪽배는 이렇게 멈추는가. 기가 막혔다. 남해 바닷가 마을서 태어나 자란 안시현은 3년 전 6월 악몽 같은 전쟁으로 인해 생사의 쪽배를 탔다. 나라를 지키는 군인이 되어 자랑스러운 대한의 남아가 되겠다고 굳게 다짐했었다. 항해 중 사나운 파도와 풍파도 있겠지만 반드시 그 속에서 단련되고 싶었다.

전쟁은 남과 북 어디라 할 것 없이 도시와 마을을 잿더미로 만들었다. 수백만의 전사자, 사망자, 고아, 전쟁미망인, 행방불명자, 수십 만 명의 이산가족이 생기는 비극이 발생하였다.

38선을 중심으로 남과 북으로 갈렸던 한반도가 피비린내 나는 전쟁을 마치고도 그대로이다. 어느 쪽이 이기고 진 것도 아니다. 3년간 동족끼리 총부리를 들고 서로 죽이고 강탈하고 점령하고 당하기를 반복했을 뿐 그 이상 이하도 아니었다.

전쟁이란 참! 뭐라고 표현할까?

비극이면서 괴상함 그 자체.

소름이 끼치는 전쟁은 아직 끝나지 않았다. 남과 북이 악의에 찬 싸움을 잠시 멈추었고 고요한 정적이 찾아왔다. 서로가 찾고 부르며 남북으로 헤어진 혈육들이 얼마나 만남을 학수고대하겠는가.

안시현이 저 멀리 남쪽 끝에서 탄 쪽배는 3년간의 항해를 마치고 여기 한반도 북변의 끝 지점에 닿았다. 승선할 때 조국의 멋진 아들이 되겠다는 영예로운 마음이었는데 하선할 때는 절망의 심정이다. 포로병으로 일생을 살아야 하며 그것도 천길 검은 막장에 들어가 두더지마냥 굴을 뚫고 석탄을 캐는 고된 일이다.

18살의 전라도 철도노동자가 짧고도 긴 3년간의 전쟁을 보내고 낯선 땅으로 와서 21살의 함경도 탄부가 되었다. 석탄 실은 철도차량은 많이 봤어도 그 석탄을 캐는 사람이 될 줄은 꿈에도 몰랐다. 자기의 신분을 완벽하게 바꿔놓은 무정한 세월이 야속하기 그지없다.

드디어 여기가 운명의 종착역인가.

아니면 임시 정거장인가.

석탄은 공업의 식량이다

토방에서 마지못해 엉덩이를 뗀 안시현은 "휴!~" 하고 긴 숨을 내쉰다. 이어 커다란 빗자루를 들고 집 울타리 밖을 나서 주변을 쓴다. 마을길이 비포장도로여서 울퉁불퉁은 기본이고 어지럽기 그지없다. 각 가정은 자기 집 주변을 깨끗이 청소해야지 안 그러면 저녁 인민반총회(반상회)에서 대중의 공개비판을 받기가 십상이다.

인민반회의에서 "안시현 아바이 가정은 집주변 청소를 잘 안 한다"는 지적을 받으면 아들과 며느리를 볼 낯이 없다. "은별이 할배! 집에 있으며 청소도 제대로 못해 인민반원들 앞에서 망신을 당하게 함까?" 하는 며느리의 푸념이 있을 것이다.

구부정히 허리를 숙이고 빗자루질 하던 안시현이 동작을 멈춘다. 숨을 헐떡거리는 그의 이마에 땀방울이 송골송골하다.

그가 빗자루를 바닥에 깔고 앉았다.

눈을 감은 안시현의 회고.

'석탄은 공업의 식량이다!'는 구호판 아래로 시커먼 갱도 입구가 있다. 안시현과 동료들이 직장 배치를 받은 아오지 탄광 2호 갱이다. 당장 무엇이든 집어삼킬 듯 쩍 벌린 갱 입구 양옆에 '로동안전' '석탄증산'이라고 쓴 간판이 걸렸다.

주변 전봇대에 걸린 유선스피커.

또렷한 여성방송원의 선동소리.

"위대하신 수상 동지의 주위에 철통같이 뭉쳐 미제국주의자들과 남조선 괴뢰들을 용감하게 물리친 우리 인민들이 한 사람 같이 떨쳐나선 사회주의 건설장에서 오늘도 내일도 계속 요구되는 것이 바로 전기입니다. 우리가 충성의 땀을 흘려 캐내는 석탄이 화력발전소로 더 많이 가야 귀중한 전기를 생산할 수 있습니다."

"…"

"모든 당원들과 근로자들은 김일성 수상 동지의 말씀을 가슴 깊이 새기고 한 줌의 석탄이라도 더 많이 캐내기 위해 힘껏 매진합시다. 반당·반혁명적 요령주의, 기회주의를 철저히 불사르고 모두가 영예로운 혁신자, 창조자가 됩시다."

아침저녁으로 듣는 당국의 정책호소.

안시현을 비롯한 여러 탄부들이 2인 1조로 양어깨에 각각 2m 길이의 동발목을 하나씩 메고 갱 안으로 성큼성큼 들어간다.

허줄하고 시커먼 노동복을 입고 싸리나무로 엮은 안전모를 머리에 쓴 탄부들이다. 손에 벙어리장갑을 끼고 목에 흰 수건을 걸쳤다. 누가 보아도 아주 볼품없는 자세다.

"뚝!~ 뚝!~" 소리와 함께 듬성듬성 떨어지는 낙수를 고스란히 머리 위에 맞으며 질벅한 바닥을 한참이나 걸어 아래로 내려온 안시현과 동료들이다. 어두컴컴한 갱 안에는 인상을 크게 찌푸릴 정도로 안 좋은 공기가 꽉 찼다. 수수떡 색깔마냥 누런 전조등의 불빛은 몇 사람의 얼굴도 분간하기 어려울 정도로 희끄무레하다.

"타 앙!~ 타 앙~"

동발목이 막장에 도착한 소리.

탄부들이 가져 온 동발목은 대기하고 있던 동발공들이 즉석에서 설치한다. 작업대상 위치를 정확히 확인하고 일정규격의 동발목을 가로세우고 거기에 든든한 꺾쇠를 박는다.

그러면 그 밑에서 곡괭이로 석탄을 파는 굴진공들은 마치 인간기계 같다. 말하고 웃고 우는 모습만 없다면 말이다. 갱 안에서의 노동은 각 부문별로 시간대로 짜여 있기에 빈틈이 없다.

채탄공들도 부지런히 몸을 놀리기는 마찬가지다. 이들은 석탄을 열심히 삽으로 떠서 광차에 싣는다. 모두에게 맡겨진 계획을 수행하기 위해서는 스무 번 삽질하고 한 번 허리를 펴면 다행이다. 한 개 탄차에 보통 1톤의 석탄이 실린다. 전부 연결된 15개의 탄차에 다 채워지면 지상으로 끌어 올리는 권양기가 작동한다.

그리고 나서야 겨우 고되게 일하던 탄부들의 짧은 휴식시간에 조용히 펼쳐지는 막장 수다가 있다. 채탄조에 속한 안시현과 동료들이 자리에 털썩 주저앉는다. 이어서 담배를 붙여 문다.

안시현이 누군가에게 말한다.

"길 동무는 여기 오기 전 어느 수용소에 있었소?"

"상원포로수용소요."

"그곳은 어디에 있소?"

"글쎄, 무슨 황해도 승호리라고 하던데…"

"거기에도 국군포로가 많았소?"

"내가 있을 때 약 700명 정도 있었소."

허리가 구부정한 길승섭은 갱 안에서 작업 중인 노동자들의 안전여부를 관리·감독하는 '노동안전원'이다. 일반 탄부들과 노동과제인 근로 작업은 똑같으며 단지 현장에서 안전예방과 관련하여 주의 깊게 살펴야 하는 임무를 지닌 사람이다.

고향이 경상북도 대구인 길승섭은 자손대대로 소작살이 하던 가난한 농촌 집안서 태어났다. 부모님과 함께 시골에서 농사를 짓다가 6·25전쟁이 터지며 군대에 징집되었다. 전시에는 사회에서 눈에 보이는 젊은 남자는 모두 징집대상이 된다. 국가의 명령이니 어디에 개인사정 등 어떤 이유도 제기할 수 없는 실정이다.

그런 생각 자체가 군법에 위배된다.

가을이면 황금나락 펼쳐진 고향 달성벌에서 전쟁이 끝나 꼭 돌아올 자기를 기다리겠다는 아름다운 처녀도 있다. 양쪽 집 어른들이 혼사를 정하고 그 준비를 하던 중 6·25동란이 났던 것이다.

언제든 전쟁이 끝나면 고향으로 돌아가서 사과농사를 실컷 지어보려던 길승섭이었다. 사랑하는 고향 처녀와 가정을 이루고 아들딸 많이 낳고 연로하신 부모님도 모시며 잘 살겠다는 생각뿐이었다. 그 희망이 이제는 한갓 망상이 되어버렸으니 숨이 꽉 막힌다.

"그 많은 사람들 다 어디 갔소?"

"가긴 어디 가겠소? 저 멀리 먼저 갔지요…"

"먼저라면 수용소에서 석방되어서 귀환했단 말이오?"

"그게 아니고 천국으로 먼저 갔소."

동료들의 무척 궁금한 표정.

길승섭은 하나뿐인 나라를 지키려고 군복을 입고 전쟁터에서 싸우다가 적군의 총탄을 복부에 맞아 포로가 되었다.

어느 깊은 산골짜기 속 인민군부대 후방병원에서 2주간 치료를 받고 간 곳은 황해북도 동북부지역에 있는 상원포로수용소이다. 이 지역은 예로부터 석회석 매장량이 많아 시멘트 생산이 잘되는 곳이다. 조선을 강점한 일제가 이곳에 시멘트공장을 지으면서 "200년은 잘 캐 먹을 석회석이 있다"고 한 유명한 고장이다.

수용소에 갇힌 20대 안팎의 국군포로들은 매일같이 갱 속에 들어가 석회석을 캐야만 했다. 오함마로 구멍을 뚫고 거기에 화약을 채워 폭파하면 수십 입방의 석회석이 으르르 쏟아진다. 그것을 광차에 실어 지상에 올려 오면 화물차가 공장으로 실어간다.

포로들은 눈만 뜨면 갱 안에서 강제노역을 하였다. 자신에게 차려진 포로대우는 아니라도 동물마냥 인간 이하의 대접은 너무 싫었다. 석방은 고사하고 광석 캐는 굴속에서 소리 소문 없이 죽을 것만 같다는 두려움이 누구에게나 가득하였다.

사람이 참 나약한 존재이기도 하다.

그러면서도 또 강한 것이 인간.

그까짓 것! 사람이 세상에 태어나 살다가 기껏해서 한 번 죽지 두 번 죽겠는가? 에라, 모르겠다. 이판사판이다. 이런 원시노예 같은 생활을 하느니 차라리 항거라도 해보면 어떨까.

그러던 중 포로병들 속에서는 치밀히 준비해서 언젠가 인민군 경비병을 죽이고 집단 탈출하자는 소리가 솔솔 나왔다.

다행히 갱도 안에 들어가 함께 일하는 여러 사람들의 뜻을 확인하는 계기가 있었다. 조심스럽게 몇몇 포로들이 주동하여 어느 날 깊은 밤, 집단으로 움직였다. 누군가의 신호에 따라 한 방에 있던 수십 명이 힘을 합쳐 문을 뜯고 밖으로 나왔다.

다른 방에서도 마치 약속 한 듯이 포로들이 뛰쳐나왔다. 동시에 몇몇 힘센 청년들이 인민군 보초병을 제압하고 우르르 탈출하려는 순간 정문 진지에서 기관총탄이 무섭게 발사되었다.

뚜루르!~ 뚜루르!~

"으악!~ 으악!~"

손에 아무것도 쥐여 있지 않은 포로들은 피를 토하며 쓰러져 나갔다. 시체 위에 또 시체가 쌓이고… 악에 바친 포로들이 "이 개만도 못한 인민군

쌍놈들아!"·"너희들이 뒈질 날도 멀지 않았다."·"악귀 같은 공산폭도들에게 죽음이 있으라!" 하며 쓰러진다. 땅 바닥은 시신에서 흘러나오는 붉은 피가 철철 흐른다.

길승섭은 소스라치듯 머리를 흔든다.

"말 마시오야. 그때 약 300명이 죽었소. 개죽음이고…"

다른 탄부가 묻는다.

"그럼 그 이후로는 그런 일이 없었소?"

"그거야 당연하지 않겠소."

누군가 "탄차가 내려온다!" 하고 소리친다.

동시에 똑같이 자리를 털고 일어나는 탄부들이다. 무척 습관이 된 동작처럼 보인다. 덜컹덜컹거리며 지하로 내려온 빈 탄차가 너무 야속스럽다. 또 여기에 가득 채워야 한다. 그렇게 부지런히 올려 보내도 하루 계획을 수행하기가 쉽지 않다.

"자!~ 또 부지런히 상차합시다. 힘을 내자구요."

작업 조장의 선동 발언이다.

안시현, 길승섭 등 10여 명의 탄부들이 마치 약속한 듯이 "예에!~"라며 답변한다. 좋든 싫든 하는 대답이다. 안 그러면 혹은 건성건성 일해도 저녁 총화시간에 대중 앞에서 비판을 받는다. 그러니 고분고분 응하는 것이 육신은 힘들어도 정신은 편하다.

안시현과 길승섭은 삽질을 힘껏 한다.

당에 대한 절대적인 충성심으로 꼭 그래야만 하는 것이다. 무엇보다 그것은 상부의 철저한 요구이자 의무적으로 노동당을 받드는 인민들의 무조건적인 마음이고 모습이기 때문이다.

사람들은 언제 어디서나 노동당의 '위대한 결정'과 '현명한 방침'을 조금이라도 어기면 무조건 '반동'이 되기 쉽다. 그렇게 되면 결국에는 자본주

64

의 날나리 남조선 사상이 아직 덜 빠져서 혁명과업수행에 건성으로 하였다고 혹독한 처벌을 받는다.

탄부들이 큰 소리로 "어이차!~ 어이차!~"하며 힘겹게 고달픈 삽질을 한다. 일종의 구령과 박자에 맞춰 규칙적으로 삽질하면 그나마 덜 힘들기 때문이다. 조금은 지혜로운 방법이나.

그렇게 탄부들의 진득한 땀과 함께 실린 석탄이 광차마다 가득 채워졌다. 신호수의 신호에 따라 지상을 향해 덜컹거리며 움직이는 광차다. 탄부들이 또 자리에 털썩 주저앉았다.

길승섭이 누군가를 본다.

"거기 변 동무는 어느 수용소에 있었소?"

"낙랑포로수용소요."

"그건 또 어디 있소? 우리 같은 남쪽 출신들은 현재 여기가 어딘지도 전혀 모르고 사는 길치들이오."

"평양 근교 낙랑벽돌공장 안에 있소."

안시현이 입을 삐죽 내민다.

"그러면 나나 길 동무가 일했던 탄광이나 광산일보다는 좀 쉬웠겠구면. 이런 막장 일하는 사람들이 제일 힘들지 않겠소?"

"몰라 그러지 그 일도 훨치 않소."

"그렇소?!~ 듣기에는 전혀 안 그래 보이는데…"

변구진은 서울 출신의 국군포로이다.

호리호리한 체구인 그도 전쟁에서 하루아침에 운명이 바뀐 불우한 사나이다. 변구진은 수용소에 들어온 다음날부터 벽돌공장에서 일했다. 수백 도의 고열에서 나오는 벽돌을 식힌 다음 화물차에 싣는 일이다. 어떤 때는 안달이 난 운전수들이 너무 독촉하여 제대로 식지도 않은 벽돌을 상차할 때는 숨이 컥컥 막힌다.

하루 노동과제물을 수행하지 못하면 저녁식사로 김치와 같이 받는 옥수수 3개 중 1개가 삭감이 된다. 그러니 약육강식의 행동이 발생하기도 한다. 강자는 어떻게든 약자의 것을 빼앗아 먹는 것이 보통이고 그로해서 피투성이가 되어 싸우기도 하는 포로들이다.

변구진은 어느 날 고민했다.

'대한민국 국군은 우리 포로병들을 구출 안 하는가? 만에 하나 우리를 전사자로 알고 있지는 않는가? 우리는 비록 포로가 되었지만 분명 살아 있다. 혹시 인민군 장교들에게 우리를 고향 남쪽으로 보내달라고 강력하게 항의를 해야 하는 것 아닌가?'

비단 자기만의 생각이 아니었다.

몇몇 동료들이 이런 말을 이구동성으로 조심스럽게 내비쳤다. 어떤 이는 자주, 큰 목소리로 발설하기도 했다. 그런데 웬일인지 그런 사람들은 하나 같이 며칠 뒤부터 얼굴을 보이지 않았던 것이다. 하도 이상해 '그들만 석방시켜 남한으로 보냈나?' 하는 생각도 들었지만 훗날 소문에 따르면 모두 총살되었다는 것이다.

이후로 '귀향요구'를 하는 포로가 전혀 생기지 않았다. 그렇게 국군포로들은 하나 둘씩 사라졌고 남은 사람들도 모두 벙어리가 되었다. 낮말은 새가 듣고 밤 말은 쥐가 듣는다는 말 그대로였다.

변구진의 인상이 찌그러졌다.

"그나저나 우린 이젠 영원히 탄부로 살아야 되오?"

"…"

"아니?!~ 모두 꿀이라도 먹었소?"

"…"

"입 가진 자들을 말 좀 해보시오."

아무 말도 없는 동료들이다.

모두가 천장만을 멍하니 쳐다본다. 조국이 준 군복을 입고 손에 총을 들고 전선에서 싸우다가 재수 없게도 인민군에 포로가 된 그들이다. 하루아침에 운명이 바뀐 그들은 각자 다른 포로수용소에서 힘든 노동을 하다가 어느 날 기차에 오르라는 인민군 군관의 명령에 따랐고 이틀이 지나 이곳으로 왔던 것이다.

어두운 유개화물차량 안에 갇혀 지나온 산천이며 고장은 전혀 기억에 없다. 시간과 날짜도 물론 모른다. 오로지 눈감고 떠나온 남녘의 고향만 그려보았다. 잊지 않으려고.

오늘의 모습은 과거 상상도 못했다.

군복을 입고 국가를 지키다 싸우는 과정에 가령 전사하거나 부상을 당할 수도 있다. 그것은 반드시 있을 수 있는 상황이기에 분명 군인으로 각오했었다. 그러나 불행하게도 포로가 되면 어쩌나 하는 것은 생각조차 못한 그들이다. 설령 포로가 되더라도 국제법에 따라 각각 상태 측에 넘겨주는 것이 법인 줄 알았다.

그런데 자신들은 지금 어떠한가. 가장 위험하고 고된 노역장인 탄광의 지하막장에서 밤낮 탄을 캐는 인간기계가 되어 버렸다. 이런 최악의 환경에 처한 자기들에게 어떻게 희망이 있겠는가.

탄부들이 한마디씩 한다.

"이봐. 변 동무! 너무 흥분하지 마소."

"그냥 팔자라고 생각하오… 그러면 마음이 좀 편하오."

"암울한 우리의 앞날을 어떻게 알겠소?"

"모두 나라 잘못 만난 덕이오."

"나라? 허참!~ 우리에게 과연 나라가 있소?"

흥분하면 좀처럼 주체를 못하는 변구진이다. 그의 다급한 성격을 잘 아는 동료들은 더러 못 듣고 못 본 척한다.

괜히 별것 아닌것 갖고 말싸움으로 번지는 경우도 자주 있다. 그러면 또 매주 토요일에 진행하는 생활총화시간에 대중 앞에서 호되게 비판을 주고받아야 한다. 골칫거리 아픈 일은 저리 피하는 것이 최상의 상책이라고 여기는 일부 동료들이다.

총화시간마다 "○○동무는 수상동지의 혁명사상이 부족해서 강연시간에 끄덕끄덕 졸았다." "XX동무는 당에 대한 충성심이 없어 작업시간에 게으름을 피웠다"는 등의 사상비판이 있다.

그것이 일명 '생활총화'!

노동과 생활에서 사소한 결함이 있어도 전부 정치적으로 평가하고 검증하기에 무서운 것이다. 과오의 신중성을 따지는 데서 사상이 어떻소, 변질되었소, 생각이 이렇다 저렇다 하면서 정신적 괴롭힘을 주고받는 것이 총화의 본질이다. 그러니 이런 모습을 피하기 위해 일상에서 어떤 결함에 대해 서로 모르는 척하기도 한다.

하도 이런 생활 속에 살다 보니 탄부들이 꾀가 생긴 것이다. 이것도 요령주의라며 비판을 받지만 그러려니 하는 그들이다.

안시현이 자리에서 일어났다.

그리고 다시 빗자루를 들었다. 출근길에 오른 동네 사람들이 다소 측은한 눈길을 보낸다. "아아. 기차라! 아매도 없이…" "안 아배가 혼자 고생도 많소야!" 하는 동정의 안쓰러운 눈빛들이다. 하도 반복되는 풍경이어서 이제는 만성으로 받아들이는 안시현이다. 자신의 숙명이라고 생각하기에 마음이 조금 편하다.

안 그러면 본인 정신건강만 손해다.

안시현의 아내 김화옥은 전후 함경남도 함흥에서 직장생활을 하다가 '반동가족'이 되어 여기 아오지 마을로 추방되어 왔다. 그녀의 부친이 어느 날 가까운 동료들과의 술자리에서 "일제시기에도 조선 땅 곳곳을 자유롭게 다녔는데 사회주의 공화국 제도가 너무나 인민들을 통제한다"는 말을 하였다. 이후 몇 차례 안전부와 보위부에 불려가서 조서를 쓰고 결국에는 하루 아침에 반동집안이 되었던 것이다.

사람들은 조석으로 말조심한다.

일상에서 주민들의 작은 정치적 실언(말실수)이라도 중대한 사상적 문제로 보고 보위부가 사건을 담당한다. 비밀정보 기관 보위부의 결정에는 그 누구든 어떤 이유와 구실이란 있을 수 없다.

안시현과 김화옥은 지인의 소개로 결혼했다.

말이 결혼이지 두 사람은 얼굴을 대충 보고 노란 옥수수밥 한 그릇에 된장찌개 한 종지 놓고 식사한 것이 전부다. 몹시 가난한 시절이라 누구라 할 것 없이 많은 사람들이 그렇게 결혼식을 했다. 안시현은 가족도 없고 김화옥도 적은 친척이었다. 이후 아들, 안칠성이 태어났고 안시현은 가족이라는 공동체의 세대주가 되었다.

새 생명이 주는 기쁨은 대단히 컸다.

자기에게 분신이 달린 소중한 가족이 생겼다는 것! 이는 어쩌면 새로운 희망이 생긴 것이다. 사랑하는 그 가족을 위하는 책임성이 있어야 할 것이다. 그것은 나라의 법이거나 공민의 의무는 아니지만 최소한 인간의 양심이고 도덕이 아니겠는가.

그래서 남보다 더 부지런히 일을 한 안시현이다. 쉬는 날에도 충성의 애국노동으로 많은 시간을 현장에서 보냈던 것이다.

고난의 행군은 안시현 가족에도 왔다.

국가가 주민들에게 식량배급을 안 주는 실정이니 어느 집이나 생활이 곤란하기는 똑같다. 다행히 부양(주부)인 김화옥이 장마당 출입이 가능했다. 5식구의 가족을 굶겨 죽이지 않으려면 수단과 방법을 가리지 않고 장마당에서 무슨 장사를 하던 돈을 벌어야 했다. 하루 잘 벌면 100원인데 그 돈으로 옥수수 2kg 사면 끝이다.

그 귀한 옥수수 2kg은 탄광에서 고단한 일을 마치고 퇴근해오는 허기진 아들내외 손녀가 조촐한 저녁밥상에 마주앉으면 그야말로 한순간에 게 눈 감추듯 하는 양에 불과하다. 그래도 이렇게라도 못하면 온 집안 식구가 쫄 딱 굶어죽을 판이다.

치열한 생존투쟁이 그렇게 힘들다.

언제나 입버릇처럼 "영감 복이 없으니 자식 복도 없재오. 어이구 내 팔 자야. 원통해서 어찌겠소야?" 하던 김화옥이다.

잊을 만하면 질러대는 아내의 궁상맞은 푸념과 욕설은 날이 갈수록 심 했다. 마냥 답답한 심정의 안시현은 아무 말도 못하였다. 그래도 남조선 출 신인 자기와 결혼하고 아들을 낳아준 것만도 귀 잡고 땅에 코 닿을 정도로 인사를 해도 모자랄 정도이었다.

배고픈 식구들을 어떻게든 뭐라도, 조금이라도 먹여 살리는 구세주와 같 았던 김화옥은 수년 전 교통사고로 사망했다.

자기 거주지역에서 타 지역으로 넘나드는 교통수단이 없어 대부분 운전 수에게 담배나 술을 바치며 화물자동차를 이용해도 운이 좋은 날이다. 어 느 추운 날 많이 쌓인 눈길에 산 고개를 달리던 화물차가 갑자기 전복되는 바람에 죽은 김화옥이다.

가정을 지켜주는 따뜻한 아내였다.

김화옥과 결혼하여 가정을 이루고 살면서도 마음 한 구석에는 항상 남 녘땅 고향에 계시는 어머니 생각으로 괴로움을 달래고 달랜 안시현이다. 중년시절을 보낼 때도 어쩌면 자기 아내에게서 고향 어머니의 사랑을 애 써 찾아보려고도 했다.

사회적 동물인 사람의 생활이 참 미묘했다. 나이가 들수록 어린 시절이 더욱 생각나고 향수에 빠지는 것만 같았다. 한 여름 남해 바닷가에서 동무들과 헤엄치며 놀던 모습, 어머니의 일손을 도와 시장에서 생선을 팔던 일, 아버지 있는 친구들의 집에 가서 부러움을 금치 못했던 유년시절까지 모두 영화처럼 지나간 과거생활이다.

타고난 운명이고 선택된 생활이다.

언제인지는 아무도 모르나 통일이 되는 날까지는 꼭 살아야 한다. 죽어도 고향 땅에 묻히고 싶은 것이 인간의 본능이 아닌가. 따뜻한 고향 남쪽이 무척 그리운 안시현이다.

때로는 고목 같은 자기가 자식들에게 조금은 짐이 되지 않는지 조용히 자책할 때가 많다. 그래도 가능하면 꼭 살고 싶다. 이제나 저제나 필히 기다리는 통일의 날이 오면 고향에 가서 어머니 산소를 찾아 목 놓아 울고 싶은 간절한 소원이 있기 때문이다.

안시현이 답답한 심정을 불로 태우려는 듯 연거푸 담배를 문다. 집안 유선방송의 노랫소리가 그의 마음을 무척 허빈다.

햇빛 따사론 보금자리로
기럭 기러기 찾아서 가네
조국의 노래 함께 부르며
정든 그 품에 나도 안기리

둥근 달 밤, 동구길…

탄광마을 입구에 시냇물이 졸졸 흐른다.

사방을 둘러보아도 여기저기 버럭무지를 포함한 거무스레한 풍경의 이미지뿐인 이곳에 내천이 있다는 것이 신기하다. 버들가지 길게 드리운 물가에 시골 정서가 물씬 풍긴다.

한여름 따가운 햇볕이 내려 쪼이면 개구쟁이 아이들의 물 놀이터, 저녁에는 어른들의 등목장소로 동네주민 공용 공간이다. 석양노을이 곱게 비쳐진 냇가 주변에 진달래, 개나리 등이 피어 있다. 어디선가 "꼬르륵!～ 꼬르륵!～ " 개구리 울음소리가 들려온다.

청춘남녀가 손목잡고 사랑을 고백하며 걷기 좋은 동네 오솔길, 그 주변의 아름다운 자연풍경이 한껏 심금을 부풀게 한다.

따뜻한 봄날의 초저녁 풍경.

백두의 혁명전통을 이어받은 오각별이 빛나는 군모, 초록색 인민군 복장에 중위 견장을 단 전충혁은 고모사촌형인 황호재한데 소개 받은 고설란과 다정히 냇가를 걷는다.

20대 중반의 나이인 총각군관(장교) 전충혁은 사뭇 으쓱한 표정이다. 사회의 결혼적령기 처녀들이 다소 부러워하는 '영예로운' 인민군 군관이니 말이다. 거기에 연애 중매자가 친척이라 더욱 신뢰가 가는 입장이다. 6·13 청년탄광의 '미녀선동원'으로 소문이 자자한 고설란을 만나 나란히 퇴근길을 걷는 그의 기분이 한껏 부풀었다.

전충혁의 눈에는 부끄러워하는 고설란이 마치 하늘에서 내려 온 선녀처럼 보였다. 어깨에 흘러 내린 곱슬머리, 하얀 얼굴에 빨간 입술, 맑은 눈동자로 금방 빨려들어갈 듯하다.

"이름이 설란! 겨울 꽃이란 뜻입니까?"

"야아. 그런가 봅다…"

"이름 곱습니다. 저기!~ 혹시 겨울에 태어났습니까?"

"맞습다. 추운 1월 생임다."

"그러면 생활력도 강하겠습니다."

"야아!~ 조금…"

고설란은 수줍은 표정이다. 평소 농담이 많은 선전대장 황호재가 총각군관을 소개하는 소리를 했을 때 설마 했다.

어깨에 별을 단 군관이 뭐가 부족해서 한갓 탄광처녀를 자기와 일생을 같이할 아내로 맞이하려 할까? 그냥 심심풀이로 해보는 소리가 아닌지 하는 의구심도 있었다.

그러나 이후 진지한 상황임을 알고 자기도 모르게 정색한 자세로 전충혁의 사진을 들여다보고 또 보았던 것이다. 진짜 믿을 만한 사람일까? 사람 나름이 아닐까? 모든 사람이 같을 수도 없고… 그렇게 며칠을 지나 이렇게 만났으니 조금 꿈같은 일이다.

엄하고 굵은 목소리의 전충혁.

"조선인민군 군관의 아내는 견장 없는 병사로 생활력이 강해야 합니다. 경애하는 최고사령관 김정일 장군님의 명령에 따라 군관 아내는 가족소대로 부대보조 활동을 합니다."

"…"

"주로 해마다 인민무력부(국방성)적으로 진행하는 3대혁명 붉은기중대 판정지원 사업이라든가? 갖가지 후방사업 등에 가족소대가 한몫을 단단히 하죠. 그리고 군인병사들을 자기 자식처럼 생각하고 그들의 애로사항도 적극 찾아내어 도와줘야 합니다."

"야야!~"

"참! 내 이름은 전충혁입니다. 대를 이어 혁명에 충실한 사람이 되라는 뜻에서 부모님이 그렇게 지었습니다."

전충혁은 병사생활 7년 만에 당원이 되었다.

고등학교를 졸업하고 입대 군복을 입은 첫날부터 인생 최고의 목표인 '노동당 입당'이 빠르거나 너무 늦지도 않은 기간에 실행되었다. 인민군 복무생활에서 모범적인 병사들로 보통 4~5년 만에 군관학교로 가는 것에 비해 늦었지만 당원이 되어갔던 것이다.

군관학교 학생들 중에는 학교를 졸업하고 노동당에 입당하는 사례가 보편적이다. 당원인 전충혁은 우수성적(수석)으로 공부를 잘하였기에 일반 졸업생들 중 드물게 1계급을 넘어 승진하였다. 보통 군관학교 졸업생은 소위계급을 달고 부대로 배치를 받는데 그는 한 단계 위인 중위계급에 직무도 부중대장이 되었다.

이제 남은 것은 결혼만 잘하면 된다. '가화만사성'이라고 가정이 화목해야 밖의 일도 잘하지 않겠는가. 그러면 군사복무에 더욱 충실하고 생활에서도 모범을 보여 줄 그다.

"제 이름이 다소 혁명적 아닙니까?"

"그게 좋지 않습가?"

"정말입니까? 설란 동무!"

"너무 멋있습다. 충혁 동지!"

고설란의 눈에는 연모의 빛이 흐른다.

자기가 마치도 꿈속에 있는 것 같은 느낌이다. 어쩌다가 한 편의 영화 같은 이런 황홀한 순간이 자기에게 왔는가. 키도 크고 잘 생긴 전충혁의 얼굴은 그녀가 지금까지 보아왔던 여러 남자들에게서 전혀 못 봤던 그야말로 최고로 멋진 모습이다.

멋있는 군복 옷깃의 두 견장에 달린 4개 별은 마치도 저 하늘의 별처럼 자기 앞길을 환히 밝혀줄 것만 같다. 그 휘황찬란한 길을 전충혁과 손잡고 가면 아름다운 행복이 넘칠 것은 분명해 보인다. 둘 사이에 고운 아기도 태어나 가족이 될 것이다. 그 애도 분명 아버지의 뒤를 이어 군인이 되면 부자 혹은 부녀 군인가족이 되는 것이다.

이루지 못할 꿈은 전혀 아니다.

그녀가 만약 이 순간을 놓치면 다시는 이런 절호의 기회가 오지 않을 듯싶은 예감이 든다. 자기 주변의 동료들을 봐도 인민군군관에게 시집을 간 경우가 드물다. 그만큼 대중이 무척 선호하는 결혼이 사회처녀가 군관의 아내가 되는 것이다.

인민이 준 군복 옷깃에 번쩍거리는 별을 단 이 남자의 마음을 반드시 잡아 그의 아내가 되려는 마음이 굴뚝같은 고설란이다. 하여 동료들과 탄광마을 사람들에게 보란 듯이 "나 조선인민군 군관의 아내가 되었다!"고 뽐내고 싶은 욕망이 가득한 그녀다.

"충혁 동지는 아주 미남임다."

"예? 제가요? 허허. 듣기는 좋습니다. 허허!"

"어째 웃슴까?"

"제가 '미남'이란 소리 처음 듣습니다."

"호호!~ 너무 겸손하심다."

"처음 만난 저를 멋진 남자로 봐줘서 고맙습니다. 설란 동무! 내 동무의 기대에 어긋나지 않게 잘할 자신이 있습니다."

"어머?!~ 무엇을 어떻게…"

"동무 생일을 매해 축하해주고 결혼하면 그날을 기념일로 정하고 작은 선물도 꼭꼭 드리겠습니다."

"야야!~ 그게 정말임까?"

"장군님의 전사는 한 입으로 두 말 안 합니다."

"감사함다. 충혁 동지!"

"뭘요? 제가 더 고맙습니다."

전충혁은 매우 만족한 모습이다. 그는 군관학교를 졸업하면서 새로 배치 받은 부대의 부대장으로부터 이왕이면 결혼할 색시를 데리고 오라는 '특별 명령'을 받았다. 실제 대부분 군관 선배들도 그런 규칙을 따르는 것이다. 새로 임명 배치된 부대업무에 집중하기 위해 가족사를 포함한 사소한 일에 신경을 덜 써야 좋기 때문이다.

인민군에서는 장장 10년간 군사복무 기간에 휴가는 딱 한 번 있을까 말까다. 군인생활 규범에 있기는 하나 형식적이다. 외출은 거의 없기에 사회 생활의 방법과 상황을 잘 모르는 군인들이다.

그렇다고 총각 군관들에게 결혼을 하라고 따로 휴가나 시간을 주지 않는다. 대부분 친인척, 지인의 소개로 이뤄지는 군관들의 결혼은 그야말로 전투적이다. 육안으로 보았을 때 신체에 불치병이 없고 가족 중에 반동분 자가 없으면 웬만해서 성사되는 혼사다.

싱글벙글 좋아하는 전충혁.

그가 사촌형 황호재로부터 결혼대상자 처녀 고설란을 소개 받고 내심 반 겼던 것은 그녀가 '예술선전대원'인 점이다.

우선 흔한 직업이 아니다. 특정 장소에서 악기연주와 가창, 선동구호 발 표 등으로 대중을 당정책 관철로 선동하는 그 직무가 너무 마음에 들었 다. 많은 사람들이 조금 부러움의 표정으로 봐주는 그 순간이 아니겠는가. 대중이 우러르는 우상이니 말이다.

그럴만한 이유가 있었다.

전체 인민군 부대서는 해마다 수령(김일성·김정일)의 생일과 인민군창건, 당창건 기념일 등에 군관아내들의 '충성의 가족예술소조공연'이 성대히 진행된다. 노래와 시낭송, 무용, 악기연주 등으로 군인병사들을 대상으로 예술선동을 하는 것이다. 보통 30일간 열성적인 준비연습을 했다가 당일 전날에 부대회관에서 진행한다. 이는 최고사령관의 명령으로 실시되는 행사이기에 철저한 것이다.

가령 고설란과 결혼하면 그녀가 이런 때 한몫을 해줄 거라는 기대가 드는 전충혁이다. 그러면 자기 체면도 올라갈 것이 분명하다. 주변에서 "색시 잘 골랐다!"고 부러워할 것이다.

"설란 동무의 부모님은 뭐 하십니까?"

"선전대장 동지가 말 안 했슴까?"

"아!~ 대충은 들었지만…"

"탄광에서 40년 근무한 아버지는 연로보장으로 집에서 쉰다. 탄광영양제식당서 일했던 어머니도 현재 부양(주부)임다."

"아! 그래요?"

"형제는 무남독녀임다. 왜 싫슴까?"

"아니요. 그야말로 노동계급의 집이네요. 형제가 없는 것은 좀 외로울 수 있으나 생활이 어려운 요즘 시기에 좋을 수도 있지요. 가지 많은 나무에 바람 잘 날 없다고 형제들도 화목하지 않으면…"

"호호! 그건 맞는 말임다. 호호!"

"아니? 왜 웃습니까?"

"노동계급이라고 하니 어딘가 모르게 혁명성이…"

"혁명사상을 싫어합니까?"

"아, 아님다. 좋아해도 너무 좋아함다."

고설란은 살짝 어색한 눈치이다. 조국을 보위하는 인민군대 군관의 아내가 되겠다는 여자가 사상이 나쁘면 자격이 없다는 것쯤은 기본적인 상식이다. 적어도 손에 총을 들고 혁명의 원수와 마주한 인민군대에서만큼은 철저한 투쟁정신이 필요하다.

가령 고설란이 노동당 충성의 사상정신을 하찮게 여기는 발언이나 내색을 보였다면 전충혁은 생각할 필요조차 없이 즉시 등을 돌렸을 것이다. 가정에도 당에 대한 충성심이 있어야 한다.

아무리 이성적으로 좋다고 해도 그런 여성을 신붓감으로 데리고 부대로 간다는 것은 상상도 안 되는 그림이다. 일상에서 군관의 아내들도 가족소대를 만들어 인민군대를 원호하고 사회생활도 남보다 모범적인 모습을 보여야 한다. 아내의 '불량모습'이 자칫 자신의 정치적 생명에 어두운 그늘을 드리울 수 있는 것이다.

서서히 어둠이 깃들기 시작한다.

하늘에 두둥실 떠있는 하얀 둥근달.

어디서 삐르륵!~ 삐르륵!~ 하고 들려오는 정겨운 풀벌레 울음소리. 한참을 걸은 두 사람은 다리가 아픈 눈치다.

전충혁이 "설란 동무! 우리 좀 여기 앉았다 가지 않겠습니까?"라고 묻자 고설란이 대뜸 고개를 끄덕인다.

처음 만난 남자 전충혁이, 그것도 어깨에 별을 단 멋진 조선인민군 군관 총각이 자기를 마치 구면인 양 친근한 어조로 '설란 동무!'로 다정히 불러주니 너무 좋았다. 마치도 저 하늘가로 훌훌 날아갈 것 같은 기분으로 마냥 설레는 고설란이다.

하늘의 별들이 초롱초롱 빛을 뿌린다.

다급한 성격의 전충혁이 꽃밭의 잔디 위에 그냥 앉으려는 순간 고설란이 "저기! 잠깐만요. 여기 보자기가 있슴다" 하며 팔에 걸린 손가방 안에서 보자기를 꺼내어 바닥에 살포시 깔았다. 전충혁이 환한 미소를 보인다. 아무렴 그렇지 여자는 이렇게 꼼꼼한 부분이 있어야 곱지. 여자의 마음은 얼굴이 아니고 마음이라고 했지.

두 사람은 보자기 위에 앉았다.

전충혁은 17살에 고등학교를 졸업하고 군대에 나왔고 군사복무 10년간 단 한 번도 이렇게 처녀와 나란히 앉아보지 못했었다. 성인이 되어 처음으로 지금 처녀와 한자리에 그것도 결혼할 대상자와 있다고 생각하니 마음이 무척 두근두근거린다.

이 아름다운 여성을 꼭 자기 아내로 만들려는 욕망이 솟구친다. 전충혁은 군복상의 주머니서 담배를 꺼내 물었다.

궁금한 눈빛의 고설란이다.

"저기!~ 충혁 동지의 가족은 어떻게 됨까?"

"저의 형님한데 못 들었습니까?"

"대충 듣기는 했는데. 그래도 정확히…"

"예! 알려드리죠. 저의 아버지는 식료공장 자재지도원인데 내년에 연로보장을 받습니다. 과묵한 성격으로 잔소리는 전혀 할 줄 모릅니다. 그게 좋은 건지 나쁜 건지 저도 잘 모르겠습니다. 허허!"

"…"

"그리고 어머니는 인민반장을 20여 년째 하고 있습니다. 인민군대원호사업, 농촌지원전투, 건설장자재지원 등에서 특출한 모범을 보였기에 시(市)당에서도 여러 번 표창과 감사장을 받았죠. 부모님은 모두 함경북도 청진시 토박이들입니다."

"아아. 그렇습까. 참!~ 대단함다."

"그리고 내가 맏이입니다. 남동생 2명 있는데 인민군대에 복무 중이죠. 우리 3형제 이름은 전충혁, 전실혁, 전성혁입니다."

"어머? 이름 가운데 글자 합치면 '충실성'? 맞습까?"

"정확히 맞습니다!"

"야아. 너무 멋있습다. 당과 수령, 조국과 인민에 대한 무한한 충실성을 간직한 아들들이 되라고 그렇게 지었는가 봅다."

"우리 어머니가 지었답니다."

"저기!~ 혹시 어머니가 대학졸업생 아임까?"

"예! 부모님은 대학졸업생입니다."

순간 고설란은 속으로 조금 뜨끔하다. 중졸학력의 자기 부모에 비해 대학졸업생 부부인 전충혁의 부모님은 어쩐지 높은 간부들처럼 느껴진다. 자기가 사회생활을 해보니 어찌되었든 배운 사람들이 대중을 인솔하며 일하는 것이 무척 부러운 것이다.

자기와 나란히 앉은 멋있는 남자 전충혁은 앞으로 군사대학으로 갈 확률도 많아 보인다. 부모나 자기가 이루지 못한 대학공부를 시부모님이 되실 분들이 하였고 또 앞으로 전충혁이 할 수 있다고 생각하니 내심 기쁘기 그지없는 고설란이다.

일상에서 조금이라도 배우고 교양적 가풍이 있는 시집으로 가고 싶은 것은 모든 처녀들의 꿈일 것이다. 본인의 수양을 위해서는 물론이고 미래에 태어나는 2세의 가정교육을 생각하면 더욱 그렇다.

전충혁이 담배를 비벼 끈다.

"설란 동무! 아버지 고향이 어딥니까?"

"남조선 인천이라든가?"

"서해 바닷가에 있는 항구도시이군요. 맞지요?"

"인천을 잘 암까?"

고개를 끄덕이는 전충혁이다. 그는 서울은 남조선의 수도이고, 부산이 두 번째로 큰 도시라는 것. 3면이 바다로 되어 있어 일종의 섬이나 다름없는 남조선에 미군만 없으면 사실상 북조선이 적지 남조선을 단 3일이면 해방할 수 있다고 한다. 그러면서 경애하는 김정일 장군님의 남조선해방 전투 명령만을 간절히 기다리는 조선인민군 군관들, 특히 전연지대 군관들은 남조선 지형을 손금 보듯이 한다고 했다.

그가 근엄한 어조로 계속한다.

"인천은 지난 조국해방전쟁시기 우리의 영웅적 인민군해병들이 월미도 사수 전투를 했던 곳입니다."

"아아. 그런 것 같슴다."

"영화 〈월미도〉에서 보듯 그 전투 대단했습니다. 한 개 중대 인원으로 월미도를 일주일간 지켜낸 조선인민군 해병들의 이야기죠. 그 영화 주제가 〈나는 알았네〉가 한때 엄청 유행되었죠."

봄이면 사과 꽃이 하얗게 피어나고
가을엔 황금이삭 물결치는 곳
아 아 내 고향 푸른들 한줌의 흙이
목숨보다 귀중한 줄 나는 나는 알았네

전충혁이 조용히 노래를 불렀다. 곁에 있는 고설란이 두 눈을 크게 뜨며 "어머! 노래 실력이 대단함. 충혁 동지!"라고 한다. 부끄러운 안색을 급히 감추는 전충혁이 "경애하는 최고사령관 동지의 명령에 따라 조선인민군 군관은 실력(업무능력), 필력(글쓰기), 구력(선동재능) 모두 갖춰야 합니다"라고 한다. 그것이 유사시는 물론 평화적 시기에도 간부업무 능력향상에 적극 도움이 된다고 덧붙인다.

사기충천한 전충혁이다.

"그때 더글러스 맥아도 사령관이 주도한 유엔군과 남조선군의 인천상륙작전이 없었다면 인민군대의 전략적 후퇴도 없었을 것이고 우리는 남조선을 통일했을 것입니다."

"야아. 정말임다!"

"그렇게 되었다면 설란 동무 아버지 고향인 남녘 땅 인천에도 우리가 어떤 어려움 없이 오고가는 것 아니겠습니까? 물론 인천의 부모님이 우리 부모님이 계시는 북녘 땅 함경도로 기차나 버스를 타고 아무 때나 오가는 날이 되고 말이죠. 안 그렇습니까?"

"맞습다. 충혁 동지!"

"우리는 조국통일을 목표로 군사임무를 수행하는 조선인민군입니다. 북과 남이 통일되는 그날은 영광의 날일 것입니다."

"그날이 어서 왔음 좋겠습다."

"조국통일의 날은 반드시 오고야 말 것입니다."

"저도 확실하게 믿습다."

"장군님 계시어 우리 조국이 무궁 번영하듯이 그이께서 계시는 한 민족의 숙원인 통일은 꼭 이루어집니다."

"야아!~ 맞습다!…"

"상상만 해도 기분이 좋습니다."

"무슨 상상 말임까?"

"우리나라가 통일이 되면 정치강국, 군사강국, 경제강국이 됩니다. 그러면 세계에서 으뜸가는 나라로 거듭날 것입니다."

"야아!~ 그렇습까?"

청춘남녀가 결혼을 목표로 순수 서로를 알기 위해 달콤한 사랑의 대화를 나누는데 엉뚱하게도 미군과 전쟁, 통일과 혁명 등 무겁고 딱딱한 소리가 나온다. 전충혁은 군관으로서 자신의 유식함을 많이 처녀에게 보여주려고 한다. 어느 누구의 눈치도 없다. 달빛 밝은 이 밤중에 자기를 마음껏 자랑하고 싶은 욕망뿐이다.

고설란은 자기대로 생각이 있다.

일단 자기가 군관의 아내가 되려는 생각이 우세하기에 전충혁의 어떤 소리도 다 멋있게 들린다. 사실이고 아니고는 중요치 않다. 그냥 이 남자의 품에 안기는 것이 목표다. 그녀의 연모의 눈빛이 그 심정을 충분히 말해주고도 남는다.

"참! 설란 동무 아버지는 남조선 의용군 출신입니까?"

"아아. 맞슴다."

"대단합니다. 어쩌면 진짜 영웅입니다."

"아아?!…"

"남조선정권에 침을 뱉고 등을 돌렸으니 말입니다. 노동자, 농민이 나라의 주인이 되는 우리 공화국정권이 얼마나 좋습니까? 미제의 식민지 썩어빠진 남조선에서는 한줌도 못되는 지주, 자본가들이 수많은 인민들의 피를 빨아 먹고 삽니다."

"…"

"우리 인민군 병사들은 언제라도 경애하는 최고사령관 김정일 동지께서 조국통일 명령만 내리신다면 단숨에 달려가 침략자 미제를 모조리 소멸하고 남조선을 해방할 것입니다."

고설란은 살짝 얼떨떨한 마음이다.

실제로 아버지 고수봉이 일상에서 "내 고향은 남조선 인천이다", "나는 남조선 군인이었다"고 정도만 이야기했지 다른 상세한 소리는 크게 없었다. 남조선 태생임이 좋은 소리는 아니어서 그것도 누가 물었을 때 겨우 해준 대답이었다. 또한 자기가 자라면서 지금껏 아버지에게 이력에 대해 자세히 물은 적도 없다.

그냥 자기는 '아버지 고향은 남조선 인천'이라고만 알고 있었다. 과거에는 별 신경을 안 썼던 아버지 고향출신 문제가 이제 결혼을 하려보니 새삼 흥미롭게 떠오르는 사안이 되었다.

혹시 전충혁이 자기더러 남조선 출신 집안의 딸이어서 결혼할 수 없다고 선언하면 과연 어쩌나 하는 걱정이 든다.

"끄르륵!~ 끄르륵!~"

냇가의 개구리 울음소리.

전충혁이 사촌형 황호재한데 처녀소개를 받을 때 장인 될 사람이 남조선 태생이라는 것을 알고는 약간 당황했다. 그는 며칠을 고민하다가 부대 중대장에게 전화로 "결혼대상자가 남조선 출신 집안의 여자인데 괜찮은가? 나는 만나고 싶은데 혹시 중대장 동지나 정치부의 의견은 어떤지 궁금하다"는 내용을 토설했다.

그의 부모님도 조금 망설였다.

사실 네온사인이 밝은 도시에서 인민군 군관을 따라 전연부대가 있는 한적한 농촌이나 외진 산골로 시집가겠다고 선뜻 나서는 처녀도 쉽지 않은 것이 현실이다. 그렇다고 부모님은 한 집에서 같이 살 것도 아니고 아들이 데리고 갈 며느리니 선택은 아들에게 맡겼다.

이후 부대 정치부서 답변이 왔다.

결혼대상자 처녀가 남조선 출신, 연로보장자(정년퇴직자) 집안의 딸인 것이 문제가 될 것은 전혀 없다. 당사자인 처녀의 소속기관 조직생활 평정서나 양호한 건강상태, 가족 중 형제관계에서 별 문제(사회적 일반범죄)가 없으면 된다는 내용이었다.

어느덧 어둠이 내려앉았다.

개울건너 밭에서 구수한 흙냄새가 풍겨온다. 마을서는 희미한 전등불빛이 어려오고 하늘의 보름달이 밝은 빛을 뿌린다.

고설란은 조금 불안한 눈빛이다.

"충혁 동지! 제가 맘에 듬까?"

"예!~ 마음에 듭니다."

"저희 아버지가 남조선 출신인데도…"

"그게 뭐가 문제입니까? 남조선은 미국 놈들이 강점한 우리 영토의 절반이고 그 속의 인민은 우리가 구원할 동포입니다."

"…"

"나는 설란 동무가 마음에 퍽 듭니다. 꼭 저와 혁명동지가 되어서 당과 수령을 보위하는 총포탄 가정이 되기를 간절히 바랄 뿐이죠. 우리 이 순간부터 경애하는 김정일 장군님 받드는 조선인민군 군인가족의 길을 보무 당당히 함께 갑시다."

"야아. 그게 정말임까?"

"조선인민군 군관이 거짓말 하겠습니까?"

"정말 고맙슴다. 충혁 동지!"

다소곳이 고개를 숙이는 고설란이다.

순간 전충혁은 두 팔을 벌려 크게 그녀를 와락 끌어안았다. 그가 불편스러운 군모를 벗어놓고 뜨겁게 달아오른 자기 두툼한 입술을 고설란의 빨간 입술에 재빠르게 가져갔다.

그리고 두 눈을 꼭 감고 세차게 빨고 빨린다. 너무나 달고 또 달다. 얼마나 고대했던 이 순간인가. 고설란은 마치 기다린 듯 자기 입술을 쉽게 허락하고 전충혁을 목을 힘껏 끌어안는다.

두 사람은 용광로처럼 뜨거워진 욕정의 마음과 육신으로 서로 사랑의 넓은 품에 깊숙이 빠졌다. 얼굴이 빨개진 전충혁의 손은 저도 몰래 고설란의 셔츠 단추를 벗기고 그 속에 넣었다. 그리고 처녀의 봉긋한 가슴과 허리를 세차게 만지고 또 만진다.

주변의 고요함을 태워 버리는 두 남녀가 성인으로 처음 나누는 사랑순간이 이대로 멈췄으면 좋겠다. 하늘의 달님이 내려다보는 이 시각 대지에는 자기들만 있다. 한 쪽이 강렬히 끌어당기면 다른 쪽은 기꺼이 들어가려는 그 심신과 육체가 그야말로 불같다.

고설란의 얼굴에 미소가 가득 어렸다.

아름다운 그녀가 이렇게 조용한 밤, 한적한 장소에서 이성과 꽃 보자기 펴놓고 자리를 같이 해보기는 태어나 처음이다.

그동안 알게 모르게 부러운 눈빛으로 영화나 소설에서 보아왔던 멋진 순간이다. 눈부시도록 멋있어 보이는 이성만남의 주인공이 되었으니 어찌할 바를 몰라 하는 모습이다.

고설란이 전충혁의 몸을 밀며 말한다.

"충혁 동지! 걱정이 하나 있습다."

"뭡니까?"

"혹시 이렇게 제 몸을 다 만져놓고 훗날 모른 척 하면…"

"대체 그게 무슨 소리입니까?"

"저! 솔직히 이건 좀 말하기 어려운데…"

"일없습니다. 어서 말하십시오."

"일부 군인 동지들은 지역의 사민(민간인)집 처녀와 결혼 약속하고 제대 후 집으로 가면 모른 척한다고 함다."

"…"

"그러면 그 처녀는 동네에서 창피스러워 다른 지역으로 이사를 가거나 직장을 옮기는데… 이런 소리 처음 듣습까?"

전충혁의 얼굴이 어두워진다.

처음 듣는 소리도 아니고 엄연한 사실이다. 인민군대서는 병사들이 10년간 군사복무를 하며 고향집과 편지·소포(택배) 거래를 지역의 어느 민간 가정과 연계해 하는 것이 보통이다. 이유는 식품, 의약품 등 군수물품이 풍족지 않아서이고 상부 몰래 한다.

반대로 부대에서 피복이나 신발, 식량 등 군수물자를 빼내어 민간인에게 부탁하여 시장에 내다 팔고 그 돈으로 술과 담배를 구입하기도 한다. 주로 만기제대 1~2년 앞둔 병사들이 그러는데 남몰래 돈을 저축하여 제대 준비를 하는 경우도 있다.

일상의 군부대 내부 풍조.

보통 결혼적령기의 처녀가 있는 가정과 연계하는 것이 일반적이다. 그렇게 수년간 처녀의 집을 드나들며 자연히 정이 들어 연애도 한다. 처녀와 뜨거운 열정에 달아올라 사랑을 나누었던 병사가 제대하여 자기 고향으로 귀가하면 태도가 달라지는 것이 다반사이다. 여자로 할머니도 구경하기 어려운 심신산골에서 군사복무 할 때와 제대하여 도시에서 숱한 처녀들이 있는 황홀한 현실에 접하는 것이다.

일부 군인들은 제대하여 고향으로 가서는 시치미를 뚝 떼기도 한다. 군사복무 기간 약속했던 주둔 지역 처녀와의 사랑을 해놓고 "내가 언제 그랬냐?" 하는 식이다. 문제는 이런 비도덕적인 몰상식한 행위를 막을 방법이 전혀 없다는 것이 현실이다.

전충혁도 군관학교 생활까지 거의 10년간 군사복무를 하면서 주변에서 벌어지는 이 같은 풍경을 자주 목전에서 보았다.

"설란 동무! 나는 군관입니다!"

"군관은 군인이 아임까?"

"동무가 말하는 풍기 문란한 여성문제는 일부 상급병사들 중에 발생합니다. 적어도 우리 군관들 속에는 있을 수 없습니다."

"그게 정말임까. 믿어도 됨까?"

"생각해보시오. 수억 톤에 달하는 무거운 저 하늘의 별의 모형을 어깨에 달은 군관이 그런 나쁜 도덕성을 가졌다면…"

"어떻게 되는 검까?"

"무조건 군사재판에 회부될 것입니다."

"어머? 그게 사실입까?"

"아니면 군복을 벗는 겁니다. 어렵게 달은 이 어깨의 별입니다. 수백 대 일의 경쟁으로 치열하게 군관학교 공부를 마치고…"

"야아!~"

"그것을 포기한다는 것은 자폭행위죠."

전충혁은 확실히 고설란을 잡아야겠다는 마음뿐이다. 이 자리는 분명 자기에게 흡족한 기분이 들게 했다. 이 행복한 사랑이 결코 여기서 끝이 나면 안 될 것이 분명하다. 예술선전대원 고설란으로부터 기필코 결혼대상자로 낙점을 받아야 할 것이다.

마음이 더욱 뜨겁게 달아오른 전충혁이다. 몹시 흥분된 그가 다시금 고설란을 덥석 안고 힘껏 입을 맞춘다. 서로가 절박한 마음이고 이성 갈증에 목이 말랐던 총각군관 전충혁과 탄광처녀 고설란은 그동안 참고 참아왔던 불같이 뜨거운 사랑을 나누고 또 나눈다.

고요한 밤, 봄바람 산들산들 불어오는 냇가에 두 사람만 있다. 하늘의 밝은 달만 이들의 사랑을 물끄러미 쳐다볼 뿐이다.

막장에서 기막힌 수다

두두두!~ 두두두!~

갱 안이 당장 떠나갈 듯 요란한 소음이다. 안칠성이 투박한 손에 착암기를 굳게 잡고 운전한다. 저열탄층과 달리 고열탄층은 암반 못지않게 딴딴하다. 깊은 땅속에 묻혀 있는 석탄을 캐는 공정의 맨 앞부분에 있는 자신을 포함한 착암기 운전의 굴진이다.

탄부를 상징하는 직종의 대표직함이다. 그래서 아침출근길에 펼쳐지는 충성의 경제선동 공연에서, 공공장소 및 가정의 유선방송 내용이나 기업소 당위원회 주최로 진행하는 충성의 선서모임에서도 늘 '굴진공'이라는 이름이 제일 먼저 나오는 것이다.

현장에서 일할 때는 과묵한 모습인 안칠성은 깊은 뭔가에 빠졌다. 별로 좋지 않은 생각이다. 국군포로 출신인 아버지가 평생 일했던 이 탄광에서 오늘은 대를 이어 자신이 일하고 있다.

가만히 보면 기가 막히다.

아버지가 탄부이어서 그의 자식도 자동적으로 탄부가 되어야만 하는 억울한 이 사회가 학교에서 역사시간에 배운 노예사회와 뭐가 다른가. 대를 이어 양반자식은 양반이 되고 상놈자식은 상놈이 되었던 봉건사회와 뭐가 다른가 말이다. 허탈하기 그지없다.

말로는 '세상에서 가장 좋은 인민대중 중심의 사회주의 국가'라고 하지만 실제는 간부 중심의 사회가 아닌가. 국가서 내려오는 배려상품(선물)이나 생활필수품 등 물자는 간부들이 먼저 받는 것이 관례다. 정작 탄부들이 현장에서 땀 흘리며 일을 많이 했어도 그 성과는 간부들이 표창장이나 승진 등으로 평가를 받는 것이다.

뚝딱!~ 뚝딱!~

망치질 소리가 쩌렁쩌렁 울린다.

갱 안에서의 노동은 꼭 자기 맡은 직종만 하는 것이 아니다. 굴진공, 발파공도 때로는 채탄공처럼 광차에 석탄 싣는 작업을 하고 채탄공도 동발공의 작업보조를 해야 한다.

퍽이나 힘이 드는 동발작업을 맡은 초라한 탄부들의 작업 모습이 보인다. 이마에 땀이 송골송골 맺힌 발파공 길원철은 굴진 도중에 간혹 고열탄층이나 암반이 나타나면 발파를 맡은 담당자다. 그가 동료들과 함께 동발목(갱목)을 세운다. 굴진공들이 깊은 탄층을 향해 진로를 만들어 가면 뒤이어 바로바로 동발목을 세우는 공정이다.

이 일도 굴진에 맞춰 차질없이 이어진다. 약간의 시간이 지체되면 일부 부분이 붕괴되는 아찔한 사고가 나기도 한다. 그때는 이미 해놓은 굴진작업이 전부 수포로 돌아간다.

막장에서의 일은 항상 긴장함이다.

해말쑥한 얼굴의 길원철은 남조선 대구 출신의 국군포로인 길승섭의 아들이다. 안칠성과 고등학교 동급생으로 졸업 후 이곳 6·13청년탄광에 왔다. 억울한 사회진출이라고 생각한다.

아버지가 국군포로이니 군대입대나 상급학교 입학 등은 꿈도 꾸지 못했다. 그저 순풍에 돛단배마냥 정처없이 흘러가는 인생 구름 속에 자신을 맡겼을 뿐이다. 젊은 그에게도 분명 꿈이 있었겠는데 지금은 지하막장에서 발파 혹은 동발목을 세우고 있다.

막장에는 수수떡 빛깔의 뿌연 전등이라도 켜졌고 가스배출과 공기순환을 위한 관통이 설치되어 있다. 앞으로 수십 년 후 이 막장은 어떻게 변할까 상상하면 좋은 그림은 쉽게 안 떠오른다.

따르릉!～ 따르릉!～

휴식시간을 알리는 종소리.

"자!～ 좀 쉬고 합시다."

누군가가 외치는 소리이다. 여기저기서 착암기 소리가 멈춘다. 갱 안에서의 작업 중 공기환기 및 기계운전 정지 등으로 15분간 쉬는 시간이다. 착암기가 계속 가동하면서 전동기가 과부하를 받기에 고장이 잦다. 그것을 고치는 것이 휴식기간보다 더 길다. 결국 석탄생산 과제물이 상당히 미달되기에 손실인 것이다.

갱 안에는 석탄먼지로 인한 안 좋은 공기가 가득하다. 작업 규칙상 물을 뿌리며 석탄을 캐지만 간혹 물 공급이 안 되거나 지연되면 한치 앞도 내다보기 힘든 뿌연 먼지가 많이 찬다.

탄부들이 흙더미에 털썩 주저앉는다.

안칠성이 이마의 땀을 닦는다.

"그러고 보면 이 버럭이 좋을 때도 있소야. 안 그렇소야?"

동료들의 의아한 눈길…

"아니? 이 버럭이 어디에 좋단 말임매?"

"처리하재도 곤란한데 말임다."

"하하! 안 동무. 정신이 좀 잘못되지 않았소야?"

"아직 맛이 갈 나이는 아닌데…"

"그러기나 말임매."

안칠성은 빙그레 웃음만 지어 보일 뿐이다. 막장에서 석탄을 캘 때 적지 않게 나오는 버럭(버럭)은 광물성분이 전혀 섞여 있지 않은 잡돌이다. 어디에도 쓸모가 없는 귀찮은 돌(石)이다. 지상에 올려오면 어떤 웅덩이를 메우는 곳 등에는 쓸 수 있을지 몰라도 그것을 광차에 담아 올려오는 전기와 노력이 더 손해이다. 하여 막장에서 이래저래 방치되어 있다가 폐갱될 때 같이 버려지는 버럭이다.

그 버럭 위에 앉으며 말하는 안칠성.

"동무들! 왜 생각이 짧습매? 이 버럭 아니면 물이 질벅한 바닥에 앉겠소야? 허니 이 버럭이 유용하재오."

"…"

"어째? 모두 주둥이가 붙었습까? 내 말이 틀리면 대답 좀 해보소야. 평소에 말 쨀쨀 잘하는 동무들이 아님매?"

조용히 흐르는 침묵.

일부 탄부들이 쓸쓸한 표정을 짓고 또 몇몇은 고개를 숙이고 키득키득 웃는다. 가만히 듣고 보니 안칠성의 말이 정확히 맞다. 아무도 반론할 여지가 없는 것이다. 안칠성은 "그러니 조선말은 끝까지 들어봐야 뜻을 안다고 하지 않소야. 방금처럼 사람이 말할 때 비웃으면 인격모독이오. 명심하오야" 하며 으쓱해한다.

탄부들의 얼굴은 시무룩하다.

그리고 조금 진지한 모습.

어두운 이 막장에서 낮이나 밤이나 석탄을 캐야 하는 자신들의 인생이 너무 비참해 보인다. 고달픈 이들은 대부분 국군포로 2세들이다. 자기 아버지들이 청춘시절을 보낸 이곳 막장에 들어와 대를 이어 석탄을 캐고 있는 것이다. 그 아버지의 그 아들이 틀림없다.

교대별로 하는 작업시간에 석탄을 캐고 또 캐고… 휴식시간이 유일한 희망상상 순간이다. 그것도 한 두 번이지 망상이나 같다.

본인이 원해서 이곳 탄광으로 온 사람도 있겠지만 대부분은 군(郡)행정

위원회 노동과의 '강제배치'에 의해 여기가 종신 직장이 되어버린 것이다. 당국에서 지정해주는 직업을 거절하는 것은 반동행위에 해당되기에 상상도 못한다. 죽었소 하고 따라야 한다.

탄부들이 한마디씩 한다.

"이 막장이 우리 인생 막장이재오?"

"엉?~ 그게 무슨 소림까?"

"갱도 끝 지점인 이 막장이나. 인생 끝 지점인 우리들의 신세나 똑같다는 소리임매. 아이 그렇소? 내 말이 틀리오야?"

"하하! 그거 아주 신통한 비유임매."

"막장!~ 연극의 종장? 매우 비슷하오야."

"그렇지. 인생은 한 편의 연극이라고 하잖습매. 속이고 속고, 강자는 약자 위에 무섭게 올라타고… 안 그렇습매?"

"야아. 정말 올습매."

"지하막장!~ 인생막장!"

숙명인 양 매우 씁쓸한 눈빛의 그들이다. 단지 아버지가 탄부라는 이유로 자기 소질과 취미와는 전혀 상관없이 이곳 6·13청년탄광에서 밤낮으로 석탄을 캐는 젊은 노동자들이다. '위대한' 당에서 맡겨준 '혁명초소'이기에 절대 순종하는 것이다.

불운의 아버지들이 장장 40년 남짓 일했던 이곳에서 자기들도 그만큼 노동할 것이며 또한 자식들도 미래의 40여 년을 일할 것이다. 그러면 자그마치 한 세기가 넘는 기간이며 그 속에서 그들은 그냥 땅속에서 오로지 석탄만 캐는 기계와 동물 같은 삶을 산다. 그러니 막장 인생이라는 표현이 전혀 틀리지 않고 꼭 맞는 것이다.

전쟁이나 혹은 그에 준하는 자연재해 등이 없는 이상, 공화국 체제가 건재하다면 자신들은 대대로 여기서 탄을 캐며 살아야 한다.

길원철이 모두에게 말한다.

"누가 재밌는 이야기 좀 있으면 해봅소."

"허허! 우리 같은 두더지에게 뭔 좋은 일이 있겠습매? 밤낮 여기서 석탄이나 캐는 우리 석탄재에게 말이오야."

"두더지? 땅속의 두더지? 거참 신통한 말임매."

"올치비. 눈 뜨면 낮이나 밤이나 땅속에서 시커먼 석탄을 캐고… 감기면 집이나 합숙, 현장에서 잠자는… 그야말로 탄 캐는 기계인 우리에게 무슨 재밌는 소리 있겠소야?"

"석탄재? 그것도 말이 되오야."

"다 태운 석탄재는 쓸모가 없습매… 우리도 나이 먹고 일 그만두면 탄재나 뭐가 다르겠소야? 우리 때박이들처럼."

"야아! 그건 옳은 말이오야."

"요놈의 탄부 팔자가 대단히 억울함매."

'때박이'는 아버지를 지칭하는 함경도 은어 사투리다. 타고난 자기들의 운명을 한탄한들 어쩔 수 없음을 잘 알고 있으니 이렇게라도 잠시 자체로 위안을 가지려 한다. 태어나보니 아버지가 남조선 출신이고 만난 사회가 노동당체제다. 사람이 어느 시대 어떤 사회에서든 그 안에서 살아가려면 법과 질서를 따라야 한다.

이들도 분명 울고 웃을 줄 아는 사람이다. 그러니 생활의 원동력인 낭만적 희망이 확실하게 있는 것이다. 그렇지 않고 항상 우울한 기분과 표정, 비관과 절망에 빠져 있다면 무엇보다 본인의 정신건강만 손해일 것이다. 그 상상 희망의 수다시간이 지금이다.

계속되는 젊은 탄부들의 수다.

"어째 그러오야? 우리 탄부는 사람 아임까?"

"사람은 사람인데… 부류를 따지면 1등 머저리지."

"허허! 그러면 2등 머저리는 누구임까?"

"그쯤 아오야. 많이 알면 피곤함다."

"어서 말해주오야. 웃자고 하는 소린데…"

"그건 맞는 소리오. 에라이 모르겠다. 그럼 잘 듣소야. 2등 머저리는 농민이고 3등 머저리는 사무원이라재오."

하하!~ 허허!~

사회의 가장 일반적이고 최하계층인 노동자, 농민들의 일상생활에서의 고지식함이나 순수함을 '머저리'라는 이름에 붙여 표현한 것이다. 간부계층으로 이뤄진 당에서 이것 하라면 이것 하고, 저것 하라면 저것 하는 그야말로 로봇인생이 자신들이다.

그들에게 보이는 탄광기업소의 간부들은 하나 같이 큰소리나 떽떽 거리며 거드름을 피우는 것이 보통이다. 자나 깨나 "석탄 증산이고 또 석탄 증산"이다. 그래야만이 자신들의 자리도 유지되는 것이기에 더욱 탄부들을 채근한다. 간부들에게 조금이라도 대드는 것은 있을 수 없는 일이다. 그것은 당에 대한 도전으로 보기에 간부들에게 절대적으로 순종하고 또 순종하는 노동자들이고 대중이다.

자그마한 체구인 동발공 송수남은 사회 유행어를 남보다 빠르게 옮겨와 '따스통신'이란 별명을 가진 어느 국군포로의 아들이다.

그가 너스레를 피운다.

"내가 재밌는 이야기는 아니고… 이를테면 이름이라고 할까? 여하튼 그런 것 아는데 동무들에게 알려 달람까?"

"뭐요? 어서 말해보오야."

"야! 이거 맨입에 알려주기도 조금 그런데…"

"아니? 무슨 군사비밀이라도 되오?"

"남자 새끼가 쩨쩨하게 굴지 마오야. 그것도 웃자고 하는 소리 아님매?

나 참! 기분대가리가 나빠짐매."

"하면 될 게 아이오. 무슨 뻘까지 뿔어났소야?"

"화난 것 아니니 걱정 마오. 송 동무!"

탄부들의 눈빛이 다급해 보인다. 그들은 거무스레 막장에서 일을 해서 그런지 성격이 많이 거친 것이 보통이다. 갱도 안에서 자주 되는 정전사고로 일을 못하는 것은 괜찮은데 당일저녁 작업 총화시간에 대중으로부터 받는 비판은 정말 소름이 끼치도록 싫다.

탄광에서 자주 발생하는 갱도붕괴 사고로 죽는 사람이 많다. 현장에서 노동재해가 없고 저녁 총화시간에 대중비판이 없이 퇴근하면 안도의 숨이 나갈 정도이다. 그러니 하루살이 인생이다.

송수남이 헛기침을 하고 계속한다.

"요즘 항간에는 3부 똑똑이가 대세라고 함매."

"엉? 그게 뭔 소리임까?"

"사회에 세 부류의 똑똑이가 있는데 1등 똑똑이는 간부, 2등 똑똑이는 갑부, 즉 돈 많은 사람이라재오."

"오! 그거 신통이 맞는 말이오야…"

"올치비. 요즘 뭐니 뭐니 해도 돈이 최고 임매. 그것도 북데기 같은 국돈(내화)보다는 '딸라'가 최고 아이겠소야?"

"딸라! 참 좋지. 미국 놈들 돈이 돼서 그렇지비."

"돈에도 무슨 사상이 있소야?"

"청진 등 도시에는 딸라상점이 많다고 하던데. 딸라 구경도 못한 우리들은 줘도 쓰지 못하겠구만야? 안 그렇소야?"

"그래도 좀 있으면 좋겠수. 실컷 만져라도 보게…"

"아! 그리운 딸라! 딸라!"

실제로 지방 대도시 안에 위치한 몇 개뿐인 '딸라상점(외화상점)'은 달러와 엔, 유로, 위안, 루블 등 외국화폐를 전문으로 사용하는 상업봉사 시설이다. 일종의 종합마트인 그 안의 상품은 대부분 외국에서 수입한 제품이어서 외국돈을 받고 판매하는 것이다.

그에 비해 인민들을 대상으로 하는 일반 국영상점은 텅텅 비었다. 간혹 어쩌다 물건이 들어와도 '안내표'(쿠폰)에 의해서 배급되고 있는 실정이다. 그러니 많은 사람들은 자연히 외화상점에 더욱 의존하고 그 외화를 벌기 위해 동분서주하고 있다.

"그러면 3등 똑똑이는 어떤 사람들임매?"

"그야말로 3등이 아주 똑똑한데 바로 '과부'라재오."

"엉 과부?!… 과부가 왜?"

"차! 이런. 왜라니? 과부야 주인(남편)이 있소? 밤에 어떤 '간부'나 '갑부'를 잘 만나면 그게 똑똑한 거지. 님도 보고 뽕도 따고…"

"아! 알겠다. 그거 정말 신통함매."

"그러니 우리 남자들보다 여자들이 세상 살기는 더 편하오야. 나는 다음 생에 어떻게든지 꼭 여자로 태어날 검매."

"하하. 그것도 웃기는 소리오야."

"인생은 죽으면 끝임매. 좀 제대로 아오야."

"우리 때박이가 그러는데 사람은 죽으면 육신은 흙이나 재가 되어 없어지고 영혼은 그대로 살아있다고 함매."

"영혼이라는 게 뭐임까?"

"글쎄, 정신 같은 거 아닐까 함매…"

탄부들의 수다가 흥미진지하다. 가벼운 내용이면서도 어딘가 모르게 심오한 뜻이 담겨있는 그야말로 평소에 전혀 있을 수 없는 것들이다. 아무래도 어두운 땅속 아래 조용한 공간에서 가까운 동료들과 하는 자리고 시간이어서 조금 다르지 않을까. 당국의 철저한 통제로 외부세계에 대한 정보나 소식을 전혀 알 수 없는 이들이다.

"결국 탄부가 과부만 못하다는 소리오야?"

"정확히 올슴매."

"허허! 어쩌다 세상이 이렇게까지 되었는지? 참!"

"내 말이 그 말임매…"

"난 오늘부터 어느 과부와 선을 볼까 함매."

"그거 아주 기발한 생각이오야."

"이봐! 그래도 총각이 그건 아니지비."

"웃자고 한 소리임다."

어딘가 모르게 싸늘한 분위기이다. 방금 전까지 '머저리소리'에 통쾌히 웃었던 탄부들이 '똑똑이소리'에 시무룩한 얼굴이다. 자기 처지가 과부보다 못하다고 생각해서인 것 같다. 인민들에게 식량배급을 주지 않는 사회의 현실이 이런 풍경을 만들었다.

여자는 가정 부양을 핑계로 '장마당'(시장)에서 장사를 할 수 있는데 남자는 전혀 그럴 수 없다. 장마당 돈벌이에 맛을 들이면 나중에 혁명정신이 흐려져 당과 수령도 몰라보며 혁명을 배신할 수 있다고 한다. 그런 요소들이 결국은 황금만능 자본주의에 빠지는 위험한 행위이며 절대로 묵과할 수 없다는 것이다.

노동당의 철저한 인민정책이다.

그렇다고 기혼여성과 연로보장(정년퇴직)을 받은 남자들만 출입이 허용되는 장마당에 나가면 모두가 돈 벌고, 잘 사는 것은 아니다. 최소한 옥수수밥이라도 먹고 산다. 지금 이 젊은 탄부들의 작은 소망은 하루 고된 노동일을 마친 후 자기 집으로 가서 옥수수밥이라도 배불리 먹고 따뜻한 잠자리에 들었으면 하는 바람일 뿐이다.

안칠성이 허공을 쳐다본다.

"우리에게 언제 해 뜰 날이 오겠소야?"

"막장에 어떻게 해가 뜸까?"

"이런 답답쟁이. 하늘의 해가 아니라 마음의 해…"

"마음의 해는 또 뭠까?"

"이를테면 행복하고 편안한 심정이라고 할까."

"허이구… 무슨 소설 같은 소리재오."

"그래도 희망은 좋은 검매."

히물히물 웃는 인상의 길원철이다. 그는 집에서 투정질 많은 외아들로 자랐고 가끔 때박이(아버지) 길승섭에게 크게 행패를 부렸다. 남조선군대 포로라는 아버지의 신분 때문에 잦은 다툼이 있을 때마다 길승섭은 아들에게 조용히 미심적한 소리를 해주었다.

지금은 어렵게 고생을 해도 나중에는 아들 인생에 반드시 해 뜰 날이 꼭 있을 거라며 기죽지 말고 당당히 살라는 당부의 소리였다. 어떤 일이 있어도 세상은 공정하며 사람은 고생한 보람을 꼭 얻는다, 그게 정상적인 사회의 법칙이라고 당부하였다.

남조선 출신인 아버지는 고향에서 이웃들과 재밌게 살던 지난날이 그립고 언젠가 그들과 만나는 날을 고대한다고 하였다.

그것도 아주 낙관적으로 말이다.

그러는 아버지를 보며 길원철은 속으로 '때박이가 미쳐도 단단히 미쳤구나!' 하였다. 당에서 하는 소리와 정반대가 아닌가. 자기가 고등학교에서 받은 교육은 "썩어빠진 남조선은 미제의 식민지이고 사회주의 공화국이 반드시 통일해야 할 적진지"이다. 지주와 자본가가 남조선인민을 착취하며 많은 백성들은 꿰진 옷을 입고 죽물도 못 먹고 사는 남조선이 통일이 되면 자기에게 은공을 베푼다고 하였다.

승냥이 같은 미국과 여우 같은 일본을 등에 업고 해마다 전쟁연습에 미처 날뛰는 남조선 당국이 호심탐탐 사회주의 공화국 침략의 기회를 노리고 있다. 1950년의 야망을 언제든 다시 실현해보려고 피의 망상을 갖고 집요한 반공선전에 몰두하는 남조선이 아닌가.

허공을 쳐다보는 길원철.

"난 요즘. 우리 때박이 땜에 골치가 많이 아픔매."

"아니?!~ 아부지가 어디 아프오야?"

"정신이 조금…"

"하문 병원에 가봐야 하지 않슴매?"

"그건 아니고… 가끔 '원철아! 통일 되면 남조선 당국이 너를 영웅의 아들로 대접할 것이다'고 하는데 통 무슨 소린지…"

"음!~ 정신이 잘못된 것 아임매?"

"그건 향수병이라고 하오."

"아하!… 고향생각이 간절한 마음의 병!"

안칠성이 손으로 곁에 있는 길원철의 옆구리를 꾸욱!~ 찌른다. 그만하라는 신호이다. 길원철은 못마땅한 눈빛이다.

고등학교 동급생인 안칠성이 자기보다 잘한 것 있으면 장가를 갔다는 것이다. 그것도 조금 일찍 갔고 예쁜 딸까지 두었으니 많이 부러운 동무다. 아침마다 부부가 함께 출근하는 것만 보아도 시샘이 가득한 길원철이다. 자기가 어쩌다 보니 장가를 못 간 것만도 서러운데 훈시까지 받는다고 생각하니 마음이 편찮은 것이다.

그렇다고 결혼을 포기한 것은 아니다.

어떻게든 열심히 노력해서 꼭 장가를 가야겠다는 마음은 항상 굴뚝같다. 단지 자기 마음처럼 쉽게 따라주지 않는 현실에 그냥 순응할 뿐이다. 헌신 짝도 짝이 있으니 언제인가는 자기에게 결혼 상대의 여자가 꼭 나타날 것이라고 믿고 있다.

송수남이 궁금한 눈치다.

"그거 대단히 일리가 있는 소리 아이오야?"

다른 사람들은 모두 잠잠하다.

"사실 우리 때박이들은 지난 조국해방전쟁시기 포로가 된 사람들이지만 엄연히 남조선을 지킨 영웅군인들 아이겠소야?"

고개를 끄덕이는 길원철이다.

"그거야 물론이지비…"

"북과 남을 거꾸로 보면 그렇단 말이오. 공화국도 정권이듯 남조선도 괴뢰정권이지만 엄연히 정권이 아니겠슴매. 군대는 각각 자기 정권을 위해 싸운 군인들이 아이겠슴매?"

"듣고 보니 아주 그럴듯하오야. 신비롭슴매."

길원철과 송수남은 호흡이 맞는다.

두 사람은 국군포로의 자식이다. 자기들의 푸념대로 '막장인생'을 살고 있다고 생각해서인지 누구를 의식하고 경계하는 듯하는 모습은 전혀 없어 보인다. 거친 성격이 어쩌면 그들에게 이런 무섭고 위험한 소리도 하게끔 만들었는지도 모른다.

막장 안에서는 가끔은 어느 정도 주먹세계이다. 작업총화시간에 비판을 하거나 평소 얄미운 사람은 잘 봐두었다가 어두운 막장에서 정전이 되었을 때 실컷 때려주기도 한다. 이때는 주동분자와 몇이 합세하여 행동하기도 한다. 만약 그 상황을 상부에 보고하면 훗날 또 반복되는 구타가 탄광에서는 심심치 않게 발생하고 있다.

그러니 보통 경미한 사고는 모른 척하고 넘어간다. 누가 귀찮은 발언을 해도 자기만 안하면 된다는 안이한 생각에서다.

길원철이 신이 나서 계속한다.

"영화나 소설에서는 지주집 머슴이 못산다고 나오지만 실제는 일제시기 머슴도 이밥(쌀밥)을 배불리 먹었다재오. 일본의 천황을 비판해도 전혀 잡아가지 않았다는데 신기하재오."

"…"

"우리 때박이 말에 의하면 현재 남조선은 멋있는 승용차를 생산하여 미국이나 일본, 구라파로 대량 수출한다재오. 동남아 나라에는 일본차 다음으로 남조선 차가 많다재오. 그러면 솔직히 수출용 자전거도 생산 못하는 북조선보다는 훨씬 발전한 것이 아이겠슴매?"

"…"

"그리고 서울서 있은 1988년 올림픽은 영국, 독일, 프랑스 같은 강대국들이 개최하는 국제체육행사라 함매. 평양서 있은 1989년 세계청년학생축전은 잔칫상 차린 공짜 국제행사라오."

보다 못한 안칠성이 소리를 지른다.

"야! 이 미친 새끼야. 그만해!"

"뭐요? 형니매. 나를 미쳤다고 했소야?"

"그래. 미친 건 너희 때박이가 아니라 바로 너다."

따르릉!~ 따르릉!~

탄부들이 자리서 일어난다.

검은금 유치원

탄광마을 '검은금 유치원' 앞.

알록달록 각양각색의 옷을 차려입은 아이들이 하나둘 몰려와 정문 안으로 들어선다. 단층짜리 유치원 건물 현관 위에는 "경애하는 아버지 김정일 원수님 고맙습니다!"는 글귀가 있다.

친구들과 함께 현관 안에 들어선 안은별이 정면에 걸린 대형 김일성·김정일 초상화 앞에서 정중한 자세로 허리 굽혀 인사하고 자기 반 교양실로 간다. 2년간의 유치원 생활 내내 아침마다 기계처럼 반복하는 동작이다. 높은 3반 교양실 안.

담임선생 리향기가 출석을 부른다.

"최미란!"

"예에!"

"김수철!"

대답이 없다. 혹시 못들었나해서 다시 불러도 똑같다. 여전히 아이들 출석률은 50~60% 정도이다. 그만큼 가정생활이 어려워 아이를 유치원에 못 보내는 부모들이 적지 않다. 가장 큰 이유는 아이에게 쥐어 보낼 점심식사 벤또(도시락)가 없기 때문이다.

예전에는 유치원서 아이들에게 점심밥과 오후 간식을 배급해주었는데 고난의 행군이 시작되면서 모두 중단되었다. 그 시련의 무서운 종착점이 이제나 저제나 하고 기다린 것도 어느덧 5년이 넘어가고 있으니 사람들은 마냥 실망할 뿐이다.

모든 것은 국가적 경제사정 때문이다.

조선인민의 철천의 원수 미제국주의자들과 일본군국주의자들, 남조선 괴뢰 등 사회주의 공화국을 압살해버리려는 자본주의 세력들의 간악한 책동 탓이라고 한다. 설령 그렇다고 해도 나라가 운영하는 유치원까지 문을 닫을 수 없는 것이다. 미래세대인 아이들에게 사상교육 및 도덕교양, 육체단련의 운동은 계속 진행되었다.

일상에서 부모들은 자기는 굶더라도 자식만은 먹이고 공부시키고 싶은 마음이 간절하다. 그러니 자신들은 강냉이죽이나 시래기범벅으로 끼니를 때우면서도 아이들은 옥수수밥에 반찬 1~2종류가 들은 도시락을 손에 쥐어 보내곤 하는 것이다.

"박진옥!"

"…"

"오성남!"

리향기는 수년 전 청진교원대학 교양원반을 졸업하고 이곳에 배치받아 왔다. 별다른 과오만 없으면 정년까지 보장되는 직업이다. 주변 사람들로부터 아이들과 함께 있다는 특성으로 항상 기쁠 것 같은 부러움은 확실히 있다. 본인에게 별다른 문제가 없다면 시집을 가서 사직할 때까지 계속해서 일할 수 있는 자리이다.

천방지축의 아이들을 강인하게 그러면서도 화기애애한 시간 속에 교육을 한다는 것이 말처럼 쉽지만은 않다. 가능한 싸우지 말고 서로 화목하게 지내야 한다고 아이들을 교양하는 '교양원'(유치원 교사)이란 나름대로의 긍지감을 갖고 있다.

웃고 떠들며 순진한 아이들과 온종일 같이 있다는 것은 행복한 일이다. 그리고 다른 사람들에게 없는 직업상의 특성이다. 그에 만족하고 업무에 열성인 처녀교양원 리향기다.

따르릉!~ 종소리와 함께 수업이 시작된다.

교탁에 서서 연설하는 리향기.

"어린이 동무들! 오늘은 우리 사는 지방을 공부하겠어요. 우리 고장에는 검은 금이 아주 많아요? 검은 금이 무엇일까요?"

"예!~ 예!~" 하며 손을 드는 아이들.

"차수철 어린이! 대답해 보세요."

"석탄입니다!"

자기들의 집이나 다름없는 유치원 명칭에도 버젓이 붙은 '검은 금'이다. 천진한 아이들이 아침저녁으로, 온종일 보는 이름이지만 이렇게 교육시간에도 상기되는 정도이니 정말 세뇌공부시간이다. 이것도 노동당의 철저한 교육수업 제강에 따라 진행되는 유치원어린이 교양교제에 들어 있는 정치사상적 내용인 것만은 분명하다.

리향기가 미소를 보인다.

"맞아요. 석탄을 다른 말로 '검은 금'이라고 해요. 그러면 '검은 금' 이름을 지어주신 분은 누구인가요?"

"예!~ 예!~"

"안은별 어린이 대답해보세요."

"경애하는 할아버지 김일성 대원수님이십니다."

"예! 정확히 맞았어요."

발랄한 안은별이 정답을 빠르면서도 분명하게 맞힌 것은 따로 교육을 받아서가 아니다. 모든 아이들도 예전에 똑같이 교육을 받았던 "검은 금은 김일성 수령이 지은 이름"이라는 내용이다. 그것을 반복적으로 하는 시간일 뿐이다. 사람에게 주입식 교육은 한 번으로 끝나는 것이 아니라 주기적으로 반복해서 하는 것이다.

그것도 이렇게 문답형식으로 해야 아이들 머릿속에 잘 주입되는 방법이라고 유치원생 교육교재에 적시되어 있다. 그것을 열성파 선생인 리향기가 집행하고 있다. 아이들도 사람이니 대중 앞에서 자기가 인정되는 모습을 갖고 싶은 욕망이 충분하게 있다.

짝 짝 짝! ∼

아이들이 리향기의 동작을 따라 박수를 친다.

안은별이 계속한다.

"할아버지 김일성 대원수님께서는 석탄은 공업의 원료로 금은보화 못지 않게 귀중한 지하자원이라고 말씀하셨습니다."

"…"

"경애하는 할아버지 김일성 대원수님과 아버지 김정일 원수님의 귀중한 말씀을 높이 받들고 우리 아버지 어머니들이 천길 지하막장에서 나라의 검은 금을 많이 캐고 있습니다."

"…"

"나는 하루빨리 커서 아버지 어머니의 뒤를 이어 6·13청년탄광에서 일하는 멋있는 전차 운전공이 되겠습니다."

"참! 장해요. 은별 어린이!"

리향기가 해설을 한다. 일제시기에는 아버지, 어머니들은 왜놈의 채찍질을 받으며 일했다. 간악한 일제는 돈벌이에 눈이 어두워 탄광에 노동안전시설과 보호 장치도 마련하지 않고 매일처럼 노동자들을 위험한 갱 안으로 몰아넣었다.

언제라도 "우르르!∼" 하는 굉음과 함께 금시 무너질지 모르는 갱 안에서 노동자들은 하루 16시간의 고되고 지겨운 노동을 하였다. 곡괭이로 석탄을 캐서 등짐으로 져 날랐는데 그렇게 노예마냥 혹독하게 일하고도 멀건 죽도 없어 못 먹었다.

탄광에는 소년노동자도 적지 않게 있었다. 병든 부모들을 대신해서 일하거나 매월 학교에 바쳐야 하는 학비를 벌려고 등짐으로 석탄 나르는 일을 자처한 아이들이었다. 일명 '소년탄부'였다.

그들에게도 물론 노역장이었다.

갱 안에서는 각종 사고가 발생했고 심지어 갱이 무너져 노동자들이 수십여 명씩 죽어도 어디에 하소연 한마디도 못했다. 자본가들은 작업 계획을 미진하였다고 노동자들의 적은 월급에서 사고범칙금을 제하기도 하였다. 그래도 눈물만 뚝뚝 흘려야 했던 탄부들이다. 그것은 바로 나라가 없었기 때문이었다.

1945년 8월 15일, 일제가 망했다.

'민족의 영웅' 절세의 애국자 김일성 장군이 항일의 혈전만리 시련을 뚫고 이룩한 역사적인 해방이란다. 2천만 조선인민이 오늘이나 내일이나 애타게 소원하던 날이었다. 그때야 비로소 노동자 농민이 주인 된 세상을 만나서 탄전의 주인이 된 탄부들이었다.

1977년 여름, 아오지 인민들은 노동당의 덕분으로 과거 지지리 못살던 자기들이 오늘은 너무나 행복하게 살게 되었다며 감사의 마음을 담아 김일성 수령에게 편지를 올렸다.

전체 주민들의 한결 같은 충성 마음을 담아 올린 그 편지에서 인민들이 학수고대하던 해방을 이룩해준 김일성 수령의 은덕으로 자기네 고장이 살기 좋은 곳으로 전변했으니 해방 전 이름 '경흥군'을 '은덕군'으로 바꿔 부르고 싶다고 간청하였다.

그래서 지금의 '은덕군'이 되었다.

이어 중앙(평양)과 함경북도(청진)에서 최대관심 대상이 되었다. 해당 당위원회의 지도 아래 각 기관·기업소, 단위의 전폭적 지원이 있었다. 군의 중심지인 읍 지구에 철도열차가 들어왔고 2차선 도로가 건설되었다. 곳곳에 4~5층짜리 아파트가 들어섰고 상점, 영화관, 옷수리소, 식당, 목욕탕 등 편의봉사시설이 속속 생겨났다.

사회주의 문화 마을이다.

어느 해인가 김일성 수령이 수행원들과 함께 함경북도를 현지 지도하던 중 관계부문 일꾼들에게 전기생산과 관련해 여러 탄광과 아오지 탄광에 대한 교시를 했고 그날은 6월 13일이다. 이후 아오지 탄광이 '6·13청년탄광'으로 개칭되어 불린다.

'청년'이란 글자는 미래세대 주역인 청년들이 주인이 되어 나라의 본보기 탄광으로 발전하라는 김일성의 교시에 따른 것이다.

수령의 역사가 곧 국사다.

북방의 산간마을 이 아오지에 김일성이 다녀간 적은 없다. 나라의 모든 정사를 맡아보는 그가 어느 한순간 우연히 간접적으로 간단한 지시가 있었을 뿐인데 정작 마을에서는 거꾸로 되었다. 김일성이 마치도 '아오지 탄광'에 깊은 애정이나 있는 듯이 말이다.

어쩌면 이런 '덕성실기'(포장된 수령의 동정)를 만든 장본인은 중앙과 지방의 당간부들이다. 치열한 충성경쟁이다.

리향기가 아이들에게 질문한다.

"아버지 어머니들이 캐낸 석탄은 어디로 가나요?"

아이들이 손들며 "예!~ 예!~" 한다.

"김송미 어린이!"

"예! 석탄은 기차에 실려 화력발전소로 갑니다."

"발전소에 간 석탄은 뭐가 되나요?"

"예!~ 예!~"

"문근수 어린이!"

"예! 석탄을 태워서 전기가 생산됩니다."

"예에!~ 맞았어요."

리향기는 전기의 중요성을 강조한다. 전기는 우리의 생활에서 없어서는 안 될 너무나 소중하고 절실한 것이다. 무엇보다 전기가 없으면 가정에서 전등을 켤 수 없고 정미소와 제분소 가동을 멈추니 사람이 당장 먹어야 할 끼니부터 걱정이다. 그리고 마을 선전실 문화휴식시간에 텔레비전이나 라디오도 사용할 수 없다.

그렇게 중요한 전기인 것이다.

전기가 있어야 광산에서 쇳돌을 캐며 제철소에서 철강을 생산해야 공장에서 자동차, 버스, 트랙터, 선박도 만들 수 있다. 전기가 없으면 옷과 신발, 생활용품을 전혀 생산할 수 없으며 바다로 배가 출항을 못하고 도시와 주택 건설장의 기중기가 가동을 멈춰버린다.

또한 전기가 없으면 군수품 공장에서 탱크와 대포도 생산할 수 없다. 그러면 미제국주의자들과 남조선 괴뢰들이 호심탐탐 노리는 공화국 침략 행위도 막을 수 없다. 나라를 지키려면 무엇보다 군사력이 강해야 하며 그러기 위해 전기가 반드시 필요하다.

그러고 보니 전기는 인민생활, 국가경제에서 없어서는 안 될 귀중한 원천이고 재료이다. 시커먼 밤에 전등불이 없으면 암흑이듯이 나라에 전기가 없으면 곧 멸망이나 다름없는 것이다.

안은별의 초롱초롱한 눈빛.

"선생님! 미국놈들은 왜 남조선에 있습니까?"

"안은별 어린이는 참 똑똑해요. 간악한 일제 침략자들이 지난 1910년 조선을 강점한 것처럼 미국놈들도 언젠가 기회를 봐서 우리 사회주의 공화국을 침략하려고 한답니다."

"…"

"우리나라에는 석탄을 비롯한 철광, 구리, 아연 등 지하자원이 너무 많아요. 그래서 세상 사람들은 우리 조선을 예로부터 '은금보화 가득한 나라'로 불렀어요. 이것이 배가 아프도록 욕심이 나서 항상 침략의 기회를 보는 미국놈들이랍니다."

"…"

"그러나 우리나라는 아버지 원수님께서 키워주신 용감한 인민군대 아저씨들이 금성철벽으로 나라를 지켜서 걱정 없습니다."

아이들의 대답이 이어진다.

"선생님! 나는 커서 인민군대가 되겠습니다."

"나는 인민군대 간호원이 될 거예요."

"나는 땅크병이 되겠습니다."

"나는 용감한 정찰병!"

리향기가 계속 설명한다. 오늘도 어둠의 땅, 남조선에서 수많은 인민들이 미제의 구둣발 아래 헐벗고 굶주리며 죽지 못해 산다. 인간 생지옥 남조선은 한줌도 못되는 자본가, 지주, 사기꾼, 협잡꾼들이 판을 치는 사회이다. 그들은 정신상태가 너무 썩어서 법에 저촉을 받지 않는 동물이 부러워 개 흉내까지 내면서 쾌락을 즐긴다.

그래서 개 같은 세상이다.

남조선의 각 지방도시는 매판 자본가들에게 얽매어 일하는 불쌍한 노동자들의 판잣집이 즐비하다. 장마철이 오면 언제 떠내려갈지 모를 우환거리다. 노동자들은 회사 측에 정식직원으로 고용하고 월급을 높여 달라고 시위를 벌인다.

많은 학생과 어린이들이 비싼 등록금이 없어 학교에 가지 못하는 실정이다. 그들은 신문배달, 구두닦이, 짐수레꾼으로 생활하고 있다. 서울은 가

출한 소년거지들이 넘쳐나는 도시이다.

남조선 인민들은 오매불망 김정일 장군님께서 불쌍한 자기들을 해방시켜 주실 것을 확수고대 한다. 하루빨리 조국을 통일하고 그들을 구원하려 기차에 쌀과 옷을 가득 싣고 힘차게 달려야 한다. 그 기차가 쌩쌩 달리려면 전기가 더욱 많아야 한다.

아이들이 대답한다.

"선생님! 저는 우리 삼촌처럼 탄부가 되겠습니다."

"나는 전차공이 될 거예요."

"저도 아버지처럼 발파공이 되겠습니다."

"나는 착암기 운전공!"

리향기의 얼굴이 환해진다. 자기가 아이들 교육을 잘했다는 징표다. 그녀는 6~7살의 유치원생들 앞에서 "오늘 우리의 아버지 어머니들이 하는 고생은 미제와 남조선 괴뢰들의 반공화국 정책 때문"이라는 노동당의 강연 내용을 반복했다.

사회주의 공화국을 눈엣가시처럼 여기는 미국과 일본, 남조선파쑈악당들이다. 지난 조국해방전쟁(6·25)시기에 영용한 인민군대의 강력한 타격을 받고도 정신을 못 차렸다. 강산이 열두 번 바뀌어도 제국주의자들의 침략적 본성은 조금도 변하지 않는다. 피를 즐기는 파쑈들이 감히 우리를 어째보려고 미쳐 날뛰어도 절대로 안 될 것이다.

당은 인민을, 인민은 당을 믿는다.

우리에게는 세상 그 어디에도 없는 '일심단결의 위력'이 있다. 온 나라 인민과 군인들이 경애하는 아버지 김정일 원수님 두리에 신념의 성벽을 쌓고 철통같이 뭉친 것은 조선의 무한한 영광이고 끝없는 자랑이다. 온 세계가 부러워하는 사변이다.

세상이 변해도 조선은 변함없다.

이뿐만이 아니다. 분명 훌륭하신 부모들의 뒤를 이어 창창한 미래의 어엿한 탄부이고 전차공, 권양기 운전공인 아이들에게 탄광의 역사에 대해서도 알기 쉽게 알려줘야 한다.

1930년대부터 개발되기 시작했고 지층은 역암, 사암, 분사암, 이암과 여러 탄층으로 이뤄졌으며 함경북도 북부지역 탄전서 크고 유명한 6·13청년탄광이다. 매장량은 1억5천만 톤으로 추정되며 석탄의 질이 좋아 공업원료로 이용된다. 여기서 생산되는 질 좋은 고열탄은 주로 함경북도 안의 공장, 기업소들에 공급되고 있다.

수십 년의 역사가 된 탄광 이야기다.

그 어려운 내용을 코흘리개 아이들이 알아듣겠는지? 말겠는지는 전혀 중요치 않다. 상급당의 지시를 받는 유치원 원장(세포비서 겸함)의 엄격한 지시이고 이것은 꼭 집행할 임무이다. 이를 위반하면 '반동' 딱지가 붙어 심하면 강제퇴직을 당한다.

똑같은 말도 꾸준히 반복적으로 계속 듣다보면 저절로 믿게 된다. 지능지수가 어린 유치원생도 분명 전체 인민과 마찬가지로 노동당의 교육을 받는 사람이다. 안은별도 그렇다.

"어린이 동무들! 오늘 공부를 마치겠습니다."

"야호!~" 짝! 짝! 짝!

따르릉!~ 종소리가 울린다.

정문 밖에는 자기 아이를 기다리고 있는 부모들 중에 안시현의 얼굴도 보인다. 아이들이 우르르 쏟아져 나온다. 저 멀리서부터 "할아버지!~" 하고 달려와 안시현의 품에 안기는 손녀 안은별이다. 만면에 환한 모습을 보이는 안시현이 사뭇 행복한 표정이다.

아침에는 아들 부부가 출근하면서 맡겨놓는 손녀를 오후 늦은 시간에는 자기가 어김없이 데려오곤 한다. 언제부터인가 그것이 유일한 즐거움이 되어 버린 안시현이다.

두 사람은 손잡고 마을길을 사뿐히 걷는다.

가가호호 굴뚝에서 솟는 파란연기.

마을에서 큰 건물은 2층짜리 인민학교와 3층짜리 고등중학교이다. 최고 건축물은 "위대한 수령 김일성 동지는 영원히 우리와 함께 계신다!"는 글귀가 새겨진 화강석으로 된 일명 '영생탑'으로 높이는 약 30m이다. 석탑 주변에 대형 김일성 태양상(영정사진)과 어록(수령이 탄광에 주었던 교시 문자)판이 세워져 있다.

어록판 뒤에는 2층짜리 '김일성혁명사상연구실(수령기념관)'이 있는데 비교적 깨끗한 건물이다. 마을주민들이 주, 월, 분기별로 수령의 교시학습을 하거나 노동당 강연을 듣는 장소이다. 간부들의 엄격한 통제 하에 거의 의무적으로 참여하는 정치 행사이다.

주민 생활의 일부분이다.

커다란 마을신작로 양옆으로 다닥다닥 단층 살림집(주택) 수백 채가 즐비하다. 부엌을 거쳐 1칸짜리 방으로 들어가는 일명 '하모니카' 집이다. 한 채에 보통 4~5가정이 있다고 보면 충분히 수천 세대로 보인다. 벽돌로 지어진 흰색 벽체인 살림집의 지붕은 대부분 기와로 되어 있고 간혹 철판으로 된 것도 눈에 띄인다. 동네야산의 중턱까지 들어선 주택은 주민거주 면적이 그만큼 적다는 것을 의미한다.

드물게 한 채 2가구 집도 보인다. 비교적 식구가 5~6인 되는 대식구 가정인데 크지 않은 마당에는 자그만 뙈기밭이 있다. 시금치, 감자, 파, 고추 등 야채를 재배할 수 있다.

안은별이 생글생글 능청스러운 표정이다.

"할배 고향은 어째 남조선임까?"

"또! 그 소리냐? 이제는 수백 번도 말해주었는데…"

"아! 맞다. 할아버지!"

처음에는 애써 웃으며 답변을 주었는데 언제부터인가 다소 짜증이 난 안시현이다. 그럴 때마다 "저기 남쪽이라고 하지 않느냐?" 하던지 아무 대답 안하기가 보통이다. 간혹 외동손녀의 재롱에 마음이 녹아 '남조선 이야기'도 조금 해준다.

안시현이 허망한 느낌이 든다.

이제 겨우 10살도 안 되는 코흘리개 손녀가 '남조선'에 대해 과연 얼마나 알까. 어른들과 똑같이 매일처럼 듣는 유선방송에서 나오는 "미제와 남조선 괴뢰들의 반공화국 책동이 악랄하다"는 소리, 헐벗고 굶주리는 남조선 어린이들이 너무 불쌍하다는 내용도 있다.

굳이 집집마다 걸려 있는 유선방송이 아니라도 어른들과 오빠, 언니들의 대화 속에 흔하게 들어 있는 '남조선' 소리이니 어린 은별이도 귀에 익숙 된 모양이다. 또 유치원에서는 얼마나 많은 시간동안 '엉뚱한 남조선 이야기'를 주입시켜주겠는가.

"은별아! 할배가 고향이야기 해줄까?"

"야! 신난다."

"할배 고향은 남해 바닷가의 끝 마을인데 광어, 우럭, 멸치 등 물고기들이 많이 잡힌단다. 사람들도 열심히 일하고…"

"우와! 맛있겠다. 그죠?"

"그리고 여기보다 날씨가 따뜻해서 벼농사도 잘되고 특히 과일이 그렇단다. 사과, 배, 도마도, 딸기, 추리, 수박, 복숭아, 참외 등 과일은 따뜻한 날씨의 지대에서 잘 되거든…"

"와! 정말요?"

"네가 커서 할배 고향 잊지 않고 기억해주면 할아버지는 그걸로 만족하다. 현재 가볼 수 없는 고향이지만…"

"할아버지!~"

안시현이 이렇게라도 자기 마음속에 맺힌 일생의 한을 조금이라도 풀려는 듯해 보였다. 당에 충실한 아들과 며느리는 어른이어서 그런 소리하면 '반동 소리'라며 잘 들으려 하지 않는다. 그렇다고 남에게 할 자기 고향소리도 아니지 않은가.

특히나 남에게 의도적인 '남조선 이야기'를 하면 대뜸 반동분자 의심을 받게 되는 것이다. 그 소리를 듣는 사람이 훗날 자기의 안전을 위해 그 사실을 해당조직에 가서 보고를 하는 것이다. 언제, 어디서, 누가 우호적인 남조선 이야기를 했다고 말이다.

남조선 이야기도 증오심이 가득한 어조로 하는 비판적인 것은 괜찮다. 미국과 남조선을 미워하고 타도하자는 내용으로 하면 그것은 당에 대한 충성심이 높은 것으로 된다.

할아버지를 쳐다보는 안은별.

"저기요. 할배! 은별이가 하나 물어도 됨까?"

"또 무슨 소리냐?"

"어른들이 말하는 괴뢰군이 뭡까?"

"그건 군대라는 소리다."

호기심에 눈이 커지는 손녀 안은별이다. 간혹 이따금씩 손녀가 얄밉게도 보이는 안시현이 또 이따금씩 흡족한 기분이다. 외동손녀가 누굴 닮아서 요렇게 총명할까.

꼭 깨물어주고 싶을 정도로 귀여운 안은별이 분명 자기 핏줄이 아닌가. 두벌자식이 더 곱다고 요즘 손녀와 놀아주는 재미가 무척 쏠쏠한 안시현이다. 어쩌면 항상 적절한 그에게는 별다른 생활문화가 없기에 이 순간이 가장 행복한 시간이라 해도 맞는 소리다.

아이는 키우는 맛이라더니… 그 말이 꼭 맞는 것 같다. 아들이 다 자라 재미가 없을 만해지니 손녀가 태어나서 그 공백을 계속해서 제공해주는 것이다. 그것도 분명히 과거 아들을 키운 것과 지금은 손녀딸을 키우는 보람이 다르게도 느껴진다.

안은별의 입이 쉴 새 없다.

"할배! 인민군대와 괴뢰군이 뭐가 다름까?"

"아니? 넌 별것 다 궁금하구나!"

"아앙!~ 그러지 말고 어서 알려줘요."

"그건 서로가 다르게 부르는 거다. 북과 남이 자기 군대를 각각 '인민군' '국군'으로, 상대방을 '괴뢰군'으로 부르는 거다."

"…"

"은별아! 네가 지금은 어려서 그게 무슨 소린지 잘 모를 거다. 인민군대가 좋은지? 남조선 군대(국군)가 좋은지? 등 말이다. 허나 어른이 되면 자연스럽게 아는 것이니 걱정하지 말아라."

"…"

"지금은 집에서 아빠, 엄마 말씀 잘 듣고… 유치원에 가서는 선생님 말씀 잘 듣고 무럭무럭 크는 것이 우선이란다. 알았지?"

"야아!~ 할아버지!"

무너진 갱 안의 사람들

안시현은 장마당(재래시장) 주변으로 나왔다.

항상 물건을 사고파는 사람들로 북적이는 이곳은 분명 생활의 터전이다. 국가로부터 전혀 식량이며 생필품 배급이 없으니 많은 사람들이 장마당에서 하루 벌어먹고 사는 신세이다.

고양이 뿔 내놓고 다 있다는 이곳에 의류, 식료품, 신발, 생활용품, 화장품, 농수산물 등을 파는 매대(코너)가 보인다. 곳곳의 담장에는 '텔레비죤' '재봉기' '선풍기' '이불장' '자전거' 등의 글귀가 써진 종이가 붙어 있다. 부피가 큰 상품을 갖고 나올 수 없기에 종이의 글을 보고 판매자와 구매자 간의 흥정이 벌어진다.

크게 붐비는 곳은 식량코너다.

자루 안에 담겨진 옥수수, 쌀, 밀가루, 감자, 안남미 등이 보인다. 투명한 비닐봉지 안에 들은 빵, 떡, 국수 등 가공식품이 제법 위생상태도 갖추었다. 어떤 것은 불결해 보이는 상태도 있다.

대단히 놀랍다. 국가에서 주는 식량은 단 1그램도 없는데 개인은 어디서 이렇게 많고 다양한 식량과 식품을 갖고 있는지? 그것도 끊임없이 계속. 이용자들이 무척 알쏭달쏭해 한다.

장마당 안에서 어떤 물건을 팔려면 시장관리소에 일정 금액의 자릿세(사용료)를 내고 자리를 잡아야 한다. 보잘것없거나 적은 상품을 파는 사람은 그 돈도 내기 어려워한다. 그런 사람들이 장마당 밖에서 서로 물건을 사고

파는 행위를 하고 있다.

시장 밖에 펼쳐진 '메뚜기시장'

갑자기 단속원이 비규칙판매 통제를 위해 불쑥 나타나기라도 하면 마치 메뚜기처럼 무리를 지어 이리 뛰고 저리 뛰며 장사를 하고 있다. 어느 한 모퉁이에 쭈그리고 앉은 안시현이다.

그의 앞에 놓인 허름한 바구니 안에 살이 포동포동 오른 2마리의 엄지 토끼가 들었다. 안시현이 수개월간 산이며 들판으로 가서 풀을 해다가 정성스레 먹여 키운 토끼다.

며느리가 그 토끼를 시어머니 제삿날에 잡아서 1년에 한 번뿐인 제사상에 올리겠다는 것을 한사코 거부하고 장마당에 가지고 나온 안시현이다. 망자 제사상에 올리기보다 산 사람이 먹을 밥상에 오를 끼니가 당장 급하다. 토끼를 팔고 식량을 사기 위해서이다.

동네 아낙네들이 한마디씩 한다.

"이아구 기차라. 은별이 할배 아임까?"

"노대기도 없이 얼마나 힘들까?"

"생전에 은별이 할매가 참 잘 해줬지비야…"

안시현이 두 눈을 지그시 감는다.

김화옥은 신혼생활 초기 남편인 안시현이 술을 무척이나 좋아하는 것을 보고 도무지 이해가 안 갔다. 왜 힘들게 일하고 와서 어김없이 술을 찾는지? 그 술이 건강에 도움이 되는 보약이라면 몰라도 반대로 몸을 힘들고 나른하게 만드는 것인데 말이다.

그러던 어느 날, 안시현이 탄광로보물자공급소에서 배급 받은 돼지고기 1kg을 일부로 석탄가루를 묻혀 아내에게 가져다주었다. 그리고 놀라는 아내에게 "여보! 내가 그만 술에 취해서 귀한 이 고기를 땅바닥에 떨어드렸소. 정말 미안하오"라고 했다.

아니나 다를까 김화옥은 화를 냈다.

"그놈의 술이 문제오야. 당의 배려로 오랜만에 맛보는 돼지고기도 석탄가루에 찍어 먹어야 하니 원! 어이구. 내 팔자야."

"그래서 내가 미안하다고 하잖소."

"시끄럽소. 말이나 못 하문…"

입이 한발이나 나온 그녀가 석탄 묻은 고기 덩어리를 물그릇에 담아 씻는데 전혀 씻기지 않았다. 그런데 이상하다. 고기가 왜 안 씻기지? 물에 문제가 있는가? 아니면…

석탄은 분명한데 왜 안 씻기지?

그 모습을 물끄러미 쳐다보던 안시현이 술 한 병을 건네며 "여보! 이 술로 석탄 묻은 고기를 씻어보오"라고 하자 김화옥이 "허이구. 어찌된 일임매? 보약처럼 귀하게 여기는 아까운 술로 고기를 씻으라니 말이오야"라며 아니꼬운 눈길을 보낸다.

김화옥이 고기 덩어리를 칼도마 위에 살포시 놓고 술을 조금씩 뿌리며 손으로 문지르자 말끔히 씻긴다. 그 순간 입이 벌어지며 눈이 커진 아내를 보며 안시현이 "이젠 알겠소? 내가 왜 술을 먹는지? 목에 걸린 석탄가루를 씻기에는 술이 최고요"라고 한다.

이후로 김화옥은 남편이 집에서든 밖에서든 자주 먹는 술에 대해 전혀 잔소리를 하지 않았다. 이해를 하게 되었다. 온종일 석탄가루 속에서 고된 일하는 남편이 아닌가.

사람은 죽을 때까지 배운다더니.

지혜로운 남편을 다시 보았다.

생활의 선생은 바로 곁에 있었다. 허나 새나 남편이다. 결혼을 한 가정에는 남편이 있어야 남들이 업신여기지 않는다. 더구나 탄광에서는 자주 발

119

생하는 갱도 붕괴사고로 적지 않은 탄부들이 죽거나 중상을 입는데 그때는 생과부나 혹은 병신(장애인)의 아내가 되는 것이다. 그러면 영락없이 마을 아낙네들의 말밥에 오르기 십상이었다. 가뜩이나 말새질(뒷소리) 하기 좋아하는 다사스러운 여인들이다.

어느 날 아내가 느닷없이 자기에게 물었다.

"여보! 남조선 여자들은 어떻습까?"

"뭐 말이오?"

"음!~ 있잖습까. 일상의 생활습성 같은 거…"

"생활습성? 그게 뭔 소리오?"

"아! 거 생활방식, 모습 같은 거 있잖습매."

안시현은 빙그레 웃으며 "아니? 여보! 내가 남조선에서 결혼을 해봤어야 알지 않겠소?" 하며 시큰둥해했다. 김화옥이 어처구니없어 보이는 표정을 짓고 "아니? 당신을 낳은 사람은 여자 아님까? 어머니도 있었을 것이고 친척 중에 다른 여자들도 있지 않았소야?" 하며 아련한 눈초리를 보낸다. 가만히 듣고 보니 그랬다.

그러고 보면 안시현이 어릴 적 아버지와 어머니 따라 시장에도 자주 갔었다. 생활의 희로애락 터전인 그곳을 이용하는 사람들의 대부분이 바로 여자가 아니었던가.

고개를 끄덕이는 안시현이다.

"눈물도 고생도 많으셨던 나의 어머니는 전라도 사람이고 삼촌어머니는 경상도 사람이오. 전라도는 남조선의 저 아래 서해 지역을 말하오. 대표적으로 광주 지역이라고 보면 되오. 경상도는 그 반대쪽을 말하는데 주로 부산 지역이라고 보면 되고."

"…"

"경상도 지역은 산이 많고 공장과 산업지가 흔하오. 그 지역 사람들의 생활력은 대단히 강하오. 남자들은 조금 무뚝뚝한 편이고 여자들은 반대로 좀 기가 세다고 할까? 좌우지간 그렇소."

김화옥이 호기심이 동했다.

"그러면 우리 함경도 사람들과 비슷하재오?"

"어딘가 모르게 그렇게도 보이오."

안시현이 이유를 설명한다.

자기도 어릴 적 아버지에게서 귀동냥으로 들은 소리이다. 일제시기 경상도 사람들이 북부지방인 만주나 연해주로 피난이나 돈벌이 길에 많이 올랐는데 주로 배를 이용하여 북쪽의 청진과 나진 등을 경유하여 갔다. 조선 북쪽지방에서 만주로 가는 열차나 연해주로 가는 배가 날씨 등 변수로 인해 제대로 안 다니기도 하였다. 몇 날 몇 주씩 세월아 네월아 기다리자니 자연스레 그곳에 정착이 되었다.

만주나 연해주로 가서 어느 정도 돈을 벌어 갖고 다시 고향으로 돌아올 때도 꼭 들렀던 청진과 나진이다. 어쩌면 일제 식민지 사회에서 조선인들이 타향과 귀향길에 반드시 들르는 정든 고장이었다. 그렇게 청진과 나진에서 임시 거처하다가 남녀가 서로 짝을 만나 아예 눌러 앉은 사람들도 적지 않았다고 하였다.

자연스러운 만남이고 결합이었다.

그리고 6·25전쟁 시기 함경도 지역의 많은 사람들이 미군 군함을 이용하여 남하했다는 소식도 국군에서 들었던 소리이다. 해방 후 공산정권 치하에서 살았던 5년이 지옥 같았다고 하소연하던 이북출신의 실향민들이었다고 한다.

그렇게 36년간의 일제 시기와 3년간의 조국해방(6·25)전쟁 시기를 거치면서 한반도의 동해 북단과 남단 지역인 함경도와 경상도 사람들이 상대지역을 자연스레 많이 왕래하였다. 그 속에서 사람들의 희로애락 생활이 굳어졌다. 하여 북쪽의 함경도 사람과 남쪽의 경상도 사람의 언어나 생활 습관이 유사한 데가 있는 것이다.

"그러면 전라도는 어떤 곳임매?"

"전라도는 벌방지대오. 무연한 호남벌이 예로부터 유명 곡창지대로 조선시대 일제가 이곳에서 나온 쌀은 전부 일본으로 가져갔소. 일본쌀에 비해 아주 좋았다고 하오."

"…"

"또한 서해바다에서 나오는 여러 가지 수산물이 많은데 그로 인해 자연스럽게 절임(염장) 문화가 아주 발달이 되었소. 물론 전체적인 음식문화도 전라도가 경상도에 비해 더 발전이 되었고."

"야아! 그게 정말임매?"

"허허! 내가 없는 소리를 하겠소?"

"남조선 소리는 들을수록 참 신기함매!"

김화옥은 남편의 말을 들으면서 반신반의다.

그녀가 그동안 공민으로서 의무적으로 받은 노동당교육에 따르면 남조선은 사람 못살 인간생지옥이다. 겨우 한줌도 못되는 부자들이 풍청거리며 잘 먹고 잘 살지 못한 절대다수 가난한 인민들은 하루하루 막노동으로 산다고 하지 않았는가.

남조선은 1년 내내 미군과 그 앞잡이 괴뢰군의 포악하고 악랄한 공화국 침략 전쟁연습으로 화약내가 멈추지 않는다. 사람들은 항상 전쟁공포증에 시달리며 죽지 못해 산다고 했다.

그런데 지금 자기가 들은 남조선 이야기는 아주 신비스럽다. 거기도 사람 사는 세상이라는 생각이 든다. 경상도 여자들이 기가 세다면 그만큼 생활력이 강하다는 소리이고 전라도에 음식문화가 발전되었다면 인심이 후하다는 소리다. 예로부터 밥그릇에서 인심이 나온다고 곡창지대 사람들이 인정미도 있지 않겠는가.

그러나 이것은 어디까지나 과거 남조선에서 살아보았던 남편에게서 몰래 조용히 듣는 소리이다. 이런 상황을 어디 가서 말하거나 나타내면 즉시 반동이 되는 것이다.

호기심의 아내가 또 묻는다.

"제주도는 얼마나 큰 섬임까?"

"몇 개 군(郡) 면적이오. 전라남도 제주군인데 배를 타고 온종일 지나서 들어갈 수 있고 거기는 무릉도원이오."

"아니, 어떻게 말임까?"

"우선 겨울에도 물이 얼지 않을 정도로 날씨가 따뜻하오. 그러니 열대지방에서 자라는 과일도 많소. 특히 귤이 그렇소. 가을부터 따는 귤은 온 겨울에도 달려 있다고 하오."

"귤이라는 것이 대체 뭐임까?"

"그런 게 있소. 노란 껍질이 두껍고 속은 달고 물쿵물쿵한 열매인데 크기는 사과만 하오. 한 나무에 보통 40~50kg 달리오."

"와! 그런 과일도 있소야? 신기함매."

"그리고 섬이라는 특성 때문에 도둑, 거지, 대문이 없다고 하오. 또한 돌, 바람, 여자가 많다고 하는 제주도에는 해녀들이 많은 지역이어서 갖가지 고급어족이 가득 나온다고 하오."

"당신은 가보았슴매?"

"나는 못 가보고 뱃사공인 우리 아버지가 제주도에 다녀올 때마다 맛있는 과일을 갖고 와서 좋은 섬이라고 말했소."

"정말 한 번 가보고 싶소야."

"통일이 되면 우리 꼭 제주도에 가봅시다."

"야야. 생각만 해도 마음이 설렌다."

김화옥은 남편에게서 우연히 남조선의 경상도, 전라도 그리고 제주도까지 어떤 지역인지 조금 알았다. 비록 가볼 수 없는 곳이지만 한반도의 절반 땅이 아니겠는가. 그곳은 남편의 고향이 있는 곳이다. 일제 식민지에서 해방이 되고 동시에 분단이 된 한반도. 전쟁으로 인해 그 분단이 더 고착화되어 오늘까지 왔다.

전쟁은 백성들의 의견이나 바람 같은 것을 전혀 고려하지 않고 무작정 남북의 통치자들이 하지 않았는가. 미제와 남조선이 이북을 먹어치우려고 1950년 6월 25일 새벽에 기습적으로 공화국을 침공하여 왔다고 교육을 받은 김화옥이다.

안시현은 아내가 고맙기만 하다.

그러나 저러나 전혀 가볼 수 없는 시집이 있는 남조선이지만 그래도 작은 관심이라도 가져주었으니 말이다. 사실 당에서 인민들에게 강제로 주입시키는 반(反)남조선 교육대로라면 관심과 애정이 아닌 증오와 멸시, 천대와 괄시만 가득해야 정상이다.

김화옥은 가족에게 헌신한 여자였다.

낮에는 시장에 나가서 다양한 품목의 장사를 했다. 주로 중국산 상품도 소매를 하기도 하였다. 단속원의 눈을 피해가면서.

의류, 가방, 술, 담배 등이다.

그것도 단속이 심할 때는 중단했고 고난의 행군시기 동네야산을 소토지(불법 개인농지)로 만들었다. 썩은 나무뿌리와 무성한 잡초를 뽑고 돌을 골라냈다. 그 자리에 감자며 콩, 옥수수 등을 심어 가족의 식량에 조금이라도 보태었던 것이다.

엄연히 불법이지만 노동당정부에서 인민들에게 식량을 전혀 공급해주지 못하는 형국이라 관리기관도 그냥 묵시하는 정도이다. 몰래 뒷돈을 받으면서. 국가기관 사람들의 권세였다.

갖은 생존 방법이 나왔다.

가족생활의 든든한 버팀목이었던 성실한 아내가 있었기에 그 어려운 고난의 행군 시기 남들이 겨우 죽을 먹을 때 그래도 옥수수밥이라도 배곯지 않게 먹었던 안시현의 식구들이다. 고생을 많이 한 아내가 죽으니 이제는 그 소토지도 못하는 것이다.

안시현은 아내가 비록 자기보다 일찍 죽었지만 다르게 보면 고맙게 생각한다. 언젠가 누구나 모두 떠나가는 세상에서 먼저 간 사람이 행복하고 남겨진 사람은 불행하고 고생하기 마련이다.

"아바이! 이 토끼 얼마임까?"

누군가 하는 소리에 안시현이 눈을 떴다.

"마리당 100원인데… 두 마리 다 사면 180원이오."

"150원에 두 마리 주시오야!"

"그렇게는 안 되오. 못 팔면 말았지."

까칠한 어조로 흥정하던 손님이 자리를 뜨고 안시현이 담배를 붙여 물었다. 토끼 2마리를 팔아 180원을 받으면 입쌀 5kg 혹은 옥수수 10kg을 살 수 있다. 그 식량에 시래기나 산나물 등 야채를 듬뿍 넣어 죽을 쓰면 아들과 며느리, 손녀까지 4식구가 한 달을 먹을 수 있다. 그래서 한 푼이라도 더 받으려는 안시현이다.

갑자기 어디선가 고함 소리가 들린다.

"오빠시 출두했다."

"어디?~ 어디?"

"누깔이 멀었소? 저기 오재오."

장사물건을 여기저기 펴놨던 상인들이 급히 자리를 박차고 일어난다. 눈 깜짝할 새 자기의 물건을 빠르게 챙기는 것이 마치도 잘 훈련된 군인들의 모습을 방불케 한다. 콜록 콜록 헛기침을 하는 안시현도 다른 사람들과 겨우 똑같이 행동한다.

누군가 큰 소리로 외친 "오빠시 출두했다"란 소리는 단속원인 안전원(경찰)이 온다는 뜻이다. 어느 영화 속에 인민들을 악질적으로 탄압하는 1930년대 양강도 풍산군 파발리 주재소 일본순사부장 오빠시의 행동과 똑같다는 의미서 안전원을 일본순사에 빗댄 말이다.

안전원이 호각을 분다.

그리고는 고래고래 소리를 지른다.

"야! 이 개 같은 쌍년들아! 왜 당에서 한사코 하지 말라는 장사를 계속해? 그렇게 정 하고 싶으면 시장 안에 들어가서 합법적으로 하란 말이야. 시장사용료를 당당히 내고 말이다."

"…"

"거지같은 년들! 더럽게도 말을 안 듣네. 몽땅 안전부에 끌려가서 비판서 10장씩 써봐야 정신 차리겠어? 어서 집으로 돌아가!"

'인민의 안전원'이란 사람의 막말.

하기야 노동당 자체가 위선단체이니…

까막 짭짤한 상통의 '오빠시' 안전원은 눈에 팻대줄을 세우고 호각을 세게 불어댄다. 여기저기 헤쳐진 아낙네들은 매일 수차례씩 반복되는 '안전원의 단속모습'에 꿈만해 한다.

"저! 오빠시 또 담배가 떨어졌재오?"

"야아!~ 혹시 술값이라도 떨어졌겠지비…"

"그저 아무 힘없는 우리 백성들만 못 살게 그무만!"

"어휴! 장사도 맘대로 못하니 원!"

상인들의 불평이 틀린 소리가 아니다. '메뚜기시장' 단속을 핑계로 나온 안전원은 자기 잇속을 챙기기에 여념이 없다. 눈치를 보다가 큰 물건이 있거나 혹은 만만해 보이는 상인을 시범적으로 단속하여 안전부로 연행하여 간다. 그때 안전부까지 가면 손에 있던 물건은 전부 회수당하는 것은 기본이고 벌금까지 내야 한다.

이때 눈치가 조금 있는 상인은 가졌던 물건의 일부를 '뇌물'로 안전원에게 몰래 상납한다. 너 좋고 나 좋고 하는 것이다. 그렇게 극적으로 친해진 안전원은 이후 그 상인의 '메뚜기시장' 내에서 물건 판매를 눈감아주기도 하는 것이다. 일상이 되어버린 생활이다.

안까이들의 시장 수다.

"그나저나 강성대국 문은 언제 열리오야?"

"당에서는 인민반 강연회 때마다 곧 열린다, 열린다 하는데 벌써 5년도 넘었습매? 이제는 기다리다가 치쳤습다."

"강성대국 문이 열리면 간부들이 먼저 들어갈게오."

"호호!~ 그것도 말이 되오야."

"맞소야. 간부들이 자기 가족과 함께 들어가고… 힘센 청년들도 먼저 들어가 자리를 떡하니 차지하면 가뜩이나 엉덩이가 큰 우리 안까이들이 들어갈 자리 있겠습까?"

"호호! 여기 큰 엉덩이가 어디 있습매?"

"난 10년 전 엉덩이가 한 줌으로 줄었소야."

"올습다. 큰 엉덩이도 먹는 것 있어야 유지되지 않겠습까? 이건 아침저녁으로 시래기죽도 겨우 먹으니 말임다."

"야야! 그 말도 정확히 맞습매!"

"정말이지 큰 엉덩이는 이젠 없습다."

"야아!~ 기차라. 이 안까이들은 무식찬란하기 그지 없재오. 아니?~ 정말로 아직도 모름매? 당에서 열린다, 열린다는 강성대국 문이 어제 밤중에 열렸다가 인츰 닫혔다재오."

"어머머! 그게 대체 무슨 소리임까?"

"어쩨 그리 빨리 닫혔담매?"

"준비한 상품이 너무 적어서 간부들에게도 겨우 차례질 정도라재오. 상품도 없는 상점 문은 열어 뭐하겠소야?"

호호!~ 하하!~

안까이들의 수다에 안시현이 미소를 보인다.

성인 남자들은 소속 직장인 탄광기업소에서 정기적으로 꾸준히 노동당 강연을 받는다. 대부분 아낙네인 주부들은 거주지 인민반(마을·동네 행정단위)에서 노동당 강연을 들어야 한다. 그 강연에는 성인이면 공민으로서 의무적으로 참여해야 한다.

강연에서는 노동당이 집중적으로 선전하는 내용만 가득하다. 예하면 인민들이 고생하는 것은 모두 미제와 그 앞잡이 남조선 괴뢰들의 국제적 무역압살정책 때문이라고 한다. 그러니 이 난관에 주저앉으면 혁명의 패배자가 되며 이렇게 어려울 때일수록 수령을 더욱 신뢰하고 당의 지시에 무조건 따라야 한다고 철저히 강조한다.

노동당은 인민의 향도자이다.

백전백승의 조선노동당!

당과 수령의 영도를 절대적으로 따르면 언제인가 승리하는 날이 온다. 그날은 전체 인민이 먹을 걱정, 입을 걱정 없이 풍족하고 윤택한 생활을 마음껏 누리는 공산주의 사회, 강성대국이라고 한다. 그런 이상적인 사회가 반드시 온다고 하는 노동당 강연이다.

이런 강연을 한두 번 들을 때는 반신반의 하지만 계속해서 반복적으로 들으면 진짜로 들리고 확신까지 생기는 것이다. 그것이 인간의 심리이고 본능이다. 당에서 주는 강연과 현실은 달라도 너무 다르니 농담으로 비꼬는 안까이들이다.

그들의 시장 수다가 계속된다.

"소식 들었소야?"

"무슨 쌀이라도 준다는 반가운 소리임매?"

"저 안까이는 그냥 먹을 소리?"

"이봅소!~ 그것보다 중요한 것이 어디 있습매? 나 참!"

"사람이 살자면 먹어야 하지 않소야?"

"옳은 소리임매. 진짜로…"

아낙네들이 고개를 쉽게 끄덕인다. 누가 뭐라고 해도 정확히 맞는 소리다. 사람이 사회주의를 하든, 혁명을 하던 일단 먹고 살아야 하지 않겠는가. 지금처럼 그냥 사상교양을 위주로 학습, 강연 등만 주입시키는 것은 너무나도 기이한 국가정책이다.

노동당의 노선이어서 여기에 왈가불가 자체를 못하며 누구든 절대 무조건적으로 집행해야만 하는 법과도 같은 의무사항이다.

"어제 탄광에서 또 갱이 무너졌다재오."

"어느 갱이람매?"

"8갱이라나? 아니, 7갱이라나?"

"아니?~ 갱 무너지는 일이 어디 한두 번 임매?"

"잊을 만하면 생기는 갱도 붕괴지비."

안시현은 수심에 찬 얼굴이다. 자기가 수십 년간 탄광에 재직할 때에도 석 달이 멀다하게 잦았던 노동사고이다. 우선 갱도가 무너지는 가장 큰 이유가 동발목을 재질이 약한 나무로 사용하기 때문이다. 단단한 참나무를 사용해야겠는데 그렇지 못하다.

또한 정전으로 인해 침수된 물을 제때에 뽑지 못하면 갱이 물에 잠겨 무너지기도 한다. 장마철이면 자주 생기는 갱도침수다.

제대로 된 자재를 쓰지 못하는 것이나 전압이 약한 전기를 쓰기에 양수기가 제구실을 못하기도 한다. 갱이 무너지는 것은 한순간이다. 단 몇 분 만에 거대한 토석이 내려앉기에 그 아래 있다가는 찍소리도 못하고 죽는 것이다. 말그대로 개죽음을 당하는 꼴이다.

사고 발생 후 즉시 일은 중지된다.

사고원인은 파악하나 마나다. 간부들은 현장에서 사고처벌 중 생산계획 미달 상태에 더욱 신경을 쓴다. 며칠 석탄생산을 멈춘 것은 물론이고 사망한 사람들의 노동력을 대체할 인력도 문제이다.

상부의 지시로 다시 작업이 개시될 때에는 보다 철저한 안전대책을 요구하지만 아주 형식적이다. 근본적으로 전기와 자재가 큰 난사인데 아무리 어떤 대책을 세워도 해결이 안 되는 것이다. 애매하게 운이 없어 죽은 사람들만 불쌍할 뿐이다.

"이번 사고는 동발 작업 중 났다재요."

"세상에나 기차라…"

"막장에 정전이 돼서 산소공급도 못했다재요."

"거기서 영웅은 안 나왔다오야?"

"그게 무슨 소리임매?"

"아! 당중을 가슴에 안고 죽었다든지. 아니면 수령님 초상휘장을 손에 꼭 쥐고 숨을 거두었다든지. 하는 거 있잖소야?"

"아하!~ 충성의 영웅들…"

"폐갱인데 그것도 어찌 알겠슴까?"

충성의 영웅들이란 재난의 현장에서 수령의 배지나 어록 등을 보호하고 자기는 죽음을 맞는 사람을 일컫는 소리이다. 불타는 집에서 수령의 사진을 보호하면 그 사람은 영웅이 되는 것이다. 나라에서 수령 충성심을 지닌 본보기 사람으로 내세워준다.

그러면 신문과 방송, 텔레비전에 소개된다. 비록 본인은 죽었으나 그 가족에게는 표창과 훈장, 그리고 선물이 차려진다. 유족에게는 대학까지 우선적으로 갈 수 있는 특혜가 차려지고 모든 것을 먼저 특별배급으로 지급받는다. 복권 당첨된 것과 마찬가지다.

그러니 일상에서 절호의 기회가 되면 사람들이 어떻게든지 노동당이 알아주는 충성의 영웅이 되려고 힘껏 노력한다. 자기의 고생이나 '영웅적 희생'으로 후대가 오래도록 행복해지는 것이다.

한없이 불쌍한 인민들이다.

탄광에서 작업 도중 무너진 갱도는 영구적으로 폐갱이 되기도 한다. 그것을 복구하려면 오히려 새로운 갱도를 개척하는 것보다 더 많은 노력과 자재, 시간이 들기 때문이다. 폐갱 때는 시신도 못 찾는다. 버럭 더미와 함께 영영 없어지는 것이다.

예전에는 사람이 사망하면 그런대로 3일장을 차렸는데 1990년대부터 서서히 장례문화가 달라졌다. 가장 큰 이유가 어려운 경제난 탓이다. 산 사람의 입에 들어갈 식량도 없는 형국인데 어떻게 죽은 사람의 제사상을 준비하겠는가. 말도 안 되는 소리이다.

산 사람의 고생도 보통 아니다.

사람 사망사고가 나면 탄광의 초급간부들인 중대장(직장장), 소대장(작업반장) 등이 상갓집에 와서 "아주머니! 미안하게 되었소야!" 하면 고작이다. 좀 더 높은 사람인 지배인이나 기사장 등이 "○○○ 동무는 석탄증산을 위한 위대한 수령님의 교시 관철에서 애석하게도 순직하였습니다"고 하면 최고의 조문이고 영예이다.

수십 년 굳어진 생활 관습이다.

그래도 간부들이 왔다고 일부 상갓집은 부족한 술과 떡을 특별히 대접하기도 한다. 엄연히 사고의 최고책임자들이지만 미운 놈 떡 하나 더 준다는 말도 있지 않은가.

해당 간부들에게 외면할 수 없이 아부아첨을 하는 것이다. 죽은 사람은 어쩔 수 없고 또 산 사람은 그런대로 살아야 한다.

인상을 찌그리고 상갓집으로 조문 오는 사람들의 손에는 아무것도 없다. 이유는 탄광에서 노동자들에게 주는 월급조차 없으니 부조(조의금) 자체가 없기 때문이다. 지인들이 개인돈(사비)을 갖고 오면 다행이고 조화는 종이꽃이 있으면 큰 것이다.

"도대체 몇 명이나 죽었다 함매?"

"13명이라나? 아니, 15명이라나? 좌우간 그 정도임매."

"야아!~ 기차라! 세상에…"

"참! 죽은 탄부들은 몽땅 43호 자식이라재요."

"남조선 출신 포로병들 자식 말임매?"

"어머머! 어찌겠소야?"

"아버지들의 고향 남조선에도 못 가보고…"

순간! 안시현은 심장이 멎는 듯하는 심정이다. 갱도붕괴 사고로 죽었다는 탄부들이 모두 자기와 같은 국군포로 출신의 자식들이다. 대충 짐작해도 나이 30대 전후 반의 너무나 아까운 젊은이들이 틀림없을 것이다. 10여 명의 귀한 생명들이다.

그들의 아버지들도 이제는 대부분 세상에 남아 있지 않다. 모두 사고로, 병으로, 그리고 굶어서 사망했다. 시련에 찬 고난의 행군시기 접어들면서 눈에 띄게 아사한 국군포로들이다. 평소에 잘 먹지 못했던 부실한 영양상태로 인해 두세 끼만 굶어도 피뜩피뜩 쓰러졌던 것이다. 안시현이 직접 시체를 거둬준 것만도 적지 않았다.

무너진 갱 안에 묻힌 사람들.

어쩌면 사람이 아니다. 귀중한 존재인 사람이 죽어도 시체를 찾을 생각조차 안 하고 보통 폐갱해버리는 기업소당국이 아닌가. 간부들이 보는 국군로포 출신 탄부들은 막장에서 탄을 캐는 기계이고 동물이니 죽으면 버럭에 섞어버리는 것이다.

"기차라!~ 내 아들 같은 새끼들…"

"죽은 자들만 불쌍하재오. 애비들도 그렇고 자식까지도… 이놈의 탄부 가족 팔자는 정말 기구하재오야."

"아아. 어쩌겠소야? 모두 조상탓이지비."

"우리 조상은 하다못해 평양은 못가도 청진이나 함흥 같은 도시에서 나를 낳았어도 이런 탄광 여자는 안 되었재오야?"

"배때기 부른 소리하오야?"

"그 조상이 안까이를 낳아준 것만도 어디 임매? 세상에 안 나온 것보다 낫지 않슴까? 내 놓고 말해서…"

"아아!~ 조상님들에게 감사하오야."

"에이구. 그게 왜 조상 탓이겠소야. 세월 잘못 만난 것도 이유가 되지 않겠슴메? 미제국주의자들 만난 우리 시대 탓!"

"미국 놈이 원쑤임매? 안 그렇소야?"

"옳슴다. 조선인민의 원쑤, 미제국주의자들!"

"그 개 같은 미국 놈들 때문에…"

"쳐 죽일 양코배기 침략자 미국놈들!"

세상 물정을 누구보다 더 잘 아는 아줌마들이라고 왜 자기들끼리 수다에서 노동당 비판소리를 하고 싶지 않을까? 그들도 아름아름 알기는 안다. 미국이 잘 살고 남조선도 그에 못지않게 산다는 것 정도는 어렴풋이 안다. 그러나 말을 함부로 못하는 것이 하나의 큰 장애물이다. 그 장애물은 마음 속에만 있어야 한다.

그동안 말실수로 하루 밤 중에 연기처럼 사라진 사람들이 많다. 주로 남조선, 외국이 좋다고 하는 내용이다. 사고가 생기면 인민반서는 꼭 남조선

반동세력과 결부시켜 성토한다.

노동당의 방침이다.

정치적 감각이 아주 발달된 아낙네들이 시장에서 어떠한 주제를 갖고 얘기를 해도 조상과 세월(시대)을 핑계로 미국을 욕하는 것은 자연스러운 일이다. 어쩌면 그들만의 생존방법이기도 하다.

조선인민의 철천의 원쑤인 미제국주의를 강하게 욕할수록 노동당 충성심이 높은 것으로 각인된다. 일종의 신분상승이다. 이런 현상은 모든 주민들이 거의 자동적으로 상호가 눈에 쌍심지를 켜고 상대의 모습과 생활을 꼼꼼히 살피기에 생기는 현상이다.

원시적이고 폐쇄적인 이런 생활에 수십 년간 묻혀 있다 보니 이제는 동네 아낙네들도 웬만하면 '구강박사'(할 말 못할 말 가려서 하는 사람을 지칭하는 은어)가 되었다. 실언 중에 짧은 혀 때문에 긴 목이 달아나지 않으려고 무지 애쓰는 아낙네들이다.

"정말 안 됐소야. 죽은 사람들."

"기차라!~ 창창한 앞날이 구만리 같은 젊은이들…"

"앞날이 창창한지 어두운지 어찌 암매?"

"그저 그런가 부다 합소야."

"홍!~ 석탄길 구만리면 뭐하오야?"

"올치비. 막장 아래는 또 막장이라재오…"

"누가 그럽데야?"

"누긴 누구겠소? 집 안에서 잘난 나그네(남편)들이지비."

"그 나그네들도 막장에서 고생이 많소야."

"야아!~ 그건 맞슴매."

역시 아낙네들은 최고의 정보통이다. 탄광서 있은 노동재해사고도 누구보다 먼저 아는 것은 바로 '입빠른' 여자들의 특성 때문이다. 무슨 일이든 발언의 발단은 탄광의 남편들에게서 나오지만 그것을 여기저기 옮기는 장본인은 '수다쟁이' 여자들이다.

어디 그뿐인가. 사건과 사고의 관찰력도 분명하다. 막장 아래 또 막장이 있다는 소리는 정확히 사실이다. 탄광의 갱도 안에서는 발을 잘못 디뎌 수십 미터 낭떠러지로 떨어져 죽는 사고도 다반사다. 사고 천국이 따로 없다. 그냥 아침에 출근했다가 저녁에 목숨이 붙어 있으면 다행일 정도로 위험한 탄광의 막장일이다.

이런 일이 힘들다고, 배가 고파 출근을 못하겠다고 하면 그것은 반동소리나 다름없다. 이유 없이 3일간 결근하면 비판무대에 세워지거나 노동단련대(강제노역) 10일간 다녀와야 한다.

그런 지옥에서 40여 년간 노예노동을 해온 안시현이다. 이제 지긋지긋한 그 자리는 제 자식이 대를 이어 일하는 일터가 되었다. 아버지가 탄부이어서 아들도 자동적으로 탄부가 되어야 하는 국군포로 출신의 자기가 못내 원망스럽다.

막장으로 이어진 생이 막장서 끝난다.

버럭 더미와 같은 자신들의 운명.

안마 기술은 동무가 최고요

6·13청년탄광기업소 문화회관 공연연습실에서 열성 선전대원인 서복화가 혼자서 기타 연습에 열중이다. 그녀도 사회와 탄광지역의 비속어로 '괴뢰군'이라 불리는 국군포로의 딸이다.

불운의 남조선 출신 가족이라는 신분은 항상 자기를 졸졸 따라오며 아주 피곤하게 만든다. 그리하여 "나는 남조선이 아닌 여기 사회주의 공화국에서, 그것도 어머니 당의 품에서 태어났는데 어째서 사회생활을 하는데 아버지의 남조선 고향이 문제가 되는 것일까?" 하는 의구심은 언제나 마음속에 조용히 들어차 있다.

서복화는 자기 직무에 열성이다.

그녀는 과거 현장에서 수년간 모범 권양기 운전공으로 묵묵히 일하다가 몇 년 전에 선전대에 들어왔다. 노동자문화회관에서 멋지게 공연하는 선배들의 모습에 부러움을 잔뜩 느껴 독하게 마음을 먹고 매일처럼 일을 마치면 미친 듯이 기타 연주 연습을 했던 것이다.

그것이 고된 현장에서 어떻게든 벗어나는 지름길이라고 확신했다. 일단 희망가능한 꿈을 꾸었다면 본인의 노력 여하에 따라 반드시 실현할 수 있다는 증거를 현실에서 가졌다.

성격이 시원시원한 그녀는 여기 선전대서 자타의 인정을 받아 상부단체인 도(道)예술단으로 가고 싶은 욕심이 있다. 이왕이면 다홍치마라고 좀 더 큰 무대에 서고 싶은 것이다.

언제인가 선전대장 황호재가 말했다.

"복화 동무! 내가 솔직히 말해주는데 과거 우리 선전대서 열심히 활동하여 도(道)예술단으로 뽑혀 간 대원도 있었재오. 누가 뭐라도 본인이 얼마나 노력한가에 따라 될 것이니 썩어지게 해보오야. 내 눈에는 충분히 동무가 발전할 가능성이 있어 보임매."

이 소리는 분명 서복화에게 귀가 솔깃하도록 들렸고 늘 머리에 맴돌고 있다. 그런데 요즘 들어 언제 그랬을까 싶을 정도로 마음은 심란하기 그지없다. 자기는 분명 최선을 다해 노력했건만 도(道)예술단으로 뽑히기는 별로 가능성이 없어 보인다. 아무래도 자기 아버지가 국군포로이기 때문이라는 선입견 때문이다.

그렇다고 주눅이 들어 살 필요까지 없다고 보는 서복화다. 한 번뿐인 처녀시절을 기죽어 살면 후회가 될 것 같아서다.

황호재는 자기 방에서 뭔가 열심히 쓴다.

…오늘도 우리 당과 우리 인민의 위대한 영도자 김정일 동지께서 우리 6·13청년탄광에 주신 강령적 교시를 심장 깊이 새기고 충성의 출근길에 오른 전체 당원들과 근로자들에게 우리 기동선전대원들은 가장 열렬한 축하와 전투적 인사를 보냅니다.

세상에 오직 하나뿐인 인민대중 중심의 우리식 사회주의 공화국은 날마다 융성 발전하고 있습니다. 오늘도 인민경제 여러 분야서 많은 전기를 요구합니다. 그 전기를 생산하기 위해 필요한 것이 바로 석탄입니다. 그래서 생전에 어버이 수령님께서 일찍이 '석탄은 공업의 식량'이라는 천금 같은 교시를 주셨습니다.

우리가 경애하는 장군님께서 심려하시는 나라의 석탄증산 문제를 해결하지 못하면 무슨 참된 노동계급이라 하겠습니까. 모두가 어떠한 일이 있어도 반드시 맡겨진 경제과업을 초과 완수하여 어머니 당에 충성의 보고, 영광의 보고를 올립시다…

선동활동 시간에 발표할 연설문이다.

당연히 기업소당위원회로부터 승인을 받아야 한다. 이는 어쩌면 노동당에 대고 "반동내용은 전혀 없으며 만약 조금이라도 생기면 목숨 걸고 책임지겠다"는 맹세나 마찬가지다.

대중 앞에서 연설과 음악 등으로 교양과 선동을 목적으로 하는 문화콘텐츠인 '기동선전대' 체계는 사회주의 국가에서 존재하는 특수한 대중선동 행위이다. 감성동물인 사람의 마음을 연설과 서정적인 음악으로 도취시켜 정신교육을 시키는 것이다. 집단주의 체제에서는 대중에게 잘 들어 먹히는 방법 중의 하나이다.

따르릉!~

"선전대장 전화 받습다. 아! 비서 동지심까?"

"선동연설문 어떻게 되었슴매?"

"야아. 거의 완성 되어가고 있습다."

"어련히 잘 하겠지만 요즘 온 나라가 고난의 행군을 하면서 우리 탄광에서도 생활이 힘들어하는 노동자들도 적지 않소야."

"…"

"그들에게 조금도 변하지 말아야 할 혁명적 신심을 안겨주는 내용으로 연설문을 잘 만드시오. 이를테면 한갓 고깃덩어리인 목숨을 버릴지언정 경애하는 김정일 장군님 따르는 불굴의 혁명사상은 조금도 버릴 수 없다는 강력한 선동표현으로 말이오야."

"…"

"노래도 있지 않슴매. 거 뭐든가? 아 '사회주의 지키세!'… 지키면 승리

138

요, 버리면 죽음이라는 그 내용이 얼마나 좋은가 말이오야. 대중의 심장을 뜨겁게 달구란 말이오."

"야아!~ 그렇게 하겠습다. 비서 동지!"

초급당비서는 일명 당일꾼으로서 회의보고서, 결정서, 토론문, 총화기록, 행사조직 등 온갖 정치적 업무를 전문으로 맡아보는 사람이다. 기업소 수십 명의 초급간부들에 대한 인사권과 당(정치사상) 생활 검열권 등을 갖고 있다. 대중의 심리를 파악하고 그들을 당에 절대 충실하도록 다양한 방법으로 이끄는 주역이다.

세도가 이만저만 아닌 당일꾼이다.

당일꾼은 해마다 국가명절인 김일성(4·15), 김정일(2·16)의 생일을 맞아 '충성의 노래모임' 연습 및 진행과 '충성의 선서모임', 수령의 '교시전달', 당의 '방침포치' 등을 집행한다. 그리고 '영화문헌학습'이라는 수령 동정 내용의 기록영화를 전체 직원들이 빠짐없이 보도록 철저히 지시함도 당비서가 맡은 업무이다.

즉 사람의 정신을 관리하는 직업이다.

또 있다. 바로 이직 및 승진(해임) 등 인사업무 때 당사자에 대한 보고서, 추천서를 당비서가 친필로 써준다. 생활기록 및 평가를 세부적으로 한 일종의 신뢰보증서나 같다. 특히 당원인 경우 해당 '추천사'가 양호해야 안 그러면 이직이 난처해진다.

5명의 당원이 있으면 1개 세포가 되고 5개 세포가 되면 1개 부문당이 된다. 그리고 6~7개의 부문당이 1개 분초급당이다. 부문당이 10개 이상이면 초급당이 되며 초급당이 20개 이상이면 연합당이 된다. 부문당비서는 반(半)유급, 그 이상은 유급이다. 6·13청년탄광 당위원회 초급당비서는 유급당일꾼이다.

계속해서 들려오는 당비서 말.

"참! 대장 동무! 이번 당창건 기념일을 맞아 선전대에 입당폰트 1개 주겠으니 모범적인 대원 한 명 추천하오야."

"야아. 그게 정말 임까?"

"아니? 당비서가 언제 거짓말 하는 거 봤습매?"

"야아! 너무 경사스러운 일이어서…"

"크게 떠들지 말고… 그럼 수고합소야."

"야아. 알았습다."

황호재는 전화를 놓고 '세상에 이런 일도 있는가?' 하는 생각이다. 자기가 선전대장 직무를 맡아서 10년째 처음 있는 일이다.

'영광스러운' 노동당 입당이라?

자기는 군사복무기간에 하였건만 그 입당을 하려고 사회서는 비당원들이 매우 경쟁적으로 노력하고 있다. 주로 당창건기념일이나 국가적 명절 계기로 충성의 노동전투를 크게 벌이는데 이때는 기존보다 2배 이상의 근로작업을 해야 한다. 당의 선전에 맞춰 진행하는 노동촉구기간인데 성과총화로 신입당원 1~2명이 태어나기도 한다.

노동당원은 학습과 조직생활, 노동과제 수행에서 대중의 모범이어야 한다. 그렇다고 특별한 물질적 혜택은 없다. 오히려 당비를 꾸준히 바치며 엄격한 노동당 규약생활을 해야 한다.

당원은 노동당에 충실한 사람이라는 징표로 그 이상도 이하도 아니다. 무엇보다 당원은 일종의 '가문의 영광'이기에 자식들이 많이 바란다. 부모가 당원인가 아닌가에 따라 상급학교 진학이나 좋은 직업배치 등에 다소나마 영향을 받기 때문이다.

노동당원은 순수 명예일 뿐이다.

소속 직장(기관)서 당원의 월급이 다른 사람에 비해 높거나 특별한 대우 등은 없다. 오히려 그 반대이다. 모든 경제과업 수행에서 어렵고 힘든 일에 솔선 앞장서야 하며 유별난 혜택이나 좋은 것은 대중에게 먼저 양보하는 미덕까지 갖추어야 한다.

탄광기업소 전체 간부들과 노동자들 중 노동당원 비율을 대략 25% 정도. 나머지 75%는 사로청(청년단체), 직맹(38세 이상 남·여 직원들이 의무적으로 속한 단체) 등 소속의 사람들인데 분명한 것은 노동당의 철저한 통제를 철두철미 받고 있다. 30대 후반까지의 많은 사람들이 당원이 되려고 활발하게 노력하고 있다.

황호재가 계속 쓰는 연설문.

…경애하는 김정일 장군님께서는 나라의 방방곡곡 현지지도 길에서 동행한 일꾼들이 올리는 벤또(도시락)를 가볍게 사양하시며 "미국놈들의 경제봉쇄 책동으로 많은 인민들이 고난의 행군을 하면서 옥수수죽을 먹는데 내가 이밥을 먹을 수 있겠습니까. 나도 인민의 아들이니 나에게 옥수수주먹밥을 주시오"라고 하셨답니다.

세상에는 나라도 많고 지도자도 많지만 이토록 소박하고 한없이 자애로운 지도자는 동서고금에 일찍이 없었습니다. 우리는 정말 세상에서 수령복, 장군복 하나만큼은 차고 넘치도록 받은 가장 행복한 인민이고 참다운 노동자들입니다.

우리는 이 영광과 행복을 늘 심장깊이 새기고 장군님 믿음이면 지구도 들어 올린다는 철석의 신념으로 항상 혁명적으로 살며 일해야 합니다. 그것이 바로 우리시대 노동계급의 양심이며 의리, 책임적 본분이라고 봅니다. 승리는 언제나 우리에게 있습니다. 모두가 경애하는 김정일 장군님의 뒤를 따라 힘차게 나아갑시다…

똑똑! ~

문이 열리더니 서복화가 들어온다.

"대장 동지! 오늘 저녁에는 제 연습 안 봐줌까?"

"아!~ 오늘은 내 좀 바쁘오야."

"그럼 전 퇴근해도 됨까?"

고개를 숙인 채 열심히 연설문을 쓰던 황호재가 눈길을 들었다. 수줍은 표정을 보이는 서복화는 선전대원 중 각별한 처녀. 그래서 퇴근 후 따로 시간을 내어 개별지도까지 해주는 것이다.

그녀도 나름 싫지만은 않다. 자기 직속상관에게서 동지적 사랑과 총애를 받는 것은 다소 행복한 일이 아닌가.

"그러지 말고 좀 있다가 나와 같이 퇴근하기오."

"제가 얼마나 기다려야 함까?"

"음!~ 한 시간? 아니 30분 정도만…"

"그럼 그동안 저는 뭐 함까?"

때와 장소를 가리지 않는 골초인 황호재가 담배를 붙여 문다. 엎어진 김에 쉬어간다고 좀 휴식하고 하려는 모양이다. 그런데 황호재의 표정이 다소 능글맞은 모습이다. 순진한 처녀 서복화의 얼굴에는 수줍음이 한껏 어렸다. 두 사람의 눈빛이 야릇하다.

"내가 좋아하는 것 좀 해주면 되재오."

"어머!~ 또 말임까?"

"나는 그래도 동무를 생각해서 하는 소리임매."

"야아. 그게 무슨 소리임까?"

"그래도 조만간 입당 대상자 한 명을 상급당에 추천해야겠는데 나는 서복화 동무를 생각한다는 것만 아시오야."

순간 미소를 보이는 서복화.

이건 생각지도 않는 특전이나 다름없다. 노동당에 입당되느냐? 마느냐

보다 거기에 이름이 거론되는 것 자체가 영광스러운 일이다. 당의 신임의 징표인 노동당원은 그렇게 많은 사람들의 너도나도 되고 싶어 하는 정치적 조직체의 일원인 것이다.

부서책임자 황호재가 데리고 있는 여러 사람 중에 특별히 자기를 신임하는 것은 어찌 보면 나쁜 일이 아니다. 자기 마음에는 물론이고 남 보기에도 그렇다. 설령 황호재의 말이 빈말이라 할지라도 들어서 기분 좋은 소리인 것만은 틀림없다.

"대장 동지! 믿음에 꼭 보답하겠슴다."

"대체 어떻게 말이오야?"

"몸과 마음 다 바쳐서 말임다. 혁명적으로…"

"좋소!~ 바로 그거요."

황호재 얼굴에 엷은 미소가 뜬다.

사무노동을 하는 그는 버릇처럼 서복화에게서 안마를 받는 습관이 있다. 처음에는 어느 처녀대원의 제안으로 한 번 받아봤는데 어느덧 중독이 되었다. 허나 아무에게나 요구하면 여자 다수 집단에서 약간 문제가 될 수 있다고 판단하였다. 그래서 성격도 좋고 뒷말도 없는 서복화한테 자기만의 행복한 안마봉사를 받은 지도 벌써 수차례 된다. 안마는 건강에도 좋았고 적당한 수다로 입도 즐거운 것이다.

퉁명스러운 황호재의 말.

"동무 눈에는 내가 힘들게 일하는 거 안 보임매?"

"공연계획서 쓰는 것 아임까?"

"방송연설문인데 어렵소야. 머리에 잉크도 있어야 하고… 무대서 마이크 들고 줄줄 말하는 것처럼 쉬운 거 아임매."

서복화가 황호재 가까이에 왔다.

"그거 즉석에서 대장 동지가 하는 연설 아님까?"

"즉석에서 하는 건 맞는데 좀 다르오야?"

황호재는 그 내막을 설명한다. 지금 자기가 열심히 작성하는 연설문은 어디까지나 당위원회에 보고 승인을 받기 위한 형식에 불과하다. 물론 당위원회서는 그것도 당원들과 근로자들에 대한 정치교양 업무이니 당사업으로 기록이 되는 것이다.

황호재가 본인이 작성한 연설문을 대중 앞에서 그대로 낭독하는 것은 아니다. 그러면 자연스럽지 못한 자신의 모습과 발언으로 인해 듣는 청중들이 많이 어색할 것이다. 말 그대로 사람들에게 역동적인 모습의 선동활동을 보여주어야 하는데 연설자가 방송 원고를 보고 졸졸 읽으면 정말 난감해할 것이 아닌가.

그래도 기업소 당위원회의 초급당비서가 이렇게 연설문원고를 요구하는 것은 일종의 기록차원도 있지만 연설자의 지식공부를 시켜주기 위한 조치이다. 아무래도 연설자가 꼼꼼히 준비된 연설문을 쓰다보면 그만큼 머리에 저절로 들어가기도 하는 것이다.

서복화가 사뿐하게 몇 걸음 옮겨 황호재의 뒤에 와서 섰다. 그리고 대장의 머리, 목, 어깨 등을 골고루 어루만진다.

황호재의 입이 귀에 걸렸다.

"역시 안마기술은 동무가 최고요."

"아니!?~ 그럼 다른 동무한데서도 안마를 받음까?"

"어! 어! 그건 아니고…"

서복화는 어쩌다 황호재의 전담 안마사가 되었다. 오늘 같은 일이 한 달에 한두 번 심심치 않게 있으니 솔직히 싫지만은 않다. 그도 성인, 그것도 시집갈 나이가 적정한 처녀이니 성인 남자의 몸을 마음대로 주무르는 '쾌락의 감정'을 실컷 느끼는 것이다.

예술 선전대장 황호재는 업무상 함께 일하는 선전대원 중 과반이 처녀인 특수성을 잘 누리고 있는 행복한 남자다. 다소 무뚝뚝한 남자들과 달리 처녀들은 수다스럽기도 하지만 애교스럽고 친한 감정이 쉽게 들기도 한다. 어쩌면 서복화에게 받는 안마가 하루 종일 쌓인 업무의 피로를 푸는 유일한 방법인지도 모른다.

지그시 눈을 감은 황호재 왈.

"요즘 읍에 나가면 안마소도 있다고 함매?"

"제가 해주는 게 마음에 없슴까?"

"허허! 마음에 있고 없고가 어디 있겠소? 솔직히 내가 피로회복 안마받으려 읍에 나갈 수도 없는 일 아이겠슴매?"

"그건 옳은 말씀임다."

"그나저나 읍 거리에 안마소는 어떻게 생겨났다오? 어디 돌아가는 소문이라도 주서 들은 것이 있지 않소야?"

"다 배급 때문이람다."

"배급?!~ 그게 무슨 소리임매?"

"직장과 사회에서 식량배급을 주지 않으니 어쩌겠슴까? 안까이들이 제 식구 특히나 어린 새끼들을 굶겨죽이지 않으려고 이런저런 궁리를 하다가 생겼다는 것 같슴다."

"…"

"젊은 사람들은 시장 출입을 하지 말라지, 직장에서는 월급도 몇 달씩 못 주지. 그러니 사람들이 불만이 오죽 하겠슴까?"

서복화의 말은 정확하다.

없는 것이 식량배급만 아니다. 6·13청년탄광 기업소를 비롯한 지방의 모든 공장, 사업소, 직장 태반이 월급을 주지 못하고 있는 실정이다. 분명히 비정상적인 사회문제임은 틀림없으나 여기에 어떠한 작은 이의를 제기하거나 항의하는 사람이 전혀 없다.

노동당이 무서워서다.

사람들은 '노동당'이 언제 줄지 모르는 식량배급을 기다리다가는 굶어 죽게 되었다며 '장마당'에 눈길을 돌린 것이다. 실제로 장마당에서는 온종일 무슨 장사를 해도 입에 겨우 밥술이라도 가져갈 수 있다. 반대로 직장에 나가 하루 종일 일해도 배급이나 월급이라고는 코빼기도 안 보이니 실망이 저절로 생기는 것이다.

장마당과 노동당!

주민들은 1년 내내, 아니 평생 동안 사상학습과 정치 강연, 생활총화 등을 강요하는 '노동당'보다 열심히 일하면 배불리 밥을 먹을 수 있는 곳인 '장마당'이 더 좋아보였다. 그렇다고 공개석상에서 '장마당'이 '노동당'보다 낫다고 하면 반동분자로 총살된다.

시장사회가 활발해지다 보니 '앉은장사'(도매 물건을 받아 집에서 파는 장사)에 이어서 '달리기장사'(장소와 지역을 옮기며 하는 도매 장사)에 뛰어드는 상인들도 제법 있었다. 그들을 위한 숙박, 음식, 휴식장소 등이 자연스럽게 역 전주변으로 우후죽순 생겨났다.

살며시 눈을 뜬 황호재.

"그러면 안마 비용은 보통 얼마나 되오야?"

"1시간에 대략 30원이람다."

"그게 비싼 것임매? 눅은 것임매?"

"눅은 건 아님다. 요즘 장마당 입쌀1kg이 20원임다."

"그럼 쌀 1.5kg 값이재오."

황호재는 놀랍기만 하다. 자기는 재직 중인 남자여서 장마당에 출입할 수 없으니 쌀값이 얼마인지도 사실 잘 몰랐다. 한 시간에 30원의 돈을 주고 안마를 받으면 다소 비싼 것은 틀림없다. 그래도 수요자가 있으니 판매자도 있을 것이 아닌가.

자기 월급이 120원이다. 그것도 몇 개월에 한 번씩 받는데 그렇다고 밀린 것을 다 받는 것도 아니다. 나라의 재정사정이요, 뭐요 하며 정액 월급의 절반도 겨우 주는 것이 다반사이다. 그러니 일반 직장인이 그런 안마를 받는 것은 정말 어려울 것이다. 그런데 지금 자기는 고요한 제 방에서 안마를 받고 있다. 엄밀히 선전대장이라는 부서책임자이니 알게 모르게 누리는 특수 직업권리이다.

"그럼 안마소에서는 안마만 하오야?"

"아니, 그럼 뭐 또 함까?"

"아! 거 있잖소. 이를 테면 육체비빔 사랑 같은 것…"

"아아? 육체비빔 사랑은 또 뭡까?"

"그거 모르오. 남녀가 서로 몸을 합치는 것!"

"호호! 고건 잘 모르겠슴다."

"으흠! 으흠!~"

괜히 헛기침하는 황호재다. 제가 말하고 조금 어색했던 모양이다. 그러는 그에게 "정 궁금하면 대장 동지가 시간을 내서 한 번 가보면 될 것 아임까?" 하는 서복화다. 그리고는 깔깔 웃는다. 황호재가 '정말 그래볼까?' 하는 생각을 했는지 두 눈이 커진다.

서복화가 "대장 동지! 내놓고 말해 가봐야 망신만 할 겁다. 그곳은 외지서 온 돈 많은 장사꾼들이 출장을 왔다가 피로회복 위해서 한 번씩 들러본다고 함다" 하며 핀잔을 한다.

황호재는 종업원 수백 명이 되는 탄광기업소 기동선전대장이다. 매일아침, 그리고 현장에서 그의 얼굴을 보는 사람이 수백 명이다. 그런 자기가 남몰래 읍거리 안마소를 찾았다가 누가 알아보는 사람이라도 있으면 정말 대단한 망신거리가 될 것이다. 그렇다면 지금 서복화가 해주는 말이 새겨들어야 할 조언이다.

그리고 그녀에게서 지금 공짜로 안마를 받고 있는 것도 직무상의 특성도 있지만 감사한 일이 아닌가. 선전대장이 아니라면 있을 수 없는 일이고. 이것도 자체로 만족할 일이다.

서복화가 책상 위에 서류를 눈여겨본다.

그녀가 입술을 삐죽 내민다.

"대장 동지! 제가 하나 물어도 됨까?"

"어서 물어 보오야."

"이건 대장 동지를 저희 아버지처럼 믿고 하는 질문임다."

"좋소!~ 무엇이든 어서…"

"장군님께서 정말 옥수수죽을 드심까?"

헉! 흠칫 놀라는 황호재다. 불현듯 너무나도 뜻밖의 돌발질문이다. 자기도 평소 가지고 있었던 의문이었지만 그렇다고 그것을 어느 누구에게도 물어보지 못했다. '위대한 어버이' 수령에 대해 자그마한 의문점이라도 표출하는 것은 매우 위험한 일이기 때문이다.

그러면 서복화는 누구인가? 젊은 세대여서 그런가. 아무리 그렇다고 해도 같은 또래 어느 사람에게서도 들어보지 못한 놀라운 질문이 아닌가. 황호재가 다급히 자리에서 일어나 문 앞으로 가서 열어보고 밖을 보더니 다시 문을 닫는다. 누가 들은 사람이 없었는지 확인하는 모양이다. 그만큼 무서운 발언을 한 서복화다.

"대장 동지! 내가 못할 말 했슴까?"

"그게 어째 궁금하오야?"

"생각해 보십쇼. 진짜 옥수수죽을 먹고도 몸이 날 수 있슴까?"

"무스기라?!…"

"사실 아임까? 우리는 고난의 행군시기부터 지금까지 옥수수죽을 먹슴다. 그런데도 몸이 조금도 안 나고 장군님만 몸이 나는 겁니까? 혹시 장군님 드시는 옥수수는 다른 겁니까?"

"허참! 동무는 별난 관심도 있습매?"

"우리 탄광 지배인 동지도 옥수수죽을 안 먹는데 하물며 나라의 수령인 장군님께서 옥수수죽을 드신다는 것이…"

"어째 믿지지 않습매?"

"야아!~ 조금…"

서복화의 말은 일리가 있다.

사람이 살이 쪘다는 것은 평소에 꾸준하게 여러 가지 단백질 음식을 많이 섭취한다는 징표이다. 더구나 크게 영양가 없는 옥수수죽을 먹고 살이 쪘다는 것은 황당한 거짓말이란 생각이 쉽게 든다.

가끔 맛을 볼 수 있겠지만 "우리 인민들이 죽을 먹으니 인민의 아들인 나도 죽을 먹는다!"고 하는 김정일 장군님이고 그 인민은 수년째 죽을 먹고 있다. 과연 장군님은 어떤 고급(영양)죽을 먹었기에 저렇게 막달 찬 임신부마냥 배가 크게 부를 수 있단 말인가.

아무리 생각해도 너무나 수수께끼 같은 일이 아닐 수 없다. 그래서 오늘은 자기 아버지마냥 상냥하고 허물없다고 생각하는 황호재에게 편한 마음으로 은근 솔직하게 물었던 것이다.

"서 동무! 말 다했소야?"

"야아!~"

"궁금하거 있으면 더 말하오야. 어서…"

"그것뿐임다."

"서복화 동무는 겉으로 보기와는 정신상태가 많이 다르구만야. 그것도 일종의 정치적 식견이겠는데… 그 정치 안목이 남들과 달리 특별해 보이오야? 어째 내 말이 맞습매?"

"호호! 전 무슨 뜻인지 모르겠습다."

"그게 어떤 경우 좋을 수도 있고 또 다른 경우 위험하다는 것쯤은 알고 있슴매? 당의 유일사상체계에 어긋나는 행위로…"

"야야?!~"

선전대원 서복화는 어딘가 모르게 너무 순진하다. 자기가 지금 정치적으로 매우 위험한 발언을 했다는 것조차 전혀 느끼지 못하고 있다. 그녀는 선전대장 황호재가 자기에게서 허물 없이 안마까지 받으니 각별한 사이라고 생각했기에 이런 마음속 소리까지 했던 것이다. 나름 이것도 친밀감의 징표라고 착각했던 것이다.

사람들이 일상에서 수령의 개인문제에 대해 이러쿵저러쿵 하는 것 자체가 엄중한 혁명반동에 준하는 특별범죄이다. 이것은 당의 유일사상체계에 어긋나는 매우 중차대한 문제이고 상황에 따라 심각한 정치적 처벌(비판 및 사상투쟁)을 받는다.

신중한 이 순간 뭔가를 고민하던 황호재의 낯이 갑작스럽게 변한다. 분명 서복화의 돌이킬 수 없는 정치적 발언의 실수다. 이것을 확실한 미끼로 선전대원 서복화를 자기 노리개로 충분히 만들 수 있다고 생각한다. 이런 기회가 쉽게 오는 것도 아니지 않는가.

"서 동무! 방금 한 소리 책임질 수 있소야?"

"아니? 그건 무슨…"

"나는 동무의 발언을 당위원회에 신고할 수 있슴매."

"예? 저는 대장 동지와 가까워서…"

"이봅소! 아무리 그래도 할 소리 안할 소리 따로 있슴매."

"아니, 대… 대장 동지!"

서복화가 얼굴이 빨개진다. 그녀는 분명 선전대장과 허물없는 사이라고 느꼈기에 그 정도의 발언은 충분히 농담으로 받아들일 것이라고 판단했었다. 그리고 일상에서 가까운 사람일수록 속 깊은 대화를 하는 것이 인간의 속성이 아니겠는가.

그래서 황호재에게 자기 진속을 거침없이 말했을 뿐이다. 그런데 사람이 이렇게도 순간에 변할 수 있는가. 자기한테서 온갖 노죽을 피우며 안마를 받을 때는 말로 하늘의 별도 따다줄 마냥 극성스럽게 놀던 황호재가 자기의 실언을 갖고 물고 늘어진다.

기가 막힌 순간이다. 어쩌겠는가. 이미 떠나간 열차나 같다. 손이야 발이야 삭삭 비는 방법 외에는 없을 것 같다.

그렇지 않고서는 문제가 상부에 올라가면 입당이고 뭐고 선전대에서 쫓겨날 수도 있다. 그러면 다른 처녀들처럼 갱 안에 들어가서 석탄을 나르던가, 잘해야 전차 혹은 양수기 운전을 해야 하는 것이다. 지긋지긋한 막노동이다. 생각만 해도 끔찍하다.

눈물까지 뚝뚝 떨구는 서복화.

"대장 동지! 제가 잘못했슴다. 정말임다…"

"이봅소! 그걸 내가 어떻게 믿겠슴매?"

"저의 심장으로 담보함다. 제발…"

"거짓말이 아니겠슴매?"

"야아!~"

황호재가 다시 출입문 밖을 확인하고 열쇠를 안으로 단단히 잠근다. 안에는 둘 밖에 없다. 그가 소파에 앉아 상의를 벗어버린다. 그리고 곁에 앉은 서복화를 덥석 끌어안는다. 그녀에게서 향기로운 냄새가 물신 풍긴다. 사무실에서 노상 담배 연기 속에 고달픈 시간을 보내던 황호재가 지금 이 순간 흥분된 몸을 주체하지 못한다.

서복화가 "어머!~ 대장 동지. 이러면 안 됩니다" 하고 황호재의 몸을 밀어내며 저항한다. 문은 잠겼다. 지금은 퇴근시간이 퍽 지났기에 아무 인기척마저 없는 공간이다.

황호재는 "그러면 방금 동무의 발언을 당위원회에 정식으로 신고해도 되겠소야? 날보고 정치발언 실수를 용서해달라는 부탁을 하면 동무도 내 요구를 들어줘야 하는 것 아임매? 엎음 갚음이라고 가는 정 있으면 오는 정도 있어야 하재오?"라며 도도한 자세다.

서복화는 눈을 꾹 감았다.

온 몸이 불끈 달아오른 황호재.

그가 서복화의 하얗고 온기 가득한 육신을 힘껏 주무른다. 매번 문화회관 공연 연습실에서 연습을 할 때마다 호심탐탐 상상하던 이 순간이다. '저 아름다운 몸을 과연 언제면 실컷 만져보지?' 하던 생각이 오늘에야 이렇게 우연히 이뤄졌으니 너무나 기쁜 것이다.

황호재의 기분이 천장을 찌른다.

"정말 좋구만야? 서 동무!"

"뭐가 말임까?"

"동무의 이 하얀 속살이… 흐흐!"

"아이!~ 부끄럽슴다."

"부끄럽긴? 이 방에 우리 둘뿐인데…"

보위부 조사실

시커먼 방 안의 천장에 뿌연 전등이 켜졌다. 그 아래는 자그마한 책상이 놓였고 손에 수갑이 채워진 길원철이 앉았다. 창백해진 얼굴 여기저기에 진한 피멍이 보인다. 분명 탄광 막장서 수다를 떤 다음 날 새벽, 군인 호송차에 올라 어디론가 왔다. 극도의 공포감에 포로가 되었고 그보다는 몸이 성하지 못할 정도로 매를 맞았다.

보위부원 박선필이 왈.

"야! 길원철 임마! 너 여기가 어딘 줄 아니?"

"안전부 아임까?"

"안전부보다 더 쎈 보위부란 곳이다."

순간 길원철이 화닥닥 놀란다.

평소 어디에 위치하고 있는지조차 몰랐던 보위부 건물 안에 자기가 수갑이 채워진 채로 들어와 있으니 말이다. 귀동냥으로라도 보위부는 무소불위의 막강한 수사 · 처형 집행권을 가진 무서운 권력기관이라고 알고 있었다. 어마 무시한 기관은 맞다.

보위부는 공화국 최고의 정보수사기관이다.

굳이 남한에 비유하면 국가정보원이나 같다. 수령 비방사건수사 및 정치범수용소관리, 반국가행위자 및 대간첩수사, 공항 · 항만 등의 출입 통제 및 수출입품 검사와 밀수단속, 남조선 및 해외정보 수집공작 등의 임무를 맡고 있다. 각 도 · 시 · 군에 지부를 두고 보위부원이 있다. 모두 정예의 비밀정보 요원들이다.

"길원철 임마! 네 혓바닥은 왜 그리 가벼워?"

길원철의 눈에는 불길이 인다.

'대체 누가 나를 보위부에 고발했는가?'

숨이 꽉 막힐 지경이다. 그날 막장에서 있은 휴식시간에 작업조 동무들끼리 대화를 나눈 것이 문제된 것 같다. 주변의 동료들이 호기심에 넘쳐 잘 듣기만 했던 소리다. 그중 누군가 현장에서 자기가 했던 발언을 여기 보위부에 그대로 신고했을 것이다.

그 장본인이 도대체 누구일까? 요리저리 말꼬리를 잡아 흔드는 누군가가 있었다. 미심쩍해 보이는 송수남이 그랬고, 아니면 자기의 뺨을 치며 그만하라던 안칠성인가. 그것도 아니면 아무 말 없이 묵묵히 듣기만 하던 또다른 누군가가 밀고를 하였을까?

매서운 눈초리의 박선필.

"길원철! 너를 보위부에 신고한 동무가 과연 누굴까? 그게 궁금하지? 그건 알려고 하지 마! 절대 말해줄 수 없단다."

"…"

"어쩌면 우리 조직의 비밀이다. 등잔 밑이 어둡다는 소리도 있다. 그 등잔 아래의 너 같은 반동분자를 계속 잡아내는 것이 우리 보위부원들의 임무니까. 그냥 솔직히 자백만 하면 돼!"

길원철은 머리가 복잡하다.

자기가 그날 무슨 말을 했던가. 탄광 막장 수다 시간에 동료들과 함께 심심치 않게 입방아를 찧었을 뿐이다. 자기가 남조선에 대해 좋은 소리를 한 것 같기도 하고… 하도 얼떨결에 발설했던 소리이기에 무슨 내용인지조차 기억도 안 난다. 그리고 아닌 밤중에 홍두깨마냥 다음날 보위부에 잡혀 왔으니 정신이 혼미하다.

154

문제는 보위부까지 왔으면 내용이 심각하다는 소리다. 보위부원 앞에서 취조를 받는 길원철은 심신이 크게 떨린다.

담배를 붙여 무는 박선필.

"길원철! 잘 들어! 오늘날 우리식 사회주의 제도를 지키는 데서 무서운 것은 미국과 남조선이 아니다. 멀리 외부에 있는 적보다 내부에 숨어 있는 너 같은 것들이 더 위험한 거야."

"내가 왜 적임까?"

"이런! 멍청한 놈이라고야. 미제와 남조선 괴뢰한데서 직접 임무를 받은 자만 적이 아니고 사상과 행동이 다르면 모두 적이다."

"내가 적이라는 증거라도 있슴까?"

"증거? 정말 궁금해?"

"야아! 있으면 보여주시오야."

박선필이 다소 어처구니가 없어하는 눈치다. 미간을 찌푸린 그가 고개를 끄덕이며 "증거라?~ 정말 보여줄까? 상대가 조용히 말할 때 눈치껏 고분고분 들을 줄도 알아야지. 뭐!~ 정 원한다면야…" 하고 책상에 놓인 서류가방에서 소형녹음기를 꺼내 놓는다.

그리고 작동 버튼을 누른다.

막장에서 했던 길원철의 대화가 나온다.

영화나 소설에서는 지주 집 머슴이 못산다고 나오지만 실제는 일제시기 머슴도 이밥(쌀밥)을 배불리 먹었다재오. 일본의 천황을 비판해도 전혀 잡아가지 않았다는데 신기하재오.

우리 때박이 말에 의하면 현재 남조선은 멋있는 승용차를 생산하여 미국이나 일본, 구라파로 대량 수출한다재오. 동남아 나라에는 일본차 다음으로 남조선 차가 많다재오. 그러면 솔직히 수출용 자전거도 생산 못하는 북조선보다는 훨씬 발전한 것이 아이겠습매?

그리고 서울서 있은 1988년 올림픽은 영국, 독일, 프랑스 같은 강대국들이 개최하는 국제체육행사라 함매. 평양서 있은 1989년 세계청년학생축전은 잔칫상 차린 공짜 국제행사라오.

찰칵!~ 녹음기가 꺼졌다.

길원철이 두 눈을 지그시 감았다. 분명 자기 입으로 한 소리다. 세상에 이런 일도 있을까. 그날 탄광 지하막장 버럭 무지서 5~6명의 동료들이 꿀맛 같은 휴식시간에 허심탄회한 대화를 나눴다. 그 속에 누군가가 자기의 발언을 몰래 녹음하여 여기 보위부에 바친 것이다. 잔등도 정말 남이라더니… 억울하기 그지없는 길원철이다.

그가 기억을 되새기며 곰곰이 생각해본다. 분명한 것은 사회주의 공화국이 나쁘거나 당과 수령의 정책이 마음에 없다는 등의 반정부적, 반혁명적 발언은 하지 않은 것이다.

박선필이 담배 연기를 내뿜는다.

"솔직히 이 발언 무슨 마음먹고 했는가?"

"마음은 무슨 마음임까? 그냥 무심결에 했을 뿐임다."

"야! 길원철. 솔직하지 않으면 재미없다."

"보위부원 동지는 지금 재미로 저를 신문함까?"

"뭐라구?"

길원철이 "흥!~" 하고 코웃음을 친다.

순간 입에 물었던 담배를 "퉤에!~" 하고 바닥에 내뱉으며 자리를 박차고 일어난 박선필이다. 눈에 시퍼런 독기가 오른 그가 "야! 이 개새끼야. 방금 뭐라고 했어? 다시 말해봐! 그 주둥이로 말이야"라고 하자 지그시 겁을 먹는 길원철이다.

화가 머리 끝까지 난 박선필이 "야! 그리고 너, 날 똑바로 봐! 네가 여기가 어디고 내가 누군 줄 알고 지금 코웃음을 쳐?" 하며 길원철의 뺨을 세차게 후려친다. 그가 "이 새끼야! 다시 한 번 코웃음을 쳐보라니까! 어서!" 하며 구둣발로 바닥에 쓰러진 길원철의 몸 여기저기를 마치도 축구공 차듯이 힘차게 차고 또 찬다.

"보위부원 동지! 잘못했습니다."

"아프냐?"

"예!~ 많이 아픕다."

"안 아프게 해줄까? 지금 뒈지면 돼! 사회주의 혁명 반동분자인 네 목숨을 내가 한순간의 망설임도 없이 이 자리에서 끊어버릴 수도 있어. 나는 그런 권한도 있는 공화국 보위부원이다."

"예. 예!~ 제가 잘못했습다."

"머저리 같은 새끼!"

숨이 넘어갈듯 절망에 빠져 갈급한 길원철은 기세등등해서 날뛰는 박선필의 발목을 잡고 통사정을 하며 애원한다. 그러나 말거나 더욱 가격하게 발길질하는 포악한 박선필이다. 무슨 구실이 없어 근질근질 거렸던 몸을 이때라고 마음껏 푸는 그다.

박선필은 취조실에서 어떤 범인이든 기를 죽여 놓고 죄목을 인정시켜야만 자기 업무능력이 높아지는 것이다.

겨우 발길질을 멈춘 박선필이 "휴!~" 하며 책상 모서리에 붙은 버튼을 누른다. "삑!~" 소리가 나더니 앳된 여성요원이 뭔가를 갖고 들어온다. 그리고 책상 위에 놓는다. 물수건이고 볼펜과 수십 여장의 빈종이다. 고개를 끄덕인 여성요원이 나가고 박선필이 의자에 겨우 앉은 길원철의 팔에 묶인 수갑을 풀어준다.

그리고 다시 담배를 붙여 문다.

"자! 오늘부터 태어나서 현재까지 있은 일들을 전부 적어라. 특히 아버지한테 들은 소리나 이야기는 상세히 써야 한다."

"…"

"곰곰이 잘 생각해서 솔직한 사실만 써라. 고등학교시절 농촌동원기간의 행적, 학교 졸업 때 가졌던 포부까지 말이다. 시간은 정해진 것 없다. 다 쓸 때까지 여기서 못 나간다."

"…"

"네가 얼만큼 내 말을 잘 듣는가에 따라 살아서 혹은 병신이 되거나 죽어서 나갈 수도 있다는 사실을 명심해라."

박선필도 숨이 찼는지 헐떡거린다.

그는 보위부원이다. 엄연히 안전원(경찰)보다 더 막강한 권력을 가졌다. 이 조사실에서 무슨 사건의 '범인'을 취조하다가 죽어도 아무런 책임이 없다. 일단 보위부에 들어와 조사를 받는 사람 자체가 절반의 공민권은 박탈되었기 때문이다.

그러니 전혀 고민할 것도 없다. 자기가 취조한 '범인'에게서 사건의 인정을 위한 토설이나 증거만 받아내면 끝이다.

박선필이 책상에 놓인 가방이며 서류 등을 챙기면서 "야! 이 새끼야. 내 말을 잘 들으라. 이 방에서 죽어서 나간 놈도 적지 않다. 젊은 놈이 죽기는 아까운 나이지. 그러니 다른 생각은 말고 우리 업무에 잘 협조해주기를 바란다"며 방을 홀 나가버렸다.

으악!~

고함을 질러보는 길원철이다.

정신이 무척 어리벙벙해진 그는 분명 꿈속에 빠져 있는 듯 착각이 든다. 멀쩡한 일상에서 하루아침에 혁명의 반동분자가 되었다. 그것도 보위부 취조 대상이니 더 엄중하다.

순간 안칠성의 모습이 떠올랐다.

그날 탄광의 막장 수다 시간에 자기 옆구리를 꾹꾹 찌르며 "이 미친 새끼야. 그만해!"라며 제지시키던 그가 아닌가. 그것도 모르고 자기는 열심히 떠들었던 것이다. 그 순간 옆에서 부채질을 하던 송수남이다. 누가 보위부에 자기의 실책(실언)을 고발했던 분명히 이것은 안칠성의 말대로 자신의 '미친 발언' 때문이었다.

허나 어찌하겠는가. 이제는 다시 그릇에 주어 담지 못할 엎질러진 물이나 마찬가지다. 어떻게든 여기서 살아 나가려면 그냥 고분고분 박선필의 요구에 응하는 방법 밖에 없을 것이다.

그가 눈을 감고 회고한다.

길원철은 고교졸업 후 군(軍)입대를 희망했다.

고등학교 졸업생 남자들이 학급에서 절반 가까이가 인민군대 입대를 탄원하는 것이 일반적 풍조이다. 대략 17살에 입대하여 27살에 제대하는 10년간의 군사복무 기간이다. 거기에 특수병종은 13년간이다. 이는 세계에서 가장 긴 군사복무기간이며 형식상 한 차례의 휴가(7일간)가 있는 조선인민군 병사생활이다.

인민군대의 특성은 사회서 진행하는 경제건설장에 많이 동원되는 점이다. 발전소건설장, 간석지개간 전투장, 평양의 주택건설장, 지방의 대형 산업공장 건설, 농촌노력지원 등 국가적으로 이뤄지는 크고 작은 건설에는 대부분 군인들이 동원된다.

군복 입은 건설근로자로 보면 된다.

다소 특이한 것은 인민군대서는 사회에서 좀처럼 하기 어려운 '영광스러운' 조선노동당 입당이 그나마도 쉬운 편이다. 사회에서 1년간 100명의 청년 중 대략 1~2명이 겨우 노동당에 입당한다면 군대에서는 약 50명 안팎의 청년이 입당을 하는 것이다.

노동당원이 되는 것!

그것은 당과 수령에게 충직한 사람이라는 의미다. 많은 사람들 중에 당의 검증을 받아 '충성분자'로 인정받는 것이다.

인민군대 복무는 필수가 아니지만 그래도 남자라면 정기군사복무를 하고 당원이 되어야 최소한 직장의 작업반장(노동자 20여 명을 통솔하는 사람)이라도 할 수 있다. 작업반장이 사회적 대우가 있는 것은 아니지만 상부기관으로부터 인정을 받고 자기 능력껏 대중을 이끄는 위치에 있으니 일종의 명예감은 있다.

사람은 명예감에 호감을 느낀다.

심지어 처녀들이 결혼 상대자(배우자)를 만날 때도 군대는 갔다 왔는지? 노동당원인지 등을 따진다. 그것을 보고 군대에서 '사람 되어 왔다!' '사람 못되어 왔다!'는 말로 수군거리는 뭇사람들이다.

아버지가 국군포로 출신이어서 군(軍)입대를 하지 못한 길원철은 항상 시무룩한 표정이었다. 사는 보람을 느끼지 못했다. 그러던 어느 날 집에서 아버지가 그를 위로하였다.

"원철아! 아버지 때문에 많이 힘들지?"

"…"

"네가 인민군대에 입대하지 못한 것 때문에 크게 후회하는 것 같은데… 그럴 필요까지는 없다고 본다. 장장 10년간이나 강압에 못 이겨 복무하는 그런 군대는 안 나가도 된다."

"예? 그럼 아버지가 경험한 남조선군대는 몇 년 복무함까?"

"기껏해야 2~3년 정도이다."

"홍!~ 그렇게 짧게 복무하면 군대 자질을 갖춤까?"

"자본주의 국가는 군사보다 나라 경제발전을 더 중시한다."

"아니? 그게 무슨 소림까?"

"청년들을 10년이나 군대에 묶어두는 것은 나라의 손실이다. 창의성과 진취성이 높은 젊은이들을 썩히는 거나 마찬가지다."

"…"

"외국에서는 보통 1~2년 길어야 4년 정도 군사복무를 한다. 남조선군대처럼 2~3년 복무하고 제대하는 청년들이 공부도 하고 일도 많이 하여야 나라의 과학기술, 경제가 발전한다."

"예에?!~"

"그래서 남조선은 올림픽을 하고 자동차도 만들어 수출하니 경제적으로 일본만큼 발전하고 있단다."

길원철은 묵묵히 듣기만 한다.

아버지의 소리는 자신의 귀에 솔솔 들어오는 내용이다. 경제적으로 발전했다는 부분이 더욱 그렇다. 남조선이 승용차를 잘 만든다는 소리는 자기도 언제인가 동료들과의 사석에서 살짝 들었다. 그래 보았자 미국과 일본의 기술을 베껴서 만들었겠지? 하고 무관심했다. 그러나 그런 승용차도 못 만드는 공화국은 아이러니했다.

아버지가 "너 혼자만 알고 있어라!"는 조건을 붙여 하는 말은 신문과 방송 어디서도 들을 수 없는 소리가 분명했다.

길승섭이 계속한다.

"그리고 원철아! 군대는 적어도 나라를 지키는 군대여야 한다."

"예? 그럼 인민군대는 나라 지키는 군대가 아님까?"

"인민의 아들딸로 조직된 군대이니 인민군대이고… 나라를 지키는 군대는 맞지? 허지만 그 나라가 어떤 나라이냐 하는 것이 문제다. 공화국이 진짜 인민의 나라이냐고?"

"그건 또 무슨 소림까?"

"국호에 '인민'이란 이름 있다고 인민주인 나라는 아니다. 남조선은 국민이 선거로 5년마다 한 번씩 대통령을 선출한다."

"그게 정말임까?"

"아비가 설마 아들에게 거짓말 하겠느냐?"

"좀 자세히 얘기해주오야."

"남조선은 대통령뿐만 아니라 국회의원도 국민이 선거 투표로 선출한다. 공화국 지역대의원 후보는 1명이지만 남조선 국회의원 후보는 2명 이상이다. 치열히 경쟁하여 국민의 선택을 받는 것이다. 그게 정말 국민이 주인 된 나라가 아니겠느냐?"

길원철은 머리가 벙벙하다.

자기가 정상인지 의심이 들 정도.

그는 '인민이 나라의 주인' '인민과 군대는 혼연일체'라는 사회주의 이 땅에서 태어났다. 11년간 의무교육제도에서 당국으로부터 받은 가르침에 따르면 조국보위는 당과 수령, 조국과 인민을 위해 성스러운 한 몸을 영예롭게 바치는 공민의 신성한 의무라고 알았다.

영광스러운 조선노동당은 사회주의 건설 위업에서 필승불패의 혁명적 당이다. 인민의 향도자이고 존엄 높은 국가의 최고영도 기관이다. 수령은 인민이 수천 년 역사에서 처음으로 맞이하고 높이 모신 위대하고 훌륭하며 가장 완벽한 최고지도자이다.

경애하고 자애로운 어버이 수령이다.

김일성 초대수령이 20여 성상 백두산에서 용감한 항일운동을 펼치어 간악한 일제에게 빼앗겼던 나라를 찾아주었다. 미제국주의자들과 그 추종국가 16개 나라 군대의 공격으로부터 나라를 지키신 강철의 영장이다. 그 나라를 사회주의 문명대국, 강성대국으로 만들어준 김정일 2대 수령이다. 그래서 2천만 인민은 물론 세계 진보적 사람들이 '탁월한 수령'으로 높이 받들고 흠모하는 김일성-김정일이다.

인민은 또 어떠한가.

세상에서 가장 복 받은 조선민주주의인민공화국 사람들로 대를 이어 수령복, 장군복을 누리는 무한한 영광을 안고 있다. 당과 수령, 인민이 일심동체가 된 나라가 바로 사회주의 조국이고 그것을 목숨 바쳐 보위하는 조선인민군대라고 알고 있었다.

그런데 자기가 지금 아버지로부터 듣는 '남조선 이야기'는 거의 꿈나라 같은 소리이다. 국민이 대통령을 선출하여 5년간 국가통치를 맡긴다는 것이다. 이 놀랍고 흥미로운 소리를 공화국에 빗대 해석하면 2천만 인민이 선거로 수령을 선택한다는 것이다.

목소리를 낮추는 길승섭.

"네가 지금은 아버지 신분 때문에 고생해도 통일 되면 남조선 당국이 너에게 최고의 환영과 대우를 해줄 거다."

"야아?~ 저를 말임까?"

"그래! 그건 바로 네가 길승섭의 아들이기 때문이다."

"아니? 아버지가 무슨 영웅이라도 됨까?"

"아버지는 '남조선 괴뢰군'이 아니고 자랑스러운 '대한민국 국군'이다. 너보다 어린 나이 때 한 번뿐인 청춘시절 손에 총들 들고 둘도 없는 조국 대한민국을 지키다 포로가 되었단다."

"…"

"잘 기억해둬라. 어디에 적어 놓지도 말고 무조건 머릿속에만 확실하게 새겨둬라. 이 아버지의 국군 군인번호는 9611069이다. 언젠가 꼭 오는 통일의 날, 이 번호를 남조선 국방당국에 제출하면 이 아버지의 '대한민국 군인' 신분이 확인될 것이다."

"그러면 어떻게 되는 검까?"

"참전군인의 명예를 갖는다."

아버지의 이야기는 들을수록 신기하다.

남조선이 노동당에서 받은 교육대로 '사람 못살 생지옥' '거지떼 우글거리는 곳'이 전혀 아닐 것이라는 예감이 성큼 든다. 긴가민가하면서도 어딘가 모르게 꾸밈과 가식이 없다는 것, 순수하고 솔직하다는 마음마저 드는 것이다. 마치도 자석에 끌리는 쇠붙이마냥 자기도 모르게 아버지의 이야기 속으로 빠져들고 있다.

분명히 아버지는 고향인 남조선에 대한 생생한 추억도 아련하게 있겠지만 아주 새로운 따끈따끈한 소식들을 어디선가 듣는 것 같아 보였다. 그렇지 않고서야 올림픽을 했고 남조선의 경제가 상당히 발전했다는 소리는 어디서 들었는지 무척 궁금하기도 하다.

동료들과의 정보·소식 교류에서도 한계가 있을 것이다. 조국해방(6·25) 전쟁이 끝나 공화국에 남겨진 남조선 출신 사람들이고 더구나 수십 년의 세월도 지났으니 새물새물하는 추억만 있을 것이다. 그러나 아버지의 소리는 분명 새로운 것들이었다.

어느 날 깊은 밤.

길원철은 부모님의 대화를 몰래 엿들었다.

어머니 선우명숙이 말한다.

"여보! 내놓고 말해 우리 대에 통일은 되겠슴까?"

"당신은 어째 통일을 바라오?"

"그래도 여자로 태어나 시집을 갔으면 시부모님, 식구들과 만나 인사를 하는 것이 우리 민족의 풍습이 아임까?"

"허허!~ 그건 맞소."

"그런데… 남조선에는 왜 미국놈들이 계속 주둔하고 있슴매? 정말 공화국을 침략하려고 기회를 보는 겁까?"

"당신은 그렇게 보이오?"

"노동당 강연에서 그런다고 하지 않습매?"

"여보! 생각해보오. 예를 들어 잘사는 부자가 죽을 각오하고 거지네 집을 습격하는 일 봤소? 그런 일이 가능하겠소?"

"그건 아니지비."

"남조선이 북조선보다 20배나 잘사는데 왜 못사는 북조선을 침략하겠소? 싸우면 손해인 것은 뻔한 일인데…"

"야아! 그건 맞는 소리임매."

길원철이 생각하기에도 그렇다.

아버지가 늦은 밤 어머니에게 소곤거리는 아리송한 소리가 자기 마음에 속속 들어오는 내용이다. 가만 생각해보면 당에서 하는 소리와 전혀 다른 내용인데… 그러면 노동당의 소리가 거짓말이라는 것이 아니겠는가. 도대체 무엇이 진실인가.

아버지의 표현 비유법이 너무 신통하다.

이리저리 생각해봐도 잘사는 부자가 가난한 거지의 집을 습격한다는 것은 있을 수 없는 일이다. 책이나 신문 보기를 좋아하는 아버지여서 아주 적절한 비유법을 곁들여 쉽게 설명해주었다.

길원철의 마음은 흥분되었고 어찌 할 바를 몰랐다. 생각 같아서는 누군가에게 당장 물어보고 싶은 심정이다.

평시 노동당에서 인민들에게 하는 당정책과 노선, 사상 교양의 소리가 사실인가고? 아니면 외국의 출판물을 통해 확인해보고 싶다는 마음까지 표현하고 싶을 정도다.

호기심이 많은 선우명숙.

"그러면 남조선 주둔 미군의 목적은 뭘까?"

"그거야 남조선을 지켜주려는 것이지."

"허면… 북조선이 남조선을 침략하려는 검매?"

"그렇지. 실은 6·25전쟁도 북이 남을 전격 침략했소."

"어머머!~ 그게 정말임까?"

"생각해보오. 미군과 남조선 국군이 공화국을 침략했다면 어떻게 3일 만에 거꾸로 인민군대가 서울까지 진격을 했겠소?"

"…"

"어느 쪽이든 선제공격하는 쪽이 만단의 준비를 갖추고 우세적으로 시작하는 것이 전쟁이오. 가만히 있다가 애매하게 당한 쪽이 힘을 쓰기에는 어느 정도 시간이 필요하단 말이오."

"거참!~ 신통한 소림다."

"참! 어디 가서 이런 소리는 하지 마오."

또 머리가 지끈거리는 길원철이다.

'조국해방전쟁'이라고 불리는 6·25전쟁이 미제와 남조선 괴뢰들이 일으킨 것이 아니고 공화국의 영웅적 조선인민군이 먼저 남조선을 침략해서 발발하였다니? 이게 과연 무슨 소리인가. 그리고 아버지의 '전쟁선제공격 소리'도 아주 이해가 쉬웠다.

가만히 있다가 뺨을 맞은 사람이 상대에게 반격하고 저항할 때까지 다소 시간이 소요될 것이다. 그 시간까지 정확히 계산해서 공격하는 측이 선제적으로 하는 행동이 아니겠는가.

듣고 보니 공화국에서 전체 인민들에게 강제로 가르치는 미제와 남조선 괴뢰들이 비밀리에 공모하여 1950년 6월 25일 이른 새벽 급작스레 일으켰다는 '조국해방전쟁'도 의구심이 많이 간다.

이유야 어떻든 그 전쟁을 승리에로 이끈 백전백승의 강철의 영장, 탁월한 군사전략가 김일성 수령이다. 미제국주의가 김일성 장군 앞에 무릎을

꿇고 항복도장을 받았다고 한다. 자기 아버지의 말대로 이해를 하면 영웅적 조선인민군대를 통솔한 최고사령관인 김일성 수령이 끔찍한 동족간의 전쟁을 일으킨 장본인이 아닌가.

어머니 선우명숙이 남편을 나무란다.

"여보!~ 가급적 아들 앞에서 남조선 소리를 하지 마오야. 혹여 그가 동무들 속에서 실언을 하면 어쩜까?"

"아비가 아들한테도 진속을 못 말하겠소?"

"그래도 집에서 새는 바가지 밖에서도 샌다고 걱정돼서 하는 소리니 안까이가 말하면 좀 듣는 척이라고 합소야."

"알겠소. 내 당신 말을 듣겠소."

길원철은 펜을 들었다.

자기가 소름이 끼치도록 무서운 이곳 보위부 조사실에서 나가려면 과거 있었던 모든 사실을 이실직고하는 방법 외에 다른 선택의 여지가 없다. 죽음은 끔찍한 것이다. 아버지가 말하는 그 꿈같은 남조선을 가보든, 상상하든 살았을 때나 가능하다.

농태기가 참 좋재오

검푸르고 을씨년스러운 날씨다. 안시현이 동네 끝자락에 붙은 어느 집 출입문을 "똑! 똑!~" 두드리며 "고 동무! 집안에 있소? 고 동무!" 하고 외친다. 이윽고 출입문이 삐걱 열리더니 목발을 잡은 고수봉이 "안 형! 어서 오오"라며 안시현의 팔을 안으로 잡아끈다.

고수봉은 인천 태생의 국군포로다.

탄광기동선전대에서 근무하던 외동딸 고설란이 최근 황호재의 소개로 만난 전충혁을 따라 시집을 간 상태이다. 곁에 두었으면 했던 딸이 둥지를 떠나 홀 날아간 새마냥 황해도 지역의 전연부대 산골마을로 시집을 갔으니 나름 서운한 마음도 있다.

거기에 미묘한 감정까지 섞였다.

딸 고설란이 시집간 아래 지방 황해도 지역은 자기가 전쟁 때 인민군에 의해 포로가 된 어쩌면 생각조차 싫은 곳이다. 40여 년 지나 인민군 군관인 사위가 그 지역에 근무한다. 아이러니한 일이다.

고수봉은 19살 때 국군에 징집되었다.

그는 해방 후 중국을 왕래하는 화물선이 많은 인천부두에서 수레꾼으로 일하며 돈을 차곡차곡 모으는 재미로 살았다. 땀 흘려 번 그 돈으로 부둣가에 '중화자장면' 집을 하나 마련하려는 것이 인생의 꿈이었다. 1950년 6월의 마지막 일요일에 발생한 무서운 전쟁은 순진한 그에게 있던 소박한 꿈을 송두리째 빼앗어갔다.

전쟁이 한창이던 1951년 1월.

황해도 재령군 구월산에서 인민군과 교전이 밤낮으로 끊이지 않았다. 국군과 인민군이 한 치 양보도 없이 밀고 당기는 전투가 이어졌는데 인민군의 민간인(지역주민) 학살이 눈에 띄게 발생했다.

전체주의 공산사상을 중시하는 인민군은 본색을 뻔뻔하게 드러냈다. 그들은 한동안 수복지역의 인민들을 도저히 믿을 수 없다며 집단으로 생매장하는 등 온갖 만행을 서슴지 않았다.

국군은 인민군과 싸우면서 지역주민 보호에 특히 신경을 썼다. 잠시 자유의 시간을 맞았던 주민들은 종교탄압 등 공산당정책이 노선과 현실이 완전 다름을 깨달았다. 인민군과 격전, 주민보호 전투서 불행히도 왼쪽 다리에 총상을 맞고 포로가 된 고수봉이다.

그는 황해도의 어느 광산에서 다른 포로들과 함께 강제노역을 하다가 휴전이 되면서 이곳 아오지로 재배치되어 왔다. 만에 하나 있을지 모를 유사시를 대비하여 남조선 출신 사람들은 남쪽과 거리가 먼 함경도 지방으로 이주시킨 노동당의 비밀정책에 따른 것이다.

탄광기업소는 불구자(장애인)인 그에게 자재창고 관리원의 직무를 맡겼다. 각종 석탄채취 공구를 보관 및 관리하는 업무다.

방안에 들어서니 동료 변구진이 있다.

"아니? 변 동무는 언제 왔소?"

"좀 전에 왔소."

"그런데 오늘이 무슨 날이오? 고 동무!"

"아참! 내가 말 안했던가. 실은 오늘이 내 생일이오. 고향 생각도 간절하고 또 이렇게 동료들 얼굴도 보고 싶어서…"

"그렇소. 그거 미리 알았다면 농태기라도 한 병 꽁무니에 차고 오는 건데… 이거 미안해서 어쩌나?"

"미안할 게 뭐 있소. 친구들끼리…"

안시현이 안쓰러운 마음이다.

그가 말한 '농태기'는 밀주를 말한다. 주정이나 정제 등이 국영상점에서 판매하는 '공장술'보다는 한참 못하다. 상시적으로 장마당이나 혹은 개인 집에서 사람들의 눈을 피해 몰래 구매할 수 있다.

밀주제조 및 유통은 당국에서 꾸준히 통제하지만 워낙 음성적으로 진행되기에 근절이 되지 않고 있는 실정이다.

국가에서 각 가정에 김일성(4월 15일) · 김정일(2월 16일) 생일, 설날, 추석 등 명절 때마다 배급해주는 '공장술'은 노동당의 배려이다. 당연히 어버이 수령에게 감사의 인사를 하고 받는다. '고난의 행군' 이후에는 이것도 전부 연기처럼 사라졌다.

술은 인간 감정의 약물이다.

백성들의 '애환주' 그리고 '희망주'인 농태기는 입맛도 텁텁하지만 더구나 숙취해소 때는 두통이 심할 정도로 매우 아프다. 그래도 딱히 어쩔 수 없는 것이 다른 술은 없기 때문이다.

다사다난한 인간생활에서 술술 생각이 나는 술이란 기쁠 때도, 슬플 때도 주로 남자들이 많이 찾는 기호 음식이 아닌가.

서민들의 좋아하는 '농태기'는 500ml 한 병에 10~15원 정도로 일반 노동자 월급이 100원이니 싼 것도 아니다. 문제는 '농태기'도 흔치 않다는 것이다. 뭐든 없으면 더 찾는 법이다.

어느 직장이라 할 것 없이 월급도 제대로 주지 않는 실정이니 그로 인한 어려움이 많다. 그 여파로 직장인 남자들의 기호식품인 '농태기'도 명절 때나 간혹 먹어 볼 수 있다.

변구진이 시물시물 웃는다.

"난 미리 알고 농태기 한 병 차고 왔소."

얼굴이 빨개지는 안시현.

"야아. 이런 황송할 때라고 야 원!~"

안시현이 자리서 일어나며 "나도 집에 가서 먹던 농태기라도 갖고 와야겠소"라고 하자 고수봉이 못내 인상을 찌그린다. 그가 "됐수다. 형님은 곁에 있던 형수님도 없이 혼자 사는데 무슨 돈이 있어 농태기라도 마시겠소. 그냥 오늘은 동생 집에 왔다고 편히 생각하오" 하며 안시현의 손을 잡아 바닥에 억지로 앉힌다.

그리고 의아한 표정으로 묻는다.

"그나저나 안 형! 병세는 좀 어떻소?"

"리 진료소에서는 군(郡) 병원에 가보라는데…"

"설마 큰 병은 아니겠지요?"

"그러면 좀 좋겠소. 이런 병으로 고통을 받고 느끼는 아픔이 어디 나뿐이오. 솔직히 말해 우리가 40년 동안 갱 안에서 석탄가루를 좀 적게 먹었소? 어쩌면 지금까지 산 것도 장수한 거지."

"참!~ 형님도…"

안시현은 요즘 가슴에 작은 통증을 느끼며 밤마다 호흡곤란 증세를 보인다. 어떤 날은 온밤을 뜬 눈으로 보내는 불면증에 시달린다. 심야 자다 깨다를 반복하는 것이다. 신기한 것은 어떤 때는 언제 그랬던가 싶을 정도로 전혀 그런 증세가 없을 때도 있다.

'별일은 아니겠지!' 하면서 참고 지낸 지 수개월째다. 이럴 때 곁에서 잔소리하는 아내라도 있으면 좋으련만 이미 세상에 없는 집사람이다. 아들과 며느리도 하루살기에 바쁘다보니 자기에게 관심을 못 돌리는 실정이다. 또한 자식에게 폐를 끼치고 싶지 않기에 애써 감추고 있는 안시현의 호흡곤란 및 불면증이다.

고수봉이 "시현 형님! 사람이 병은 감추지 말고 많이 자랑하랬다고 여

171

기저기 말해보소. 알게 뭐요? 혹시 주변에 좋은 치료완치 경험자가 있는지?" 하자 "고맙소. 동생! 내 자네 말대로 그리 하겠소"라며 공손한 모습을 보이는 안시현이다.

고수봉이 부엌에 대고 소리친다.

"여보!~ 아직 멀었소?"

"예. 다 돼 감다."

"아까부터 다 됐다며 왜 이리 오래오?"

"영감도 참! 너무 보채지 마소."

부엌에서 부스럭거리며 뭔가 열심히 만드는 고수봉의 아내 한연실이다. 과거 그녀는 탄광영양제식당에서 요리사로 근무했다.

듣기 좋아 요리사지 일반적으로 노동자들 속에서 '식당식모'라는 소리로 더 많이 불려졌다. 고정 메뉴로 옥수수밥에 반찬이 2~3가지 식탁에 올랐다. 빵, 우유, 과자, 과일 등 간식도 있었다.

수령이 대표인 노동당에서 언제인가 "지하막장에서 검은 금을 캐는 탄부들에게 비행사 같은 대우를 해주라!"는 방침을 내렸다.

후방일꾼(식품·생활용품 관리담당자)들은 어떻게 하든 하나라도 더 식탁에 올리려고 노력을 했다. 또한 국가에서 배급해주는 부식물도 많지는 않았지만 그래도 있었다. 질과 량이 낮은 공급이었지만.

그것도 일정치 않고 들쑥날쑥이다.

그러나 1990년대 들어서면서부터 경제난이 더욱 가중되었다. 영양제식당의 배급표로 며칠에 한 번씩 옥수수밥과 멀건 시래깃국이 고작이었다. 가끔씩 외부서 지원물자로 육류와 생선, 야채 등이 들어오면 탄부들에게 생색내기로 20%만 공급하고 나머지 간부들이 챙기는 것이 일상화되었다. 그런 생활도 이제는 아련한 추억이 되었다.

한연실은 정년퇴직했다. 이제는 집에서 인조고기밥, 두부밥, 속도전가루

떡 등을 만들어 장마당(시장)에 나가 팔고 있다.

똑! 똑!~

출입문이 열리고 들어서는 길승섭.

"야아. 빨리들 왔구먼."

변구진이 히죽거리며 말한다.

"거 학습시간은 늦어도 건강양식 시간은 잘 지켜야 하오. 혁명을 하자해
도 건강이 우선이니 말이오. 안 그렇소?"

"허허! 그건 맞는 말이오."

길승섭은 요새 심신이 좋지 않다.

아들 길원철이 어느 날, 한 밤 중에 정체모를 사람들에 의해 어디론가 끌
려간 지 시간이 꽤나 지나도 소식 없다. 가끔 안전부에 물어보아도 "상
급기관에서 신중하게 조사 중이니 기다리라!"는 말밖에는 다른 정보가 없
다. 동료들도 그런 길승섭을 착잡한 눈길로 바라볼 뿐 아무런 도움이나 방
조도 못하고 있는 실정이다.

자리에 앉아 담배를 붙여 무는 그에게 안시현이 "그래 아직 원철이 소식
은 전혀 모르오?" 하고 묻는다.

길승섭이 고개만 끄덕인다.

"그거 참! 가슴 태우는 일이구먼!"

"휴!~ 어쩌겠소. 모두 이 부덕한 애비 탓이지요…"

"그렇다고 너무 실망하지 마오."

안시현은 자기 아들 친구인 길원철이 어느 날, 소리 없이 사라진 것이
의문스럽다. 무슨 일이든 좋든, 나쁘든 결과는 알려주는 것이 기본상식인
데 이 사회서는 그런 근본 자체가 존재하지 않는다. 정치적 문제 특히 당
의 노선과 국가정책에 악영향을 끼치는 문제에 한에서는 전부 비밀스럽게
진행되고 있는 것이다.

고수봉이 부엌에 대고 소리친다.

"여보! 술안주 아직 멀었소?"

"다 됐슴다. 상 놓고 어서 받기나 하오야."

변구진이 밥상을 펴놓는다.

담뱃불을 끈 길승섭이 반찬을 나른다.

밥상에는 수저통과 술잔이 놓인다. 이어 두부구이, 콩나물무침, 돼지고기볶음 등이 올랐다. 모두 눈이 둥그레진다. 안시현이 "아니? 명절에도 구경하기 힘든 돼지고기가…" 하며 군침을 흘린다.

고수봉이 머쓱한 표정을 감추며 "아내가 오늘 세대주 생일이라며 시장에 가서 좀 사왔다고 하오"라고 한다. 그러는 남편에게 "호호! 고향친구들과 한잔하겠다는 저 영감 말을 안 들었다가 며칠간 꽁해서 있는 모습을 내가 차마 보기 힘드재오" 하는 한연실이다.

잉꼬부인 두 사람의 달콤한 애정대화가 귀에 속속 들어오는 변구진의 눈빛이 부러움으로 가득하다.

정말 대단히 놀라고도 남을 밥상이다. 일반 탄부들의 가정에 명절 때 돼지고기 1Kg을 혹시라도 공급받으면 국을 끓여 먹는 것이 일반적이다. 배추나 무시래기를 가득 넣고 끓이기에 돼지고기 고유한 맛도 없다. 너무 귀한 음식이니 약처럼 먹는 것이다.

여럿이 한마디씩 한다.

"고 동무는 집사람 복은 있소."

"예전의 영양제식당 요리사가 좀 좋았소?"

"난 말이오. 고 동무 아내보다 예전에 우리 탄광의 꾀꼬리였고 지금은 시집간 고설란을 둔 두 사람이 최고로 부럽소. 요즘 기업소 사람들이 고설란의 선전대 모습이 매우 그립다고 하오."

"거야 두 말하면 잔소리지."

"옳소!~ 사내보다 계집이 더 낫소."

"그건 맞는 말인 것 같소. 오죽하면 요새 항간에 도는 우스갯소리 중에 '요즘 아들은 사돈집 아들이다!'는 말도 있겠소."

"허허! 참. 그 말 신통하오."

변구진의 얼굴이 안 좋은 기색이다.

그는 독신이다. 젊은 시절 동료들처럼 마음에 드는 여성과 간절하게 결혼을 희망했으나 뜻대로 되지 않았다. 키가 작고 인물도 평범해선지 만나는 여자마다 획 돌아서기 일쑤였다. 제가 맘에 들면 상대가 싫어했고 상대가 좋아하면 제가 싫었다.

그렇게 시간이 빠른 물살처럼 흘러갔고 어느 순간에 혼기를 놓쳐 지금까지 왔다. 탄광에서는 잊을 만하면 발생하는 갱도붕괴, 침수사고 등으로 탄부들이 적지 않게 죽는다. 그래서 어촌 못지않게 과부가 많은 특성도 있다. 그 과부마저 그에게는 잘 만나지지 않았다. 거기에 중년이 지나 새로운 이성을 만나기는 좀처럼 쉽지 않은 것이다.

중년이성들의 만남은 둘 사이에 자식이 없으니 꼭 애절한 사랑을 원하는 건 아니다. 어쩌면 남들이 하는 사랑을 해보자는 욕망일지도 모른다. 독신 남녀로서 일상의 주변사람들에게 애인이 있는 연애능력자로 보이고 싶은 흑심도 없지 않아 있어 보인다.

부엌의 한연실이 방으로 머리를 살짝 내민다.

"허이구! 난 그래도 아들이 부럽소야."

안시현이 눈이 커진다.

"어째서 말이오?"

"그래도 집안에 동절기 땔감을 장만하거나 구멍탄(연탄) 찍을 일이 있으면 간나(여자)보다는 스나(남자)가 필요함매. 겨울김장 담글 때 등 큰 일이 있을 때도 스나 손이 무척 그립슴매."

175

"글쎄. 그렇기는 하다만…"

길승섭이 끼운다.

"사람이 아들 딸 분간해서 낳을 수 있으면 좀 좋겠소. 그거 다 하나님이 주시는 축복이니 그냥 받아들이는 거요."

"하나님도 너무 불공평하오."

"그러기나 말이오."

사실 하나님 등 종교소리는 자기들 남조선 출신 사람들만이 있을 때 몰래 조용히 하는 것이다. 그러지 않고 공공장소에서 설파(선교)형식으로 하였다가는 쥐도 새도 모르게 없어진다.

고개를 가로젓는 변구진이다.

자기가 어릴 때 한동안 동네친구들과 함께 출석하여 교회에서 했던 생활은 사람들 간의 화목하고 서로 돕고 이끄는 이웃사랑 모습이 많았다. 누군가 감사의 마음으로 드린 헌금은 어려운 사람들을 위해 사용했으니 마치 제 일처럼 뿌듯하였다.

전지전능하신 하나님이 정말로 살아 역사하신다면 왜 이곳에서 고향에 가기를 희망하는 우리를 장장 50년 가까이 발목을 붙잡아놓는가. 하나님은 한반도 남쪽 사람에게만 사랑을 주시고 김일성 부자(夫子) 수령의 발굽 아래 있는 자기들은 외면한다. 그게 아니면 뭔가. 하나님이 다스리는 이 조선(한)반도가 너무 불공평하다.

변구진이 사는 이곳 아오지 탄광마을에는 교회는 물론이고 어떤 종교인조차 없다. 모든 사람이 당과 수령을 위해 한목숨 기꺼이 바치며 충성하고 또 충성하겠다는 노동당 열성분자들뿐이다.

국가에서 발행 운영하는 신문과 방송, 그것보다 더 위력한 노동당학습, 강연총화 등에서 종교에 대한 어떤 상식이나 지식도 가르쳐주지 않는다. 오히려 종교를 강압적으로 통제한다.

변구진의 낮은 목소리.

"내 말 좀 들어보겠소? 아주 중요한 소식이 있소."

세 사람이 동시에 눈이 커진다.

"나도 최근 어디서 들은 이야기인데 이제 곧 서울의 김대중이 김정일 장군님의 초청으로 평양으로 온다고 하오?"

입이 쩍 벌어지는 세 사람.

"아니? 좀 차근차근 말해보게나…"

"남조선이 고난의 행군시기 미제와 한 짝이 되어서 사회주의 공화국에 대한 국제제재를 했잖소? 어떻게든지 말려죽이려고… 그에 대해서 정식으로 사과를 하러 온다고 하오."

"그게 정말이오?"

"남조선 대통령이 오면 우리를 좀 데려 가지 않겠소? 아니 고향방문이라도 해볼 수 있게 장군님께 요청을 해도…"

"그렇지. 바로 그거네."

"우리가 여기서 자그마치 40년 이상 살았는데 피치 못하게 생겨난 가족은 어떻게 하고 우리들만 살겠다고 고향으로 영영 갈 수 있겠나. 그냥 조상들의 묘라도 한 번 찾아보았으면…"

"꿈같은 소리요. 그게 정녕 가능하겠소?"

"설령 꿈같은 소리라고 해도 듣기는 좋소. 순간 기분이라도 좋구먼. 고향 땅 한 번 밟아보고 죽는 것이 우리의 소원인데…"

세 사람의 얼굴에 화색이 돈다.

뜬금없이 튀어나온 변구진의 말은 확실한 것인지는 모르나 결국 김정일 장군님이 위대하여 남조선 김대중 대통령이 정중히 사과하고 감사의 인사를 하러 평양을 방문한다는 내용이다.

공식적인 보도가 나오기 전에 이런 소리를 슬슬 퍼뜨리는 곳도 보위부다. 수령우상화에 다소 도움이 되기에 그렇다.

이것을 바람타고 떠도는 소리라 하여 '풍언'이라고 한다. 대중 속에서 이런 소리를 옮기는 사람은 다소 유식해보이기도 한다. 그러니 어깨에 힘을 주고 말하는 경우도 있다. 그렇다고 꼭 이런 소리가 다 유익한 것은 아니다. 경우에 따라 보위부가 판단하여 체제유지에 해롭다고 생각하면 발본색원하여 강하게 처벌한다.

예하면 김대중이 평양에 와서 김정일에게 감사의 인사를 드리고 과거의 잘못을 사과한다는 대목은 괜찮은 내용이다. 그러나 이런저런 남조선소리를 하다가 정치, 경제, 문화적으로 서울이 좋다고 말할 때에는 지체 없이 발설자를 찾아내 감옥에 수감시킨다.

술 한 잔 들이킨 길승섭.

"그나저나 동무들은 자기 군번을 기억하고 있소?"

변구진이 귀찮아한다.

"난 까먹은 지 오래오. 그깟것 알고 있은들 뭐하오?"

"하긴 그렇지. 우리를 잊은 조국인데…"

어둔 표정의 안시현.

"정말 조국이 우리를 잊었을까?"

"그럼 우리를 잊지 않았다는 조국이라는 증거라도 어디 있소?" 하는 변구진이다. 그의 말에 충분이 이해가 간다는 눈치들이다.

고수봉이 입술을 깨문다.

"집과 가정을 지키러 강도와 싸웠던 장정들이오. 싸움이 끝나고 아들은 어머니 품을 찾아가고 싶어 하는데 그 어머니는 아들의 생사에 대해 관심조차 없으니 이게 정상인가 말이오?"

"…"

"어쩌다 우리가 이런 세상에 살고 있는지? 원! 나는 다음 생애에는 절대로 남조선 군대만은 안 되겠소. 안 그렇소? 안 형!"

"나도 같은 심정이오."

방안에는 무겁고 싸늘한 분위기다.

조국 대한민국을 지키기 위해 10대 어린 나이에 손에 총을 들었던 이들이다. 어쩌다 기구한 운명의 고물 같은 열차를 타고 여기 낯선 타향에 와서 오랜 시간을 보내고 있다. 고향으로 가는 날은 꿈도 못 꾸고 사랑하는 가족과 사람들의 소식조차 모른다.

애티가 가시지 않은 20대에 이곳으로 강제로 끌려와서 눈뜨면 일하고 감으면 잠자기를 반복하는 채탄기계가 되어 지내왔다. 누구를 원망하랴. 무엇을 희망하랴. 여기는 말을 잘못하면 하룻밤에 쥐도 새도 모르게 없어지는 노동당체제의 사회주의 집단이다.

소름이 끼치는 집단공동체.

운이 없게도 잘못 만난 무정한 세월 탓이라고 생각하는 것이 그나마 현명할 것이다. 너무도 고지식한 이들이 깡그리 바친 청춘시절 고생에 대한 물질적 보상은 남과 북 양쪽 정부 어디에도 없다.

그렇다고 항상 우울하고 분노를 표출하며 억지로 마지못해 산들 자기들만 손해일 것이다. 정신 생물체인 사람에게서 그 정신이 잘못되면 동물이나 마찬가지다. 먼 훗날 시간만이 아주 공정하게 대답해줄 것이다. 자신들이 살아온 기구한 생의 흔적을 말이다.

애써 웃어 보이는 고수봉.

"자! 한 잔씩 드시오."

좀처럼 이렇게 모이기 쉽지 않은 이들이다. 명절에는 수령충성 노래모임, 위대성 학습 및 강연회, 기업소체육행사 등에 참석해야 한다. 또한 명절에 즈음하여 중앙TV에서 나오는 수령 동정 기록영화도 가급적 감상해야 한다. 그것도 분명 당위원회와 근로단체 조직에서 주는 정치적 과제이기에 꼭 실행해야 한다.

명절이 끝난 다음 날은 평소보다 1시간 일찍 출근한다. 수령의 사진과 동상, 교시(어록)판 등을 깨끗이 닦고 쓸고 그 앞에서 '충성의 선서모임'을 해야 한다. 수령의 은덕으로 언제 어디서나 노동당에 충성하겠다는 마음을 목청껏 외치며 맹세하는 것이다.

이 모든 행사는 당과 혁명, 수령을 받드는 노동당정책 차원에서 진행되기에 조금이라도 불성실하게 참여하면 이후 총화시간에 비판을 받는다. 그 뒤로 반동분자가 되는 수모를 겪는다.

이런 생활에 익숙된 이들이다.

안시현이 솥에서 김이 몰몰 나는 부엌에 대고 "설란이 어머니! 올라와서 같이 자리 하기오"라고 하자 한연실이 얼굴을 보이며 "야아! 어서 먼저 들 드시오야. 밥도 준비해야 하고 아직 할 일이 많슴다. 차린 것은 없어도 성의로 잡수오야" 한다.

한연실은 토박이 아오지 태생이다.

그녀의 부모는 대대로 여기 탄전에서 살았고 나라경제 발전에 중요한 석탄을 캐낸다는 자부심을 갖고 열심히 일했다. 자기가 고등학교 졸업 즈음 아버지가 갱도붕괴 사고로 순직했다. 탄광기업소 당위원회는 한연실을 청진상업전문학교에 보내주었고 그녀는 전문학교를 졸업하고 6·13청년탄광 영양제식당 요리사로 자진해왔다.

탄광에서는 매우 부러운 직종이다.

충분히 도시나 읍에 있는 큰 식당으로 갈 수 있었으나 부모님의 고향인 이곳으로 자원해서 왔던 것이다. 혁명의 대를 잇기 위해서다. 그런 그녀를 기업소에서는 모범혁신자로 벽보판에도 자주 소개시켜주었다. 일종의 대중교양의 모델인 것이다.

한연실과 고수봉은 연애 결혼했다.

남조선에서 올라 온 일가친척 없는 '불쌍한 총각'이라며 인정 많은 어머니가 남달리 위로를 해줬던 것이 우연히 한연실에게는 사랑이 되었다. 그런 장모님에게 '아들'처럼 잘한 고수봉이었다.

그가 자기 등 뒤에서 5리터짜리 검은색 수지재질의 물통을 꺼낸다. 농태기를 담는 '전용용기'이다. 고수봉이 물통의 뚜껑을 열고 안에 있는 술을 각 사람들 앞의 잔에 찰찰 붓는다.

그러고는 정색한 얼굴이다.

"안 형! 한마디 하시오."

"내가 뭐… 식사 대접하는 고 동무가 하오."

"그래도 형님이 우리들 중 제일 좌상 아니오? 어서요…"

"고 동무! 생일 축하하고 건강하오."

"정말 고맙소. 시현 형님!"

"우리가 새파란 20대 나이에 불명예롭게도 포로병이 되어 이곳에 와서 어느덧 거의 반백년을 가까이 보냈구먼. 빠른 세월이 참 무섭기만 하오. 그동안 세상에 없던 가족들도 태어나고… 나름대로 열심히 살아왔던 동향친구 우리들이 아니오?"

"…"

"저 남쪽에 기다리는 부모형제도 이제는 별로 없겠건만 그래도 죽어 묻히고 싶은 우리네 고향 남조선, 아니 대한민국으로 웃으며 돌아가는 날까지 모두 건강하기요. 자! 건배!"

건배! ~ 건배! ~

안시현이 술잔을 무겁게 내려놓으며 "저기 설란이 어머니!… 내가 남편의 고향 친구로서 어렵게 한 말씀 올려도 되겠소?"라고 한다. 순간 한연실이 얼굴이 빨개지면서 "야아!~ 어서 하소야. 그리고 저한테는 말씀을 낮춰도 됩니다. 은별이 할배!" 하는 것이다. 그 모습에 안시현이 조금은 흡족한 표정을 지어 보인다.

이어 뭔가를 깊이 생각하는 모습.

방안에 바뀐 엄숙한 분위기다. 길승섭과 변구진은 서로 의아한 눈길을 주고받는다. 안시현이 일상 동네생활에서 무슨 불편한 마음이라도 있겠는가? 평소 그의 검박하고 부지런한 생활모습을 보면 그렇게 심각하게 걱정할 문제는 아닌 듯싶기도 하다.

고수봉의 얼굴도 궁금한 표정이다.

무겁게 입을 여는 안시현.

"설란이 어머니와 죽은 내 마누라, 길승섭 동무의 아내 등 여기 북조선 여자들이 우리 남조선 남자들 만나 고생 많소."

"…"

"무엇보다 신분이 국군포로라는 것 때문에 말이오. 그놈의 신분이 뭔지? 같이 사는 아내는 물론이고 온 가족이 심지어 처갓집 친척들까지 나쁜 영향을 받으니 원!… 아이들이 자기의 재능을 한 번 피워보지도 못하고 못난 아버지의 뒤를 이어 탄광에서 평생토록 살아야 하니 어머니들의 마음인들 오죽이나 상하겠소?"

"…"

"왜? 우리들이라고 마음이 안 아프겠소? 낯선 이 땅에 와서 사랑하는 여인들을 만나 소중한 가족을 만들고 사는데… 그 식구들이 하나라도 잘 되기를 바라는 것은 세상 어느 부모나 마찬가지일 거요. 출신성분이라는 굴레 때문에 무거운 짐이 되어 죄송하오."

안시현은 진속을 터놓는다.

남조선군 포로 출신으로 어쩌면 사회주의 공화국에서 최고로 나쁜 신분인 자기들과 결혼을 해준 북녘의 순수한 여인들에게 너무나 감사한 것이다. 안 그랬다면 자기들은 총각귀신으로 오늘까지 하찮은 인생을 원망하며 살았을 것이다.

그래도 가족이라는 공동체가 있었기에 그나마도 마음을 안정하고 살아
왔다. 언젠가 통일이 되면 꼭 부모형제가 있는 고향으로 가리라는 꿈을 안
고 말이다. 고마운 아내들에게 조금이라도 보답하는 마음으로 당에서 맡겨
준 초소에서 평생을 묵묵히 자기 맡은 노동과업 수행에서 최선을 다해온
자기와 동료들이라고 한다.

우리도 사람이다. 태어난 고향만 다를 뿐이다.

떠나온 저 남녘 땅 어디에 자식을 기다리는 부모도 있고, 삼촌을 기다리
는 조카도 있고, 친구를 기다리는 동무들도 있다. 수십 년 애타게 자기들을
찾을 것이다. 그 아픔을 깊은 마음에 묻고 오늘도 정처 없는 남쪽 하늘가를
쳐다보며 울고 또 운다고 했다.

"설란이 어머니!~ 설란이 아버지가 무뚝뚝하죠?"

"아아!~ 조금…"

"겉은 그래도 속은 안 그렇소. 사실 우리 남조선 남자들은 대부분 애처
가요. 돈도 잘 벌어다 주고 가사도 많이 도와주고…"

"…"

"그러나 여기 사회주의 공화국 생활에서는 그게 어렵소. 모두 국가배급
과 월급에 의존해 살아야 하고 조직에서 철저한 학습, 생활총화, 강연, 정
치행사를 하니 말이오. 힘들어 잠자는 시간 밖에 자유시간이 없으니 어떻
게 아내들의 일손이라도 돕겠소?"

"그건 맞는 말이오."

"안 형의 소리는 모두 명언이오. 처음부터 끝까지…"

"이래서 농태기가 참 좋재오."

"설란이 어머니! 여기 설란이 아버지와 우리 못난 남정네들을 많이 용서
하오. 고향이 저 남쪽인 우리의 마음도 매우 송구하기 그지없구려. 어쩌겠

소? 이런 무정한 세월(시대)을 만났으니 이렇게 사는 운명이라고 생각하면 그나마 마음은 편할 것 같소. 안 그렇소?"

"아아!~ 은별이 할배!"

고수봉 부부는 은근히 걱정이다.

전연지대로 시집간 외동딸 고설란이 지금쯤 어떻게 살고 있는지? 어느 날, 사위될 사람인 전충혁이 불현듯 나타나 코가 땅에 닿을 정도로 엎드려 인사하고 3일 뒤에 복귀하는 부대로 딸을 데리고 갔다. 번갯불에 콩 볶듯 한 딸의 결혼식이었다.

사실 한연실은 딸의 결혼을 억지로 승인했다. 외동딸을 황해도 산간벽지로 시집보낸 것이 탐탁지 않다. 그곳은 아무 친척도 없는 무연고 지역이다. 잘 살든, 못 살든 가까이 함께 있고 싶었다.

한 달에 한 번 겨우 올까말까 하는 고설란의 소식 편지에는 그냥 잘 있다는 소리뿐이다. 군인가족은 무슨 규정도 있는지? 어떤 때는 속이 막 답답하지만 이제는 어쩔 수 없다. 출가외인이 된 딸이 아닌가. 그래도 자식 걱정의 부모 마음이 어디 그런가.

고난의 신혼살림

황해도 주둔 인민군부대(연대) 군인회관.

주석단 벽에는 노동당마크(마치·낫·붓)와 자동보총, 포탄 등이 그려져 있다. 곳곳에 "위대한 수령 김일성 동지는 영원히 우리와 함게 계신다!" " 당신이 없으면 조국도 없다" "모든 군인들은 총포탄정신으로 무장하자!" 등의 구호판이 보인다. 한 눈에 봐도 조선인민군 최고사령관에 대한 충성 맹세 성토장소라는 느낌이 팍 든다.

300석 규모의 실내는 군관(장교) 및 병사들이 자리를 가득 메웠다. 모두의 얼굴에는 피곤함이 엿보인다. 조선노동당 수호의 결의를 다지는 '충성의 군인공연'은 군사훈련은 그대로 전부 집행하고 별도 의무적으로 참여하는 정치성이 농후한 행사다.

일명 '군사선동'(군인들을 대상으로 하는 정치공연)인 이런 행사는 김일성 사망 이후 한 달에 1~2회씩 정기적으로 열린다.

열성의 모습을 한껏 뽐내는 출연자 절반은 사민(민간인, 군관 아내들)으로 구성되었다. 군민일치를 강조함이며 대략 군인 10명, 사민 10명이 다양한 예술 공연 종목을 선보인다.

사병 2명, 사민 2명이 노래를 부른다.

미래도 희망도 다 맡아주는
민족의 운명인 김정일 동지

당신이 없으면 우리도 없고
당신이 없으면 조국도 없다

반주가 흐른다. 분홍색 조선옷(한복) 차림의 고설란이 근엄한 얼굴로 무대로 나온다. 군인과 민간인을 함께 무대에 세우는 것은 대중의 시야를 사로잡기 위한 목적도 있다. 다양한 색상의 아름다운 조선옷은 어디서나 사람의 눈길을 끄는 마력이 있다.

고설란은 6·13청년탄광 선전대장인 황호재의 소개로 북방의 탄광마을 냇가의 꽃밭에서 전충혁과 첫 사랑을 나눈 것이 결혼으로 이어졌고 무작정 남편을 따라 여기 황해도 산골마을로 왔다. 영화나 소설에서처럼 하루아침에 전형적인 군관의 아내가 되었다.

꿈과 희망을 갖고 시작한 군관 아내의 생활이 호락호락하지 않았다. 일단 군인가족이 되었으니 전투정신으로 살아야 한다.

그녀가 인사 후 낭독하는 설화.

오늘도 온 나라 인민들이 곤히 잠든 깊은 밤 조국보위초소에 선 우리 군인들이 무척 보고 싶다며 최전연부대를 찾아주신 경애하는 김정일 장군님! 그이께 군인들이 정중히 말씀 올렸습니다. "최고사령관 동지! 여기는 최전연지대로 위험합니다."

만면에 환한 미소를 지으신 경애하는 장군님께서는 "알고 있소. 그래도 낮이나 밤이나 차디찬 땅에 배를 붙이고 사회주의 조국을 지키는 군인동무들의 수고에 비하면 나의 작은 고생이 무슨 큰일이겠소. 나는 혁명을 하면서 힘들 때마다 조국을 지키는 일당백의 우리 군인들을 생각만 해도 힘이 펄펄 난단 말이오"라고 하셨습니다.

그 순간 활화산마냥 북받쳐 오르는 뜨거운 감정을 금할 수 없었던 군인들은 적진지 앞이라는 특성 때문에 "최고사령관 동지 만세!" 구호도 마음 속으로만 조용히 외쳐야 했습니다.

경애하는 장군님께서는 어린 병사들의 차가운 손을 일일이 잡아주시며 "애로 되는 것은 없는가? 고향에 계시는 부모님에게는 편지를 자주 쓰는가? 동무들 뒤에는 인민이 있고 당과 조국이 있다는 것을 한시도 잊으면 안 되오"라고 지적하셨습니다.

세상에 나라도 많고 최고사령관도 많지만 이렇게 우리 장군님처럼 한밤중에 군인초소를 찾아주시는 지도자가 어디에 또 있겠습니까? 이런 장군을 모시고 있기에 우리 인민군대는 세상에서 가장 강하고 훌륭한 군대로 될 수 있었습니다.

세상이 열 백번 변한다 해도
인민은 믿는다 김정일 동지

오늘도 우리 영토 남녘땅을 불법으로 강점한 '조선인민의 철천지 원쑤' 미제국주의자들과 그 앞잡이들은 세상에서 가장 우월한 우리의 사회주의 제도를 호심탐탐 노리며 침략의 기회를 엿보고 있습니다. 허나 그것은 망상이고 절대 오산입니다.

우리에게는 지구상 그 어느 나라에도 없는 대단한 무엇인가 있습니다. 미국 놈들이 제아무리 세계최강의 군사력이요, 뭐요 해도 우리에게는 통하지 않습니다. 전민, 전군, 전당이 생사의 뜻을 같이하는 일심단결의 위력무기는 우리의 특대한 보검입니다. 강력한 정신무장! 이것이면 우리는 세상의 그 어떤 적과도 싸워 이깁니다.

우리에게는 준엄한 항일무장투쟁시기 위대한 수령님으로부터 그리고 가열한 조국해방전쟁시기 경애하는 장군님으로부터 배운 백전백승의 군사전법이 있습니다.

최고사령관 김정일 동지께서 지금이라도 당장 미제의 식민지 남조선 해방을 위한 위대한 군사작전 명령만 내리신다면 천만 인민이 받들 것입니다. 총알이 되고 핵포탄이 되어 미제침략자들과 그 앞잡이 남조선 괴뢰들을 이 땅에서 영영 쓸어버릴 것입니다.

경애하는 김정일 장군님! 조선인민군 전체 장병들은 간절히 아룁니다. 이제 우리에게는 김정일 장군님 한 분만 계십니다. 위대한 수령님의 뒤를 이으신 경애하는 장군님만이 우리의 운명이시고 미래이시고 전부이십니다. 조국의 융성번영과 인민의 행복, 통일조선의 영광을 위해서 장군님께서 부디 안녕하셔야 합니다.

당신이 없으면 우리도 없고
당신이 없으면 조국도 없다

이런 획일적인 '군사선동'은 어디까지나 모든 군인들에 대한 철저한 사상통제와 정신교육의 일환이다. 온 나라 인민과 마찬가지로 전체 군인에게도 세상의 언론정보 창을 꼭꼭 닫아 매었으니 사람들이 소경이고 벙어리이기는 마찬가지다.

그렇다고 그들을 내버려두면 언제 어떻게 우연이라도 반당, 반공화국 사상이나 여론이 생길 수 있다. 만에 하나 있을지도 모를 위험한 요소를 미연에 방지하기 위한 조치의 일환으로 군인들을 상대로 꾸준한 정치사상 교양교육이 필요한 것이다. 그중 한 부분이 '군사선동' 공연을 통한 수령우상화 내용의 위대성, 덕성실기 학습이다.

군인들이 '군사선동'을 포함한 신문독보, 강연, 충성토론, 발표회 등에 참여하는 것을 '정치상학'이라고 한다. 이는 군인생활 장장 10년간 무엇보다 중요한 부분이다. 노동당 입당이나 제대평정서에 반드시 평가가 기재되기에 그렇다.

충성사상 주입 공연이 끝났다.

연대정치부 지도원 방.

벽면에는 붉은색 바탕에 흰색으로 "경애하는 최고사령관 김정일 동지를 수반으로 하는 당중앙위원회를 목숨으로 사수하자!"는 글귀가 적힌 구호판이 걸렸다. 모든 인민군부대 군단서부터 사단, 여단, 연대, 대대, 중대 지휘관실과 병실마다에 있는 선동구호다. 군인들의 수령충성 정신무장을 위해서다. 전충혁이 책상 앞에 앉았다.

그와 마주 앉은 소좌 군인.

"충혁 동무! 아주머니를 잘 골랐소. 예술 재간둥이오."

"과찬입니다. 정치지도원 동지!"

"여하튼 동무 아주머니 덕분에 우리 연대가 전 군단적인 각종 예술선동 경연에서 당당히 순위권에 들 수 있소."

"와! 그게 정말입니까?"

"그렇소. 나는 대단히 기쁘오."

"앞으로 더 잘하도록 꼭 이르겠습니다."

"인민군에서 대대장 이상 모든 부대장들은 전투훈련임무 수행능력을 갖고 엄격히 총화 짓소. 하지만 우리 정치일꾼들은 '군사선동'을 갖고 일부평가를 받기도 한단 말이오."

"예. 그렇습니까?"

"사람과의 사업이 정치 사업인데 그게 말처럼 쉽지 않소. 감정보폭이 심한 사람을 하나의 모습으로 이끈다는 게 참 힘드오."

자리서 일어나 창가에 선 정치지도원.

한동안 창밖을 바라보던 그가 원탁 보온병서 물 두 잔을 따라 들고 자리에 다시 앉는다. 한 잔을 앞으로 내민 정치지도원의 얼굴색이 어딘가 모르게 조금 흐려져 보인다. 비슷한 표정의 전충혁의 속마음은 '지금 정치지도원이 느닷없이 내 아내를 칭찬하자고 나를 부른 건 아닌 것 같고… 무슨 문제라도 생겼는가?' 하는 고민이다.

군관의 아내는 조직(정치)생활을 군부대에 소속되어 한다. 참모부 소속 '가족여맹위원회'에 가입되어 부업지관리, 군관사택 위생사업, 돼지사육, 연구실청소, 후방사업(식품과 물자를 부대에 지원하는 일) 등 여자들의 손길이 필요한 많은 일에 동원된다.

그뿐만이 아니다. 군관의 아내들로 조직된 가족소대원들은 매해 정기적으로 기초적인 군사훈련과 사격연습도 받아야 한다. 유사시를 대비하여 반(半)군인으로 준비하는 것이다.

"충혁 동무! 마음 크게 먹고 내 말을 듣소!"

"예? 무슨 일이라도…"

"사실 동무의 가시아버지(장인어른) 고수봉은 남조선 출신은 맞는데 정확히 말하면 '괴뢰군 포로병'이오. 남조선 출신은 크게 두 부류 즉 '의용군'과 '괴뢰군'이 있소."

"그게 도대체 어떤 차이입니까?"

"'의용군'은 전쟁 때 인민군에 입대한 남조선 사람이고 '괴뢰군'은 인민군대와 맞서 싸운 악질적이고 아주 교활한 놈들이오. 솔직히 말하면 우리에게 총을 겨누고 이빨을 갈았던 놈들의 본성은 전쟁이 다시 터지면 언제든 재발할 수 있단 말이오."

"…"

"우리가 늘 정치상학 시간에 배우지 않았소? 제국주의자들의 본성은 절대로 변하지 않는다고. 미국과 남조선, 일본 놈들이 바로 그렇단 말이오.

190

언제든 우리 사회주의 공화국을 먹어보려는 침략본성은 시대와 연대가 바뀌어도 전혀 변하지 않았단 말이오."

"…"

"하여 인민군대 간부사업(인사)서는 남조선 출신자들을 다소 냉정하게 보오. '의용군'보다 '괴뢰군'을 엄중하게 본단 말이오. 이건 어디까지나 동무 혼자만 알고 있소."

전충혁은 뭐가 뭔지 잘 모르겠다.

자기는 분명 아오지 탄광마을에서 고설란을 처음 만날 때 부대에 승인을 받았다. 가시아버지 될 사람이 남조선 출신이라고 확실하게 말했다. 그때는 별문제 없다고 했던 상부가 아닌가. 이것은 어딘가 모르게 앞뒤가 전혀 안 맞는 행위이다. 그렇다면 심각하다.

이게 사실이면 노동당의 간부사업은 2중적 태도라는 소리다. 앞에서 하는 말이 다르고 뒤에서 하는 소리가 다른 것이다. 자기는 명명백백 상부의 승인을 받고 결혼을 했다. 그 순수한 결혼이 잘못되었다면 무슨 명목으로 아내 앞에 나서겠는가. 그런데 대체 어떤 문제가 있기에 정치지도원이 이렇게 새파래졌는가.

그리고 자기를 갑자기 방으로 직접 부른 것도 다른 때와는 다른 상황이다. 어쩌면 애매하고도 신중한 문제가 아닐까.

답답한 전충혁은 물 한 모금 마신다.

"정치지도원 동지! 에돌지 말고 속 시원하게 그냥 직통으로 말해주십시오. 혹시 제가 군복을 벗어야 합니까?"

화들짝 놀라는 정치지도원.

"아니, 아니! 그건 절대 아니오."

"그럼 뭡니까? 사실대로 알려주십시오."

"충혁 동무! 너무 흥분하지 말고 잘 들소. 동무가 지금처럼 부중대장 직무를 갖고 군사복무 하는 데는 아무 지장이 없소."

"그럼 도대체 뭐가 문제입니까?"

"다만 더 이상 승진은 못 되오. 동무도 남들처럼 대위, 소좌 그 이상의 별까지 달겠다는 야심을 갖고 영예로운 군관이 되었겠지만… 동무의 진급은 지금의 중위에서 끝이오."

"예에?!…"

순간 주체 못할 정도로 화가 치밀어 오르는 전충혁이다. 이건 갑자기 무슨 날벼락 같은 소리인가. 자기가 현재 군사계급에서 더 이상 발전을 못하다니? 이거야말로 저주이고 수치가 아니고 뭔가.

그렇게 애써 군관이 되었건만.

누구 탓 할일도 아니다. 우선 자기가 미처 몰랐다. 장인 될 사람이 남조선 태생인 줄 알았지 그 속에 다른 부류가 있었음은 지금 알았다. 흥분된 자기가 너무 덤비게 상부에 보고했던 것도 어쩌면 실수였다. 부대서는 전충혁이 급하게 문의하는 혼사문제이고 의용군 출신일 것이라고 오류 판단하고 '괜찮다!'고 과실 결정했던 것이다.

엄연히 부대의 책임도 있다.

아! 내 인생은 왜 이렇게 꼬이는가?

늦게 결혼한 것이 너무나 잘되었다고 주변의 동료들로부터 부러운 소리를 귀맛 좋게 들었던 전충혁이다. 그런데 어깨에 별을 달고 승승장구 하겠다는 젊은 군관의 꿈이 여기서 끝이라니 마치도 절벽에 부딪힌 느낌이고 기분이다. 허망함 그대로이다.

밝은 얼굴로 들어왔을 때와 달리 축 처진 어깨를 갖고 방을 나서는 전충혁의 뒷모습을 보는 정치지도원의 눈빛도 조금 안타까운 모습이다. 간부사업이 이렇게 힘든 것이다.

집에서 혼자 저녁을 먹은 고설란이다.

그녀 뱃속의 아기가 하루가 다르게 점점 커가는 신혼부부 임에도 불구하고 서로가 따로 밥을 먹어야 하는 '희극'이 평범한 일상으로 되어 버렸다. 군관들은 점심과 저녁은 부대에서 식사를 시켜준다. 고난의 행군 시기에 생긴 군부대 안의 풍조이다.

부대에서 군관가족의 식량을 정상적으로 배급해주는 것도 아니다. 겨우 본인(군관) 몫만 주는 경우가 허다하다. 나머지 가족 식구들 몫은 전부 자력갱생의 원칙에서 자체로 알아서 해결한다. 그러니 군관 아내들이 작은 소토지를 만들고 거기에 콩, 감자, 옥수수 등을 심어 식량으로 대용하고 있는 실정이다.

그나마 고설란 부부는 아직 아기가 없어 자식들이 2~3명 있는 다른 가족에 비하면 덜 시련을 겪는 것이다. 식솔이 많은 만큼 수고와 고충은 있다. 그래서 겨우 먹는 것이 옥수수밥이다.

고설란이 방에 앉아 뭔가를 본다.

친구 서복화한테서 온 편지.

설란아! 군관 아내가 된 신혼생활은 어떠냐? 충혁 동지를 따라 네가 탄광기업소 동무들의 곁을 훌쩍 떠난 지 엊그제 같았는데 벌써 수개월이 되는구나. 시간이 얼마나 빠른지 정말 모르겠다. 참! 이제는 늦게 가진 뱃속에 아기가 생기지 않았니?

궁금하다. 아기가 생겼으면 여자인지, 남자인지, 생명을 잉태하고 탄생시키는 것이 얼마나 좋은 일이냐? 많이 부럽다.

여기 6·13청년탄광은 여전하다. 100일 전투, 석탄증산 전투, 연간계획수행 전투 등 계속해서 전투 중이다. 아침마다 탄광기업소 정문 앞에서 너와 내가 1년 내내 고정으로 하던 '경제선동'도 그대로다. 너와 같이 노래를 부르고 연주하던 과거가 그립다.

인민군대 군인가족의 생활은 어떠냐? 그래도 나라를 지키는 군대이니 식량 배급은 제대로 공급 받겠지? 부식물 배급은 어떤지 모르겠으나 그래도 사회 사람들의 생활보다는 좀 낫겠지.

여기는 아직도 탄광기업소에서 식량 배급을 주지 못해 일주일이 멀다하게 어느 집에서 누가 죽었다는 소리만 들리누나. 그렇다고 사람들이 마음 놓고 장사를 할 수 있는 것도 아니고. 그나마 안까이들이 장마당에 나가 장사라도 하면 겨우 옥수수국수라도 먹고 사는 처지이니 홀아비와 독신들이 제일 생활하기 바쁘단다.

여자들이 있는 집은 그래도 이런저런 장사라도 해서 겨우 생활을 지탱하는데 남자들만 있는 집은 죽물도 겨우 먹고 산다…

고설란의 눈가에 눈물이 고인다.
자기 고향 마을의 어려운 환경 이야기.
그곳에 아버지와 어머니가 있다.

내 친구 설란아! 멀리 간 네가 무척 보고 싶다. 사실 이건 너에게만 하는 소리인데 나는 요즘 어떤 때는 확 죽어버릴까? 하는 생각까지 든다. 놀라지 마라! 그 이유는 바로 기업소 선전대장 동지 때문이다. 너에게 좋은 친척 남자를 중매해준 그 황호재가 알고 보니 세상에 둘도 없는 색광(바람둥이)인 줄 나는 최근에야 알았다.

처음에는 여느 보통 남자들처럼 여자들과 농담도 잘하고 또 가볍게 치근거리는 행동을 하는 줄 만 알았는데 속은 정말 응트그러하더라. 나에게 악기지도요, 자기 방청소요, 하는 것을 시키는 것도 결국은 나의 몸을 실컷 만지기 위해서였다.

나도 처음에는 이게 아닌가 싶어서 가볍게, 그러다가도 쎄게 거절도 했는데 점점 시간이 가면서 선전대장 동지는 더욱 노골적으로 행동을 하더라. 이후 나도 모르게 그에게 깊이 빠졌고 어떤 때는 내가 제정신인지 아닌지 의심이 갈 정도로 멍멍해지더라.

그렇게 해서 내 배 속에 두 번이나 생긴 선전대장의 아기를 지워버렸다. 어디 가서 할 말도 못 되고 정말 지긋지긋하다.

이렇게 몸을 망친 내가 시집을 정상적으로 갈 수 있겠냐? 요즘 선전대장 동지는 물론 주변의 시선도 따가워 내가 마치 죄인인 심정이다. 왜 이렇게 살아야 하는지 모르겠다.

두 눈을 지그시 감는 고설란.

세상에 이런 일도 있는가. 평소 그렇게 얌전한 황호재가 이렇게 추잡한 인산이라니. 자기를 전충혁에게 소개시켜 준 선전대장 그 사람이 설마 그렇게 두 얼굴이라고 생각하니 소름이 오싹해진다. 정말 사람 속은 모른다더니 그 말이 꼭 맞다.

친구의 안타까운 모습에 속상만 할 뿐 아무런 도움 방법도 없는 고설란이다. 생각 같아서는 한달음에 달려가 "선전대장 동지는 그렇게 풍기 문란한 생활습관을 가진 더러운 인간임까? 그것도 당의 목소리를 대중에게 전달하는 사람이?"라고 따지고 싶다. 그러나 이젠 북방의 고향 아오지 마을을 떠나 멀리 최전연 황해도 산골의 군부대 마을서 산다. 어젠 날의 탄부가족에서 군인가족으로 신분이 바뀌었다.

아쉽지만 어쩔 수 없는 일이다.

그저 먼 북쪽 하늘가에 대고 "야! 이 나쁜 놈아. 더럽고 치사한 개만도 못한 놈아! 여자를 울리면 천벌을 받는다는 속담도 있으니 그렇게 살지 마라. 이 황호재. 개뼉다귀 같은 놈아!" 하고 속으로 욕사발을 퍼부으면 다행

195

이고 그것으로 만족해야 할 것이다.

삐그덕! ~

출입문이 활짝 열리고 세대주 전충혁이 비틀거리며 들어온다. 고설란이 "이제 오심까? 충혁 동지!" 하며 무척 반긴다. 아직 둘 사이에 애가 없으니 서로 상대방의 이름을 부른다.

고설란의 찌푸린 인상.

"휴! 술 냄새?… 어디서 이렇게 많이 드셨슴까?"

"내 좀 마셨소. 고 동무!"

"어쩐 일임까? 요즘 자주 술을 마시니…"

"아! 내가 그랬던가? 미안하오."

"됐슴다. 어서 옷이나 벗으시오야."

가방과 모자를 받는 고설란을 덥석 끌어안는 전충혁이다. 그리고 사정없이 자기의 두툼한 입술을 아내에게 속히 가져간다. 순간 고설란이 눈을 꾹 감고 아무런 저항도 하지 않는다. 어쩌면 자기도 온종일 고독했다. 어떤 날에는 아침에 부대로 출근했다가 밤늦게 귀가하는 남편을 기다려 멍하니 TV나 보는 그녀이다.

더욱 세차게 입을 맞추면서 자신의 온몸을 어루만지는 남편의 육신을 밀어내면서 "어머!… 충혁 동지! 옷부터 벗으시오야. 그리고 세수도 하옵소"라는 고설란이다. 그러는 아내를 꽉 끌어안은 전충혁은 아무 말 없이 마치도 조각마냥 굳어진 듯 서있다.

"고 동무! 술 좀 있소?"

"아니? 많이 드셨는데 또 무슨 술임까?"

"더 묻지 말고 있으면 좀 가져다주오. 내 오늘 마음이 너무 아파서 그러오. 부탁이오. 가슴이 막 터질 것 같단 말이오."

순간 고설란의 눈이 커진다.

처음 보는 남편의 모습이다. 그녀가 부엌의 찬장에서 술 한 병과 김치 한 공기를 상에 바쳐 들고 방으로 들어왔다. 그 상을 전충혁이 앞에 놓고 술 한 잔 부어 올린다. 그것을 받아 쭉~ 마신 전충혁이 격한 목소리로 "아! 40년 전의 남조선 괴뢰군 포로병 신분이 뭐기에 한 조선인민군 군관의 발전(승진)을 가로막는단 말인가? 이건 너무하지 않는가? 정말 원통하구나! 그리고 절통하구나!"라고 한다.

하얀 얼굴이 금시 빨개진 고설란.

숨이 막히듯 놀라운 모습.

이것은 분명 국군포로 출신인 자기 아버지의 소리다. 이게 갑자기 무슨 일인가. 순식간에 온몸이 뜨겁게 달아오른 그녀가 당장 쥐구멍이라도 찾고 싶은 심정이다. 가뜩이나 아버지 신분 때문에 늘 마음 한구석에 그늘을 안고 사는 그녀가 아닌가.

고설란의 아버지 고수봉은 6·25전쟁 시기 인민군대에 맞서 싸운 남조선 괴뢰군(국군)이다. 전쟁 때 남조선을 점령한 인민군에 의해 강제로 징집되어 '의용군'이 되어 싸우다가 전후 제대한 '의용군출신 남조선 사람'과는 조금 다르다.

전후 제대군인들이 사회로 나왔다.

인민군 출신, 의용군 출신, 괴뢰군 출신(국군포로병) 모두 노동당 품속에 사회주의 혁명의 길을 함께 간다고 했다.

언제인가 수령의 영도 아래 남조선혁명을 실현하고 통일된 남녘땅을 잘 이끌어갈 주역은 바로 현지출신 사람들이라고 한다. 사회주의 통일의 귀중한 인재이기에 당에서는 전혀 신분차별 없이 동등하게 대우한다. 용서와 포용을 위한 어머니 당의 크나큰 정치적 신임은 티끌만이라도 다를 수 없으며 끝까지 책임져준다고 했다.

과거 결함이 있었어도 갱신의 노력을 보인다면 아무 불이익도 주지 않는다. 이는 노동당의 기본정책이라고 선전하여 왔다.

그러나 현실은 완전 달랐다.

정치 선전은 말 그대로 선전일 따름이다.

냉혹한 사회의 실정이다. 남조선 군인 출신은 탄광이나 광산·농촌 등 험하고 힘든 부분으로 직업배치를 했고 그 자식들의 대학 진학이나 인민군대 입대 등을 원천적으로 차단시켰다.

주민들을 여러 계급으로 관리하는 노동당 입장에서 볼 때 남조선 출신들은 통일은 차치하고 사회주의 건설 도중 내부서 있을지 모를 반혁명, 반당 소요사태에 작은 불씨가 될 수 있기 때문이다.

또한 미제가 주둔한 남조선에서 언제 어떻게 공화국을 침략하는 제2의 6·25전쟁이 발발할지도 모른다. 만약 그 때에 공화국 내부에서 남조선 출신들이 적들과 한 통속이 되어 노동당에 반기를 들 수 있다는 것이다. 의용군 출신들도 '국군포로병'보다는 낫지만 대체적으로 사회에서 크게 열악한 부분에 직업배치를 했다.

인민들 몰래 하는 노동당의 정책이다.

당을 지키는 것이 무엇보다 우선.

그래서 항상 남조선 출신 사람들은 어떠한 직업에 있어도 눈에 쌍심지를 켜고 살피고 감시하는 것이 당국의 비밀노선이다. 하물며 사회 일반부분도 아니고 손에 총을 들고 나라를 지키는 인민군대서야 그 심각성이 오죽이나 보통이겠는가.

고설란은 자기가 겪었던 '아버지 고향' 문제가 결국 결혼하여 남편이 된 한 조선인민군 군관의 발전에도 '암초'가 된다고 생각하니 송구한 마음이다. 결혼은 행복과 불행의 결합점인가.

"내 아버지 남조선 출신 성분이 문제임까?"

"그렇소. 그 성분이란 게 뭔지 참!"

"휴우!~ 내도 답답함다."

"가시아버지의 성분이 왜 사위에게 영향이 되는지? 가시아버지는 가시아버지이고 사위는 사위지? 안 그렇소? 고 동무?"

"야! 맞슴다."

"나는 말이오. 이 어깨에 별을 달고 최고사령관 동지께 더욱 충성하겠다고 결심했소. 그리하여 군사생활도 그 이전보다 더 잘하고… 그 와중에 결혼도 하고. 그런데 갑자기 가시아버지의 출신성분이 문제라니? 이거야 원!~ 일할 맛이 나야지…"

"충혁 동지! 제가 어쩌면 좋슴까?"

"어쩌구, 저쩌구가 있소? 세상에 부모가 자식을 바꿀 수 있어도 자식이 부모를 바꿀 수 없단 말이오. 안 그렇소?"

"그건 맞는 말씀임다."

전충혁은 속에서 불이 날 정도이다.

자기가 군관이 왜 되었는가? 당과 수령에 대한 충실성이 높았기 때문이다. 군사상학 시간에 열심히 배우고 굳게 결심했던 대로 갈라진 조국이 통일되면 남해 바닷가에 최고사령관 동지를 높이 모실 그날까지 손에 혁명의 무기를 억세게 틀어쥐려고 하였다. 그 길에서 살아도 영광, 죽어도 영광이라고 생각했다.

그것이 자신의 양심이고 신념이었다.

그 과정에 결혼을 했으니 2세가 태어날 것이다. 아들이면 자기처럼 군인을, 딸이면 간호병으로 키워야겠다는 꿈까지도 군대와 관련된 것이었다. 거기에 기동선동대원 출신인 아내가 부대의 충성의 노래모임 등에서 눈에 띄게 활약했으니 너무 좋았다.

군관의 영예, 가족 사랑, 아름다운 꿈이 펼쳐진 무연한 바다로 힘차게 항해하던 작은 돛배가 불미스런 암초를 만났다.

고설란은 크게 고민이다.

이럴 때 과연 어떻게 해야 할까. 자기 아버지의 남조선 출신 성분 때문에 남편이 출세(승진)를 못하게 되었다. 그 출세는 어쩌면 자기에게도 작은 희망이었다. 부중대장 사모님이란 소리를 넘어 대대장 사모님, 연대장 사모님 소리를 들으면 기분이 좀 좋겠는가. 그것은 모든 군관 아내의 숨겨진 바람이 아니겠는가.

만약에 이혼하면 어떻게 되는가? 아니, 아니 그것도 불명예다. 그러면 혹시 제대는 어떨까? 그것도 아닐 것이고. 여하튼 자기 아버지의 신분이 남편에게 재앙이 된 것은 분명하다.

"충혁 동지! 제가 밉지 않습까?"

"지금 내 입에서 어떤 대답이 나오길 바라오."

"그냥 양심대로 대답해보시오야."

술 한 잔 들이키는 전충혁.

"내가 왜 동무를 미워하겠소? 동무는 나에게 곧 '어느 아이의 아버지'라는 영예로운 이름을 줄 고마운 여인이잖소."

"야야?!…"

"그게 우리 남자들로서는 얼마나 큰 자랑거리인 줄 아오. 우리 처음 만나 자기의 솔직한 마음을 토로했고 앞으로도 변치 말고 사랑하자고 약속하며 결혼한 부부가 아니오. 설란 동무!"

"야야!~"

"그거면 다요. 내가 나와 결혼을 한 고마운 여성 동무를 미워할 아무런 근거도 없소. 나는 동무를 뜨겁게 사랑한단 말이오."

"그게 정말임까?"

"어깨에 별을 단 사람은 거짓말을 안 하오."

전충혁이 아내를 와락 안는다.

이번에는 고설란이 더 열성적이다. 작은 감성에 자기 마음이 한껏 녹아내린 그녀가 양팔로 남편의 목을 꼭 감싼다. 그리고 이 멋있는 남자에게 자기의 아름다운 몸을 맡겼다. 두 사람의 뜨거운 열기는 무엇이든 태워버릴 듯 무섭게 서로를 마구 비빈다.

고설란은 마치 꿈을 꾸는 듯하다.

자기가 매일 마주보는 남편이 이토록 훌륭한 사람이었는가. 이것은 거의 영화나 소설에서 볼법한 100% 감동적인 이야기가 아닌가. 불미스러운 특정 사안에 대해 외부의 불길한 시선에도 전혀 아랑곳 않고 자기의 아내를 더욱 신뢰하고 사랑한다는 이런 정의로운 남편과 함께라면 이 세상 끝까지라도 함께 갈 것이다.

그저 고맙기 그지없는 남편이다.

어찌 하였든 자기가 사람 하나만은 잘 만난 것 같다고 생각하는 고설란이다. 갑자기 황호재 생각이 난다. 서복화의 일을 생각하면 밉기는 하지만 또 자기에게 이런 좋은 남자를 소개해준 그가 분명 애증의 오라버님인 것은 확실해 보였다.

생활이 좀 어려운들 어떠하랴. 사람이 먼저가 아닌가. 이런 멋진 남편과 함께 어떤 시련도 웃으며 맞받아 나갈 것 같다.

전충혁이 술을 또 한 잔 마신다.

"여보! 내가 이 어깨에 별을 더 못 달아도 실망 마오."

"아야? 그게 무슨 소리임까?"

"아니, 아니… 그냥 해본 소리요."

"원 참!~ 당신도 싱겁게… 나는 말임다. 지금 단 그 두 개의 별도 많다고 봄다. 그것도 못단 사람에 비하면 어디임까?"

"허허!~ 그리 생각하면 고맙소."

201

"아임다. 제가 고맙습다. 충혁 동지!"

"사람이 그래도 목표, 이상까지 있지 않겠소. 그런데 그 뜻이 잘 이뤄지지 않을 때는 좌절하기도 하겠지. 나는 가시아버지가 어떻든 나의 맡겨진 군사임무는 성실히 수행하겠소."

"내도 힘껏 돕겠습다‥"

"여하튼 나는 고 동무를 잘 만났소. 동무가 지금처럼 곁에서 나를 적극 도와준다면 나는 별을 더 못 달아도 괜찮소."

"감사함다. 충혁 동지!"

고설란에게는 분명 고난의 신혼살림이다.

선배 후방(군인)가족 식구들에게서 들은 소리에 의하면 6~7년 전까지만도 군부대에서는 군관가족 물자공급이 그런 대로 이뤄졌다고 한다. 식량배급은 기본이고 매달 고기, 수산물, 계란, 두부 등이 풍족하지는 않지만 적은 량이라도 정상 배급되었다.

그러나 고난의 행군이 시작되며 현실은 거꾸로 되었다. 이제는 후방(군관)가족이 명절 때마다 부식물을 마련하여 부대에 지원해야 한다. 정해진 양은 없고 많을수록 충성심이 높은 것으로 된다.

이것도 최고사령관의 명령이다.

이는 당의 방침, 수령의 명령으로 오직 "알았습니다!"로 받아들여야 한다. 전체 인민군대에 오래전부터 생활화, 일반화 된 풍조이기도 하다. 정확히 1970년대 김정일이 수령의 후계자가 되었을 때부터 조성된 군사기풍 중에 하나로 굳어졌다.

따라서 군관 가족은 친척과 지인을 통하든 어떤 수단과 방법으로든 부대지원 물자를 지속적으로 바쳐야 한다. 가장 큰 애로가 부대에서 계속 발생한 영양실조 군인들에 대한 후원사업이다.

다음으로 정신적 고난이다.

그것은 바로 군부대 정치부(당위원회)서 조직적으로, 연중내내 계획적으로 진행하는 정치학습과 강연, 총화 등이다.

이를 조금이라도 게을리하면 엄밀히 정치사상문제로 심화된다. 회관에서 진행하는 '군사선동'도 그렇다. 보는 사람은 편하지만 그것을 연습하는 군인과 사민들은 말못할 속심의 고통이다. 노래와 춤은 자기의 감정이 나와서 하는 것인데 이것은 당의 명령이니 절대, 그리고 강제적으로 집행해야 하는 임무이니 말이다.

거기에 오늘은 뜻밖에도 자기 아버지 문제로 남편이 심히 괴로워하는 모습을 보았다. 남들이 부러워하는 군관의 아내가 되었다고 동네방네 자랑하며 시집을 온 자기가 아닌가. 정작 와보니 행복문이 아닌 고생문이 활짝 열렸으니 기가 막히다.

이것이 가정불화의 시작인가?

분명히 좋은 징조는 아닌 것 같다.

아이들의 군사놀이 시간

따르릉! ~ 운동시간을 알리는 종소리.

리향기가 담임한 반 아이들이 운동복을 입고 유치원 마당에 질서정연하게 정렬했다. 형형색색의 운동복 차림도 제각각이다. 한눈에 봐도 생활수준이 좋은 집 아이는 나일론 운동복을 입었고 그렇지 않은 대부분 아이들은 면천 재질의 내복 비슷한 옷이다.

해맑은 아이들의 표정과는 달리 옷차림은 크게 남루하다. 어떤 아이의 옷은 중국산 상표가 그대로 붙어 있고 일부 남자 아이들의 운동복은 언제 빨았는지 누런 때가 선명하게 보인다. 세탁에 사용하는 비누와 물이 부족하다는 징표이기도 하다. 안 그러면 어느 부모가 자기 아이를 더러운 옷을 입힌 채로 유치원에 보낼까.

리향기가 말한다.

"어린이 동무들! 이 시간에는 미국 놈 쳐부수는 군사놀이를 하겠습니다"

아이들이 "야호!~" 하며 좋아한다.

"먼저 경애하는 아버지 김정일 원수님의 말씀을 전달하겠습니다. '어린이 동무들은 유치원에서 조선인민의 철천지 원쑤 미국 놈을 용감하게 쳐부수는 군사놀이를 통해서 자신들의 몸과 마음을 튼튼히 다져야 합니다. 그래야 영광스러운 우리의 사회주의 국가를 대를 이어 영원히 지키고 빛내어 나갈 수 있습니다.' 이상입니다."

짝짝짝!~ 아이들이 박수를 친다.

교양실에서 절반 이상 김일성-김정일 개인역사를 교과목으로 배워야 하는 아이들에게는 그나마도 이 운동시간이 즐겁고 재밌는 수업이다. 수령의 초상화와 교시(어록)판이 걸려 있는 교양실에서는 경건히 정숙해야 하지만 야외는 안 그렇다.

무엇보다도 야외에서는 친구들과 목청껏 소리치며 마음껏 뛰어놀 수 있다. 그런데 이 즐거운 시간도 어김없이 수령인 김정일의 교시를 정중히 전달해 듣고 시작하는 아이들이다.

모든 과목이 그렇다. 우리말 공부, 셈세기, 그림 그리기, 음악시간 등 해당 과목에 관한 수령의 교시를 우선 접하고 수업을 하는 유치원 아이들이다. 그것은 당연한 유치원 교육규범이다.

명랑한 목소리의 리향기.

"아버지 원수님의 가르치심대로 우리는 체육수업인 군사놀이 시간에 미국 놈을 증오하는 사상으로 참여해야 합니다."

"…"

"그래야 몸과 마음이 더욱 건강해질 수 있으며 무궁한 조선의 미래로 무럭무럭 자라서 사회의 훌륭한 사람들이 될 수 있답니다. 튼튼한 몸은 나라의 보배입니다. 알겠습니까?"

"예!~" 하고 합창하는 아이들.

리향기의 옆에는 작은 거치대가 있다.

거기에는 완구용 자동보총 4개가 있다. 아이들은 땅 바닥에 앉았고 그들 앞에는 하얀 출발선이 있다. 호각이 달린 목줄을 착용한 리향기가 "김만철! 안은별! 최진남! 하은정!" 하고 호명하자 아이들이 "옛!" 하며 자리서 일어나 출발선 위에 섰다.

근엄한 표정의 리향기가 4명의 어린이에게 완구용 자동보총을 한 개씩 나눠주고 "저 앞에 있는 조형물이 철천지 원수 미국 놈이라고 생각하고 가서 미국 놈을 용감하게 처단해야 합니다"라고 한다. 아이들이 약속이나 한 듯 또렷한 목소리로 "알았습니다!"고 답한다.

출발선에서 30M 떨어진 곳에 널판자로 만든 조형물이 세워져 있다. 'USA'라고 써진 철갑모를 쓴 코가 큰 검은 얼굴은 군인, 즉 미군을 형상한 것이다. 전체 유치원 어린이들이 참여하는 명절 기념행사인 운동회 때마다 자주 등장하는 조형물이다.

삐리릭!~

리향기가 부는 호각소리에 긴장되었던 아이들이 힘껏 달려가 조형물 앞에 섰다. 4명의 어린이들이 저마다 증오심에 가득 차 "땅! 땅!" "퍽! 퍽!" 하고 입소리를 내며 총을 쏘고 총창을 찌르는 시늉을 한다. 그리고 총을 어깨에 메고 출발선 앞으로 돌아왔다.

리향기가 묻는다.

"모두 미국 놈을 정확히 소탕했나요?"

"예!" 하고 합창하는 4명 어린이.

"김만철 어린이는 승냥이 미국 놈을 어떻게 죽였나요?"

"예! 나는 미국 놈 대갈통에 총을 쏘았습니다."

"왜? 대갈통에 쏘았나요?"

"미국 놈은 교활해서 팔, 다리에 부상당하면 또 살아나 나쁜 짓을 할지 모릅니다. 그래서 대갈통에 쏘았습니다."

"참!~ 잘했어요."

리향기가 박수를 치자 아이들이 따라 친다.

소름이 끼칠 정도의 살벌한 발언에도 아이들은 전혀 놀라지 않는 기색이다. 어쩌면 '철천지 원쑤' 미국을 규탄하는 각종 행사장에 아버지, 어머니들이 다니는 것을 봐서인지 그럴 수도 있다. TV와 라디오에서 나오는 미국, 남조선 규탄행사에서 고정적으로 들려오는 '미국 놈 타도하자!'는 소리이니 쉽게 감염된 것이다.

집에서는 부모와 식구들의 모습, 사회의 곳곳에서 종종 진행하는 '침략자' '전쟁 원흉' 미국 규탄 행사는 여과 없이 어린이들에게 그대로 보여 진다. 예민하고 감수성 빠른 아이들이 이런 사회적 특별현상을 쉽게 받아들이기도 하는 형국이니 놀랄 일도 아니다.

"다음! 안은별 어린이는 미국 놈을 어떻게 처단했나요?"

"나는 미국 놈의 심장에 총탄을 퍼부었습니다."

"왜요?!~"

"심장은 사람의 신체에서 가장 중요한 피를 만듭니다. 그 피가 없으면 사람이 순간도 살 수 없습니다. 미국 놈의 심장이 멎어야 완전히 죽을 수 있기에 심장에 총을 쏘았습니다."

"..."

"아버지 원수님께서 가르쳐 주신대로 미국 놈의 본성은 절대로 변하지 않습니다. 미국 놈은 단번에 죽여야 합니다."

아이들이 "야호!~" 박수를 친다.

그리고 무척이나 부러운 표정.

이제는 이런 미국·남조선 증오 정신교육을 지속적으로 받는 아이들이기에 거의 내용을 통달할 정도이다. 일주일에 운동시간은 3일에 걸쳐 3시간 정도인데 그 중에 꼭 한 번 '군사놀이 시간'이 있다. 그러니 아이들이 이 수업에 너무나 익숙 된 것이다.

어디 그뿐인가? 휴일이나 명절에도 특별히 놀이기구와 종류가 없는 아이들에게는 이런 군사놀이가 유일하게 재밌고 활기찬 시간이다. 오죽하면 아이들끼리 통용되는 은언 중에 '말썽꾸러기' '문제아' 등을 가리켜 '미국 놈' 같다고도 한다.

계속하는 리향기.

"최진남 어린이는 미국 놈을 어떻게 죽였나요?"

"나는 총알도 아까워 총창으로 미국 놈의 가슴을 찔러 죽였습니다. 미국 놈은 피를 보이게 죽어야 합니다."

"와!~ 진짜 잘 했어요."

아이들이 열성적으로 박수를 친다.

"하은정 어린이는 어떻게 하였나요?"

"나는 미국 놈의 모가지에 총창을 찔렀습니다."

"왜요?!~"

"양코배기 미국 놈은 숨 줄을 끊어 놓아야 다시는 살아남지 못할 거라 생각해서 모가지에 시퍼런 총창을 찔렀습니다."

"정말 잘 했어요."

리향기는 지금 당국의 교육과제에 따른 수업을 진행할 뿐이다. 모든 과목의 특성에 맞게 자기의 열정을 다해서 말이다. 수령 충성 교육시간에는 수령에 대한 존경의 마음과 눈빛으로 진행하면 되고 지금 같은 군사놀이 시간에는 미국 놈에 대한 불타는 적개심을 보여주면서 아이들에게 가르치는 것이 교육자의 임무이다.

4명의 어린이는 자기 자리에 들어가 앉았고 새로운 4명이 또 출발선에 섰다. 리향기의 지시에 기계처럼 따르는 아이들이 행동을 반복한다. 그들의 얼굴에는 무섭고 두려움의 느낌은 전혀 없고 오히려 굳세고 당당함이 한껏 어려 있다.

따르릉!~ 따르릉!~

점심식사 시간을 알리는 종소리. "야호!~ 밥시간이다!" 하는 아이들의 환호. 리향기가 담임한 높은 3반 교양실 안이다. 따뜻한 햇살이 눈부시게 방안에 들어와 온기를 더해주고 있다.

허스름하게 낡아 보이는 벽면에는 다양한 체육(운동)놀이를 하는 아이들의 밝고 귀여운 모습과 여러 동물 그림이 붙어 있다. 그 밑으로 안은별과 20여 명의 아이들이 빙 둘러 앉았다. 각자 앞에 본인이 싸갖고 온 다종다양의 벤또(도시락)가 놓였다.

유치원서 주던 밥·반찬이 끊긴 지 오래다.

사회의 어느 부문이라 할 것 없이 똑같이 어렵다. 유치원도 예외가 아닌 것이다. 여기서 주저앉으면 그것은 비겁한 행위로 미국놈에게 두 손 두 발 다 들고 항복하는 것과 마찬가지이다.

경제가 어려운 시절이지만 그로 인해 하루 2끼 식사도 힘든 시기이나 부모들은 가능하면 자기 아이에게 크지 않은 도시락은 꼭꼭 챙겨주는 형국이다. 아마도 자기는 굶으면서 자식들을 하나라도 먹이려는 심정에서 나오는 부모심정 본능에서일 것이다.

도시락을 싸지 못할 정도로 가난한 가정의 부모는 자존심이 허락하지 않아 아이들을 유치원에 보내는 것을 포기하기도 한다. 제 아이가 유치원에 가서 식사시간에 가져간 도시락이 없다면 어린 동심에 더 큰 마음의 상처를 받기 때문이다.

해맑은 아이들 앞의 도시락.

한눈에 봐도 보잘것없다. 쌀밥이 들은 도시락이 2개, 옥수수밥이 들은 도시락이 5~6개다. 푹 삶아 퉁퉁 불은 옥수수알 도시락도 2~3개 보이고 나머지는 모두 시래기에 밀가루가 섞였다.

그래도 비교적 행복한 이 시간만큼은 환한 얼굴의 아이들이다. 그럴 만한 이유가 있다. 매일 고정적으로 먹는 음식이지만 적어도 여럿이 함께하는 이런 자리서는 다른 음식을 구경할 수 있고 잘하면 바꿔서 먹거나 혹은 얻어먹을 수도 있기 때문이다.

천진한 아이들의 표정이 저마다 다르다. 옥수수밥에 반찬 2~3가지라도 싸온 아이들은 그나마도 흐뭇한 자세이고 그렇지 못한 아이들은 창피해서 어디 쥐구멍이라도 찾고 싶은 심정이다. 밥이 뭐기에 이렇게 아이들의 마음을 괴롭히는지.

리향기가 유치원 식당서 뭔가 가져 왔다.

시래기 국 담긴 바켓스, 공기들.

둥근 원형자리 가운데 들어선 그녀다. 반장으로 보이는 어떤 아이가 빈 공기 20여 개를 각자 아이들 앞에 펴놓는다. 그러면 리향기가 거기에 국을 떠놓는다. 멀건 시래기 소금국 공급이다.

생각에 잠기는 리향기.

그녀가 유치원에 다니던 1970년대에는 그런대로 점심시간이 마냥 행복했다. 쌀밥이 보였고 돼지비계가 둥둥 뜬 고깃국도 일주일에 2회 가량 나왔다. 삶은 계란 하나씩, 사과 한 알도 식탁에 올랐으며 간식시간에는 우유와 빵도 있었다. 돈 한 푼 안 내고 다니는 유치원에서 그런 물질적 혜택을 받으니 제법 국가가 고마웠다.

그러니 부모들은 "우리의 사회주의 인민제도가 세상에서 제일이다"며 열심히 일을 하였다. 해마다 무슨 전투요, 총동원이요 하면서 눈 코 뜰 새 없이 부지런히 몸을 놀렸다. 그렇게 일을 많이 해도 왜 지질이 그들은 가난에 시달렸을까.

알 듯 모를 듯 수수께끼 같은 일이었다.

그것은 바로 인민들이 열심히 일해 번 돈을 노동당이 엉뚱한 곳에 쓰였기 때문이다. 수령의 동상건립, 혁명사적지, 기념관 건설 등 전부 정치체제 유지 관련 부분 등에 나랏돈 30~40%가 들어갔으니 어떻게 주민들이 제대로 밥을 먹을 수 있겠는가.

공화국을 지원해주던 동구권 사회주의 나라들이 붕괴한 1980년대부터 서서히 쌀밥은 옥수수밥으로, 고깃국은 미역국으로 바뀌었다. 계란은 명절에야 겨우, 과일은 여름철에나 먹어보면 다행일 정도로 유치원 식생활 수준이 대거 하락되었다.

그 이유와 영문도 전혀 모른 채 .

노동당에서는 이런 시련은 미제와 그 앞잡이 남조선 괴뢰들의 반공화국 압살정책 때문이라고 했다. 미국과 남조선이 계속 공화국을 침략하려고 호심탐탐 군사훈련을 하기에 그에 대응한 군사력 증강을 위해 인민들의 생활이 어렵다는 논리이다. 세상 밖을 모르고 사는 인민들은 노동당의 어떤 선전도 곧이 믿을 수밖에 없다.

1990년대 사상최악의 경제난인 고난의 행군을 겪으며 현재의 모습이 되었다. 유치원서 배급하는 음식이라고는 멀건 시래기 소금국이 전부이다. 이 모든 고통은 미국놈들 때문이란다.

아이들이 국 공기를 마주하고 앉았다.

얌전하게 있는 아이들.

그들의 모습은 아주 태연한 자세이다.

아이들을 위한 소금국 배식을 전부 마친 리향기가 그 자리서 일어나 정중한 자세로 섰다. 그리고 또렷한 어조로 "어린이 동무들! 모두 경애하는 아버지 김일성 대원수님과 위대한 영도자 김정일 원수님께 뜨거운 감사의 인사를 올리고 밥을 먹겠습니다"라고 말한다.

아이들이 기립했다.

모두의 눈길은 벽면 중앙에 갔다.

김일성·김정일의 초상화.

리향기가 엄숙한 목소리로 감성을 담아 "경애하는 아버지 김일성 대원수님, 위대한 영도자 김정일 원수님! 정말 고맙습니다!"고 하자 전체 아이들이 "고맙습니다!"고 복창한다.

제자리에 모두 앉는 아이들.

그래도 밥술을 안 뜨는 그들은 리향기의 얼굴만 쳐다볼 뿐이다. 무슨 행동이나 모습이 있기를 바라는 눈치이다.

아니나 다를까. 리향기가 큰 그릇을 갖고 각 아이들 앞으로 자리를 옮기며 어떤 동작을 한다. 아이들이 펴놓은 도시락에서 1/3 정도의 밥과 반찬을 덜어 그릇에 챙기는 그녀다. 아무렇지도 않다는 아이들의 기색이다. 이것은 유치원 선생과 직원들이 함께 나눠먹는 음식으로 의례히 그런 줄 알고 있는 아이들이다.

이런 관행은 1990년대 중반부터 생겼고 이제는 부모들도 그러려니 한다. 이유는 국가서 유치원 선생과 직원들에 대한 식량배급을 안 해주기 때문이다. 그러니 이것은 유치원 직원들에 대한 문제도 아님을 잘 아는 학부형들이다. 그저 답답한 심정뿐이다.

황당하지만 어쩔 수 없다.

그렇다고 부모가 아이들을 유치원에 못 보내면 그 손해는 본인들뿐이다. 최소한 유치원 교육을 마쳐야 인민(초등)학교에도 입학할 수 있는 것이 아닌가. 인민학교에 입학해야 고등중학교, 대학입학, 인민군대 입대, 사회진출 등이 이어질 수 있다.

인간교육의 첫 관문인 유치원도 못 나왔다는 것은 사회서 정상적 교육과 성장을 기대하기 어려운 실정이다. 끔찍한 악몽 같은 현실이 되며 그 저주만큼은 누구든 피해가고 싶을 것이다.

아이들이 재잘거린다.

"선생님!~ 요것도 드셔보세요."

"우리 엄마가 요건 꼭 선생님께 드리라고 했어요."

"야! 너희 집은 대단히 잘사누나!~"

"와!~ 돼지고기다. 조금만 먹고 싶다. 정말…"

"우씨! 우리 집은 매일 풀이야."

재잘거리는 아이들의 재롱 섞인 소리에 관심도 없는 리향기가 부지런히 커다란 그릇에 갖은 음식을 담는다. 쌀밥, 두부조림, 계란찜, 돼지고기, 고사리, 감자볶음 등이다.

어쩌면 그녀가 유치원 선생으로 근무하며 가장 보람을 느끼는 이 순간이다. 뭐니뭐니 해도 사람은 먹어야 산다. 사회적으로 식량배급을 주지 않는 시기여서 태반의 사람들이 멀건 죽을 먹고 산다. 출근을 제대로 못하는 직장세대도 나날이 늘어나고 있다.

절량세대(식량이 없어 굶는 가구)에 비해 간부들과 힘센 사람들은 밥은 먹고산다. 부익부, 빈익빈의 차이가 큰 것이다.

냉정한 현실은 무섭기만 하다.

그래도 자기는 아침마다 신나게 출근한다. 바로 이 점심시간이 있기 때문이다. 이는 학부형들도 인정해주는 '합법적인 나눔 식사' 시간이다. 유치원의 원장 이하 모든 선생들도 하나같이 아이들에게서 똑같은 '식사조절'을 하는 실상이다. 마치도 당연한 것으로 알고 있으며 그렇지 못하면 '바보' 취급당하기 보통이다.

바보는 언제든 굶어 죽을 수 있다.

어떤 생활방식으로든 이 어려운, 언제 끝날지 모르는 시련의 경제시기를 이겨내야만 한다. 달리보면 이것도 미국놈과의 싸움이다. 어쩌면 직업의 특권을 이용하여 합법적 주민갈취의 방법이다. 사회가 이런 형태로 움직이다 보니 이게 일상이 되었다.

교양실 안의 스피커서 동요가 나온다.

꽃봉오리 방실 피어나라고
따사로운 한품에 안아주시는
김일성 대원수님 고맙습니다

김정일 원수님 고맙습니다

공화국 모든 인민들은 물론 전체 어린이들까지도 '자애로운 아버지'로 불리는 김일성·김정일 수령에 대한 절대적인 감사함을 표현한 내용이다. 대중가요를 통한 세뇌교육의 일종인데 이렇게 식사시간에도 울려 퍼질 정도로 늘 반복되는 것이다.

좋든 싫든 국가서 내보내는 단일내용의 교양방송이기에 귀가 있는 사람은 누구나 절대적으로 들어야 한다. 거의 공민의 의무나 마찬가지이다. 그것도 내용을 암기할 정도로 철저하게.

어쩌면 체면을 무릅쓰고 용감한 '식사조절'에 나선 낯 두터운 리향기의 뻔뻔한 심정을 숭엄한 〈수령찬가〉가 살짝 가려주는 격이다. 순진한 아이들이 노래를 들으며 수령에 대한 감사를 하고 있을 것이며 그 속에서 리향기는 개인 잇속을 한껏 챙기고.

유치원장 방.

나이 지긋한 원장선생과 각반 선생들이 둥근 식탁에 빙 둘러 앉았다. 유치원에 출근하여 점심시간 시래깃국 한 번 끓이는 것이 전부인 식모아줌마(영양사), 건물시설 관련 일을 전담한 관리원아저씨, 유치원 경리(총무)까지 모두 10여 명의 직원들이다. 그들 앞에는 먹음직스러운 음식이 담겨진 큰 그릇들이 버젓이 놓여 있다.

모두의 얼굴에는 누구라 할 것 없이 함박미소가 활짝 어렸다. 음식 앞에서는 아이나 어른이나 즐거운 기분은 똑같다.

원장선생이 말한다.

"아니? 향기 선생은 왜 아직 안 오나요?"

어느 선생이 대꾸한다.

"글쎄요. 맛있는 것 혼자 먹는 거 아닌가요?"

"호호! 그럴 리가요."

"농담입니다. 원장선생님!~"

풍성한 식탁에 마주 앉아 농담이 나올 정도로 여유로운 마음의 선생들이다. 이들에게 가장 행복한 순간은 분명하다. 인심과 웃음은 밥그릇에서 난다는 말이 틀린 것 같지 않다.

사람은 죽지 않으려면 먹어야 한다. 잘 먹고 못 먹고를 떠나서 반드시 먹어야만 유지되는 생명이다. 그 생명이 있어야 미래도 혁명도 있는 것이다. 자기들은 미래를 키우는 교육자들이다.

스르륵!~ 미닫이 출입문이 열리더니 음식그릇을 들은 리향기가 들어선다. 원장선생이 미소를 보이며 "범이 제소리 하면 온다더니… 너무 안 와서 무슨 일이 있나 했어요"라고 한다. 리향기가 "늦어서 미안합니다"며 다소곳이 고개를 숙인다.

리향기를 포함한 각반 선생들이 그릇에 담아온 식사(반찬 포함) 량은 대략 성인기준 4~5인분 정도이다. 보통 1인분은 자기가 먹고 1인분은 직원(관리원, 식모, 총무 등)의 몫이고 나머지는 퇴근 때 자기 집으로 가져간다. 평균적으로 2~3인분의 식사를 아이들 몰래 싸갖고 집으로 가서 가족들과 나눠서 먹는 유치원 선생들이다.

계속하는 원장선생

"자!~ 배들 고프니 어서 식사합시다."

"예. 맛있게 잘 먹겠습니다."

각 반의 담임 선생들은 자기 반에서 '조절해온 음식'을 각자 개인 접시를 앞에 놓고 자기 취향과 입맛대로 음식을 덜어서 먹는다. 그리고 자기들이 있기에 선생들이 있다고 생각하는 직원들도 전혀 꿀리는 모습 없이 당당하게 음식을 접한다.

어느 한 사람의 얼굴에서도 아주 작게라도 미안하고 죄송스러운 심정의 느낌은 찾아볼 수 없을 정도이다. 오히려 그 반대의 표정이다. 왜 그럴까? 어른에 대한 예절, 동무들끼리 화목하게 지내는 습관 등 사회적 도덕성을 우선으로 가르쳐주는 선생들이 아닌가.

분명히 2중 성격의 소유자들.

유치원 공부시간에 아이들 앞에서는 온갖 청렴성, 도덕성을 가르치고 뒤에서는 그들의 음식을 갈취하는 선생들이다.

그들의 즐거운 수다.

"야! 최 선생 반 음식이 고급이네요."

"호호! 우리 반이라고 항상 낙후할까요?"

"그러고 보면 우리 유치원 선생 직업도 참!~ 좋아요."

"아니 왜요?~"

"이 어려운 때에 조국의 찬란한 미래인 아이들을 키우는 수고로 이렇게 풍성한 식탁을 마주하니…"

"호호! 박 선생! 또 교양수업인가요?"

"음식은 수다도 떨며 먹어야 맛있어요. 안 그래요?"

"고건 맞는 소리입니다."

"식사시간에 교양수업은 우리 근엄하신 원장선생님이 하시는 것만도 충분하죠. 안 그렇습니까? 원장선생님!~"

고개를 끄덕이는 원장선생이다.

물 한 모금 마신 그녀가 왈.

"선생님들! 내가 누차 말하지만 우리는 아이들의 점심에서 조절하여 이렇게 식사하는 것을 별로 미안하다고 느끼지 않아도 됩니다. 뭇사람들이 우리 유치원 선생들을 가리켜 양심도 없고 뻔뻔한 이들이라 욕하겠지만 우리도 할 말이 있지요."

"…"

"국가에서 모든 인민들과 같이 우리에게 식량배급을 주지 못하는 실정에서 우리라고 가만히 앉아서 굶어죽어야 합니까?"

"…"

"우리도 꼭 살아남아서 고난의 행군을 승리로 결속해야 합니다. 우리가 죽으면 좋아할 것은 미제와 그 앞잡이 남조선 괴뢰들뿐입니다. 우리는 어떤 일이 있어도 죽지 말고 살아남아야 합니다."

"옳습니다."

"원장선생님의 말씀이 맞습니다!…"

"미국 놈들이 원쑤입니다."

"우리는 죽지 말고 기어이 살아서 남조선에서 승냥이 미제를 완전히 몰아내고 분단된 조국을 통일해야 합니다. 그러면 우리는 더 이상 이렇게 배고픈 시련을 안 겪습니다."

"알았습니다. 원장선생님!"

낙서, 자살, 유서…

칙칙한 어둠의 깊은 밤, 박선필은 자기 방에서 담배를 붙여 물었다. 그는 요즘 길원철 조사 외에도 다른 골칫거리를 안고 있다. 자기 관할지역에서 요주의 '불량낙서'가 발견되었기 때문이다. 간이 배 밖으로 나오지 않고서야 이런 사건이 좀처럼 있기 어려운 상황이다.

상부에서 이 엄중한 문제를 가급적이면 크게 소리 내지 말고 조용히, 빨리 해결하라는 불같은 독촉이 집요하게 내려오고 있다. 그러나 생각처럼 문제해결이 쉽게 이뤄지지 않는다.

'대체 누가 낙서를 할까?'

분명히 외부세계를 잘 아는 자의 담대한 소행이다. 평소 사회에 대한 반항의 뜻을 여실 없이 나타낸 내용이다.

문제의 단서가 어디에 있을까?

혹시 143호들 속에 범인이 있지 않을까. 자유세계 남조선을 한동안 살아 보았던 그들이 아닌가. 지금은 나이가 60세 이상으로 비록 고목이지만 이 사회에 대한 오랜 경험도 있다. 누구보다 바깥세계를 잘 아는 그들이다. 과연 누가? 왜? 이런 행동을 계속할까?

문제의 '불량낙서' 투서는 주로 인적이 드문 한적한 장소나 주택가의 담장, 어느 공동 집 벽체 등에 써져 있다. 어떤 때는 흰색으로 혹은 검은 색으로 써진 낙서를 분명 사회제도에 커다란 불만이 있는 자가 속마음을 표현한 것이다. 다소 엉성한 글씨체로 되어서 어른이 쓴 것인지? 아이가 쓴 것인지? 많이 헷갈리는 정도이다.

"젊어서 고생은 늙어서 병신!"

"젊어서 꾀병은 늙어서 건강!"

"죽은 영웅 산 개만도 못하다."

대략 이런 글귀로 심오한 뜻이 담겼다. 예전에는 사회와 제도에 대한 비판적 내용의 '불량낙서'가 어떤 주민에 의해 발견되면 보위부에 신고 되어 안전부(경찰)와 합동으로 수사했다.

허나 이제는 세월이 달라졌다. 이런 '범행'을 보고 간혹 아이들이 신고해도 어른들은 웬만하면 잘 안 한다. 이유가 있다. 분주소(파출소)에서 안전원(경찰)이 신고자더러 언제 오라, 가라 하며 '누가 본 사람이 없는가?' '어떤 생각이 들던가?' '짐작되는 사람은 없는가?' 등 시시콜콜히 따져 묻는 것이 너무나 피곤하기 때문이다.

주변 사람들이 좋게 볼 리 만무하다.

일상에서 좋은 일이든, 나쁜 일이든 분주소나 보위부에 드나들면 특정 사건의 연관자로 보는 풍토가 있다. 뭇사람들의 입소문은 매우 빠르며 그로 인한 후과도 만만치 않은 현실이다. 그러니 이런 꼴, 저런 꼴 모두 안 보려면 그냥 보고도 못 본 척하는 것이 최고다.

보위부는 모든 문제를 조용히 수사한다. 안전부의 특정임무를 통제할 권한도 있다. 결과가 확실할 때 범인이 어떤 반론도 못하도록 죄과를 공표하고 공개처형하는 것이 기본이다.

밤 12시, 박선필이 자기 방을 나선다.

변구진은 집에서 혼자 술을 한다.

서울에서 그의 부모님은 해방 전 많이 퍼졌던 콜레라 병으로 세 아들을 남겨놓고 하늘나라로 갔다. 졸지에 가장이 된 변구진은 두 동생의 학비라도 벌려고 영등포시장에서 온종일 손수레를 끌어야만 했다. 시장과 철도역전을 오가며 손님들의 무거운 짐을 날라다주고 겨우 밥을 먹으면서도 아득바득 돈을 모으며 살았다.

다사다난의 일상에서 별것도 아닌 것 가지고 시비질하는 손님들과 싸움이 잦아 경찰서도 드나들었다. 안 그러면 도저히 배겨낼 수 없는 짐꾼이었다. 그야말로 하루 벌어 겨우 먹고 사는 가련한 하루살이 인생을 살던 중 날벼락 같은 6·25전쟁을 맞았던 것이다.

그도 평범한 어느 날, 우마차가 붐비는 거리와 인파 가득한 시장에 나온 국군헌병대에 걸려 군용트럭에 무작정 올라탔다.

전쟁이 그렇게 무서운 것이다.

당일에 지급받은 군복을 입고 전선으로 나간 변구진이다. 기껏해야 2~3개월이면 끝날 줄 알았던 참혹한 전쟁은 장장 3년을 넘겨 한 달간 더 했다. 그 전쟁에서 적군(인민군)에 포로가 되는 수모를 겪었다. 20대의 나이는 60세를 훌쩍 넘겼다. 청년에서 노인이 되었다.

하루하루가 생존을 위한 식사전쟁이다. 얼마나 더 살겠는지 알 수 없는 지경이다. 연어 회귀본능이라고 나서 자란 고향이 무척 그립다. 눈을 감으면 코앞에 있을 듯하는 서울이다.

봄이면 연분홍 진달래 향기 가득한 남산.

여름엔 한강에서 헤엄을 쳤다.

가을엔 노란 황금 벼이삭 만발한 노량진벌.

겨울이면 청계천에서 썰매를 탔다.

이제는 아련한 추억 속에 그려보는 꿈같은 풍경이 되고 말았다. 고향 서울의 두 동생은 지금쯤 과연 무엇을 하고 지내고 있는지. 혹시 전쟁 난리통에 죽지는 않았는지. 만약 살아있다면 그들에게 '친형 전쟁포로'라는 굴레가 붙을 것이다. 학교를 제대로 다니고 취업이나 하면 다행이겠건만 그렇지도 못할 것 같다.

국운이 걸린 전쟁에서 적군에게 포로가 된 군인은 전향을 하거나 투항하기 십상이다. 우연이든 필연이든 그렇게 보는 것이 군율이다. 아무리 변명을 해도 적진지에서 혹은 적에게 포로가 되었다는 것 자체가 자폭이 아니라면 대부분 변절로 보는 것이 보통이다.

엄밀히 냉혹한 전시 사회이다.

그러니 가문은 결국 자기 때문에 수치스러운 치욕의 환경을 맞았을 것이다. 아무 데도 의지가지 할 데가 없는 두 동생을 생각하면 미칠 것만 같다. 그러나 그게 어디 자기 탓인가. 누구의 탓도 아니다. 나라와 시대를 잘못 만나 차례진 운명이다.

시간이 갈수록 답답한 마음뿐이다. 유수와 같은 그 세월이 약이라지만 이제는 그 약도 별 효과가 없는 것 같다. 그래서 이렇게 혼자 조용히 술과 담배로도 잊어보려고 무진 애를 쓴다.

술 한 잔 들이키는 변구진.

그는 혼자 술 마시기를 좋아하는 버릇이 있다. 술은 여럿이 먹으면 말실수가 생길 가능성이 높은 기호식품이다.

과거 있었던 불미스러운 사례를 봐도 충분히 그렇다. 즐거운 일에는 말실수가 그렇게 흔하지 않다. 자기가 지금까지 느낀 바로는 기분 좋을 때보다는 우울하고 짜증이 날 때가 더 많았으며 그 때마다 혼자 술 마시고 잠자리에 드는 습관이 있다.

가족이 없는 그에게 유일한 낙이라면 혼자서 술을 먹고 잠시라도 화풀이나 조용히 기분을 내보는 것이다. 그러지 않고서는 도저히 사는 맛이 없는 생활이다. 지금껏 그렇게 살아왔다.

변구진이 노트에 뭔가를 쓴다.

"아! 이밥(쌀밥)에 고깃국을 먹고 싶다."

"간부가 주인 된 노동당 세상!"

"밥을 배불리 먹어보면 죽어도 원 없겠다."

"인민은 거지가 되는 사회주의!"

자기는 분명히 전쟁이 터지기 전 짧게라도 자본주의 도시 서울에서 살았었다. 그곳에는 '국민이 주인' '나라의 주인'이라는 표현은 없어도 사람들 모두가 열심히 일하고 또 일했다. 당국의 강요에 의해서가 아니라 자기 스스로 일거리를 찾아했던 것이다.

그것은 노동에 대한 분명한 대가가 있기 때문이었다. 누구든 자기가 힘껏 일한 만큼 나라에 세금을 내고는 전부 제가 갖는 것이 기본적인 상식이고 일반 생활준칙이었다.

여기 북녘 땅의 체제는 어떤가?

인민이 제 마음대로 하는 일은 어디에 아무것도 없다. 고등학교를 졸업하고 사회직장을 배치 받아서부터 연로보장(정년퇴직) 때까지 전부 당(정부)의 지시에 절대 복종한다. 10년의 군사복무를 마치고 직업을 배치 받은 제대군인도 마찬가지다. 이는 공민이면 노동당의 지시를 따르는 데서 누구나 지켜야 할 의무이고 사회의 절대규칙이다.

그런데 노동당 간부들은 어떤가?

인민의 심부름꾼인 그들은…

하나부터 열까지 모든 것이 배급제인 사회주의 공화국 제도에서 간부들은 뭐든 우선적이고 많이 공급을 받는다. 과거생활을 돌이켜봐도 탄광에 외부로부터 지원물자가 들어와도 간부들이 먼저 챙기고 나머지 공급해주는 형식에 그치고 만다.

소수 계급인 간부들 아래서 사는 다수 계급인 인민들은 절대로 행복할 수가 없다. 지주 아래 있는 머슴이나 같은데 어떻게 머슴이 지주보다 더 잘 살겠는가. 간부가 지주이면 인민은 머슴이다. 불변의 인간세계 법칙이나 다름없는 계급구조가 아니겠는가.

억울한 사회주의 제도가 분명하다.

변구진이 자기가 고민하여 쓴 글을 볼펜으로 시커멓게 줄쳐서 모두 지워버린다. 아무래도 많은 고뇌를 해서 열심히 쓰기는 하지만 그렇다고 어떤 누구에게 보일 글도 아니다. 분명히 자기 내심을 표현하는 글이다. 엄밀히 말하면 그냥 본인 머릿속에 깊이 새겨 넣으려는 의미에서 부지런히 쓰고 지우고 또 쓴다.

"강성대국은 언제 오나?"
"남조선은 올림픽도 개최한 경제대국!"
"고난의 행군은 언제나 끝나려나?"

모두 틀린 내용이 아니다. 어쩌면 변구진 같은 무수한 일반 인민들이 생각하고 있는 마음일 것이다. 만약 수령에 대해서 조금이라도 의심하거나 비난하는 내용의 투서나 발언을 하면 쥐도 새도 모르게 없어지는 사회인 것은 모두가 아는 현실이다.

또한 노동당 체제에 대해 함부로 비난이나 욕설을 했다가는 어디론가 끌려간다는 것도 많은 사람들이 아는 상식이다. 자기가 사는 이곳 공화국이 이토록 무서운 곳이다. 사람이 서로가 감시하고 고발하는 사회다. 이 속에서 40여 년을 살았으니 기가 막힐 뿐이다.

가슴에 쌓인 원한 어쩌면 좋은가. 그래도 이렇게 낙서라도 해보니 위안이 되는 것 같은 변구진이다.

223

"인민들은 쫄쫄 굶으면서 산다."

"김정일의 저 불룩한 배때기에 총 한 방 쏘고 싶다."

"간부들 모두 죽이고 싶다."

"죽은 수령의 시신을 보석궁전에 넣다니."

박선필이 깊은 밤 마을주변을 지난다.

시도 때도 없이 쩍하면 되는 정전으로 칠흑같이 어두운 마을이다. 하도 일상적인 밤풍경이라 별로 놀라운 일도 아니다. 여성들이나 어린이들에게는 조금 무서운 밤이다. 이 어둠을 틈타 강도행각을 벌리는 불량배들도 적지 않게 있으니 사람들은 지극히 조심해야 한다.

주민들의 일상 생활에서 자주 생기는 경제(민생)사건의 이유가 바로 식량배급이 없기 때문이다. 결국은 강도와 살인, 방화와 절도, 강간 등이 식량과 연관되어 발생하기도 하는 것이다.

앞에서 누군가 마주 온다.

"거기! 혹시… 변 아바이 아닙니까?"

흠칫 놀라는 변구진.

'아이구야!~ 이게 무슨 날벼락 같은 소리인가? 누가 내 뒤를 몰래 밟았다는 짓인가? 도대체 어떤 놈이야?'

변구진이 갑자기 몸들 바를 몰라 엉거주춤하며 "아니?~ 이게 누굽니까? 보위부원 동지 아닙니까?… 그런데 이제야 퇴근 하는가요?"라고 얼버무린다. 이 깊은 밤에 하필이면 불편한 존재인 보위부원을 그것도 집 주변에서 만날 것은 또 뭐란 말인가.

눈이 커진 박선필이 "사무실 일이 밀려서 이제야 퇴근합니다. 참!~ 아바이는 이 밤중에 어디에 갑니까?" 하고 묻는다.

변구진의 이마에 땀방울이 솟았다.

"말도 마시오. 잠도 안 오고, 고향생각도 나고, 집구석에 혼자 있자니 답답해서 이렇게 바람이나 쏘일 겸 나왔죠."

"술 한 잔 했습니까?"

"했수다. 속을 삭히는 데야 농태기가 최고죠."

"무슨 속상한 일이 있습니까?"

"아무래도 고향에 못 가보고 죽을 것 같고… 부모형제가 있는 고향 서울이죠. 아! 정정. 반동소굴 서울…"

"예?!…"

"아! 정말입니다. 미제 식민지 남조선…"

변구진이 손으로 제 입술을 톡 치며 미안함을 보인다. 다른 사람도 아닌 보위부원 앞에서 남조선 소리를 조금이라도 잘못했다가는 큰 문제가 되기에 그렇다. 술에 취해서 하는 말이든 그렇지 않은 말이든 보위부에 엄중히 걸렸다 하면 모두 정치적 문제로 되는 것이 현실이다. 그래서 항상 사람들이 밤낮으로 말조심한다.

"허허! 난 또 무슨 일이라고…"

"방금 내 고향 서울소리 잘못했습니다."

"아니? 고향을 고향이라고 했는데 뭐가 잘못입니까? 그러면 서울을 달리 부르는 이름이라도 있습니까?"

"예? 그건 무슨…"

"이를테면 공화국의 수도 평양을 혁명의 수도, 조선인민의 심장 등으로 부르듯이 서울에 어떤 애칭을 붙이는지요?"

"그런 것은 전혀 없지요."

"예에!~ 그렇군요."

"참! 옛날에는 서울을 한양이라고 불렀지요."

"그건 저도 역사에서 압니다."

변구진의 속은 석탄만큼 까맣다.

장장 40여 년 전에 생이별로 헤어진 두 남동생이 만약 살아있다면 이제는 60세 안팎의 노인이 되었을 것이다. 끔찍한 6·25전쟁에서 '포로병'이란 불명예 신분을 가진 혹은 전사자이거나 행방불명으로 신원기록이 되었을지도 모를 자기가 아닌가.

자신의 치욕스러운 전쟁포로 경력으로 인하여 동생들은 결혼이나 제대로 하고 살았는지? 아니면 독신인 자기처럼 추하게 혼자 사는 것은 아닌지? 통 소식을 알 수 없으니 더 속상하다.

간혹 이럴 때도 있었다.

가끔 조선중앙텔레비죤에 나오는 북남이산가족상봉은 6·25전쟁 때 헤어진 가족에 한에서이다. 분명 자기도 그 전쟁에서 가족과 헤어졌으나 문제는 '국군포로병'라는 신분이다. 공화국은 오래전부터 "전쟁 때 있은 국군포로병은 국제법에 따라 전부 남조선으로 돌려보냈고 공화국에 남겨진 '국군포로'는 더는 없다"고 주장하는 실정이다.

속 터질 일이다. 자기 같은 사람이 전쟁 후 이곳 아오지 탄광에만 수천여 명 있었는데 '국군포로'가 없다는 소리가 황당하다. 탄광에서 빈번히 발생하는 노동안전사고나 굶어서 죽고 말반동으로 조용히 끌려가 죽은 국군포로만도 수백여 명인데 말이다.

"보위부원 동지! 내가 남조선 좋다고 안했어요."

"예에? 그게 무슨…"

"나는 엄연히 내 고향 서울의 사랑하는 가족이 무척 그립다고 했습니다. 부모형제 친인척 모두 거기에 있는데 지금은 살아나 있는지? 혹시 외국으로 이민가지는 않았는지?"

"남조선 사람들은 이민을 맘대로 갑니까?"

"그럼요. 돈만 있으면…"

"주로 어떤 사람들이 가는가요?"

"각양각색의 사람들이 있지요. 외국으로 일자리를 찾아가는 사람도 있고… 또 결혼이나 친인척의 도움으로 가는 사람도 있지요. 그리고 드물게는 정치적으로 자국이 싫어서 출국하는 사람도 있고… 여하튼 다양한 사람들이 이민을 가기도 합니다."

"아바이! 전쟁 때는 이민이 없었지 않았나요?"

"예에! 지금 시대를 말하는 거외다."

"지금 소식은 어떻게 압니까?"

"우리도 아는 통로가 있지요. 중국에 친척이 있는 안까이를 둔 국군포로 병 가족들도 더러 있는데 그들 통해 귀동냥으로 듣는 소식이지요. 중국 동북 3성(료녕성, 길림성, 흑룡강성)의 조선족 사람들은 남조선 서울을 제집 안방 드나들 듯 한답니다."

"예에!~ 그렇군요. 신기하네요."

"내가 쓸데없는 소리 한 것 아닙니까?"

"걱정 마시오. 아바이! 우리 보위부원도 엄연히 사람입니다. 사회주의 제도를 지키기 위해 이렇게 늦은 밤에도 남모르는 수고를 하지만 그렇다고 없는 죄목까지 만들지는 않습니다."

"야아!~ 그러면 안심이 되네요."

박선필이 고개를 끄덕인다.

함경도 태생으로 전후세대인 그는 남조선의 서울이란 도시가 무척 궁금하다. 대체 그곳은 어떤 도시이고 사회인지? 요즘 국경지대 범죄자들의 소행을 보면 알게 모르게 남조선과 직간접적으로 많이 연관되어 있다. 장마당에 도는 상품 중 중국산보다 남조선 상품이 훨씬 더 좋고 비싸다는 것은 누구나 아는 사실이다.

경제적으로 상당히 발전한 남조선인 것만은 틀림없이 짐작이 간다. 대체 자본주의는 어떻게 발전을 승승장구하는지도 그에게는 조금 궁금한 대목이다. 업무적인 정보를 위해서 말이다. 적을 이기려면 반드시 적을 잘 알아야 할 것이다. 더구나 남조선 태생의 국군포로병 출신 탄부들이 많은 이 지역을 담당한 자기로서는 더욱 그렇다.

변구진이 40년 전에 살았던 늙은이지만 엄연히 서울 사람이다. 혹시 알겠는가? 그를 통해 뭔가를 알 수 있겠는지…

"변 아바이! 부탁 하나 할까요?"

"예에? 제게요?~"

"저를 보위원이라고 생각하지 말고 친한 동무나 아들로 생각하고 과거 서울서 살던 얘기를 해줄 수 없습니까?"

"아니? 그건 무슨…"

"그냥 서울이란 곳이 조금 궁금해서입니다."

"허허! 살다가 별일 다 보겠구먼."

"정말입니다. 내가 알기로는 서울이 평양보다 면적이 상당히 크고 외국인들도 많이 산다고 하던데…"

박선필의 얼굴이 정색해 보인다.

어딘가 모르게 애절한 눈빛까지 있다. 변구진은 내심 놀란다. 이건 뭔가? 한밤중에 만난 보위부원이 갑자기 웬 서울소리인가? 혹시 서울에 대한 그리움을 넘어 평양에 대한 불만까지 가진 자기의 깊은 마음을 탐색해보려는 것은 아닌가. 분명 그러고도 남을 것이다.

비밀 정보원인 보위부원의 수법이 워낙 교활하지 않겠는가. 겉으로는 평범한 일상을 이야기 하지만 속으로는 사람의 본질을 파악하려 할 것이다. 그 속에서 뭔가를 찾아 자기의 공적으로 쌓으려고 맹활약을 하는 보위부원이다. 그것은 무엇보다 정치체제를 굳건히 지키는 것이 첫 번째 사명인 보위부원의 임무이기 때문이다.

뭔가를 깊이 생각했던 변구진이다. 언젠가는 외나무다리에서 원수를 만난다더니 바로 이때가 그때는 아닐까 한다.

답변을 재촉하는 박선필.

"왜? 말해주기 조금 어렵습니까?"

"그런 말을 어떻게 이런 밖에서 하는가요?"

"아차! 그렇죠. 그런 말은 밖에서 하면 안 되지요. 비록 단 둘이서라도 말이죠. 그러면 지금 변 아바이 집으로 갈까요?"

변구진이 고개를 가로젓는다.

"그러지 말고 내일 아침에 우리 집으로 오시오."

"예에? 내일 아침에요?~"

"오늘은 너무 늦었으니 내일 우리 집에 오시오. 난 어디 갈 데도 없고 온종일 심심하니 실컷 입방아나 찧읍시다."

"그게 정말입니까? 아바이!"

박선필은 이게 웬 떡인가 싶을 듯하다. 남조선에 대한 궁금한 자료들을 서울 출신 사람에게서 솔직히 들을 수 있는 것도 쉽지 않은 풍경이다. 자신의 정보지식 수준을 높일 수 있는 기회다.

"내가 아들 벌 되는 어린 사람에게 거짓말 하겠소?"

"그러면 저야 고맙지요."

"우리 내일 만나서 하고 싶었던 말을 많이 합시다. 나도 그렇고 보위부원 동지도 그렇고… 거나하게 술 한 잔 하면서"

"술은 제가 갖고 가겠습니다."

"그러면야 나는 더할 나위 없이 좋지요. 정말…"

"그럼 잘 가십시오. 아바이!"

두 사람은 악수를 하고 헤어졌다.

멀어져가는 박선필의 뒷모습을 물끄러미 쳐다보는 변구진의 얼굴에는 미심쩍한 표정이 어렸다. 우연인지 모르겠으나 한밤중에 갑작스레 나타난 보위부원이다. 그의 눈빛을 보면 충분히 언제부터인가 자기를 은밀히 감시했다는 느낌이 든다. 확실히 어떤 단서를 잡은 보위부원이 분명하다고 짐작하는 변구진이다.

'보위부원이 내 뒤를 캐고 있구나. 아니나 다를까. 역시 촉각이 빠른 보위부 놈들이야. 흥! 뭐 서울을 알고 싶다고? 남조선이 궁금하다고? 사실은 동네 여기저기 나타나는 낙서의 장본인을 알고 싶겠지? 서울 태생의 국군 포로인 이 변구진의 반동사상을 확인하고 싶겠지?'

변구진의 추측은 틀리지 않았다.

보위부원 박선필은 언젠가 '정보원'(보위부 끄나풀, 대중 속에 섞여 있는 일반인)을 통해 변구진이 다소 이상한 모습을 보인다는 통보를 받았다. 사회를 보는 어정쩡한 시선도 있지만 당과 수령에 대한 충성발언도 섞여 있어 참묘한 인물이라는 제보자의 '비밀정보'에 촉각이 섰던 것이다. 그래서 '요해대상'이 된 변구진이다.

그는 낙서 투서 다음 날에는 노동당에 충성스러운 말과 행동을 하는 것이 특징이다. 평일에는 일반인과 똑같은 수수한 그의 언사다. 겉으로 봐서는 도저히 그 내심을 알 수 없는 존재가 사람이다.

고개를 숙이고 길을 걷는 변구진. 분명 어딘가 느낌이 이상하다. 아! 드디어 운명의 시각이 다가오는구나.

다음날 오전 10시 경.

박선필은 약속대로 변구진의 집을 찾았다.

똑!~똑!~ 안에서 응답이 없다. 혹시 어디에 나갔는지? 문밖에 자물쇠가 걸려 있지 않을 걸 봐서 안에 주인이 있다는 소리인데… 아니면 늦은 밤, 잠자리에 들어 아직도 피곤하여 깨어나지 못하고 있는지? 담배를 한 대 붙여 문 박선필이 가벼운 고민을 하고 있다.

분명히 오늘 자기 더러 제집으로 오라고 한 변구진이다. 혹시나 늦은 밤, 몰려 쌓인 피로 때문에 자기가 잘못 들은 것은 아닐까? 다시 곰곰이 생각을 해봐도 전혀 틀리지 않다.

길가에 오가는 사람들도 박선필을 주의 깊게 본다. 보위부원이 아침부터 탄광마을 주택가에 나타난 것도 평소에는 좀처럼 볼 수 없는 광경이다. '혹시 지난밤에 변구진에게 무슨 일이 있었지 않았는가? 설마?' 하는 생각에 잠긴 박선필이다.

불현듯 그가 다른 모습을 보인다.

변구진의 집 현관문을 사정없이 노크하다가 있은 힘을 다하여 문고리를 잡아 당겼다. 문이 열렸고 집 안으로 성큼 들어선 그다. 순간 박선필의 두 눈이 커지고 입이 쩍 벌어진다.

바닥에 하얀 거품을 물고 쓰러진 변구진.

그 옆에 쥐 박멸용 가루약이 있다.

이미 숨이 멎어버린 상태이다. 자살이다. 분명 어제 저녁만도 자기와 생동하게 이야기를 나누었던 아주 정상적인 사람이 자살이라니? 대체 무엇 때문에 변구진이 이런 선택을 하였는가.

그러면 혹시 보위원이 자기를 의심하고 있다는 것을 예전부터 알았단 말인가? 어떻게? 추측으로 판단했을까? 여하튼 변구진이 '불량낙서' 장본인은 틀림없건만 죽음으로 보위부에 항거했단 말인가. 역시 남조선 사람은 배포가 있단 말이야.

박선필이 다급한 자세로 방 여기저기를 수색한다. 책상 서랍에서 뭉텅이로 나온 종잇장이다. 그 안에 씌어진 낙서가 바로 자기가 몇 달간 애타게 찾고 있던 '불량낙서'인 것이다.

"이 개 같은 김정일의 세상 콱 망해라!"

"이런 독재국가는 정말이지 꼭 없어져야 한다"

"조선노동당 독재 타도하자!"

주머니에서 소형사진기를 꺼내어 방안의 곳곳을 찍는 박선필이다. 범인의 죽음은 놓쳤지만 물증은 분명 확보하고 상부에 보고해야 한다. 이는 자기 업무의 준칙이기도 하다.

박선필이 문득 뭔가를 발견하였다.

변구진이 자필로 써놓은 유서.

나보다 앞서 세상을 떠난 동료들! 우리는 자랑스러운 대한의 아들이었지. 이제 나도 그대들 뒤를 따라 가려하오. 너무도 억울하구먼. 20대 초반의 청년시절 손에 총을 들고 자유민주주의 국가 대한민국을 지키자며 힘껏 싸웠던 우리들이었는데.

우리의 조국 대한민국은 귀중한 나라를 지키다 적군에게 포로가 된 우리를 전혀 모르고 있는 듯하구만. 아니면 알고도 모르는 척하는지? 이거야 속이 끓어 도저히 참을 수 있겠소.

6·25전쟁이 끝난 후 수많은 국군포로들이 여기 지옥 같은 북녘 땅에서 고역에 시달리다 죽고, 노동사고로 죽고, 말반동이 되어 죽고, 억울한 간첩으로 몰려 죽고, 병들어 죽고, 굶어 죽고 또 죽고 많이도 죽었단 말이오. 현재도 계속 죽고 있고.

인민은 죽어도 묻힐 땅도 제대로 없고 수령은 죽어서 호화궁전에 들며 '인민의 나라'라는 노동당은 사기집단이오.

겨우 60세를 넘기면 잘 사는 수명으로 되는 국군포로들! 평생토록 땅속에서 미물, 머저리처럼 석탄을 캐며 못 먹고 병들어 고생하였으니 눈물이

232

나오. 구천에 사무친 우리들의 이 원한 과연 하나님은 알기나 하는지? 너무나도 답답해 미칠 지경이란 말이오.

왜 하나님은 남조선에만 있고 여기 지옥의 땅, 북조선에는 없는가 말이오? 하나님이 있기나 하오? 있다면 왜 저 마귀집단, 깡패단체 조선노동당에는 천벌을 내리지 않소. 지진이 일어나게 하든, 김정일이 암에 걸리게 하든 어찌해야지 않소.

아! 내 고향 서울이 그립소.

나 죽거들랑 누군가가 내 시체를 저기 남쪽 방향으로라도 버려주시오. 이놈의 인간생지옥 북조선에서 40여 년간 짐승처럼 살다가 오늘 하늘나라로 갑니다. 이제야 마음이 편합니다. 여러분들 있는 그 하늘나라에서 우리 다시 만나서 이야기 합시다.

아주 심오한 내용의 글이다.
조목조목 틀린 부분이 하나도 없을 정도.
그러나 분명 반동성 내용이다.

보위부 사람들은 두 눈 크게 뜨고 잘 보시오. 세상에 너희 같은 똥머저리들은 어디에도 없다. 똥인지 된장인지도 구분할 줄 모르는 미물 같은 종간나 새끼들. 하긴 너희도 인민들과 똑같이 모두 소경이고 귀머거리이고 벙어리이니 세상을 알 수가 있어야지.

잘 들어라. 이 무식하고 천박한 것들아! 세상에 너희 공화국처럼 수령의 자리를 아버지에 이어 아들이 차지하는 나라는 어디에도 없다. 이것부터 잘못된 사회가 북조선이다.

이런 봉건국가 같은 체제를 지키는 너희들이야말로 병신 중에 상병신이다. 인민들이 너희와 보위부 지하 감방, 관리소(정치범수용소)가 무서워 말

못하지 속으로는 이 저주로운 사회를 욕 많이 할 것이다. 외국의 방송을 보면 총살하고 수령을 비판하면 총살하고 국경을 넘으면 총살하고 무슨 구실 없어 총살 못하는 너희들이지.

외국은 고사하고 제 나라 제 땅도 정부의 엄격한 승인을 받아야 하고 직업은 당에서 맡겨준 것만 가져야 하고 무단이직하면 반동으로 모는 너희들이지. 그래서 머저리들이라는 것이다.

말해보라! 이것도 나라고 국가인가? 일제시기에도 조선8도 아무 데나 통행증 없이 다녔고 천황을 비판했다고 주민들을 감옥에 가두지 않았다. 그러면 지금 북조선 사회는 일제시기보다 더 못하고 잔인한 수령영도(독재) 사회라고 해도 과언이 아니다.

수령 개인왕국을 '조선민주주의인민공화국'이라고 하는 노동당이 가소롭다. 2천만 인민들을 노예로 삼고 죽은 애비와 아들이 대를 이어 국가를 영구 통치하는 이런 섞어빠진 집단을 '인민의 나라'라며 지키는 너희들, 보위원 새끼들 꼴이 참 말이 아니다.

김일성은 6·25전쟁을 일으켰고 김정일은 북조선을 제 애비 왕국으로 만들었다. 김일성-김정일에게 저주가 있으라

박선필의 눈에서 시뻘건 불이 이글거린다.
"에잇! 쌍놈의 괴뢰군 영감태기."

배낭에 담긴 석탄밥

오늘은 법적 휴일인 일요일이다. 매월 격주로 한두 차례 일요일만 휴식해도 잘하는 것이다. 토요일 저녁 퇴근시간에 상부의 지시를 받은 소대장(작업반장)이 "동무들! 내일은 정상 출근합니다"고 하면 누구도 이유를 묻지 못한다. 당지시가 법 위에 있다.

보통 국가기념일에 즈음하여 '충성의 100일 전투' 등이 개최되며 이때는 몇 달간 일요일 전부를 노동시간으로 대체한다. 탄광초급당위원회 결정에 따라 수령에게 충성을 다하자고 호소하면 무조건 따라야 할 의무만 있는 탄부들이다.

그런 생활이 몸에 밴 그들이다.

사상정신 교육을 포함한 대중의 집중 노동기간인 '○○일 전투'가 없을 때는 보통 한 주 건너 한 번씩 휴식한다. 이것도 그냥 노는 것 아니다. 탄광에서는 수년 전부터 '석탄도둑'이 생겨났기에 그것을 통제하는 규찰대가 조직되어 활동하고 있다.

탄광이 넓은 지역에 분포되어 있음으로 정문이 아닌 다른 경로로 '도둑'이 석탄을 훔치고 있다. 주로 내부에서 일하는 탄부와 날짜, 시간 약속을 하고 외부서 들어오는 도둑들이 실행한다. 어떻게든 그들을 발견하고 석탄을 회수하는 일이 규찰대가 맡은 업무다. 소속과 이름, 범행현황을 기록하여 상부에 통보하는 것까지다.

단속되는 사람은 어떻게 될까.

소속기관에 통보되는 것이 기본이다. '범인'이 가령 연로보장자면 해당 동사무소(주민센터)에, 무직자라면 탄광 분주소(파출소)에 통보된다. 그러면 소속기관서 총화시간에 대중의 따끔한 공개비판을 받거나 무보수 노동을 하는 것이 보통이다.

어슬어슬해지는 무렵이다.

같은 작업조에서 함께 일하는 안칠성과 송수남이 저탄장 근처 버럭 무지에 앉았다. 여기저기를 둘러보다가 다리도 아파 좀 쉬려고 한다. 순번에 따라 오늘은 '석탄도둑' 단속을 나온 것이다.

안칠성이 먼저 입을 연다.

"그나저나 송 동무는 장가를 언제 가오야?"

"치마가 있어야 가지 않겠슴까."

"정말이오?~ 거 혹시 감춰두고 없는 척하는 거 아임매?"

"아니, 형니매는 내 말을 어째 안 믿슴까?"

"며칠 전 퇴근 때 같이 간 치마를 내 봤재오. 분명 여자던데…"

"야아!~ 형니매의 눈은 올빼미오야."

두 사람은 허허 웃는다.

그러면서도 어딘가 모르게 조금은 서먹서먹한 눈치다. 지난번 자기들과 갱도 안 휴식시간에 흥미로운 수다를 떨었던 길원철이 때문이다. 그는 현재까지 행방이 묘연하다. 탄광 노동과서는 "해당기관에서 신중히 조사할 일이 있어 데리고 갔다"는 소리뿐이다.

대체 그날의 막장 수다를 누가 해당기관에 밀고 했을까? 하는 께름직한 생각은 각자의 의문이다. 그렇다고 중뿔나게 나서서 그 사안에 대해 물을 수도 없는 노릇이다. 그러면 마치 길원철의 동조자 혹은 연관자로 오해를 받을 수 있기에 그냥 모르는 척하고 지나는 것이다. 조용히 시간이 지나 잊어지기를 바랄 뿐이다.

호기심의 눈빛인 안칠성.

"그 치마는 혹시 몰래 사귀는 결혼대상자 아임매?"

"휴!~ 제발 그랬으면 좋겠슴다."

"아니? 그럼 그 여자는 대체 누기오?~"

"선전대 서복화임다. 현장공연으로 우연히 퇴근시간이 같아져 함께 퇴근 했을 뿐임다. 그 처녀는 결혼을 안 한다고 함다."

"아니, 어째 말이오?…"

"이제는 남자들에게 질렸다나 뭐라나 함매야! 여하튼 자기 눈에는 탄광 남자들은 전부 도둑놈 같아 보인다고 함다."

"무시기라구?… 도둑놈?~"

갑자기 화들짝 놀라는 안칠성이다. 하도 세월이 어수선하니 여기저기 도둑놈이 많다는 소리는 마을과 일상생활에서 흔하게 들었다. 간밤에 군대도둑, 돌격대·꽃제비도둑이 안 지나갔으면 천만다행일 정도이다. 그런데 탄광 안에서도 그것도 선전대원이 보고 생각하는 도둑이 생겼다니? 그것도 모두 남자들이라니? 이게 도대체 무슨 말인가? 벙벙해진 안칠성을 보면서 송수남은 히물히물 웃는다.

"야아!~ 우리가 찾는 석탄도둑이 아니라 사랑도둑!"

"사랑도둑? 그건 또 뭐요?"

"아! 그거 있잖소. 이를테면 바람재!"

"아하!~ 여자를 밝히는 놈! 그 여자 참 재밌소야."

"내 말이 그 말이오야."

"남자들은 전부 사랑도둑놈이라? 허허!"

"글쎄, 어떤 재간 있는 놈인지? 처녀를 한 번 홀려보고 그런 소리 들었으면 좋으련만… 아이 그렇슴매? 형니매? 내 참!"

송수남은 내심 답답한 심정이다.

그는 나이 서른을 훌쩍 넘은 노총각이다. 탄광에는 해마다 제대군인 총각들이 당의 결정에 따라 집단배치 되어오기에 상대적으로 자기 같은 사회 출신 총각들은 별로 인기가 없다.

탄광 처녀들이 이왕이면 당원인 제대군인 총각에게 시집가려는 것이 풍조다. 설령 당원이 아니라도 제대군인이라는 명예는 있다. 갱도현장에서 일하는 탄부가 크게 발전할 기회는 없지만 주변의 사회적 편견이 제대군인에게 우호적이다. 이를테면 조국을 지켜 군복을 입고 청춘을 바쳤다는 영예로운 이력 같은 것이다.

안칠성이 계속한다.

"송 동무! 내 경험에 의하면 여자 속을 알기가 보통 힘든 일이 아이오. 남녀의 마음은 단 것 쓴 것 다 있습매."

"아니?~ 형니매는 부부금슬 좋은 걸로 아는데…"

"나도 남들처럼 곡절이 좀 있었다재오."

"무슨 사연이라도 있었소야?"

"실은 내 안까이가 은별이를 낳았을 때 속으로 많이 아쉬웠소. 아들이 아니어서 말이오. 그래서 좀 티격타격 했지비오야."

"허허! 배부른 싸움을 했네요. 형니매."

"이봐!~ 그래도 안 그렇다니까."

"정 그러면 이제라도 하나 더 낳으면 되지 않습까?"

"허허!… 정말 그럴까?"

송수남은 부러운 눈길로 안칠성을 쳐다본다. 분명 제 보기에는 '결혼형님' 안칠성이 배부른 소리를 한다. 자기는 장가도 못 갔는데 그래도 남들보다 빨리 장가가서 첫 딸을 낳았으면 금 딸이지, 무슨 자식타령인가? 자기 같은 사람은 어쩌라고.

자기도 빨리 장가를 가야겠다는 마음뿐이다. 동료 중 친구들은 하나 둘 모두 결혼하는데 혼자 외톨이인 송수남이다.

아침에 눈떠서 일터에 나왔다가 저녁에 지친 몸 끌고 힘겹게 퇴근하든지, 아니면 2교대로 오후에 출근했다가 늦은 밤에 집으로 들어가면 정말 피곤하여 잠자리에 들기 일상이다.

연애도 시간이 있어야 누구한테 처녀소개를 부탁하든지, 어느 처녀를 만나려 다니든지 하겠는데 전혀 그럴 시간조차 없는 것이 현실이다. 그래서 대부분 결혼적령기 남녀들은 주변에서 소개를 받아 연애를 하는 실정이다. 안 그러면 방법이 없다.

"송 동무는 어떤 유형의 처녀를 원하오야?"

"어떤 유형이 따로 있슴까?~"

"그래도…"

"이 송수남을 좋다고 받아주는 처녀면 되지오야."

"좀 더 정확히. 이를 테면 얌전한 모습, 아니면 활동적인 모습, 또한 체격은 뚱뚱한 사람… 뭐 그런 것 있잖소야?"

"하하! 형니매 완전 여자 박사재오."

"박사까지야 뭘?…"

"말이야 바른 대로 먹는 문제가 시련인 요즘 어디 뚱뚱한 여자가 있슴까?~ 평양의 당간부집 딸 중에는 있겠는지? 내 말이 틀림까?~ 우리 탄광적으로 뚱뚱한 처녀가 어디 있슴까?"

"그건 맞는 말임매."

"체격이 큰 여자는 있어도 뚱뚱한 여자는 없슴다."

"엉?~ 그 두 유형은 어떤 차이오?"

"하하! 형니매는 그것도 모르오? 내 말 잘 듣소 야. 체격이 큰 여자는 뼈가 크다는 소리고, 뚱뚱한 여자는 살이 많다는 소리임다."

"아! 그렇소? 여자 박사는 송 동무구만!"

"하하!~ 그게 또 그렇게 됨까?"

"뭐든 생활상식이 많으면 좋은 거지비."

송수남이 머쓱한 표정을 감춘다. 금 같은 시간이 흐르는 속에 검은 금은 많이 캐도 정작 황금처럼 소중한 연애의 순간은 잘 오지 않고 있다. 바쁜 사람이 우물을 판다고 빨리 장가를 가고픈 그였기에 나름대로 여성사회를 잘 관찰하는 듯싶어 보인다.

사회 집단 공동체인 탄광기업소에서 젊은 남녀들이 모이는 시간은 의외로 많다. 학습과 강연, 생활총화는 물론 청년들끼리 충성의 발표모임이요, 웅변대회요 등이 자주 있다. 이런 시간에는 마음 절반 정도는 서로의 이성에 빠진다고 보면 된다.

그 시간이 아니면 젊은 남녀들이 개별적으로 만나는 시간조차 쉽지 않다. 일 끝나기 바쁘게 집으로 가서 조직에서 숙제로 준 학습과제도 수행해야 하고 다양한 일이 있다. 인민반에서 요구하는 마을꾸리기, 인민군대 지원물자 준비, 동네 연구실 주변 청소 등 잠시도 한가한 시간이 없는 탄광마을 사람들이다.

싱글벙글 웃는 송수남.

"사실 결혼대상자는 얌전한 처녀가 최고 아임매?"

"음!~ 그건 우리 남자들의 소원이지비."

"성격은 조금 쾌활하면 더 좋고. 예를 들면 은별이 엄마처럼…"

"허허! 듣기는 좋구만야."

"내 놓고 말해 은별이 엄마 같은 여자도 쉽지 않습다."

"그렇게 곱게 봐줘서 고맙소야."

기분이 좋아진 안칠성은 입이 귀에 걸렸다. 자기 아내에 대한 귀맛 좋은 칭찬을 그것도 동료 총각에게서 결혼 대상의 본보기로 보였다. 순간 아내에게 좀 더 잘해야겠다는 생각이 든다.

"그럼 내가 중매를 서도 되겠소야?···"

"야아!~ 형니매 그게 정말임까?"

"내가 언제 실없는 소리 하는 것 봤습매?~ 송 동무!"

"못 보았소야. 형님매."

송수남의 얼굴에 광채가 난다.

매사에 신중한 안칠성은 고등학교 동급생으로 동생 같이 늘 가까이 하는 송수남에게 적합한 처녀가 누구일까? 고민하던 중 딸 안은별의 유치원 담임선생인 리향기가 피뜩 떠올랐다.

상냥하고 활달한 성격의 예의바른 처녀다. 언제인가 "향기 선생은 결혼을 안 하오?"라고 물었을 때 그녀가 "바지가 없어 못가고 있습니다. 어디 좋은 바지 있으면 소개시켜주시오"라고 들었던 대답이 생각났던 것이다. 두 사람 속내는 모르겠으나 분명 처녀 총각은 틀림없으니 중매를 서줄만 하다고 판단했다.

안칠성과 송수남은 자리서 일어난다.

하늘에서 시커먼 어둠이 서서히 내려앉는다. 탄광지역의 어둠은 더욱 그렇다. 여기저기를 살피던 두 사람의 시야에 멀리서 어떤 세 사람의 엉거주춤 거리는 모습이 들어온다.

대뜸 눈이 커진 안칠성이 "잠깐만요!~ 당장 거기 서오야!··· 누구임매?"라고 소리치며 그 쪽을 향하여 달음질해간다. 송수남이 그의 뒤를 따른다. 갑작스럽게 놀란 세 사람은 부부로 보이는 중년남녀와 그의 아들로 보이는 고등학생이다. 한 가족의 식구인 것이다.

초췌한 몰골이 아주 볼품없어 보인다. 한 사람이 각각 두 개의 배낭을 어깨에 메고 머리에 이고 있는 상태이다. 문제의 '석탄도둑'이다. 안칠성과 송수남이 처음 보는 모습은 아니다.

1990년 이후 국가의 정기적 식량배급을 받지 못하는 탄광노동자들은 허기진 배를 안고 출근한다. 식량 미공급은 미국과 남조선 등 적대세력에 의해 빚어진 일시적인 고난의 시련이고 직장결근은 당사자가 '혁명사상'이 부족한 정신문제로 엄중하다.

언제나 거무스레한 얼굴인 탄부들은 수백 미터 안팎의 갱 속에 들어가 고되고 힘든 노동을 한다. 그러고도 밥을 못 먹으니 기가 막힌 노릇이 아닌가. 누구든 살아야 하겠으니 어쩌겠는가.

엄밀히 국가의 재산(석탄)이고 불법이지만 퇴근 때 일부 탄부들은 기업소 간부들의 눈을 피해 배낭에 석탄을 넣어 갖고 집으로 갔다. 그것을 다른 동네와 농촌지역 마을의 가가호호를 다니면서 석탄 3배낭 분량이면 옥수수 1kg과 맞바꾸었다. 그렇게 해서라도 연명을 해가야지 안 그러면 꼼짝없이 앉아서 굶어죽을 판이다.

탄광기업소에서도 딱히 제지하고 처벌할 방법이 없었다. 아무래도 노동자들에 대한 식량배급을 못 주는 체면이 있기에 말로만 단속을 해왔다. 그래도 도저히 석탄도둑이 근절이 되지 않으니 이렇게 규찰대를 조직하여 엄격히 통제하는 것이다.

셋은 배낭을 내려놓고 바닥에 주저앉았다.

안칠성이 화가 났다.

"동무들은 어디 사람임까?"

"저기 용연노동자구 67반에 사는 가족임다."

여인이 대답을 하고 한숨을 크게 쉰다.

"규찰대 아주바이들! 내 하나 좀 묻기오야. 아무리 그래도 숨 줄이 붙은 사람은 뭐를 먹고라도 살아야 하는 것 아임까? 식량 배급을 받아본 지 까마득한 옛날임다. 명절 때 당의 배려로 배급받는 옥수수 몇 킬로그램은 고작 며칠 죽을 써먹으면 끝이재요."

"…"

"집에 있는 가장집물도 몽땅 팔았습다. 이불장, 옷장, 재봉기… 심지어 신발장까지. 그래서 겨우 오늘까지 연명해온 목숨이재오. 이제 더 팔 것도 없고 입에 거미줄 치게 생겼습다. 너무 배고픔다."

"…"

"장마당에 나가서 하는 장사도 시간제한, 이용자 나이제한, 행사와 농촌 동원기간 운영중지 등이 있어 제대로 못함. 소토지는 힘쎈 사람들이 하고 우리 같은 떨거지 백성들은 엄두도 못냄. 그래서 이렇게 위법인 줄 알면서도 석탄을 훔치려 여기 왔습다."

여인이 엉엉 소리를 내어 운다.

탄광에서 노동자들에게 식량배급을 안 준 지가 퍽이나 오래되었다. 이에 대해서 초 시기 탄부들의 불평이 있었다. "당에서는 어째서 노동자들에게 식량을 주지 않는가?" "사회주의를 지키려도 먹고 살아야 지키지 않는가?" 하면서 말이다.

그럴 때는 어김없이 당에서 강연을 해주었다. 내용은 미국과 남조선 괴뢰들, 일본군국주의자들이 사회주의조선을 고립시켜 없애려고 갖은 발악을 한다, 공화국과 연관된 국제 무역거래를 모두 차단시켜 놓았으며 평양과 거래하는 외국기업에 어마어마한 벌금을 내리는 미국의 사주를 받는 국제연합기구(UN)라고 하였다.

그래서 우리가 지금 이토록 시련에 찬 고난의 행군을 하고 있다, 우리가 여기서 맥없이 주저앉으면 영영 살아남지 못한다, 일제에게 치욕스러운 식민지를 당했던 지난날로 다시 돌아간다.

결코 과거로 되돌아갈 수 없다.

우리는 이럴 때일수록 위대한 수령님을 높이 받들어 싸운 항일유격대원들과 낙동강에 더운 피를 뿌린 조국해방전쟁(6·25) 참가자들의 영웅적 모범을 적극 본받아 불굴의 희생정신으로 살아야 한다. 혁명의 승리는 반드시 우리의 것이라고 했다.

이것은 어디까지나 정치사상적 선전이다. 현실은 참혹하다. 당을 받들고 수령을 따르자고 해도 우선은 먹고 살아야 할 것 아닌가. 육신의 몸은 병들든, 곯든 상관없이 그냥 정신교육과 노동만을 강조하는 당의 강압적 강연에 사람들은 아무 말도 못했다. 노동당의 결정에 사소한 토를 다는 것 자체가 반동이고 역적이기 때문이다.

여인의 남편이 왈.

"우린 뭐! 이짓을 하고 싶어서 하는 줄 암매? 하나뿐인 자식을 굶겨 죽이지 않으려고 이렇게 석탄도둑질을 함다. 그래 부모가 도둑질을 해서라도 제 새끼 죽이지 않으려는 것이 뭐가 잘못임까?"

"…"

"당에서는 곧 고난의 행군이 끝난다, 끝난다 하는데 언제 끝남까? 한 해가 지나면 작년이 옛날일 정도로 더 힘들어지는데 과연 언제 끝이 나겠슴까? 진짜 고지식한 사람들은 전부 굶어죽고… 어제도 글쎄 우리 마을에서 2명이 또 굶어 죽었슴다."

"…"

"이제는 사람이 죽어도 누가 쳐다보는 사람도 없슴다. 오히려 개가 죽으면 고기라도 먹을 수 있재오. 사람 죽으면 그걸 처리하는 노력과 시간이 많이도 듬다. 이게 사람 사는 세상임까?"

신통히 맞는 소리이다.

안칠성, 송수남을 포함해 모두가 잘 아는 현실이기도 하다. 다만 그에 대해서 공개적으로 당국에 항변하거나 이의를 제기하지 못할 뿐이다. 그랬다가는 불순분자가 되기 때문이다.

당에서 현재 인민들이 겪는 식량난, 경제난, 생활난 등 모든 재난은 미제와 남조선 때문이라는데 어쩌겠는가. 당에 도전하는 것은 미제와 남조선 편이라는 것이다. 이는 물어보고 생각할 것도 없이 그냥 '혁명반동'이 되어 즉결 처형대상이 된다.

일상의 주변에서 너무나 자주 있는 비판총화, 사상투쟁, 공개처형 등이기에 사람들은 이제는 더 이상 당에서 강요를 안 해도 거기에 기계처럼 익숙되었다. 허나 망각의 동물인 사람이기에 결함을 반복하는 것이다. 이를 근절하기 위해 당국도 통제를 계속한다.

하도 규찰대원들 앞에 선 그들이니 너무나도 답답한 자신들의 심정을 이렇게라도 하소연을 하지만 만약 두 사람이 안전원이나 보위부원이면 너무 무서워 아무 말도 못했을 것이다.

이어 아들이 말한다.

"부끄럽지만 저도 한때 꽃제비도 쳐봤습니다."

두 규찰대원이 놀란다.

"철도역전이나 버스 정류장 사람들의 짐을 훔치고 주택가를 돌면서 창고를 습격하여 주린 창자를 채우기도 했습니다. 정말 사람이 할 짓이 아니라는 것임을 알면서도 어쩔 수 없이…"

"…"

"안전원(경찰)에게 단속되어 몇 번 사건조서도 쓰고 경고(훈방)도 받았습니다. 나중에 6개월간 소년교화소도 갔다 왔습니다."

안칠성의 일그러진 얼굴.

"그런데 지금 이 모습은 뭐냐?"

"배가 고파서임다."

송수남이 "휴우!~" 하며 하늘에 대고 길다란 한숨을 내쉰다. 어쩌면 자기의 생활이나 마찬가지다. 자기네 집도 먼 친척집에서 먹거리를 조금씩 얻어다가 겨우 연명해가는 정도가 아닌가. 그 친척집이 아니라면 자기도 이

245

들처럼 '석탄도둑'이 되었을 것이다.

사람이 살자면 다른 방법이 없지 않는가.

요즘 항간에서는 고난의 행군시기 "조금만 견디면 된다!"는 당의 지시에 고분고분하게 따른 고지식한 사람들은 모두 죽었고 악발이들만 살았다는 표현을 이렇게 하고 있다.

양과 사슴(순한 동물)은 모두 굶어죽었고 승냥이와 늑대(악한 동물)만 겨우 살아남았다. 약자는 밟히고 강자만 생존한다. 양과 사슴으로는 도무지 살 수 없으니 죽지 않으려면 반드시 승냥이와 늑대로 변신해야만 한다. 안 그러면 죽는 것은 곧 시간문제다.

누가 지어낸 말인지 신통하다.

이런 표현은 주로 시장에서 생겨 순식간에 퍼진다. 인터넷이 없기에 그만큼 구전(입소문)이 빠르다. 북방의 함경도 지역에서 발생한 유행어가 2~3일이면 남방의 개성 지역까지 파다할 정도다.

'석탄도둑' 세 사람은 한숨만 쉰다.

그들은 한 번만 눈감아 달라는 눈치다. 송수남이 조장인 안칠성을 곁눈질한다. 안칠성이 고개를 숙인 채 고민이다.

저 배낭 안에 들은 것은 석탄이 아니라 저 사람들의 밥이다. 단속된 세 사람은 불법인 줄 알면서도 너무나도 배가 고파서 고의적으로 석탄을 도둑질 했다. 여기에 누가 부정하거나 반론할 수 있단 말인가. 엄밀히 국가가 배급을 안 주니 생겨난 비극인데 이걸 통제하는 것이 과연 옳은 처사일까. 아무리 당의 지시나 인간생명을 중시하는 입장에서 보면 도저히 받아들이기 어려운 일이라고 느껴진다.

오히려 자기들이 부끄러운 것이다. 자기네와 다름없는 이 세 사람의 행동을 기록해서 상부에 보고해야 하는가. 물에 빠진 사람을 보고도 모른 척하는 것과 같다. 다르게 봐도 이건 아니다. 사람의 가죽을 쓰고 어떻게 이런 부끄러운 행동인 규찰대 업무를 할 수 있단 말인가.

안칠성이 세 사람에게 말한다.

"아배! 아매!~ 어서 이 배낭들을 갖고 가시오야."

세 사람이 눈이 커진다.

"아무 말 말고 어서 가오시야!…"

눈이 황소눈처럼 커진 세 사람은 용수철에 튕기듯 자리서 벌떡 일어났다. 그리고 약속이나 한 듯 허리를 깊이 숙여 90도 인사를 한 후 배낭을 이고 지고 황급히 자리를 뜬다. 그들에게 손을 흔들어 보이며 잘 가라고 인사하는 안칠성을 쳐다보는 송수남의 눈도 커졌다.

"이거!~ 우리 형니매 맞슴까?"

"어째? 나는 뭐 감정도 없는 사람인가 하재오?"

"아임다. 정말 잘 했슴다."

"송 동무! 저 세 사람은 우리 못 본 검매."

"야아!~ 형니매."

깊은 밤중에 체포영장

자정을 훌쩍 넘긴 깊은 밤. 시커먼 방수막이 쳐진 승리58형 화물자동차서 내린 10여 명의 기동대원들이 누군가의 지시에 따라 일사분란하게 움직인다. 그들은 사방으로 헤어져 몇 개 살림집 출입문 앞에 부동의 자세로 선다. 그 안의 사람이 밖으로 못나오게 하는 것이다. 일부 대원들은 길가와 다른 곳곳에 배치되었다.

어두운 공간에서 빠른 동작으로 일사분란하게 움직이는 무리다. 여기저기서 '멍 멍!' 개들이 짓는 소리가 들려온다.

쾅!~ 쾅!~

밖에서 문 두드리는 소리가 요란하다.

골아떨어졌던 잠자리서 부스스 눈을 비비며 깨어난 길승섭이 "거 누구요? 이 밤중에… 남의 집 문을 쾅쾅 두드리며" 하며 현관문 앞에 왔다. 대체 누가 이 한밤중에 남의 집 문을 부서질 듯 두드리는지 살면서 처음 보는 광경이니 놀라지 않을 수 없다.

밖에서 들리는 엄한 소리.

"보위부에서 나왔습니다. 문 여시오!"

"뭐요? 어디라고요?"

"국가보위부에서 나왔습니다."

헉!~ 이게 무슨 소리인가. 아무 기별없이 보위부에서 사람들이 왔다는 것은 대단히 무서운 일이다. 길승섭이 황급히 코를 골며 자는 아내를 마구 흔들며 "여보!~ 일어나오. 밖에 지금 누가 왔소!" 하자 선우명숙이 "야아?~ 아들 원철이가 왔소야?" 하며 반색한다.

얼굴이 벌겋게 달아오른 길승섭이 "아이고 참! 이 미친 안까이야. 큰일났다"고 하자 "영감도 무슨 잠꼬대가 그리 심하오야?~ 어서 자빠져 자기나 하오야!" 하는 선우명숙이다.

화가 난 길승섭이 잠에서 덜 깨 횡설수설하는 아내의 엉덩이를 발로 힘껏 찬다. 벌떡 일어나 정색해진 선우명숙.

"누가 왔습매? 이 밤중에…"

"보… 보… 보위부!"

"어머머!~ 보위부라고야? 정말임매…"

선우명숙도 보위부가 어떤 곳인지 너무나 잘 안다. 사람들이 일상에서 말을 잘못하는 실수를 범하면 영락없이 조용히 끌려가는 곳이다. 특히 남자들이 술자리에서 반당적 발언이나 남조선 좋다는 소리를 하여 한밤중에 정치범수용소로 간 사례들이 있었다.

"저기 안전원이 온다고 하면 울던 아이도 울음을 멈추지만 보위원이 온다고 하면 어른도 간이 콩알 만해진다"는 풍설이 있을 정도이니 더 말해 뭐하랴. 그만큼 보위부가 무섭다.

현관문이 벌컥 열렸다.

박선필과 부하직원 남녀 검열원이 들어온다. 매서운 눈초리의 박선필이 "상부의 결정으로 당신의 집을 수색합니다"고 한다.

공포에 질려 얼굴이 창백해진 길승섭.

40여 년 살며 처음 겪는 일이다.

길승섭과 아내는 속옷차림으로 마치 사시나무 떨 듯 부들부들 떤다. 이건 도대체 무슨 날벼락인가. 아들 길원철이 어디론가 끌려가고 행방도 모른 채 몇 달이 지났다. 속마음은 재가 되었다. 이제나 저제나 애타게 기다리는 아들 소식은 꼬물만치도 없고 황당하게도 심야 보위부로부터 뜻밖의 가택수색을 받게 되었으니 놀랍기 그지없다.

어찌된 일인가? 그럼 아들이 현재 보위부에 갇혀 있다는 소리 아닌가. 일반 주민들의 경제범죄를 다루는 안전부와 달리 간부들을 포함한 모든 주민의 정치적 문제와 남조선관련 사안들을 특별히 그것도 비밀스럽게 다루는 보위부가 아닌가.

분명 어마 무시한 특수기관이다.

길승섭은 남조선 출신이다. 사회주의 통일혁명의 대상지인 남조선 관련 문제는 철두철미 국가보위부가 전담하고 있다.

이름만 들어도 속이 철렁거리는 보위부에서 가택수색을 나온 것은 분명 자신의 문제로 인해 제기된 사건임이 짐작된다. 털어서 먼지 안 나는 사람이 없다고 안전부서든 보위부서든 문제를 만들어 특정인물을 없애는 것은 아무 일도 아니다. 외부 적대세력들로부터 단호히 지키려는 사회주의 체제 유지를 위해서는 그보다 더한 것도 많다.

어떤 특정인을 대중 앞에 세워 그를 따라 배우자며 선동하는 것이 사회주의 선전방식 중 하나다. 반대로 어떤 한 사람을 대중 앞에 세워 비판하거나 처형하는 것으로 숱한 사람을 교양하는 것도 사회주의정치 체제의 특성이다. 의외로 먹히는 방법이다.

신발을 신은 채로 방안에 들어온 세 사람.

잔뜩 겁에 질린 길승섭 부부이다.

손에 커다란 붉은색 주머니를 들은 박선필이 2명의 부하에게 "장롱, 이불장 아래, 책장, 부엌찬장, 창고 안 등 요소요소를 샅샅이 수색할 것! 조금이라도 미심쩍하거나 이상한 물건은 전부 증거자료로 이 자루 안에 담을 것!"이라고 명령한다.

"알았습니다. 부원 동지!"

검열원 2명은 부지런히 움직인다. 이불 속부터 장롱의 뒷부분까지, 책상 서랍의 구석부터 벽에 걸어 놓은 옷의 주머니 속까지 샅샅이 검색한다. 미심쩍한 부분은 재수색하기도 한다.

박선필은 보위부 지하 감방에서 길원철을 심문하는 과정에 그 어떤 물질적 증거를 찾기보다는 길승섭의 정신상태(사상태도)에 방점을 두었다. 길원철의 실언, 어쩌면 사회생활에서 그게 더 위험한 것인데 그런 반동적, 반혁명적 생각을 갖기까지 아버지인 길승섭의 영향이 적지 않게 미쳤을 것이라는 판단이 들었다.

그리하여 상부에 보고를 하고 길승섭의 가택수색 결정서를 받았던 것이다. 현장 상황에 따라 보위부원에게는 즉석에서 범인을 체포할 수 있고 심지어 사살할 수도 있는 막강한 권한이 있다.

여성 검열원이 말한다.

"부원 동지! 이건 뭡니까?"

많이 낡은 소책자다. 그것을 받아 쥔 박선필이 매우 조심스럽게 열어본다. 고향 대한민국 대구 달성리 142번지. 아버지 길현태, 어머니 소양실, 큰누이 길옥자, 여동생 길말자… 부모형제의 이름이다. 그리고 그들과 함께 찍은 사진이 있다. 그동안 영화나 잡지에서 봤던 가난한 농부의 가족식구 초라한 모습 그대로다.

또 한 페이지를 넘기니 영문도 모른 채 갑작스레 일어난 6·25전쟁, 1951년 3월 국군징집, 제1사단 603보병 연대… 신병훈련 2일 받고 자동보총 지급받음, 바로 395고지 전투에 참가, 아군 2개 중대 몰살… 이런 내용을 골간 삼아 일기형식으로 써놓은 글이다.

흥미 진지한 세 사람의 눈빛.

마지막 페이지서도 사진이 나왔다.

젊은 길승섭이 어떤 여인과 사과꽃 만발한 과수원을 배경으로 찍은 것이다. 전쟁이 끝나면 고향 대구로 돌아가 부모님 모시고 결혼식을 하자고 약속했던 달성리 아가씨이다.

어쩌면 그 아름다운 약속이 있었기에 전쟁터에서도 총포탄을 피했는지 모른다. 그리고 지금도 이 사진이 있기에 언제인가 통일이 되어서 고향으로 돌아가리라는 한 가닥 희망을 끈질긴 생명 줄로 인식하고 꿋꿋이 버티며 이겨 낸지도 모른다.

엄연히 개인 사물이다. 어떠한 정치성도 없으며 순수 가족에 대한 사랑과 그리움이 담긴 사진이고 이력 등이 아니겠는가. 흐르는 세월 속에 길승섭 자신도 나이가 계속 드니 혹시라도 모든 기억이 서서히 잊혀질까 봐 꼼꼼히 적어놓은 가족이력이었던 것이다.

남자 검열원의 말이다.

"부원 동지! 이런 것도 있습니다."

손바닥 크기 하얀 종잇장인데 물에 젖지 않게 앞뒤 투명한 비닐로 압착 (코팅) 되었다. 분명 국경(중국)이 가까운 지역특성상 외부서 들어온 삐라 같아 보였다. 그 속에 깨알 같이 작은 글.

북조선 청년학생축전 / 남조선 88국제올림픽

북조선 철도 단선 / 남조선 철도 복선

북조선 자가용 100대 / 남조선 자가용 1천만 대

北 수령 선거 없음 / 南 대통령 선거 있음

北 월급 120원(1달러) / 南 월급 120만 원(1,000달러)

北 인민들 외국여행 없음 / 南 국민들 해외여행 가능

평양시민 200만 명 / 서울시민 1,000만 명

평양시민 거주 승인 국가허가 / 서울시민 거주 자유

평양 대동강 다리 6개 / 서울 한강 다리 24개

진짜 놀라운 자료내용의 글이다. 박선필은 지금껏 이런 상황을 어디서도 보지 못했다. 남조선이 북조선보다 경제적으로 앞섰다는 것은 일반적으로 알고 있던 상식이었으나 이토록 구체적으로 통계가 나열되어 기록된 것은 처음 접하는 것이다.

　남과 북이 이렇게 경제가 차이날 수가 있는가. 전후 40여 년이 지났는데 결과는 하늘땅 차이로 벌어지지 않았는가. 누가 뭐라도 자본주의가 사회주의보다 훨씬 발전적인 것은 분명해보였다.

　평양보다 서울이 멋져 보인다.

　자기가 얼핏 비교해 봐도 북조선과 남조선의 경제적 차이는 20~30배가 넘어 보인다. 시장서 몰래 유통되는 남조선 상품이 그렇다. 특히 젊은이들이 중국 조선족 음악인 줄 알고 듣는 남조선 노래 테이프다. 그러니 사람들의 마음이 남몰래 남조선으로 가기 마련 아니겠는가. 어떻게든 어디서든 보다 잘 살려는 것은 인간의 본능이다.

　누구보다 보위원인 자기 자신도 그렇다. 이왕이면 자기 손에 좋은 물건을 들고 다니려고 하며 더 맛있는 음식을 먹으려고 한다. 그 더 좋은 물건과 음식은 사회주의 국가에서보다 남조선 같은 자본주의 국가에서 생산되고 판매되고 있지 않는가.

　여성 검열원이 뭔가를 보인다.

　"여기에도 있습니다."

평양시민 지방방문 정부허가 / 서울시민 지방방문 자유

평양지하철 구간 27km / 서울지하철 구간 500km

평양시민 식량배급 받음 / 서울시민 생필품 자율해결

北 손전화 보급률 10% / 南 휴대폰 보급률 100%

北 통행증명서 지참 지역이동 / 南 전국 자유이동 가능

北 인민들 생활총화 있음 / 南 국민들 생활총화 없음

북조선 자동차 수출 없음 / 남조선 자동차 300만대 수출

북조선 석탄, 도자기 수출 / 남조선 배, 전자제품 수출

북조선 세계경제 168위 / 남조선 세계경제 13위

더욱 흥미로운 내용이다. 자본주의 남조선 경제발전 수준에 대한 이런저런 자료가 사회주의 북조선과 비교해서 조목조목 잘 정리되어 있다. 이것을 처음 봤을 때는 설마? 하겠지만 자주 반복해서 보다 보면 어느 정도 사실로 느껴질 것이 확실하고 분명하다.

사람이 사회주의든, 자본주의든, 어느 제도서 살든 잘 먹고 잘 입으려는 것이 근본이 아니겠는가. 지금의 남조선에 비해 북조선은 경제적으로 많이 낙후하고 뒤 떨어진 것이 현실이다.

엄밀히 북조선보다 남조선이 월등해 보인다.

사람에게 경제는 먹는 음식과 옷이겠지만 정치는 정신과 사상이 아니겠는가. 조금 못 먹고 못 입어도 사상정신이 바로 되어야 바른 사람이다. 그런 의미에서 분명 사상이 우선이다. 사회주의를 지켜야 만이 보다 부강한 인민의 국가를 건설할 수 있다.

자기는 그 사회주의를 지키는 '영예로운' 보위일꾼이다. 잠시라도 적들의 유혹에 현옥되거나 꼬임에 넘어가면 절대로 안 될 것이다. 백두산과 낙동강의 선열들이 찾고 지켜온 이 사회주의 국가를 목숨 바쳐 지켜야 하는 공화국의 보위일꾼이다.

박선필이 작은 가방을 연다.

전자장비가 들었다. 뭔가를 작동한다.

삐리릭!~ 삐리릭!~

주파수 잡히는 소리가 난다. 불현듯 입술을 꼭 깨문 박선필이 남자부하

에게 매서운 눈짓을 한다. 눈썰미 빠른 남자부하가 어디론가 귀를 기울인다. 그리고 서서히 움직인다.

천장의 어느 부분을 손으로 어루만지는 그가 허리춤에서 꺼낸 단도로 특정 부분을 조심스레 도려낸다. 이어서 밝게 조명이 켜진 손전지를 비추어본다. 뭔가를 발견한 그가 구멍 안으로 손을 밀어 넣는다. 이윽고 뭔가를 잡은 손을 꺼낸다. 작은 소형라디오다.

그것을 보며 두 눈을 감는 길승섭.

그의 이마에서 벌써 땀이 비 오듯 한다. 선우명숙이 놀란다. 박선필이 라디오 전원을 켜고 주파수 버튼을 조절한다. 삐리릭!~ 삐익!~ 전파가 잡힌다. 이어서 끊어진다. 모두의 눈빛이 라디오에 꽂혔다. 이윽고 다시 삐리릭!~ 소리가 나온다.

상냥한 여성 방송원의 목소리.

북녘에 계시는 동포여러분! 안녕하십니까? 여기는 대한민국 수도 서울에서 보내드리는 KBS 한민족방송입니다.

오늘은 전 시간에 이어서 최근 미국 뉴욕에서 있은 북한주민들의 인권을 위한 국제세미나 소식을 리포터의 보도로 보내드립니다. 한국의 대북 인권단체들의 주최로 열린 이번 국제세미나에서 북한의 심각한 인권문제가 거론되었습니다.

북한당국은 헌법에는 공민의 언론, 집회, 이동의 자유 등을 명시하고 있으나 탈북민들의 증언에 따르면 전혀 아니라고 합니다. 해외출국은 고사하고 도(道), 시(市), 군(郡) 지역을 이사하거나 유동하는 것도 당국의 허가를 받아야 한다고 합니다. 외국의 출판물과 방송을 접해도 엄중처벌이 있다는 증언은 계속 나옵니다.

또한 여전히 심각한 식량난에 시달리는 북한주민들은 당국으로부터 어떠한 배급도 전혀 받지 못하는 실정입니다. 어쩌면 인권보다 더 중요한 식권, 그러니까 사람이 먹고 사는 문제인데 북한당국은 이에 대해 전혀 신경을 안 씁니다.

가장 중대한 것이 당과 국가의 간부들을 포함하여 2천만 북한주민 중에 어느 누구도 최고지도자와 노동당체제, 공화국정권 등을 전혀 비판하지 못한다는 기막힌 현실입니다.

박선필이 전원을 *껐다.*
"어이!~ 길 영감! 이런 개소리 언제부터 들었소?"
"…"
"아들의 사상이 썩은 게 이것 때문이네…"
흐뭇한 표정의 박선필은 공을 세웠다. 일반 주민의 보통 살림집 천장에서 애써 발견한 남조선 방송이 잡히는 소형라디오. 아주 위험한 물건이다. 당에서 엄격하게 통제하는 남조선 방송을 들었다는 것 자체가 '혁명반동'이고 남을 반역행위이다. 상부에 보고하고 축하 받을 일이다. 길원철을 끈질기게 조사한 보람이 있다.
순간 선우명숙이 악을 쓰며 돌변한다.
"이놈의 때박이! 한 이불 덮고 자는 제 안까이도 속였소야? 괴뢰군 포로인 줄은 알았지만 이런 남조선 간첩인 줄이야…"
"여… 여보!~ 간첩이라니?"
"야!~ 이놈아! 그러지 않아도 너와 살면서 가끔 이상하다고 느꼈다. 남조선이 어떻소, 저떻소 하며 개수작질 했재오야. 이렇게 물증까지 나왔는데도 오리발을 내밀겠다는 검매?"
"원… 원철이 어머니!"
"원철이는 내 아들이지 간첩 놈의 아들이 아님매. 그 더러운 주둥이로 내

256

아들 이름 함부로 부르지 마오야!"

아연실색해진 길승섭이다. 어처구니가 없다.

지금 아내가 실성한 것인가?

보위부에서 심야에 가택수색을 나왔다는 어마무시한 사실보다 더욱 놀라는 길승섭이다. 지금 자기를 최고의 범죄자인 '남조선 간첩'이라고 성토하는 집사람이다. 어떻게 40여 년을 자식까지 낳고 한 집에서 살면서 끈끈한 정을 이어왔던 아내가 이럴 수 있는가.

이 순간 별난 생각이 다 든다. 북쪽 지방인 함경도 여자들이 기가 세다고 하지만 이건 아니다. 물론 지금까지 살면서 칼로 물 베기인 부부싸움도 많이 있었다. 그것은 자기만 겪는 가정의 시련이 아니고 모든 부부가 일반적으로 겪는 하나의 생활습성이다.

정말 아내가 정신이 나갔을까? 신경환자인가?…

이 상황은 일상의 모습과 전혀 다르다.

사람의 사상적이고 사고의식적인 문제다. 무엇보다 사상을 중시하는 노동당체제에서 가정 안에서 부부끼리도 사상(노동당 충성심과 비판사상)이 각각 다르면 서로 상부에 보고하는 경우가 있다.

결국 자기가 그런 꼴이 되었다.

사상이 다르다고 자기와 일생을 함께 살아온 남편을 '남조선 간첩'으로 고발하는 아내 선우명숙이다. 사람이 무서운 것이다. 천길 물속은 알아도 한 길 사람 속을 모른다는 말이 틀림없어 보인다. 길승섭은 한순간에 돌변한 아내를 보며 막 미칠 것만 같다.

계속하는 선우명숙.

"이놈의 두상태기! 제 안까이도 모르게 몰래 남조선 방송을 들으면 그게 간첩이지 누가 간첩임매? 그래도 새끼 낳고 사는 나그네라고 고향이 남조선이라 동정을 했건만… 결국 자신을 잘 숨긴 간첩 아임매? 에라 혁명의

257

철천지 원쑤 간첩 놈아!"

"…"

"보위부원 동지! 저놈은 맨날 잠자리서 노동당 강령이 어떻소, 정부정책이 어떻소, 하며 시비 치던 놈임다. 내가 청맹과니지! 저런 간첩인 줄도 모르고 40년을 함께 살았으니…"

"…"

"나와 우리 아들 길원철은 아무 죄도 없습다. 저놈이 간첩이라고 이마에 써 붙인 것도 아니지 않습매. 저 남조선 간첩놈은 보위부에 끌어가서 마음대로 해도 좋으니 제발 우리 아들만큼은 좀 살려 주십시오야. 이 에미가 간절히 애원함다."

순간 길승섭은 뭔가를 불쑥 알아차린다.

지금 아내의 모습은 분명 가짜다.

선우명숙이 지금 자기를 간첩으로 모는 것은 결국 아들 길원철을 살려보자는 취지에서가 아닌가. 그렇다. 자기와 아내는 이제 나이 예순을 훌쩍 넘겼으니 살 만큼 산 사람들이다. 그러나 자기들의 나이 절반에도 안 되는 새파란 아들은 어떻게 되는 것인가. 지금처럼 무소식이 혹시 영영 무소식이 되는 것은 아닐까.

아들은 분명 보위부 감옥에 투옥 중일 것이다. 그 어린 것이 지금까지 살아 있기는 한지? 아니면 어떻게 되었는지 하루가 백날처럼 길게 느껴지는 두 사람이다. 밥을 먹어도 모래를 씹는 심정이다. 어떤 방법과 수단으로든 하나뿐인 아들을 살려야 할 것이다.

그러면 어떻게 해야 하는가? 무슨 좋은 방법이 없겠는가? 길승섭은 피뜩 뭔가를 생각했다. 자기가 분명 가짜든 진짜든 간첩이 되어야 한다. 그 죄명으로 하여 자기가 모든 처벌을 받고 아내와 아들이 살아날 수만 있다면 그보다 기쁨은 없을 것이다.

격해진 길승섭이 외친다.

"이 노대기야. 너도 내가 이불 속에서 하는 남조선 소리를 듣지 않았나? 그러면 너도 간첩 방조자다. 이 여우 같은 년아!"

"이놈아! 그건 네가 좋아 한 소리지비."

"뭐?~ 뭣이 어째?"

"그 개소리 자장가로 들었슴매"

"뭐 자장가라고?~ 아이고 분해라. 저 개 같은 년을 그저…"

"야아 배고파서 잠이 안 와서 들었다. 어째?"

"저 함경도 할라꼬년. 퉤!~"

"보위부원 동지! 저런 교활하고 사악한 반동분자는 혁명의 준엄한 이름으로 공개 총살해야 함다. 인민의 이름으로 단호히 처형해야 저놈 같은 개종자 국군포로들이 정신을 차림다."

"이 개년아! 내 동료들 모독하지 말라."

"동료? 하이고. 뭐 말라빠진 동료임매? 전쟁에서 포로가 된 개 주제에… 동료? 야 이 병신 같은 포로들아 모두 뒈집소야!"

"아악!~ 저 사지를 찢어 죽일 년!"

"야! 이 머절아! 동네 똥개보다 못한 너희 포로 놈들 때문에 애매한 우리 새끼들이 한껏 기가 죽어 산다는 것은 생각해본 적 있슴매? 그 대갈통은 그냥 모자 걸개인 줄 암매?"

말싸움에 전혀 밀리지 않는 선우명숙.

길승섭도 기세등등하기는 역시 마찬가지다.

두 사람이 부부가 되어 40년을 살아오면서 이렇게까지 치열하게 싸웠던 적은 없었다. 아무래도 보위부원이 지켜보는 중차대한 내용의 싸움이어서 특별한 의미도 있다. 어쨌든 더 열심히 싸워 자기들의 죄행을 조금이라도 만들고 대신 아들 원철이가 무죄로 세상에 나온다면 정말 다행일 것이다.

그런 공통의 마음이 있기에 두 사람의 부부싸움이 실전을 방불케 할 정도로 생동하고 진지하다.

"이 영감태기! 그 아가리 다뭅소야."

"뭐라구? 이 개쌍년아!~ 이제야 네 본성이 나오누나."

"그래 내 본성이 이런 것인데 어쩔 겜매?"

"아! 정말 원통하구나. 진짜…"

"그건 내가 할 소리임매."

박선필과 일행이 눈이 뚫어지게 보기에 다소 재밌는 부부싸움이다. 그것도 부부가 서로 출생지역이 한반도의 남과 북으로 다른 사람이 아닌가. 어쩌면 남남북녀의 남북대결이 분명하다.

두 사람은 각자 제가 무조건 옳다고, 상대가 절대적으로 나쁘다면서 시시콜콜 지나간 온갖 잡소리까지 모두 내뱉는 판이다.

평범한 날 어느 가정집에서 벌어진 부부싸움이 사상싸움, 남북싸움으로 번지니 구경할 만도 하다. 그나저나 일반 가정에서는 쉽게 볼 수 없는 풍경이 아닌가. 보통 일상의 평소에는 상상도 못했던 온갖 험한 막말과 욕설이 이 밤중에 요란하게 울리고 있다.

박선필이 소리를 친다.

"야! 그만하라! 우리가 지금 너희들 부부싸움 구경 온 줄 알아? 이 거지 같은 남조선 괴뢰군 포로 개종자 년놈아!"

"…"

"너희들 어떤 목적으로 피 눈이 돼서 날뛰는지 모르나 엄연히 국군포로 가족의 남편이고 아내다. 알겠나?"

방 안이 삽시 조용해졌다.

박선필은 속으로 생각이 깊다. 얼마 전 변구진이 자기 집에서 쥐약을 먹고 자살했다. 그를 생포하여 혹시 있을지도 모를 어떤 배후세력에 대해 깊이 알지 못한 것이 분했다. 자살문제는 더 이상 사건수사를 할 수 없기에 상부에서 종료시켰던 것이다.

그런데 오늘은 뭔가. 길승섭의 집에서 아주 황색적인 물건들이 쏟아 나오지 않았는가. 소형라디오, 반동글귀가 써진 책자와 정보삐라, 이것은 분명 당에서 불허하는 불순하고 위험한 물건들이 아닌가. 안전부 주민등록 143호 대상인 남조선 출신의 국군포로들, 이 자들이 음지에서 남조선 환상을 갖고 있는 것이다.

당에서 강하게 사상사업을 하는데 이렇게도 지독할 수 있는가. 근 40여 년 전에 이별한 고향 남조선에 대한 미련과 환상에 잡힌 이 반동 놈의 종자들을 그대로 놔두었다가는 반드시 어느 때든지 훗날 큰 코를 다칠 수 있다. 독초는 뿌리 채 뽑아 버려야 한다.

박선필이 가방에서 새하얀 서류 한 장을 꺼냈다.

그리고 그것을 길승섭 부부에게 보인다.

"공화국 주민등록 부류 143호 (남조선 국군포로) 길승섭 체포결정서, 상기자를 반당, 반혁명, 반국가 혐의로 체포한다. 조선민주주의인민공화국 국가보위부 함경북도 보위부"

체포영장이다.

그 자리에 털썩 주저앉는 부부다.

남자부하가 길승섭에게 시커먼 수갑을 채운다.

박선필이 선우명숙에게 왈.

"노친네! 우리가 여기 왔던 사실 어디 가서 발설하면 안 되오. 누가 남편이 어디 갔는가 물으면 '모른다!'고 하시오."

"..."

"그래도 굳이 알려는 사람에게는 조용하게 '정 궁금하면 보위부에 가서 물어보라!'고 하면 됩니다. 대체 어떤 놈들이 보위부가 하는 일에 관심 있는지 우리도 궁금하고. 알겠소?"

"예!… 예!…"

박선필이 또 다른 서류를 꺼내어 선우명숙에게 보인다. "비밀유지 담보서, 위 사실에 대해 발설할 경우 그에 대한 책임을 지겠습니다"라는 글귀가 있다. 박선필이 펜을 주며 선우명숙이더러 "여기에 수표(싸인) 하시오"라고 한다. 그리고 이 밤에 있었던 이 일에 대해서 절대 비밀에 부쳐달라는 당부를 재삼 한다.

박선필 일행이 남편을 데리고 연기처럼 사라졌다.

방에 혼자 남은 선우명숙.

그녀가 차가운 방바닥에 엎드려 엉엉 운다. 선우명숙이 보위부원 앞에서 갑작스레 사납게 돌변했던 이유가 있다. 그것은 40년을 자식까지 낳고 함께 살았던 미우나 고우나 남편인 길승섭이 나빠서가 절대 아니었다. 바로 하나뿐인 아들을 살려보려고 그랬다.

아들에 이어 남편마저 끌려갔다. 이제 어떻게 되는가. 또 무한정 기다려야 하는가. 언제 다시 박선필이 찾아와 자기마저 끌어가지는 않겠는가. 가슴이 답답해 미칠 것 같다.

이게 정말 사람 사는 세상인가.

아오지 버럭

지난 1976년 8월 초순 어느 날.

아오지 탄광 2호 갱 안의 휴식시간이다. 애증의 막장 수다 순간. 안시현을 비롯한 국군포로 출신 탄부들이 어느덧 탄광에서 20여 년을 보내고 벌써 중년에 들어섰다. 무정한 세월이 야속하기만 하다. 하루아침에 영문도 모를 동족살육의 끔찍한 전쟁을 맞아 무작정 군복 입고 떠나온 고향이다. 눈을 감으면 삼삼이 그려오는 그곳으로 돌아가는 통일의 날은 도저히 올 것 같아 보이지 않는다.

눈이 떠서 감길 때까지 숨 막히는 지하막장에서 오로지 석탄만 캐고 또 캐는 그들의 노동모습이다. 석탄이 많아야 나라 경제가 발전하고 군대도 강해져 미국과 남조선을 이길 수 있다는 내용의 방송연설은 잊을 만하면 어김없이 듣는 당의 고정선전이다.

변구진이 말한다.

"시현 형!~ 통일되면 고향 가서 제일 먼저 뭘 하겠소?"

"그거야 어머님 산소부터 찾는 거지…"

"그다음은 뭐 하겠소?"

"글쎄? 소꿉시절 친구들, 직장 동료들 만나서 회포를 나눠야지?~ 변 동무는 고향 서울에 가서 뭐 하겠소?"

"난 말이오. 국방부에 가서 따지겠소?"

"무엇을 말이오?"

263

"왜 6·25전쟁에서 포로가 된 우리들을 구출하기 위한 작전이나 군사 활동은 하지 않았는가? 우리는 조국, 대한민국을 지키려다 포로가 된 억울한 사람들이라고…"

"…"

"너무도 분통하지 않소? 피가 한 동이씩 되는 우리가 이곳 아오지 탄광에서 죄수처럼 살아온 지난날이 말이오."

안시현은 동감의 표정이다.

곁에서 담배연기를 길게 빨아대는 길승섭이 머리를 가로젓는다. 답답한 심정은 그도 마찬가지다. 흥분된 마음을 겉잡지 못하는 변구진의 말대로 정말 남조선 정부가 자신들의 송환문제에 대해서 전혀 아무런 시책도 안 했을까? 아니면 공화국 정부의 남조선언론 차단조치로 우리만 모르고 있을 수도 있지 않겠는가.

자기들이 살면서 지금까지 아는 정보 99%가 노동당에서 제공해주는 자료뿐이다. 학습강사들이 가르치는 수령 위대성 교양자료를 비롯해서 안전원들이 알려주는 정세강연까지 모두…

충분히 그럴 수 있다. 지금껏 공화국에 살면서 남조선이 뭘 잘했다는 언론보도는 한 번도 못 봤다. 남북문제에 있어서 전부 평양이 정정당당하게 잘했다는 것이고 반대로 서울이 부정, 악의로 잘못했다는 소식뿐이다. 그러니 인민들에게 각인되는 것은 한반도에서 북측이 정의롭고 건설적이고 남측이 매국적이며 반동적이다.

계속 열리는 변구진의 입.

"꼭 보상을 받아야겠소. 정신적 육체적 피해 모두 받아서 그 돈으로 두 동생의 망친 일생을 보상해주고 싶소."

"…"

"왜정시기 콜레라 병으로 일찍 부모를 잃은 우리 형제요. 나를 아버지처럼 믿었던 동생들인데… 안 봐도 알 것 같소. 이 못난 형 때문에 그들은 정말 비참한 인생을 살았을 것 같단 말이오."

모두가 고개를 끄덕인다.

충분이 이해가 가는 소리다.

비단 변구진의 억울한 마음뿐이겠는가. 국군포로 출신이면 누구나 똑같을 것이다. 전쟁에서 비운의 포로가 된 것만도 가슴이 터질 일인데 그로 인해 가족, 친인척 등 연고자들이 평생토록 암흑과 그늘 속에 산다고 생각하면 누구든 마음이 편하지만은 안을 것이다.

일종의 죄책감인데 그것이 없다면 어떻게 인간이겠는가. 개인의 잘못을 국가가 인정해주겠는가. 아니? 군인은 개인이 아닌 공인이다. 국가를 위해 희생까지도 각오하는 존재이다.

고수봉의 얼굴도 보인다.

주로 지상에서 일하는 탄광 자재창고 관리원인 그는 가끔 현장으로 자재(공구, 부속품 등)를 배달해주려 막장에 내려오기도 한다. 그리고 이런 수다시간에 자연스럽게 동참하여 고향소식과 향수를 느끼기도 한다. 목발을 짚고 다니는 불편함은 이때만큼은 없어진다.

그가 무겁게 말한다.

"나는 남조선 당국이 우리를 포기했다고 보지 않소. 모름지기 우리 송환을 위해 국제적인 노력도 했을 것이오."

코웃음을 치는 변구진.

"고 동무! 무슨 증거라도 있소?"

"증거는 없지만 왠지 마음이 그렇소. 그리고 남조선은 선거를 통해서 대통령과 정권이 바뀌니 그것도 한계가 있을 거요."

길승섭이 끼운다.

"그건 옳은 말이오. 정권이 바뀌면 정책도 바뀌오."

변구진이 안시현을 쳐다본다.

"시현 형! 형님은 어떻게 생각하오?"

"방금 한 고 동무의 소리나 길 동무의 말이 정확히 맞소. 우리가 해방을 맞아 5년간 살아봤지만 남조선은 자유민주주의 국가이니 국민들의 비밀 선거를 통해서 정부와 대통령, 국회의원 등이 바뀌니 말이오. 그게 좋은 점도 있고 어쩌면 나쁜 점도 있소."

"…"

"굳이 나쁜 점이라면 정책이 달라진다는 것이오. 국가안보 등의 정책은 정권이 바뀌어도 바뀔 필요가 없는데 말이오."

"…"

"우리가 어느 한시도 고향에 두고 온 부모형제, 친척을 잊지 않듯이 그들도 마찬가지요. 그러니 남조선 인민들은 이곳에 있는 우리, 국군포로들의 존재를 반드시 기억하고 있을 거요."

안칠성의 마음은 참참하다.

나라를 지키려 군대에 나간 줄도 모르고 눈이 멀다 하게 아들을 기다리고 있을 어머니는 고령으로 세상을 떠났을지도 모른다. 설령 그렇다고 해도 꼭 돌아가고 싶은 따뜻한 남해마을.

고향으로 돌아가기는 고사하고 헤어진 가족 친척의 생사조차 모르고 사니 마음은 마치 칼로 살점을 도려내는 듯하다.

사무치게 그리운 어머니와 마을 사람들, 노동의 보람을 함께했던 직장 동료들에 대한 그리움은 날이 갈수록 더해만 가고 있다. 세월은 거침없이 흐르고 참혹한 전쟁으로 이산가족이 된 민족이 겪는 이 슬픔과 고통은 과연 언제나 끝나려는지.

다른 탄부들이 한마디씩 한다.

"우리는 아마 고향을 못 갈 것 같소. 죽기 전에는…"

"거! 무슨 재수 없는 소리를 하오?"

"포로송환 문제에서 남조선은 미국의 눈치를 봐야 하고 여기 북조선은 그런 것 없으니 노동당 맘대로 아니겠소?"

"듣고 보니 그렇구만요."

"공화국이 우리 버럭 인간을 왜 굳이 돌려보내겠소?"

"맞소. 석탄을 캐는데 꼭 필요하니 말이오."

"버럭 인간? 표현이 걸작이오. 어디도 쓸모없는 돌덩어리? 에잇!~ 전쟁에서 포로가 된 내가 바보지…"

"국군포로가 아오지 버럭이라. 허참!"

"휴!~ 기막힌 우리네 팔자요."

탄부들의 말이 바른 소리다.

김일성의 남침으로 발발한 1950년 6·25전쟁 때 경상남도 거제포로수용소에는 조선인민군 포로 15만 명과 중국인민해방군 포로 2만 명 등 최대 17만 3천 명의 적군포로가 수감되어 있었다.

그중 여성포로도 300여 명 있었다.

전쟁 발발 1년 후 남과 북은 휴전회담을 시작했다. 이때 포로송환 문제가 본격 논의되었다. 북한은 포로군인 전원석방 요구, 포로송환의 방식이 남북이 서로 달라 입장차를 좁히지 못하였다.

포성은 계속 울렸다. 1953년 2월에 부상당한 포로를 우선 송환시키자는 유엔 측의 제안에 북한이 수용함으로써 '부상병포로 교환에 관한 협정'에 북한, 중국, 유엔이 합의를 했다. 그에 따라 4월 20일부터 5월 3일까지 쌍방 간에 포로송환이 이루어졌다.

전쟁 발발 이후 처음이다.

이때 송환된 포로숫자는 한국군을 포함한 유엔군이 684명, 북한과 중국군을 포함한 북한 측이 6,670명이었다. 여기에 속하지 못한 안시현, 고수

267

봉, 길승섭, 변구진 등을 포함한 많은 국군포로들이 '탄부'가 되어 여기 아오지로 왔던 것이다.

계속되는 탄부들의 막장 수다.

"사실 6·25전쟁 때 미군이 압록강까지 왔다가 실패한 것은 중국 모택동과 소련 스탈린의 군사방조가 있었기 때문이라오."

"그건 옳은 소리요."

"아! 그 때가 통일의 순간이었는데 아쉽소…"

"그런 절호의 기회는 다시 오기 힘드오."

"허허! 알게 뭐요?~ 일당백의 영웅적 조선인민군이 단숨에 미국놈들을 쳐부수고 남조선을 통일하겠는지?"

"이보시오! 미국이 그렇게 허술한 것 같소?"

"웃자고 한 소리요…"

며칠 후, 그날 2호 갱 안에 있었던 여러 명의 탄부들 중 몇이 보이지 않았다. 훗날 알음알음 알기로 모두 보위부 조사를 받고 어디론가 가족과 함께 사라졌다는 것이다. 항상 노동자들 속에는 그 누군가 몰래 사람들의 대화를 엿듣고 상부에 즉각 보고한다는 소리다.

1976년 8월 18일 판문점.

포악무도한 인민군 병사들이 이날 판문점 공동경비구역 내 UN군 측 제3초소 부근에서 도끼로 미군장교 2명을 살해하고 경비병 9명에게 중경상을 입혔다. 미군 6명과 한국군 5명이 민간노무자 5명과 함께 전방시야를 가리는 미루나무 가지를 제거하는 작업을 하던 중 인민군의 기습공격을 받은 것이다. 세상을 경악시킨 일이다.

일명 '판문점 도끼만행 사건'

전쟁 1보 직전까지 갔었던 이 중대사건 이후로 6·13청년탄광에서 근무하던 수십 명의 탄부들이 온데 간데 소문 없이 사라졌다. 후에 알기로 그동안 직장생활에서 약간의 불만이라도 표출했던 국군포로들을 모두 수용소로 보내졌던 것이다.

만약 한반도에서 제2의 6·25전쟁이 터지면 공화국 내의 국군포로 출신들을 위험한 존재로 보는 노동당이다. '어머니'라 부르는 그 노동당에 자신의 미래도 운명도 다 맡기고 사는 인민들이다.

회고에서 깨어난 안시현이다.

그의 곁에서 동료인 고수봉이 목발을 짚고 함께 걷는다. 젊음을 탄광지 하막장에 고스란히 바치고 노인이 된 두 사람이 온 곳은 어느 공동묘지구역이다. 지역 사람들에게는 '버럭 묘지'로 불린다. 오래전부터 광산서 나오는 아무 쓸모없는 버럭이 쌓여 야산이 되었다. 토질에 영양분이 전혀 없기에 어떤 식물도 자라지 못한다.

넓은 야산 좌우, 아래위로 무덤(봉분)만 가득하다. 어떤 것은 상돌(제사음식 차리는 돌로 된 식탁)이 있어 보이고 또 어떤 것은 묘비도 없고 무덤이 크게 훼손되었다. 대부분이 어지럽고 더럽고 흉물스럽다. 대략 세어보아도 수백 개가 훨씬 넘는다.

넌지시 묻는 고수봉이다.

"안 형! 또 죽은 변 동무 생각을 했소?"

"그렇다네. 조금…"

"정말 수수께끼 아니오?~ 변 동무가 자살을 했다는 것이 나는 믿기 않소. 사람 속은 진짜 알다가도 모르겠소."

"변구진이 똑똑한 사람이지. 아무리 생각해봐도…"

"아니, 그건 무슨 소리요?"

"사람이 자살할 때면 얼마나 독한 마음을 먹었겠소? 아무리 자식과 가족이 없는 홀아비 독신이라고 해도 말이오."

"그건 나도 인정하오."

안시현이 고뇌의 모습이다.

사람들은 일상생활에서 정치 소리를 하되 긍정적인 것, 희망적인 것, 칭찬하는 것만 가능하다. 수령이 위대하고 노동당이 현명하며 사회주의 지상낙원에서 잘 산다고 실컷 자랑해도 된다.

그러나 수령에 대해 부정적인 소리를 조금이라도 하면 안 된다. 김일성-김정일 수령의 혁명역사가 이렇소, 저렇소, 하는 것은 물론이고 아주 사소한 의문을 가져도 안 된다. 그것은 이유여하를 떠나 반당, 반혁명, 반국가분자들의 음흉한 검은 속심이며 누구든 그랬다가는 인민의 무서운 철퇴와 보복을 맞는 것이다.

사람이 제정신을 갖고 살 수 없는 노동당 정치의 공화국이다. 자유의 순간이 전혀 없는 곳이다. 이토록 황당무계하고 잔인하고 무서운 사회에서 자기와 동료인 고수봉이 지금까지 지내왔고 앞으로 언제까지인지는 모르나 계속해서 살아야 하는 것이다.

안시현의 안색이 흐렸다.

"변 동무도 여기 어디 있지 않겠소? 이 버럭 묘지에…"

"그럴 수도 있겠지요."

"우리도 언제인가 여기에 묻히지 않겠소?"

은근히 화가 난 고수봉이 왈.

"아니? 형님! 오늘은 사후 묘 자리 보러 왔소?~ 난 이 시간에 소토지 해야 하오. 하도 형님 성화에 못 이겨 왔소."

"너무 화내지 마오. 고 동무! 건강에 매우 해롭소."

"화 안 내게 됐소? 지금…"

고수봉이 문득 뭔가를 떠오르는 눈치다.

"참!~ 형님. 그나저나 큰 병원에는 가보았소?"

270

"가봤소. 폐암이라고 하오."

"그게 정말이오? 형님! 세상에… 이런 일도 있소?~ 기가 막히오. 하늘도 무심하지. 내 그래서 전번에 뭐라고 했소. 지체하지 말고 하루빨리 큰 병원에 가보라고 하지 않았소?"

"그때 가보나 이번에 가보나 마찬가지요…"

"아니, 그건 또 무슨 소리요?"

"암이야 그때 발견되면 어떻고 지금 발견되면 어떻겠소. 뾰족한 치료 방법도 없는 것이 암치료라고 하지 않소?"

"형님! 운명도 참!~"

"너무 근심 마오. 고 동무! 걱정해줘서 고맙소."

"어휴! 나도 모르겠수다."

안시현이 한숨을 길게 내신다. 얼굴이 점점 시커머지는 그가 어렵게 읍에 있는 군(郡) 병원에서 받은 진단은 '폐암'이다. 놀랍지도 않았다. 수십 년간 지하에서 석탄가루를 마시면서 일했으니 주변에서 동료들이 쉽게 걸리는 병중에 하나이기 때문이다.

암은 현대의학으로 고칠 수 없는 불치병이다. 천하의 그가 누구든 비켜가지 못하는 병이다. 병명에 따라 조금씩 다르지만 생존기간이 3~6개월간인 것도 너무나 잘 아는 대중상식이다.

그저 생전에 저 남녘의 고향땅 남해마을 한 번 밟지 못하고 세상을 하직한다고 생각하니 가슴만 멍멍할 뿐이다. 아들과 며느리에게 답답한 속을 말해보았자 아무런 실익이 없다. 겉으로 동정하겠지만 속으로는 어떤 해결책도 없지 않겠는가. 그냥 자식들에게 마음고생만 시키는 것 같아서 조용히 속으로 삭히는 것이다.

답답하기는 고수봉도 마찬가지다. 남녘의 고향 선산에 있을 부모님 산소라도 한 번 찾아가 불효자식으로 술 한 잔 정히 올리고 싶은 소원도 결국

271

은 살았을 때나 가능하지 않겠는가. 자기도 언제인가는 노환으로 혹은 굶어서 이곳으로 올 사람은 분명하다.

그가 목발을 바닥에 놓고 그 위에 털썩 앉는다.

"안 형! 우리 마음이 답답한들 뭐하겠소?"

"…"

"내놓고 말해 누가 못난 우리 국군포로를 사람으로 보는 데가 있소? 우리는 남조선에서도 버려졌고 여기 북조선에서도 버려졌으니 이곳 아오지 탄광에서 평생 버력 인생을 산 것 아니오?"

"…"

"우리가 40년간 탄광에서 섞어지게 일하고 남은 게 과연 뭐가 있소? 병들고 허약한 몸뿐이오. 거기에 남조선 괴뢰군 출신 '143호'라는 주민등록 꼬리표까지. 그것 때문에 우리 자식들은 평생토록 발전을 못하는 거 아니오? 내 말이 틀리오?~ 형님!"

"…"

안시현은 꿀 먹은 벙어리가 되었다.

아무리 생각을 해봐도 100% 그 이상 맞는 말인데 무엇을 어떻게 변명하겠는가. 자기 같은 국군포로들은 분명히 마구 버려진 버력이다. 여기저기 그 어디에도 아무 쓸모없는 버력. 그 더러운 버력은 대를 이어 자식들이 걸머쥐고 가야 하는 무거운 짐이다. 한 번 쓴 '143호' 감투는 좋든 싫든 종신토록 쓰고 있어야 한다.

멍!~ 멍!~

어디서 나타났는지 사납게 생긴 개 한 마리가 두 사람 앞에 와서 시끄럽게 짓는다. 개도 별로 먹은 것이 없는지 여의어 보인다. 그 개를 물끄러미 쳐다보는 두 노인이다. 어쩌면 이 동네, 저 동네 마구 다니는 개만도 못한 삶을 살은 자기들이 아닌가. 땅속에서 속절없이 지나간 세월, 아까운 청춘이 허무하기만 한 안시현과 고수봉이다.

"당신들은 누구임매?"

파파 늙은 산지기영감이다.

이마에 주름살이 자글자글한 영감의 옷차림은 형편없다. 구부정한 허리 뒤춤에는 방범용 몽둥이가 덜덜 매달려 있다.

"저 아랫동네에 사는 사람들이오."

"그렇소?～ 그런데 여기에 무슨 일로 왔소야?"

"그냥 좀 왔소. 영감님!"

산지기영감이 빙그레 웃는다.

"허허! 요 아랫동네가 아니라 정확히는 나라 끝 아랫동네가 아니오? 맞지오야?～ 내 눈은 못 속이오야. 이래 봬도 내가 여기서 남조선 사람들의 무덤을 많이 봐주고 있슴매."

안시현과 고수봉의 얼굴이 금시 환해진다.

"예. 수고가 많습니다. 영감님!…"

산지기영감이 보기에 이곳에 오는 남조선 출신 사람들, 그러니까 1세대(국군포로 본인)는 분명 자기를 부를 때 꼭 '영감님'으로 존칭한다. 여기 아오지 토박이나 다른 지역의 사람들은 대부분 '영감' 혹은 '아바이'로 부르는 것과 대조적이다.

이곳은 국가는 물론 지역사회나 어디에서도 관리가 안 되는 버려진 공동묘지구역이다. 없애자니 민속전통에 위배되고 관리하자니 애물단지다. 그냥 개인들이 시신을 갖다 묻는 곳이다.

연로보장자(정년퇴직자)인 산지기영감은 수년 전 입에 풀칠이라도 하고 살기 위해 떠돌이로 이곳에 왔다. 혹시라도 조문 오는 상갓집의 남은 음식을 얻어먹고라도 묘지(봉분) 관리를 해주는 것이 그나마도 목숨을 이어가는 길이기에 눌러 앉았다.

고수봉이 눈살을 찌푸리며 말한다.

"영감님! 여기 무덤은 대략 몇 개나 됩니까?"

"글쎄요. 세어보지는 못했지만 약 4천 개 이상은 됨매."

두 사람의 크게 놀라는 모습.

"뭐! 고것 가지고 놀람매?~ 저 산 넘어가면 이보다 큰 거 2개나 더 있습매. 그곳도 이런 버럭 공동묘지이재오."

"예에? 그게 정말입니까?"

"허허! 내가 없는 소리 하겠습매?~ 그것도 고인이 된 사람들 앞에서… 그랬다가는 내가 제 명에 다 못살지 않겠소야?"

안시현은 정신이 멍하다.

마치 누구한데 뺨을 그것도 쎄게 한 대 얻어맞은 기분이다. 4천여 개의 무덤이 있는 이런 공동묘지가 3개이면 그 안에 모두 1만여 개의 무덤이 있다는 소리다. 탄광에서 아무리 사고가 자주 발생해도 그렇게까지 많은 인원이 죽었단 말인가.

하기야 죽은 사람들이 어디 탄광뿐이겠는가.

광산, 건설장, 농촌, 간석지, 철도공사장 등지서 자기들처럼 노역으로 한생을 보낸 억울한 이들이 좀 적었겠는가. 산불, 홍수, 화재 등 경제적 재해로 빚어지는 사고는 또 얼마나 많겠는가.

또한 많은 사람들이 일상서 정치적 발언(수령, 정부 비판)을 하여 수용소에 끌려가 쥐도 새도 모르게 죽었지 않았을까? 그리고 얼마 전 유명을 달리한 변구진처럼 이 사회에 대한 저주의 한을 품고 조용히 자살하는 사람도 적지 않을 것이다.

산지기영감이 들려주는 이야기.

언젠가 어떤 유족이 깊은 밤에 이곳 공동묘지로 와서 남 몰래 제사를 하면서 한탄 섞인 푸념을 늘어놓았다. 남조선 괴뢰군 출신인 남편이 70년대 후반 어느 해 망년회 술자리서 있었던 일이다.

취기가 오른 군군포로들의 수다.

"그나저나 세계 강대국 미국이 남조선에서 밤낮 군사훈련을 하면서 왜 북조선 앞에서 쩔쩔 매는지 모르겠소?"

"수령님이 강철의 영장이어서 그러지 않겠소."

"허허!~ 좀 웃기는 소리 마소."

"소문에 의하면 북조선이 수소폭탄을 가졌다고 하오."

"그건 또 무슨 무기요?"

"정확히는 모르겠으나 대기권을 포함해 특정 지역에 발포하면 공기가 없어지기에 생명체는 전부 즉사한다오. 이것은 군사과학이 발전했다는 러시아도 부러워하는 기술이라고 하오."

"세상에 그런 무기도 있소?"

"친애하는 지도자 김정일 동지의 발기로 국방과학원에서 만들었다오. 그래서 미군이 북조선 앞에 벌벌 긴다고 하오."

"거참!~ 무슨 소리인지 모르겠소."

주변은 수소폭탄 소리에 다소 조용해졌다.

왜 안 그러겠는가. 생명은 한 번뿐이다. 여기 북방의 탄전에 와서 '종신탄부'로 한생을 보내고 있는 불운의 국군포로들이다. 눈뜨나 감기나 오매불망 가고 싶은 남녘의 고향땅이 아닌가. 살아서 못가면 죽어서라도 가서 그 땅에 묻히고 싶은 마음이다.

만약 상상만 해도 끔찍한 수소폭탄이 현실에 있다면 그것은 고향과 기다리는 가족, 부모형제, 찬란한 미래도 꿈도 전부 없어지는 것이다. 그걸 바라는 사람이 세상에 있을까. 죽음 앞에는 남이고 북이고 이념이고 세대고 뭐고 아무것도 없다.

누가 혀꼬부라지는 소리로 "자! 노래나 하기요" 했는데 다른 누가 "오늘의 이 행복을 그 누가 주었나 / 노동당이 주었네 수상님이 주셨네"라는 〈오직 한마음〉을 선창한다.

> 김일성 원수님이 이끄시는 길을 따라
> 목숨도 바쳐가리 오직 한마음

순간! 어디서 "그만해~!"라는 소리가 났다.

"옳소. 정 부르고 싶으면 동무 집에 가서 온 식구가 실컷 부르던지… 수령님 은덕으로 아오지에 와서 잘 산다고 말이오."

"맞소. 그 말 한마디는 잘했소."

"제가 좋으면 남들도 좋은가 하오? 허참!~"

"우리는 수령님의 은덕이 아니었다면 고향 남조선으로 가서 부모형제들과 열심히 일하면서 살았을 것이오."

"그거 무슨 비혁명적인 소리를 하오?~ 계급성이 없이…"

"시끄럽소. 조용들 하시오."

어느 주객이 자리서 벌떡 일어나더니 "별꼴 다 있소. 이거야 어디 술맛 떨어져서 앉아 있겠소?" 하자 또 다른 주객이 "뭘 그러오? 그냥 그러려니 하고 들으면 되지. 뺄을 써보았자 동무만 손해란 말이오" 하며 적극 만류했다. 다른 누가 "사람의 귀가 왜 2개인 줄 아오? 한 귀로 듣고 한 귀로 내보내라는 소리요. 안 그렇소?" 한다.

탄부들이 저마다 서로 다른 소리를 하였다.

인민들의 행복을 노동당과 수령이 준 것이 맞는다는 이들도 있고 반대로 그건 아니라고 주장하는 이들도 있다. 인민들에게 고통과 불행만을 안

276

겨주는 노동당이란다. 다소 신기한 일이다. 똑같이 고향이 남조선 출신의 탄부들인데 어떤 사안에 대한 견해는 판이하게 다르니 말이다. 그들도 일반 주민들처럼 노동당의 학습, 강연, 총화 등을 열심히 받는다. 결국은 그들도 '당과 수령에게 충실한 인민'이 된 것이다.

계속 되는 탄부들의 취중 수다.

"그래도 목구멍에 살살 넘어가는 요놈의 술이 인생의 낙이오. 안 그렇소? 아! 살아서 고향 땅은 밟아나 보겠는지. 원!"

"그러게 말이오. 동감이오."

"또! 또!~ 꿈같은 소리. 그 입이 안 아프오?"

"입도 마음도 다 아프오. 그렇지만 당의 지시에 따라 항일투사들 정신으로 잘 견디어내고 있는 중이오."

"그거 대단히 충성의 혁명적이구먼!~"

"혁명은 무슨 얼어죽을…"

"죽어도 묻히고 싶은 고향이건만. 언제나 귀향길을 애타게 그려보건만… 휴!~ 누가 고향 노래 좀 불러보소."

사랑을 팔고 사는 꽃바람 속에
너 혼자 지키려는 순정의 등불

누군가가 조용히 부르는 노래다.

그래 이거지. 오래전부터 많은 사람들이 애창하던 민족의 가요 〈홍도야 울지 마라〉다. 연인의 애틋한 사랑과 그리움의 심정을 구성지게 표현한 명곡이다. 고달픈 인생을 사는 서민들이 한탄과 술김에 부르던 애창곡이다. 생활의 한 부분 좋고 나쁠 때도 사람의 감성은 분명 존재하며 노래가 그것을 표현하는 방법 중에 하나이다.

그렇게 송년회를 보냈던 남조선 출신 사람들은 정말로 그해가 인생송년이 되었다고 한다. 다음날 새벽에 거의 모두가 안전부에 실려 간 이후로는 감감 무소식이었다. 이후로 사람들은 송년회에서 가급적이면 술을 적게 마시는 경향이 나타났다.

이야기를 마친 산지기영감.

안시현이 말한다.

"영감님! 이곳에 묻힌 사람 중 남조선 사람들은 대략 얼마나 됩니까? 아무래도 우리보다는 영감님이 더 잘 알 것 아닙니까?"

"약 80%가 남조선 사람들임매!"

"예에? 그렇습니까?!~"

"추석 산소에 오는 사람들 열 집 당 여덟 집이 남조선 출신 가족이오야. 그들은 아마 속에 재가 앉았을 거외다. 말 못하는 짐승도 제 살던 곳에서 죽는다는데… 하물며 사람은 더하지 않겠슴매?"

"예에!~"

"저 무덤에 누운 송장들도 분명 사람이었겠는데… 누군가에게는 아들, 형님, 동생이 되고 또 누군가에게는 다정한 이웃이었겠는데 말임다. 불우한 운명들이라고 봐야 하겠지비. 전쟁이 빚어낸 민족의 아픔이고 흉상이재오. 휴!~ 그저 마음만 심난할 뿐임매."

두 사람이 한마디씩 한다.

"영감님! 좋은 말씀해주셔서 정말 고맙습니다."

"우리도 언제가 여기에 올 것입니다."

"짐작했지비. 허나 모름매. 내가 먼저 무덤에 들어갈지. 그냥 배고프고 입이 무서운 세상을 사는 사람들이 불쌍하재오."

"…"

"어쩌겠소. 안 된 일은 조상 탓이라고 보면 속이 편함매. 내가 이 나이 되도록 산지기를 해보니 말이오야."

두 사람이 산지기영감과 작별했다.

무거운 발걸음을 힘겹게 내딛는 안시현과 고수봉이다. 40여 년 전 고향을 떠난 자신들이 제집으로 돌아가는 날은 과연 언제일까. 생전 그런 날은 오기나 할까. 사랑하는 가족이 기다리는 고향집으로 줄달음치는 마음은 변함이 없다. 그 안타까운 심정은 수십 년간 재가 되어 가슴에 남았고 이제는 그것마저도 지겨울 정도다.

묘지구역을 벗어난 둘은 멍하니 서서 하늘을 쳐다본다. 저 푸른 하늘 아래 있는 한민족이건만 왜 이렇게 판이한 세상일까.

자기들이 평생 이 아오지 탄광마을서 버럭 인생을 살았던 것을 저 하늘 아래 고향 사람들은 과연 알기나 할까.

자신들의 육신이 있는 곳은 '영광스러운 조선민주주의인민공화국'이다. 자칭 인민의 나라이다. 눈앞의 광경을 보듯이 사람이 죽으면 겨우 버럭 야산에 묘비도 없이 묻힌다. 그야말로 개보다 못한 존재들이 바로 국군포로 출신의 사람들, 아오지 버럭이다.

안시현이 말한다.

"그나저나 멀리 시집간 설란이는 잘 사오?"

"모르겠소. 그런 것 같지 않소."

부부싸움 끝에

고설란이 집안의 책상을 마주했다.

그가 하얀 종이 위에 글을 쓴다.

복화야! 어쩌다보니 너에게 답장편지 쓸 시간도 여의치 않구나. 내 뱃속의 아기는 무럭무럭 잘 크고 있단다. 부대 군의동지가 아들이라고 하더라. 나도 빨리 해산(출산)하면 좋겠다. 어떤 날은 남편이 부대로 출근하고 온종일 멍하니 혼자 있을 때면 너무나 외롭기도 하다.

그렇다고 한가한 것도 아니다. 부대 가족부에서 수시로 내려오는 여러 과제물 수행이 여간 만만치 않다. 부업지 노력동원, 돼지 기르기, 충성의 노래모임, 부대 연구실 청소 등.

군관가족의 생활이 항간에서 사회 사람들이 보기에 좋아보일지 몰라도 사실은 전혀 그렇지 않다. 절반의 군인인 우리 군관아내들은 부대 참모부 소속 가족소대에 망라되어 남편들의 군사임무 수행과정에 도움이 될 만한 다양한 사업들을 적극 방조해야 한다.

창피스런 말이지만 상급부대 후방부에서는 군관 본인의 몫으로만 식량을 공급해주고 아내와 자식들의 몫은 전혀 공급이 없다. 하급부대에서 자체로 해결하라는 것이다.

그러니 우리 군관아내들이 서로 의기투합하여 소토지를 만들어 거기에 감자, 옥수수 등을 심어 식량에 보태기도 한다. 군부대가 관할하는 토지를 그나마 쉽게 사용할 수 있는데 이것이 사회 사람들보다 낫다면 나은 것이다. 간장, 된장, 기름(식용유), 소금 등 부식물 공급은 몇 주에 혹은 한 달에한 번씩 겨우 받을 정도이다.

어떤 때는 내 아이가 태어나면 입이 하나 더 생기겠으니 솔직히 걱정이다. 어쩌겠냐? 내 운명이라고 생각한다.

마음속 깊이서 나오는 소리다.

어딘가 꼭 하고 싶은 하소연이 분명하다. 고설란이 여기 전연부대 군관 전충혁에게 시집온 것은 다소 이상적 꿈에서다.

멋진 군관의 아내로 신분을 바꾸는 것! 그리고 분명 살아야 하는 삶이었다. 나라를 지키는 군대는 식량이며 부식물, 생필품 등을 충분하지는 않아도 최소한 걱정하지 않을 거라 생각했다.

그것도 인민군대서 가장 위험하고 비중 높은 지역인 전연지대 군인들이 아닌가. 후방이나 해안에 비해 적진지가 코앞에 있는 특수성으로 항상 군인들에 대한 사상정신이 우선이겠지만 그에 못지않게 후방(물자) 공급도 중요하지 않겠는가.

언젠가 인민군 최고사령관인 김정일이 군부대 현지시찰을 나왔다가 "인민군 부대에서 콩을 많이 심어 군인들에게 콩 음식을 많이 먹여라!"고 지시했다. 하여 모든 일선부대들에서 그간 다른 작물을 심던 부업지에 몽땅 콩을 심어 재배한 적도 있었다. 부대 산하 부업지의 농작물 관리는 전부 군인들이 근무시간 외에 하는 것이다. 일손이 모자라면 군관가족 아낙네들이 동원되기도 하는 것이 일반적이다.

식량은 통옥수수, 안남미, 감자, 밀가루 등으로 상급부대에서 공급을 하나 불규칙적으로 조금 들어오면 군관들이 이런저런 명목으로 갈취하기 보통이다. 그것이 잘못되었다고 신중한 생각이 들지만 누구도 그에 대한 이의를 정정당당히 제기하는 사람이 없다.

사회적인 풍토가 그렇다.

계속 쓰는 고설란의 펜 글.

사랑하는 친구 복화야! 이건 어디 가서 말하지 말고 너 혼자만 알고 있어라. 며칠 전 우리 가족소대 군관아내들은 연대 정치지도원 동지와 함께 상급부대인 사단 군의소를 방문했다. 수개월째 영양실조에 걸린 병사들을 위문하기 위해서이다. 그런데 우리가 손에 겨우 들고 간 것은 고작 각 가정에서 조금씩 쌀을 걷어 쑤어간 흰 쌀죽뿐이다.

군의소에는 각 하급부대에서 선별되어 온 50여 명의 '영실 군인'(영양실조에 걸린 군인병사)들이 있었다. 담당 간호원들한데 듣기로 허약한 이들에게는 하루 한 번 영양주사를 놓아주는 것과 하루 세 끼 옥수수 죽이 배급되는 것이 전부라고 하더라.

암만해봐도 영실 군인들은 회복 가능성이 희박해 보이더라. 20대 젊은 청년들이 옥수수 죽이나 먹고 영양이 회복되겠냐?

우리와 동행한 정치지도원 동지는 소형녹음기를 들고 갔다. 그 안에는 〈우리를 보라!〉, 〈친근한 이름〉 등 김정일 장군님 충성가요가 들어 있는데 정치지도원은 "이 노래를 들으면서 정신적으로 쓰러지지 말라! 우리의 고생은 일시적이며 반드시 끝난다"고 하더라.

어떤 환자실에 들어가서는 깜짝 놀랐다. 글쎄 벽에는 "미제침략자들을 소멸하라!" "남조선 괴뢰들을 천백배로 복수하자!"는 글귀가 벽에 붉은 피로 씌어져 있더라. 영실 군인들이 마지막 혼신의 힘을 다해 써놓은 유서라고 한다. 그걸 보면서 생각이 많아지더라. 진짜 남조선 사람들이 우리를 이렇게 피 말려 죽이려고 발악하는지.

정말이지 내 아버지의 고향, 남녘땅 사람들이 그렇게 잔인한 야만들인지? 피도 눈물도 없이. 아니면 거짓말인지?

고설란이 펜을 놓는다.

그녀가 살며시 눈을 감는다. 언제인가 부대 안으로 검은 풍막이 쳐진 2.5t 화물차(트럭) 4대가 들어왔다. 후방창고 앞에 멈춘 트럭에서 군인들이 뭔가를 열심히 하역작업을 하고 있었다. 주변에서 청소 일을 하던 고설란이 눈을 크게 뜨고 곁눈질해 보았다.

'대한민국 적십자사'라는 선명한 글귀가 적힌 커다란 마대자루를 군인들이 어깨에 메고 부지런히 창고 안으로 들어가는 것이다. 난생 처음 보는 글귀이니 왠지 놀랐다.

'대한민국'··· 언제인가 아버지 고수봉한테서 "남조선 정부의 공식국호가 대한민국이다"는 소리를 들은 적이 있었다. 그러면 남조선에서 보내온 쌀이 아닌가. 헐벗고 굶주린다는 남조선에서···

그녀가 아버지한데 가끔 들은 소리에 의하면 남조선 사람들이 인심도 후하다고 했다. 특히 인천 지역 사람들은 곡창지대인 황해도와 가까이 있고 바닷가 고장이라는 특성으로 인해 시민들과 부두 인부들의 씀씀이가 크다고 하였다. 아버지 고향 사람들이···

뒤돌아선 고설란이 살짝 고민에 빠졌다.

남조선에서 왜 공화국 인민군대에게 쌀을 주지? 엄밀히 말해 저들에게 총을 겨눈 무장집단인데··· 적군에게 총알이 아닌 쌀을 준다는 게 말이 되는가. 혹시 쌀에 무슨 독약이라도 들지 않았을까? 아니면 쌀을 받고 남조선을 조준한 총부리를 내려놓으라는 뜻인가? 여하튼 뭐가 뭔지 잘 모르겠다. 이런 궁금증은 훗날 풀렸다.

다름 아닌 연대 정치지도원의 강연서다.

그는 군인과 가족들이 모인 강당서 이렇게 말했다.

"지금 온 나라가 경애하는 김정일 장군님 두리에 굳게 뭉쳐 역사에 일찍이 있어보지 못한 최악의 경제적 시련인 '고난의 행군'을 진행하고 있습니다. 미제국주의자들과 그 앞잡이들이 우리의 제도를 경제제재로 말살해보려고 피 눈이 되어 날뛰고 있습니다."

"…"

"바로 이러한 때 우리 인민들을 적극 지지하고 응원하는 남조선인민들이 정성 어린 쌀을 보내어 왔습니다. 위대한 장군님께서는 그 쌀을 신성한 우리 조국의 영토를 금성철벽으로 지키는 군인동무들이 정말 고생이 많다면서 제일 선참으로 돌려주시는 크나큰 사랑을 베풀어주셨습니다. 하늘같은 이 은혜 정말 감사합니다."

"…"

"우리는 경애하는 최고사령관 김정일 동지의 신임과 배려를 항상 받는 일당백 병사들입니다. 미제와 그 앞잡이들은 호심탐탐 우리를 노리고 있으나 우리는 절대 수수방관하지 않을 것입니다."

고설란이 고개를 갸우뚱한다.

무슨 소리인지 통 모르겠다는 뜻이다.

남조선 인민들이 보내준 쌀이면 인민들에게 나눠줘야 정상이 아닌가. 인민들은 배가 불러서 쌀이 필요 없는가? 오히려 군인들은 적든 많든 나라서 주는 식량이라도 있어 그런대로 버티기라도 하지 않는가. 거기에 비하면 사회현실은 어떠한가. 한 달에 단 하루 이틀 분의 식량배급도 전혀 없어 굶어죽기 쉬운 생지옥이다.

군관가족의 생활수준도 말이 아니다. 정치군관, 보위군관 가족은 하급 간부들로부터 뇌물을 받아먹기에 그나마도 괜찮은 편이다. 직무권력을 톡톡히 누리는 것이다. 그러나 자기와 같은 일반 행정 군관의 가족은 정말 하루 한 끼는 옥수수죽을 먹는 형편이다.

처음부터 끝까지 자력갱생이다.

이런 고난의 행군시기에 상부에 뭐가 힘들다고 손을 내미는 것은 비양심적이고 비혁명적인 태도이다. 당국이 빤히 어려운 것을 알면서도 국가에 무엇을 달라고 손을 내미는 것은 당에 대한 충실성이 부족한 것에서부터 나온다고 비판한다.

삐그덕!~ 현관문이 열린다.

퇴근으로 집에 들어서는 전충혁의 얼굴에 분노가 서렸다. 여느 때에는 전혀 볼 수 없었던 모습이다. 무슨 일일까? 그는 오늘 연대정치부에 올라가서 깜짝 놀랄 만한 일을 당했다. 연대정치지도원이 아래 부서에서 올라온 자료에 의하면 전충혁이 속한 부대서 식량도난 사고가 발생했다. '대한민국 적십자사' 쌀 몇 포대이다.

경무부(헌병)의 수사 결과 전충혁 소속 중대 사관장의 고의적인 범행이었다. 제대를 3개월 앞둔 사관장이 쌀 몇 포대를 몰래 시장에 내다 팔아 돈을 장만했던 것이다. 그 돈으로 제대하여 집에 가서 결혼할 때 갖추는 가전제품과 가구를 준비할 목적에서이다.

그런데 사관장을 엄중히 취조하던 과정에 그가 부중대장 전충혁의 집으로 쌀 2배낭을 은밀히 날랐다는 혐의도 나왔다. 물론 전충혁이 모르게 한 짓이지만 분명히 아내 고설란이 그 쌀을 받았다는 것이다. 도둑질한 군대 식량을 받아준 죄과도 만만치 않다.

가뜩이나 남조선군대 출신인 장인의 신분 때문에 기죽었던 전충혁이 엎친 데 덮친 격이 되었고 속이 부글부글 끓을 정도이다.

전충혁이 눈매가 무섭다.

"야! 너! 사관장에게서 쌀 2배낭 받았어?"

헉! 이게 무슨 소리인가. 항상 '여보!' '당신' 하던 남편이 지금 자기 더러 '야' '너' 한다. 결혼해서 처음 들어보는 소리다.

"왜?~ 그 주둥아리가 붙었어?…"

이건 뭐지? 자기 아가리에서 나오는 쌍말은 뭐고 제 아내의 입을 '주둥아리'라고 하는 이 사람은 미치지 않았는가.

"이 쌍년아!~ 어서 말해봐!"

아니? 뭐라고 '쌍년'… 허참!~ 기가 막혀서. 태어나 처음 듣는 말이다. 그것도 다른 사람도 아닌 남편에게서.

천길 물속은 알아도 한길 사람의 속을 모른다고 결혼하여 한 집에서 사는 남편이 이렇게 한순간에, 그것도 더러운 쌍말쟁이로 변했으니 고설란은 심장이 쿵쿵 뛴다. 이게 웬 한 밤중의 날벼락인가. 내가 나도 모르게 무슨 죄라도 지었단 말인가.

대체 어디서 무슨 일이 생겼는가. 얼마 전 사관장(특무상사)이 자기 혼자 있는 집으로 찾아왔다. 제대를 몇 달 앞둔 그가 남몰래 쌀 2배낭을 맡긴 것도 사실이다. 충분한 설명을 들었고 그것이 다소 이해가 가서 받았던 것이다. 그게 문제라도 되었다는 소리인가.

"받았다. 어쨌다는 검매?"

"이것 봐라!~ 어따 대고 반말이야? 그것도 남편에게…"

"그러는 당신의 말은 지금 곱습까?"

"허허! 이 년이…" 하며 잔뜩 화가 난 전충혁이 고설란의 따귀를 치려고 한다. 순간 무슨 생각이 났는지 손을 겨우 내린다.

"어째?~ 남조선 쌀 받으면 안 됨까?"

"뭣이 어쩌구 어째? 이 개년아!"

"당신 아무리 밸이 나도 말은 조심하오야. 제 아내에게 개년 쌍년, … 하는 것이 조선인민군 군관의 언어예절임까?"

전충혁이 비웃는 표정이다.

286

"맞슴다. 얼마 전 사관장 아저씨 한데서 쌀 2배낭을 받았슴다. 하나는 자기가 배고플 때 와서 먹는 용도이고 다른 하나는 그 대가라고 했슴다. 그 쌀을 받아 내가 먹은 줄 암까?"

"…"

"대대서 영양실조 군인들에게 죽을 써내오라고 할 때마다 조금씩 사용했슴다. 당신 부대서 들여오는 식량은 없고, 부대서는 무조건 가족에게 죽을 바치는 분공을 내려 먹이니 어쩌겠슴까?"

"…"

"군관 가족은 장마당에 나가 장사도 할 수 없고, 가능한 것은 부업지 농사뿐인데 거기서는 겨우 남새(야채)나 나올 정도이고… 양과 염소도 아니고 어떻게 사람이 일년 내내 풀만 먹고 삼까? 기본적인 식량을 먹어야 살수 있는 사람이 아님까?"

입이 잠시 다물어진 전충혁.

"그리고 당신이 집에 와서 먹는 밥은 뭐, 하늘에서 떨어진 쌀로 지었슴까? 다 사관장 아저씨가 가져다 준 쌀로 해준 검다. 나는 죽을 먹으면서 당신은 그래도 세대주이니 밥을 드린 검다."

"…"

"부대 정치지도원 동지가 그랬슴까? 미제의 식민지 남조선 쌀을 받은 것은 반동이라고… 쌀에 무슨 사상이 있슴까. 배고픈 사람이 밥을 먹어야 하는 것 아님까. 남조선 쌀이면 어떻고 북조선 쌀이면 어떻고 사람이 밥을 먹고 살면 되는 것 아님까?"

사뭇 기세등등한 고설란이다.

그동안 마음에 쌓였던 원한을 풀어놓는다.

그녀가 주부지만 군관의 아내이기에 부대의 정치일꾼으로부터 통제를 받는 사람으로서 정신적 피곤함이 있다.

부대 지휘관들이나 사회의 사람들이 말끝마다 혁명의 원쑤들인 남조선 당국이요, 괴뢰군집단이요, 하면서 정작 그 남조선에서 올라온 쌀도 없어서 못 먹으면서 왜 자꾸 남조선을 타도하자고 하는지 모르겠다는 것이다. 겉과 속이 너무나 다르다.

그렇게 가증스러운 미제와 그 앞잡이들인 남조선 당국이 나쁘다고 하면서, 언젠가는 반드시 소멸해야 한다면서 정작 인민들이 이용하는 장마당에서는 남조선의 쌀이며 전기밥솥, 화장품 등 생활용품은 왜 다들 그렇게 좋아하는지 알 수 없는 수수께끼라고 한다.

궁금한 것은 너무 많다.

자기가 알은 소식에 의하면 언제인가 남조선에서 정주영 자본가가 몰고 온 소 1,000마리 중 일부는 평양의 중앙당간부들을 위한 선물용 소고기로 사용했다는 것이다. 그때 같이 올라온 화물자동차는 모두 군사기지 건설장에서 사용되고 있다고 한다. 현실적으로 이렇게 쌀이며 소, 자동차 등 남조선 당국이 보내주는 것은 노동당이 잘 받으면서 왜 백성들보고 못살게 구는지 도무지 이해가 안 간다는 것이다.

이어지는 고설란의 하소연.

"부대 쌀도 그렇지. 간부들이 중간에서 몇 포대씩 빼돌리니 실제로 하전사들의 식탁에는 겨우 죽 그릇만 오르지 않습까?"

"…"

"지휘관들이 전사들을 친자식처럼 대하라고 강연에서 말하고 실제는 자기 이속부터 챙기니 잘못된 것 아닙까?"

"닥쳐!～ 그만해!"

전충혁이 고함을 지른다.

"이 무식한 년아! 남조선은 경제적으로 우리보다 앞섰어도 미제의 식민지고 미국은 조선인민의 철천지 원쑤라고… 미제와 남조선이 노리는 것이 바로 우리의 사회주의체제 전복이라고."

"…"

"우리는 남조선 경제제품은 사용해도 그에 유혹되면 안 돼. 만약 그러면 종당에 사상적으로 변절이 되어 혁명을 배신하는 반동이 되고 반역자가 되는 거야… 그러기에 당에서 우리 군인들과 가족들에게 꾸준한 사상교육을 시키는 것이고."

"…"

"사람이 물질을 갖고 풍족하게 살면 뭐하냐고? 제정신이 아닌 동물적인 사고방식으로 사는데… 돈과 물질에 향유자가 되는 그런 인간은 우리는 증오하며 기어이 쓸어버릴 것이라고."

정치사상 교육을 방불케 한다.

전충혁이 지금 도도하게 내뱉는 말은 군관학교에서 배운 내용이다. 자본주의 남조선보다 위대한 수령과 영광스러운 조선노동당을 가진 사회주의 북조선이 월등히 낫다는 소리이다. 주체사상의 본질대로 사람이 우선이고 수령이 최고라는 논리이다.

분단 50년 역사에 남조선의 훌륭한 대통령이 한 명도 없었고 북조선에는 두 분의 위대한 수령이 대를 이어서 사회주의 사회를 이끈다는 것이다. 이것은 세계가 부러워하는 현실이다.

수령의 독재정권인 노동당은 2천만 인민 앞에서 어떻게든 남조선을 내리 깎아야 하는데 북조선보다 월등하게 앞선 경제·문화·과학·군사부문 등은 어쩔 수 없고 다른 부문을 집중적으로 공격하는 것이 바로 정치와 사상(정신) 부문 등이다.

사실 남조선의 신문과 방송을 접할 수 있어 확인하면 제일 간단하겠는데 그것이 전혀 불가능하다. 남조선의 어떤 언론매체도 함부로 접했다가는 정치범수용소에 가야 하는 공화국의 2천만 인민이다. 100만 인민군인을 포함해서. 모두가 청맹과니이다.

계속하는 전충혁의 말.

"그리고 군대에서 지휘관이 없으면 전사들 존재가 무의미하고. 전쟁에서 전사는 무조건 상관에게 복종해야 하고."

"…"

"네가 군대를 알면 얼마나 안다고 부대 일이 이렇소, 저렇소 하며 지껄이는 거야. 군관가족 경력이 겨우 몇 달도 안 되는 네년이… 다른 여자들은 너만 못해서 가만 있는 줄 아냐? 이 개머저라!"

"…"

"너보다 나이며 군관가족 생활도 선배인 그들보다 네가 잘나고 똑똑하다는 거야? 그런 거야?~ 이년아!"

고설란은 이해가 안 간다.

자기의 생각은 정치사상적인 것보다는 민생, 그 자체를 고민한다. 사회생명체인 사람은 숨 쉬며 살려면 꼭 밥을 먹어야 하는 존재가 아닌가. 밥보다 사상이 먼저라는 남편이다.

사회주의 국가는 정부가 주민에게 식량배급을 주는 것이 원칙이다. 지금처럼 식량배급을 못주면 사유재산을 인정하고 장사를 하도록 허가해야 한다. 그러나 그건 안 된다고 하는 노동당정책이 아닌가. 개인주의, 물품장사, 자유이동 등은 자본주의 세계의 생활방식이기에 그것을 받아들였다가는 사회주의에 독이 된다는 입장이다.

정말 코 막고 답답한 소리이다.

빤한 이치인데 노동당이 체제유지를 위해 인민들의 배고픔을 애써 외면하고 있다. 어딘가 잘못되어도 한참 잘못되었다.

고설란의 눈에서 눈물이 흐른다.

"야! 이년아. 네가 서푼짜리 눈물을 보인다고 내가 뭐 동정할 줄 아냐?

연극 좀 그만해. 누가 예술선전대원 아니랄까봐?"

"…"

"재수 없어! 퉤!∼ 이 더러운 년하고 결혼한 내가 시라소니, 미물, 머저리지. 이 남조선 괴뢰군 포로병 놈의 딸아!"

뭐, 뭐라고? 괴뢰군 포로병?!

이건 또 무슨 뚱딴지 같은 소린가?

자기 아버지 소리가 이 자리서 왜 나오는가. 대체 무엇 때문에… 도저히 참을 수 없는 고설란. 아버지가 남조선 출신인 것이 제 탓인가? 세상에 태어나보니 그렇게 된 것 아닌가. 자식이 부모를 선택해서 만나지 않는 것은 인류사 불변의 법칙이다.

허나 새나 세상에 자기를 낳아 애지중지 키워준 부모님이다. 남조선 국군포로 출신의 이력 때문에 사회생활에서 기를 못 펴는 자기를 항상 미안하게 생각하시는 아버지가 아닌가. 고생 속에 살아오셨고 현재는 연로하여 집에서 쉬고 있는 사랑하는 부모님이다.

지금 남편이 생판 모를 남보다 더 무서운 원수로 돌변하여 미친 정신병자마냥 궤변과 욕설을 마구 늘어놓는다.

"우리 아부지 건드리지 마시오야."

"뭐? 뭐라고… 우리 아부지? 그 괴뢰군 포로병!"

"당신 아부지 귀중하듯 나도 내 아부지가 너무 귀중함다…"

"야야!∼ 내 아부지와 네 아부지가 같으냐?"

전충혁이 눈에서 불이 인다.

"자! 이년아!… 네 애비 덕에 내가 받은 영광이다."

그가 가방에서 종잇장을 꺼내 보인다.

〈제대명령서〉

지금까지 전충혁이 다른 날과 달리 오늘은 귀가해서부터 매우 폭언·폭

291

력적으로 나온 이유가 바로 이때문인 것이다. 그는 오늘 연대정치부에 가서 정치지도원으로부터 이 제대명령서를 받았다. 군복을 입고 연대장까지 해보고 싶은 욕망은 장인의 이력 때문에 불발되었는데 그것까지도 이해하고 살려고 했던 것이다.

정치지도원의 조언대로 열심히 하면 현재 직급에서 더 승진이 안 되더라도 큰 문제없이 군사복무를 하리라 생각했었다.

그러나 자기 부하인 사관장의 범행문제가 겹치면서 결국은 부대 당위원회 결정으로 해임제대된 것이었다. 결혼은 행복과 불행의 시작이라더니 진짜 그렇게 되었다. 고설란을 만나 행복한 순간은 아오지 마을 냇가 둥근 달 아래서 달콤한 이야기를 나누던 그때가 시작이고 끝이었다. 사람의 운명이 이렇게 한 치 앞도 모를 수 있단 말인가.

고설란은 한숨만 나온다.

군관의 아내도 정확히 오늘까지다.

아!~ 꼬이는 이 운명! 순간 6·13청년탄광의 선전대장 황호재가 정말 미웠다. 이런 사람인 줄 알았다면 애당초 결혼도 안 했겠는데 말이다. 그냥 탄광에서 노처녀로 살면 살았지 이 외진 전연 산골 마을에 들어와 이렇게 파국을 맞게 될 줄은 어찌 알았는가.

지나간 나날이 잠시 꿈을 꾸었던 것 같다. 아오지 마을 냇가에서 다정히 나누었던 그 시간이 결국은 진심이 아니었던가. 그저 욕정으로 위장했던 한갓 연극이었던가. 이제는 모든 것이 귀찮다. 군관의 아내면 뭐하고 탄광의 안까이면 뭐하나. 사람이 짧게 살아도 보람 있고 미래를 그리면서 사는 것이 행복이 아니겠는가.

도무지 이상적인 생활의 맛은 없었고 이제는 더욱 그럴 것이다. 이렇게 살 바에야 차라리 안 사는 것도 낫지 않을까.

전충혁이 노발대발한다.

"이제는 알겠냐? 내가 뱃이 불어난 이유?"

"그래서 문제는 우리 아부지 때문이라는 겁까?"

"그럼 누구 때문인데?…"

"허참!~ 어처구니없네. 별꼴 다 봄다."

"뭐야? 너 지금 코웃음 쳤어?"

"쳤슴다. 어째? 내가 도대체 뭘 잘못했슴까?"

극도로 악에 바친 전충혁이 아내의 따귀를 후려친다. 눈에서 불이 번쩍 일어난 고설란이다. 세상에 이런 괴상망측한 일도 있는가. 뱃속에 있는 아기 앞에서 자기가 남편에게서 귀뺨을 맞았다. 외동딸로 자라면서 지금까지 단 한 번도 맞아보지 못했던 매다.

정말 인생 막장에 왔다.

이건 폭도인지? 괴물인지? 분간이 안 간다. 함께 살기는 고사하고 마주하고 싶지 않은 극악한 추물로 역겹기 그지없다.

이 순간은 진짜 지옥이다.

부대서 영양실조에 걸려 죽는 군인들에게나 맞을 법한 '지옥'이 지금 자기 집안에 펼쳐졌다. 초췌한 영실 군인들이 운명의 순간 병실 벽에 "미제 타도! 남조선 타도!"의 글을 왜 쓰는가. 정신교육이 잘돼서이다. 누가 봐도 비정상의 현실이다.

그러나 그것이 또한 정상이다.

만약에 노동당 저주, 공화국 정부 규탄 생각을 가진 일부 군인들도 있을 것이다. 가령 그들이 벽에다가 붉은 피로 "김정일 타도! 노동당 반대!"라고 썼으면 어떤 현상이 일어날까. 본인은 물론 온 가족 친인척이 연고죄로 정치범이 되어 평생토록 감옥에 가야 한다.

이는 부대 정치일꾼들이 평시 군인들을 상대로 강제로 시키는 학습, 강연, 총화 등의 결과다. 죽을 때까지 의무적으로 하는 이런 정치행위들이 결국은 모든 사람을 완벽한 정신병자로 만들었다. 부대에서나 가정에서나 똑같은 정치선동, 그에 절대적인 순종, 지긋지긋한 이 현실이 바로 인간 생지옥이 아니고 뭐겠는가.

숨이 막힐 정도로 답답하다.

아니, 정신적 숨결은 이미 멈추었다.

꾹 감은 고설란의 두 눈에는 영실 군인들이 "우리는 너무 배고프다!"고 외치는 모습과 전충혁이 "우리는 죽어도 붉은 기를 지킨다"고 하는 외침이 엇갈려 보이고 들린다. 모두 정신병자가 아니고는 도무지 할 수 없는 말이 아닌가? 듣는 사람도 정신병자가 된다.

또 있다. 자기가 군인들 앞에서 "김정일 장군님 지키는 총포탄 되자!"고 선동했던 모습이다. 이 순간 생각해보면 그것도 허망한 짓거리가 분명하다. 한창 젊은 병사들이 혹독한 굶주림에 허덕이면서 최고사령관 김정일을 위해 육탄이 되겠다는 것! 그게 과연 정상인가? 아니다. 그것도 분명 미친 정신병자들이 하는 소리다.

도무지 이대로는 한순간도 못 살겠다. 이런 고통 없어질 방법은 없겠는가. 남들도 하는 부부싸움이겠지만 이건 아니다.

화가 난 고설란이 반항한다.

"아니? 이 개새끼가… 어째 사람을 때림까?"

"뭐? 개새끼… 남편 보고 개새끼…"

"그러는 너는? 아내 보고 개년이라는 너는?"

"어쭈! 이년 본성이 나오누나."

"네 본성도 이젠 알겠다. 이 개만도 못한 놈아."

"이년이 계속 아가리질이야?"

전충혁이 즉각 허리춤에서 권총을 뽑아 들었다. 당장 방아쇠를 누르려는 태도이다. 이후 어떻게 되는가. 끝이다. 미운 아내나 화가 머리끝까지 난 자기도 결국은 끝이다. 방아쇠를 당길까? 말까?

제발 잘못했다고 눈물을 보이며 손이야 발이야 싹싹 빌면서 용서를 비는 아내의 모습을 바랐으나 전혀 상황은 다른 것이다. 점점 기세등등하여 자기를 이길 것 같은 아내다. 남자의 자존심도 깨끗이 짓밟힌다고 생각하니 속이 터질 것 같은 전충혁이다.

"너! 죽을래?"

"그래 이 새끼야. 죽겠다. 나 죽고 너 죽고 다 죽자!… 이 뱃속에 있는 새끼도 네 종자이니 다 같이 죽으면 될 게다."

"뭣이 어쩌구 어째?~"

"죽여라! 어서… 이렇게는 더 못 살겠다. 이게 사람의 삶이냐?~ 개·돼지도 이런 정신 고통을 안 받겠다."

"뭐?!~ 개·돼지?"

"그래!… 너와 나 모두가 개·돼지다."

성난 독기가 잔뜩 오른 전충혁이 손에 뽑아 쥔 권총으로 고설란의 머리를 힘껏 후려친다. 순간 그녀가 흑!~ 하고 쓰러졌다. 이마에서는 붉은 피가 콸콸 흐른다. 속에서 불이 난 전충혁은 담배를 붙여 물고 크게 답답해진 마음을 무척 달래려 한다.

아! 분하고 절통하다. 그나저나 사촌형 황호재가 왜 하필 이런 여자를 자기에게 소개시켜줘서 인생 종치게 만들었는가.

전충혁은 3형제의 맏이로 동생들의 우상이 되고 싶었다. 군관학교 추천도 힘들게 받아 갔다. 그만큼 어렵게 단 이 어깨의 별이 너무나 소중했다. 그 별만은 오래도록 떼고 싶지 않았다.

한참이 지나도 아무런 반응이 없는 고설란.

겁에 질린 전충혁이 아내를 마구 흔든다.

"여보!~ 여보!~"

295

대답이 없다. 그녀의 심장에 손을 대보고, 눈을 띄여보고, 코에 손을 가져간다. "여보! 설란 동무!~ 정신 차리오. 고 동무!" 하고 세차게 흔들어도 소용없다. 숨소리도 없다. 이미 죽었다.

이런 미치고 환장할 일이다.

연대정치부서 받은 제대명령서다.

자기는 일주일 뒤 아내와 함께 고향으로 내려가야 한다. 군복을 벗고 사회에서 새로운 직장을 배치 받아 성실하게 일을 해야 한다. 그런데 아내가 죽었다. 그것도 남편인 자기가 때려죽인 것이다. 이제 자기는 어떻게 되는가. 현역 군인신분으로 아내를 죽인 살인자가 되었다. 경무원(헌병)에게 체포되어 군사법정에 설 것이다.

사람을 죽였으니 적어도 무기징역 내지는 총살이다. 다른 생각은 전혀 할 것도 없다. 분명 그렇게 되고도 남을 법한, 만인으로부터 지탄 대상인 끔찍한 범행을 저지르지 않았는가. 아! 어쩌다가 이렇게 되었는가. 단 한순간에 인생종말을 가져오지 않았는가.

전충혁이 권총을 이마에 댄다.

그리고 방아쇠를 당긴다.

인민의 이름으로 처단한다

알림 :

내용 : 반동분자 2명 공개총살

장소 : 아오지 다리

날짜 : 2000년 5월 7일 오전 10시

        은덕군 안전부

  동사무소, 진료소, 선전실 등 곳곳에 붙은 하얀 종잇장에 써진 내용이다. 이런 소식은 동네 인민반(30~40가정으로 된 행정조직 단위)을 통해 공식적으로 알려진다. 상부의 지시대로 알림 회람종이를 인민반장(통장)이 각 가정에 일일이 전달해준다. 모든 가정에서 아동과 학생들을 제외한 어른들은 가급적이면 참석해야 한다.

  그런데 굳이 공공장소에 안전부(경찰서)가 작성한 이런 '공개총살' 알림장을 붙이는 이유는 지역 주민은 물론 외부 사람들 때문이다. 최대한 많은 군중을 특정장소로 모으기 위한 방법 중의 하나이다. 사형자의 이름을 굳이 안 밝히는 것도 바로 그것 때문이다.

  당과 수령에 대한 비난과 시비, 체제전복을 위한 시도, 남조선 동경심과 외국출판물·종교 접촉 등 보위부에서 조사한 사건의 범인은 대부분 정치범수용소 수감이거나 총살이다. 이것을 보위부가 은밀히 안전부에 이임해 실시하기도 한다.

사람들이 수군거린다.

"이번에는 또 누가 죽는 겁까?"

"지난번 탄광 공무직장서 구리를 훔친 제대군인 3명을 공개총살 하지 않았소야. 그것도 결국은 배가 고파서 그랬는데…"

"그저 죽는 사람만 불쌍하지비."

"어찌겠소?~ 배급이 없으니 사람들이 하루 살기도 바쁜데 1년이 멀다 하게 공개총살을 하니 말이오야. 과연 언제면 배부르게 밥을 먹어보는 날이 오겠는지 원! 안 그렇슴까?"

"이제는 총살도 계속 보니 꿈만 함매!"

"야아!~ 그 말도 맞슴매."

"저! 아래 마을 우물집에서 그제 밤 농약을 마시고 4식구가 모두 죽었다재오. 영감, 노친과 두 딸이 함께… "

"나도 들었슴매, 두 딸이 시집도 안 간 20대 처녀라재오."

"기차라!~ 총 맞아 죽고 굶어 죽고…"

"겨울에 한지에서 얼어 죽는 사람은 좀 적소야?"

아오지 다리 부근의 넓은 공터.

평일인데도 주민들이 제법 많이 모였다. 이런 날은 해당기관(안전부)의 지시에 따라 오전 출근시간을 행사 뒤로 연장시킨다. 이것도 분명 당에서 진행하는 행사이기에 여기에 불참하는 것은 각자의 생활기록부에 오점이 된다. 정신적인 괴롭힘을 당하는 것이다.

누구라 할 것 없이 모든 사람들의 얼굴이 바싹 야위었고 거무스레하다. 제대로 된 식사를 못하고 있다는 징표이다. 국가로부터 식량배급을 못 받기 때문이다. 먹고 사는 것은 전부 본인이 알아서 자체로 살아가는 형국이다. 그 와중에 이렇게 당에서 주최하는 행사에는 거의 의무적으로 참여해야 하는 그들이다.

황호재와 선전대원들도 참여했다.

"오늘 사형수는 누군지 암매?~ 아는 사람 없소야?"

"그거 우리가 어떻게 암까?"

"하도 요새는 행불자도 많고… 몇 년씩 안 보이다가 역적죄를 짓고 나타나는 반역자도 있으니… 어디 가름하겠슴까?"

"우리 탄광 사람은 아니겠지비?"

"그것도 누가 알겠슴까?~ 귀신이나 알런지."

"탄광사람이 아니면 마을사람이든 둘 중에 하나는 맞겠지오야. 둘 다 아니라면 어째서 우리 동네서 한담까?"

"그건 옳은 말임다."

대원들 속에 서복화의 얼굴도 있다.

그녀는 요즘 심란한 기분이다. 기업소 선전대에서 황호재가 이런저런 핑계를 대며 자기를 일부러 멀리하는 느낌이다. 뭐든 오래가면 반드시 문제가 되는 법임을 잘 인지하는 모양이다. 일종의 단물은 다 빨아먹고 쓴물이 나올 것 같으니 내뱉는 식이다.

괘씸한 황호재의 악행을 어디 가서 함부로 말도 못하는 서복화다. 그래 보았자 부적절한 남녀관계에서 남자보다 여자의 잘못을 더 크다고 보는 사회풍조가 있기 때문이다. 기껏해야 남자는 해당 조직의 생활총화에서 비판이나 몇 번 받지만 처녀는 결혼 전 불미스런 남녀관계가 있으면 시집가기 매우 힘들어진다.

선전대장과의 과거는 지긋지긋하다. 그저 시간이 빨리도 지나가기를 속으로 바랄 뿐이다. 희미한 기억 속에 불미스러운 과거가 사라진다면 그나마 좀 낫지 않을까 하는 마음이다.

서복화가 내 뱉는 소리.

299

"몰라 그러지 우리 탄광에도 나쁜 놈들이 많습다."

"엉? 그건 무슨 소리요?"

"좌우지간!~ 있습다. 그런 놈들도 몽땅!…"

"아니? 서 동무는 왜 흥분했소야?"

"야아! 조금… 나쁜 놈들 중에는 처녀를 따먹고 시치미 뻑 따는 색재(바람둥이)도 있습다. 아주 씨종자부터 나쁜 놈들임다. 그것들도 모두 혁명의 이름으로… 땅! 땅! 해야 한다."

"올치비. 그런 놈은 가운데 다리를 쑥딱 잘라야 함매."

"어이구!~ 무서버라. 듣기도 싫소야…"

"그거 대단하재오야. 요즘처럼 밥 먹기도 힘든 세월에 처녀까지 따먹는다고 하면 대단한 능력자인 것 같습다. 안 그렇습까? 솔직히 같은 남자로서 부럽습다. 흐흐!~"

"듣고 보니 신통히도 그럴듯하오야."

엷은 미소를 짓는 황호재다.

지금 서복화의 독한 발언은 분명 자기를 두고 하는 소리이다. 탄광문화회관의 공연연습실에서 둘만의 시간이 될 때마다 그녀의 육체를 마음껏 주물렀던 자기다. 그러나 그것도 분명 열심히 악기연습 지도를 한 대가로 그랬으니 전혀 꿀릴 것이 없다고 생각한다.

냉정하게 보면 자기가 악기연습 지도를 집에서 다른 사람에게 해주었다면 그에 합당하는 돈이나 식량을 수고대가로 받으면서 가르쳐주었을 것이다. 요즘은 일부 학교선생들도 사직하고 개인재능을 남에게 당당히 돈을 받고 가르쳐주지 않는가.

"자!~ 자! 질서 정연하게 조용하십시오."

스피커에서 나오는 안내방송.

커다란 말뚝이 2개 박힌 기점을 앞에 두고 수백 명의 주민들이 공터의 바닥에 앉았다. 주변에 서 있는 사람도 많다.

멀리서 갱생 68형 초록색 지프차 2대가 뽀얀 먼지를 일구며 다가와 "삐익!~" 소리를 내며 다급히 멈추었다. 앞 차서는 대위 안전원과 자동보총을 어깨에 멘 4명의 군인(사병안전원)이 쫓기듯 내렸다. 사방을 두리번거린 매서운 눈동자인 대위의 어떤 지시에 따라 사병들이 2개의 말뚝 앞에 가서 차렷 자세로 정렬했다.

이어 뒤차서는 손에 수갑이 채워진 선우명숙이 내린다. 그녀는 3일 전 안전부의 기습체포로 구류장에 갇혀 있었다. 이유는 알 수 없었다. 물어봐도 알려주는 사람이 없으며 "그냥 묻지도 알려고도 하지 말라!"는 안전원의 지시만 있었다.

선우명숙이 양쪽 2명의 여성군인(사병안전원)의 부축을 받으며 어떤 장소에 왔다. 자동보총을 멘 4명의 군인 뒤에 앉았다.

"저기 원철이 어머니가 아임매?"

"올쿠만. 길승섭이 안까이."

"아니? 저 안까이가 왜 저리 됐다오?"

"하믄 오늘 총살자는 저 집 나그네라는 소리 아임매? 요새 통 소식 없더니만… 여기 공개총살장서 보는 겜까?"

"야아!~ 기차라… 어찌겠소?"

"원철이 금마도 몇 달째 얼굴을 안 보였는데… 결국은 그동안 안전부 감옥에 있었다는 소리 아임까? 세상에 이럴 수가?"

"아이구. 난 심장이 터질 것 같슴매."

"난 말 마오야. 지금 오줌이 질질 나올 정도재오."

정신이 절반 나간 선우명숙.

그냥 한밤중에 안전원 2명이 들이닥쳐 "조사할 일이 있으니 저희들과 안전부로 가야 합니다"고 했던 것이 전부다. 그리고 안전부 구류장에 들어가

3일이 지나 오늘 여기에 왔다.

아들이 어디론가 끌려간 지 수개월째이고 이어서 한 밤중에 박선필의 가택수색을 받고 남편이 사라진 지 몇 달이 지났다. 분명 자기도 언젠가는 조용히 안전부로 끌려가 고문을 받던지 죽던지 무슨 일이 있을 거라 짐작했었다. 그런데 고문과 죽음은 없고 지금 무엇인가 구경을 하려고 여기 아오지 다리 부근으로 왔다.

주변을 보니 수많은 사람들이 모였다.

온 동네 사람이 이렇게 많은 줄은 지금까지 살면서 미처 몰랐다. 평소에 장마당에서 자주 보던 낯익은 얼굴들도 있다. 그러나 눈빛은 달랐다. 어떤 동정과 증오가 가득한 모습들이다.

빵!~ 빵!~

멀리서 승리 58형 화물차가 오고 있다.

적재함에 천막이 쳐진 군용 트럭.

선우명숙이 눈을 크게 뜬다. 어느 날 깊은 밤 자기 집 가택수색하려 왔던 군인들이 타고 와서 남편 길승섭을 태우고 갔던 그 트럭이 아닌가. 그러면 남편이 온다는 것인가? 가만 저 앞에 2개의 말뚝은 뭔가. 그러면 남편과 아들이… 그러면 여기는 어떤 장소인가? 예전에 누군가 이 자리에서 공개총살 당한 적도 있지 않던가.

허면 오늘의 주인공이 남편과 아들? 길승섭과 길원철이라는 소리인가? 그럴 수 없다. 내 남편과 아들이 무엇을 잘못했단 말인가. 남편이 라디오로 몰래 고향소식 들은 것이 반역행위인가?

그의 아들이란 이유로 공범인가.

이건 정말 아니고 또 아니다.

멈춰선 트럭 뒤에서 군인들의 안내에 따라 2명의 남자가 내린다. 길승섭과 아들 길원철이다. 사랑하는 남편과 아들을 본 선우명숙은 저도 모르게 "여보! 아들아!~" 하고 고함을 친다. 순간 옆에 있던 여성군인이 그녀의 입에 수건을 틀어막는다.

단단한 포승줄에 묶인 길승섭과 길원철은 각각 말뚝 앞에 섰다. 둘의 신상을 보면 아무런 저항도 못 할 것처럼 힘없이 보인다. 군인들이 두 사람의 입에 재갈을 물리고 흰 수건으로 눈을 가린다. 그리고 다시 몸과 말뚝을 굵은 밧줄로 꽁꽁 묶어버린다. 만약의 경우 불의의 상황을 대비해서 완벽히 결박하는 것이다.

"저게 길 영감과 아들이 아임매?"

"야아!~ 올쿠만야. 길승섭 영감 부자."

"그런데 어쩌다가 저 두 사람이 저 말뚝에 섰다오야?… 무슨 혁명반동 짓을 했는가 보오야? 안 그러면 저럴 수가 없지비."

"그래서 사람은 알다가도 모른다재오."

"어휴!~ 불쌍한 것들. 그 앞의 길 영감 안까이도 속이 터지겠소야. 나그네 잘못 만나 저게 무슨 꼴이라오야?"

"세상에 살다 살다 별일 다 보오야…"

"기차라. 어찌겠소야?"

수군거리는 군중 속에 고수봉과 한연실 부부도 있다. 두 사람은 외동딸 고설란의 비극 이후 제정신이 아니다. 특히 고수봉은 정신이 오락가락하는 지경에 이르렀다. 집에서 딸의 사진을 붙들고 "아이고… 불쌍한 내 새끼야!~" 하다가도 사위 얼굴을 보고는 "잘했군… 정말 잘했어~" 하며 콧노래를 부르기도 하는 것이다.

오늘 이 자리에 꼭 참석해야 한다는 박선필의 압력을 받고 참가했다. 이런 공개총살 모임에 가급적이면 남조선 출신 가족들은 반드시 참가시키라는 상부지시를 집행한 박선필이다. 그가 군중무리 뒤서 선글라스를 끼고 주민동향을 감시한다.

고수봉이 "여보! 우리 설란이가 오오? 이 사람들 우리 딸 보려 왔소?" 하자 한연실이 "흑!… 흑!…" 하고 흐느낀다.

그래도 답답한 나머지 "당신 고향 친구! 길승섭 아바이가 조금 뒤 공개총살 된다오!" 하는 아내에게 히물히물 웃는 고수봉이 "어!~ 그래. 좋겠다. 승섭아. 너 우리 딸 오는 거 꼭 보고 가거라!"고 한다. 주변 사람들이 혀를 찬다. 고수봉에 대한 연민의 눈빛이 여기저기서 보이며 "기차라!~ 정신병자가 됐소야"라고 한다.

"저 병은 또 어떻게 고친다오? 에고 기차라…"

"죽어야 고치는 더러운 병임매. 에휴!"

"저 사람도 괴뢰군인가 보오야."

"야아!~ 그런 것 같습다. 운도 없슴매…"

"남조선 출신 사람들은 불쌍도 하오야. 평생토록 부모형제가 있는 고향에 한 번 못 가보고… 그나저나 다음 달 평양에서 북남수뇌상봉(남북정상회담)을 한다는데 그때 남조선 대통령이 오면 저 사람들의 마음이 크게 설레겠는데… 참 안 됐소야."

"야아! 그건 진짜 옳은 말임다."

"남조선 대통령이 평양에 항복하러 온다재오."

"항복하러 오든, 감사하러 오든, 우리 백성들과는 무슨 상관임매? 우리야 식량배급이나 주면 좋지비. 남조선 대통령이 비행기와 자동차에 쌀이나 가득 싣고 왔으면 좋겠구만야. 내 말이 틀림매?"

"야아!~ 그랬으면 좋겠구만야."

"애고고… 무슨 꿈같은 소리를 다 하재오?"

"남조선 사람들은 보기와는 아주 깍쟁이라재오. 자본주의 사람들은 어려서부터 돈 계산, 이익타산이 많이 몸에 배었기 때문에 무엇을 줘도 이해타산을 세우고 준다고 합디야. 옛날부터 개성깍쟁이도 두 손 든다는 서울

깍쟁이라 하잖소야."

"자!… 모두 조용하시오."

대위 안전원이 마이크를 잡았다.

"지금부터 반당반혁명분자 길승섭 놈과 그의 아들 길원철 놈의 반역 행위를 폭로하는 군중모임을 진행하겠습니다."

물을 뿌린 듯 조용해진 사람들.

먼저 길승섭 놈의 엄중한 죄목을 폭로하겠습니다. 지난 조국해방전쟁 (6 · 25) 시기 남조선 괴뢰군 출신인 이놈은 우리 공화국에서 관대한 조치를 취해준 온갖 용서와 사랑, 배려와 선물 등을 포함하여 사회주의 노동 연로보장(정년퇴직)까지 받았습니다.

그러면 당의 은덕에 보답하기 위해 비록 일할 나이는 지났어도 가정과 사회서 모범적으로 살아야 하는데 안 그랬습니다.

우선 국경지역에서 남조선 괴뢰 안기부 놈들이 집요하게 뿌리는 불온자료들을 몰래 숨기고 있었습니다. 거기에는 우리 사회주의 공화국을 헐뜯는 날조된 내용이 가득 차 있었습니다.

다음으로 이놈은 집안 천장에 숨겨놓았던 소형반도체 라디오로 틈만 나면 남조선 방송을 들으면서 우리 공화국에 대한 악의적인 생각을 가슴 깊이 품고 이를 부득부득 갈고 또 갈았습니다.

언제인가는 미군과 남조선 괴뢰군들이 다시 한 번 북진하여 오는 날이 기어이 올 것이라며 헛된 망상을 갖고 살았습니다. 길승섭 놈은 남조선 라디오서 들은 황당한 소식들을 얼마 전 까지만도 자기 친구인 변구진 놈에게 지속적으로 주입시켰습니다.

그 결과 가뜩이나 같은 남조선 출신의 변구진 놈은 평소에 온갖 꾀병으로 일하기를 싫어했으며 우리 사회에 대한 불만이 많은 터라 갖은 낙서를 밤마다 공공장소에 해대는 반당 반혁명적 범행을 저질렀습니다. 그러다가 우리 안전기관의 수사망이 좁혀오자 집에서 독극물을 처먹고 자살을 했던 것입니다.

"아! 변 영감도 남조선 반동이었대오. 어쩐지 수상하다 했지."
"거참!… 남조선 사람들은 지독도 함매."
"정말 무섭소야. 영감들이 반동이라니? 기차라! 세상에…"
"자자!~ 조용들 하시고 좀 듣기오."

　길승섭 이놈은 집에서 짬만 나면 제 새끼 길원철 놈에게 "네가 지금은 공화국 체제에서 고생해도 통일이 되면 너는 남조선을 지킨 영웅의 아들로 굉장한 대접을 받는다. 미군이 너를 환영할 것이다"며 반동사상까지 집요하게 전파했습니다.
　여러분! 이런 놈들이 우리 사회주의 제도를 내부로부터 와해시키려고 남조선 방송을 몰래 들으며 음으로 양으로 책동했습니다.
　밖에서는 제국주의자들이 공공연히 반공화국 경제제재 활동을 벌리고 내부에서는 이런 극악한 놈들이 협조를 했던 것입니다. 등잔 밑이 어둡다고 우리 턱 밑에 이런 암초들이 있었습니다.
　우리가 오늘 이렇게 배고프게 사는 것은 전부 숨어 있는 이런 반동놈들 때문입니다. 그래 우리가 이 반동 놈들을 용서해야 합니까? 우리에게 고통을 들씌우는 미국 놈, 남조선 놈들과 공모한 이런 반동 놈의 새끼들을 우리가 그냥 놔둬야 합니까?…

"저런 혁명의 반동 놈을 당장 처단하기오!~"
"미제와 한통속인 저놈들을 죽입소."

"영광스러운 우리 당을 목숨으로 지키기오야!…"

"저놈들을 인민의 이름으로 총살하기오."

대위 안전원의 얼굴은 매우 흡족한 기색이다. 자기의 연설이 대중으로부터 공감을 받았다. 이 모임에서 사람들의 커다란 호응을 받을수록 자기의 공로는 더욱 커진다. 경우에 따라 승진도 가능하다.

참가자들 속에서 일반주민의 수수한 모습으로 변장하고 앉은 박선필도 마찬가지다. 일단 사전에 막지 못한 변구진의 자살로 상부의 추궁을 받았으나 이 군중모임이 반전의 기회가 될 수 있는 것이다. 이유야 어떻든 길승섭과 아들을 반동으로 몰아 처형하면 된다.

적어도 이들에게는 자기가 정상이고 나머지는 모두 비정상이다. 그깟 비정상까지 신경을 쓸 일은 없다. 남이야 어떻게 되든 말든 상관이 없다. 자기만 살고 승진하고 잘 먹고 잘 살면 된다. 나라도 구제 못하는 인민들의 배고픔, 그건 남의 나라 이야기다. 자기와는 아무 상관도 없는 일이거니와 흥미조차 없는 문제다.

계속하는 대위 안전원.

다음 새끼 길원철 놈은 애비로부터 온갖 부르조아 반동사상을 물려받고 그것을 동무들 속에 암암리에 유포시켰습니다.

6 · 13청년탄광 발파공인 이놈은 갱도 막장에서 휴식시간이면 온갖 불평, 불만을 퍼트려 놓았습니다. 고난의 행군은 끝나지도 않는다며 인민들만 쫄쫄 굶고 간부들은 잘 먹고 잘 사는데 이건 노동당 정책이 잘못된 탓이라고 지껄였습니다. 콩 심은 데서 콩 나온다고 반동 놈의 새끼가 종자가 다른 충신이 되겠습니까?

당에서는 이놈에게도 전체 인민들과 똑같이 무료교육, 무세금, 무상치료의 혜택을 돌려주고 있는데 이놈은 대갈통에 자본주의 황색사상이 꽉 들어차서 결국 우리 당을 배신했습니다.

어머니 당은 대를 이어 혁명을 계속하자고 하는데 이 반동 놈의 애비와 새끼는 이렇게 대를 이어 우리 사회주의 제도를 무너뜨리려 입에 피를 물고 날뛰었던 것입니다. 이런 혁명의 원수 놈들이 있는 한 우리의 고생은 절대 끝나지 않습니다.

"저 악귀 같은 두 놈을 돌로 쳐서 죽이기오."
"배고픈 우리의 한을 풀기오야."
몇 사람이 땅바닥의 돌을 마구 집어던진다.
그들을 제지하는 안전원들.

손버릇이 대단히 나쁜 길원철 이놈은 과거 고등학생시절에 농촌동원을 나가서 협동농장의 옥수수와 감자 등 많은 식량을 훔쳐다가 집으로 날라 창고에 쌓아두고 처먹었습니다. 그런 도둑질을 해마다 가을이면 주변 농장에서 계속 반복적으로 감행했습니다.

대갈통에 황색바람이 꽉 들어찬 이놈은 제집에서 소형라디오로 복사한 남조선 노래를 시장에 내다가 몰래 팔아 어마어마한 돈을 벌었습니다. 그 돈으로 낯선 처녀들과 음탕한 자리를 함께했고 술놀음을 여러 번 했습니다. 그리고 직장인 탄광에서는 아주 점잖은 모습만 억지로 보여주는 연극을 놀았던 것입니다.

바로 지금까지 이런 한 줌도 못되는 반당 반혁명분자들이 얼굴에 가짜 충신의 가면을 쓰고 비열하게 책동을 했습니다. 아주 교활한 이놈들은 이를 부득부득 갈면서 밤낮으로 우리 사회주의 제도에 불이익이 되는 온갖 나쁜 짓거리를 거듭했던 것입니다…

제정신이 아닌 선우명숙이다.

이것은 완전히 생날조다. 지금까지 살면서 자기 아들이 언제 협동농장의 식량을 훔쳐 집에 들여온 적도 없는데 무슨 황당한 소리인가. 아무리 궁핍하게 살아도 남편이 아들에게 예의도덕 교육만은 확실하게 시키지 않았는가. 또한 아들이 언제 시장에 나가 본적도 없다. 그냥 고지식하게 직장과 집 밖에 모르는 아들이다.

이건 정말로 억지다. 그날 밤 가택수색에서 발견된 천장의 라디오만 사실이고 나머지 전부가 새빨간 거짓이다. 이 일을 어쩐단 말인가. 자기는 죄인의 아내고 엄마로 손에 수갑이 채워졌고 눈을 시퍼렇게 뜨고 말뚝에 박힌 남편과 아들을 그냥 쳐다볼 뿐이다.

눈가에 웃음을 짓는 박선필.

결연한 눈빛마저 보인다.

투철한 보위일꾼인 자기에게는 이 사회주의 제도를 지키는 것이 생명만큼이나 중요하다. 날마다 궁핍해지는 인민생활 속에 사회제도와 체제를 의심하고 비판하는 사람이 나오면 절대 안 된다.

그것은 자기의 목숨과도 바꿀 정도로 위험한 행위이다. 공화국 사회에서는 대중을 교양하기 위해서 꼭 시범행위가 그것도 수시로 필요하다. 어떤 특정인을 세워 그에게 온갖 죄명을 씌워 군중들에게 "자! 보라. 이런 결함을 범하면 이렇게 된다"는 식으로 확실히 보여주면 되는 것이다. 그 주인공이 바로 길승섭과 길원철이다.

입에 재갈이 물렸고 눈이 가려진 그들은 이제 곧 여러 발의 총탄을 맞고 숨통을 멈출 것이다. 몇 분 후 분명히 송장이 되는 그들에게 온갖 있는 죄, 없는 죄 갖다 붙이면 끝이다. 죽은 사람은 말이 없다. 군중들의 교양심리만 생기면 끝이다.

"저 집안이 저렇게 반동일 줄은…"

"에라 나쁜 년 놈들아… 퉤! 퉤! 개 같은 놈들!"

"저런 놈들은 사형해도 마땅함다."

"총알도 아깝슴다. 죽탕쳐 때려죽이기오."

군중 속에 여기저기 여럿이 특출하게 나서서 남보다 열성적으로 '범인'을 성토하는 이유가 있다. 그만큼 그들은 당에 절대적으로 충성하는 애국자, 열성주민으로 비쳐지는 것이다.

여기서는 범인에 대한 작은 동정의 발언이나 연민의 눈빛이 있을 수 없다. 그랬다가는 범인과 같은 동조자로 대중의 눈에 비치기 때문이다. 대중은 누가 시키지 않아도 그런 '반동적 행동'에 대해 잘 관찰하며 상부에 보고한다. 안 그러면 범인동정죄로 처벌한다.

이 시간도 각자 당에 대한 충성심과 그렇지 않은 모습을 관찰하는 순간임은 분명하다. 평생을 당의 감시 속에 사는 주민들이기에 그렇다. 이 부분은 거의 자동화된 주민들 모습이다.

군중 속에는 리향기의 얼굴도 보인다.

뭔가 혼돈스러워 하는 그녀.

이 장소에 현재 아이들은 전혀 없다. 만약 있다면 누구보다 자신이 미칠 것 같다. 자기가 유치원에서 아이들에게 복수의 증오심을 갖고 미국 놈을 죽여야 하는 이유와 자세, 방법 등을 꾸준히 가르쳐주었다. 유치원 마당의 미국 놈 조형물이 오늘은 이 공공장소에서, 마을 사람들 앞에서 '민족반역자' 총살대상으로 변했다.

'미국 놈'과 '민족반역자'!

부류는 다르지만 인민의 처단 대상은 똑같다. 그 인민에는 아이들도 포함된다. 동네 사람이었던 '민족반역자'가 마치 미국 놈 처형되듯 지금 사형장에 끌려 나와 인민의 저주와 지탄을 받고 있다.

주변에 송수남의 얼굴도 있다.

무엇인가 고뇌하는 모습이 역력하다.

정말 뜻밖이다. 몇 달 전 막장에서 자기들과 함께 휴식시간에 수다를 떨던 길원철이 아닌가. 그 이후로 감감무소식이다가 급기야 오늘은 지금 저기에 섰다. 그날 막장에서 동무들과의 했던 허심탄회한 수다가 저기에 설 만큼의 국가반역 범죄의 발단이 되었는가.

그리고 장마당서 남조선 알판(CD)을 팔아 돈을 벌어 흥청망청 생활했다는 소리는 또 뭔가? 아무리 생각해봐도 그럴 사람은 아닌 것 같은데 사실이라면 진짜 음흉스러운 두 얼굴의 청년이고 아니라면… 아니, 거기까지는 억지로 생각하지 말자.

길원철의 죄행을 보지 못했으니 단정할 수도 없고 안전원이 공개적으로 주민들 앞에서 얘기해주니 얼떨떨할 뿐이다.

마치 귀신에게 홀린 듯하다.

대위 안전원의 고함.

"조선민주주의인민공화국 사회안전부 명령! 혁명반동분자 길승섭, 길원철 놈을 인민의 이름으로 처단한다. 6·13청년탄광 연로보장자인 남조선 괴뢰군 출신 길승섭 놈과 그의 아들인 6·13청년탄광 발파공 길원철 놈은 영광스러운 우리 조국 사회주의 공화국 체제전복 음모자로 공민의 최고형벌인 사형에 처한다. 사격준비!"

4명의 군인이 조준 총 자세를 취한다.

말뚝에 박힌 두 사람은 약속이나 한 듯이 힘껏 몸부림을 쳐 보이나 아무 소용이 없다. 안대를 씌웠으니 볼 수도 없고 입에 재갈이 물렸으니 말할 수도 없다. 생명의 마지막 순간 살겠다고 처절하게 몸부림치는 인간의 힘은 대단히 놀랍다.

"민족반역자 두 놈을 향해 단발로 쐇!"

"땅! 땅!"

"쏫!"

"땅! 땅!"

길승섭과 길원철의 가슴에 총탄이 박히고 피가 마구 뿜겨져 나온다. 그 광경을 보며 여기저기서 "으악!~ 어머!" 하는 군중의 소리가 난다. 4명의 군인이 각각 3발씩의 총탄을 쏘았다. 말뚝에 박힌 두 사람에게 각각 6발의 총탄을 안긴 군인들이다.

모든 상황을 눈 크게 뜨고 피눈물을 흘리며 지켜본 선우명숙이다. 그녀의 심정은 용광로의 화로마냥 세차게 끓어 번진다.

이게 과연 나라인가. 그리고 분명 사람들인가. 아니다. 이것은 원시봉건 국가도 아니고 노예제도나 마찬가지다. 사람들은 제정신이 아니다. 모두 정신병자가 된 미물들이다. 어떻게 사람을 총으로 쏘아 죽일 수 있단 말인가? 반동이란 존재가 대체 무엇인가.

군중에게서 들려오는 야유.

"아주 잘 했소야. 속이 다 시원함매!"

"미국 놈의 앞잡이는 언제든 꼭 저렇게 되지비…"

"기차라!~ 불쌍해서 어찌 함매?"

안내방송이 나온다.

"이상으로 혁명의 반동분자 두 놈을 인민의 이름으로 처단하는 군중모임을 전부 마치겠습니다. 이런 반동 놈들에게 원한이 있는 사람들은 이놈들의 시체에 돌탕질 해도 됩니다."

안전원들이 시체에 가마니를 씌운다.

그리고 그것을 방치한 채 철수한다.

여성안전원이 선우명숙의 수갑을 풀어준다.

"이제는 네 집으로 돌아가도 된다."

행사를 집행한 안전원 무리들이 서서히 사라진다. 그리고 현장에 모였던 사람들도 줄줄이 자리를 뜬다. 많은 사람들이 당국의 철저한 지시에 따라 '공개총살모임'에 참여했다. 그들은 오늘의 광경을 보며 다소 뜨끔하고 오싹했을 것이다. 반국가적 행동을 하면 절대로 안 되겠구나 하는 생각을 가슴 깊이 새겼을 것이다.

이제 반동분자들 곁에 있었던 사람들은 언제든지 안전부의 조사를 받을 것이다. 그런 일이 없으려면 항상 눈뜨고 주변의 불순분자를 찾아 신고해야 한다. 또한 일상에서 늘 조심할 것이다.

그 행동이 오래 갈지는 모르나 분명 망각의 존재인 사람에게 어느 정도 효과는 있을 것이다. 주민들을 항상 공포에 떨게 만드는 노동당의 입장에서 보면 말이다. 이토록 잔인하고 교묘한 노동당의 공포정치의 내막이다. 그래서 유지되는 독재정권이다.

선우명숙의 앞으로 고수봉이 왔다.

"내 딸 설란이 이제 왔니? 네 남편은 함께 왔나? 어서 가자. 내가 집에 네 어미 잡아 푹 삶아 놓았다. 배고프지?"

기절하여 쓰러지는 선우명숙이다.

먼발치서 울기만 하는 한연실.

풍산개… 국군포로

조선노동당 중앙위원회 총비서이시며 조선민주주의인민공화국 국방위
원회 위원장이시며 조선인민군 최고사령관이신 우리 당과 우리 인민의 위
대한 영도자 김정일 동지의 초청으로 2000년 6월 13일부터 15일까지 남
조선(대한민국) 김대중 대통령과 일행이 조선민주주의인민공화국의 수도
평양을 공식 방문합니다.

미제의 내정 간섭에 의해 부정과 비리, 굴욕적인 사회로 변질된 남조선
에서 인권탄압반대 및 재야운동을 하면서 경애하는 김정일 장군님의 고매
한 풍모에 한껏 매혹된 김대중 대통령은 오래전부터 애민애족의 마음으로
평양방문을 간절히 희망했습니다.

당과 국가의 전반사업을 돌보시던 경애하는 장군님께서는 "김대중 남
조선 대통령이 조선반도 평화통일의 염원이 뜨거운만큼 우리가 꼭 만나줘
야 합니다"는 교시를 하시었습니다. 하여 이번에 통 큰 결단을 내리시어
김대중 대통령의 평양방문 요청을 흔쾌히 수락해주시는 크나큰 사랑과 은
총을 베푸시었습니다.

며칠 전 안시현이 유선방송서 들은 소리다.

혹시 잘못 들었는지 귀까지 후비면서 말이다. 병세가 더 악화된 그는 요
즘 유선방송 보도에 신경을 곤두세웠다. 3일전 비행기를 타고 서울을 떠나
평양에 도착한 대한민국 김대중 대통령이 공식적으로 북녘방문을 마치고

오늘은 귀경하는 날이다.

노동신문과 조선중앙텔레죤에서 남북정상회담 예고 보도가 나온 날 부터 무척 흥분되었던 안시현이다. 왜 안 그러겠는가. 거의 반세기 동안 꿈 에서까지 가보고 싶은 남녘의 고향이다.

사랑하는 사람들이 못내 그립다.

낯선 타향에서 곡절 없이 보낸 반세기.

이제 얼마나 더 기다려야 하는가. 10년… 20년 아니면 언제까지? 그는 한 번뿐인 청춘시절을 고스란히 석탄 캐는 지하막장에 바쳤다. 당국이 정 해준 직업이고 어떤 반항이나 태만도 있을 수 없었다. 숙명이라고 생각하 며 묵묵히 일해 온 보상은 없다.

6·25전쟁에서 포로가 되어 여기 함경북도 아오지 탄광마을에 와서 산 세월은 안시현에게 인생 공부시간이었다.

1950년대는 전후복구건설의 시기라 모든 경제노동은 전쟁을 계속하는 정신으로 하였다. 언제, 어디서 누구든 조금이라도 게으른 모습을 보이면 당에서 단호하게 "동무는 미국 놈을 쳐부수는 혁명투쟁정신이 부족하다!" 며 엄격한 대중총화 무대에 세웠다. 그 인격모독의 비판연단에 서지 않으 려고 무진 애를 써야 했다.

1960년대 김일성 수령은 "전체 인민이 비단옷을 입고 기와집에서 살며 이밥(쌀밥)에 고깃국을 먹게 만들겠다"고 하였다. 꿈같은 그 소리에 '정말 일까?' 하는 의문을 가질 새도 없이 수령에게 기쁨을 드린다며 죽도록 일 하고 또 일했다.

1970년대는 수령의 아들 김정일 지도자가 나타나 똑같은 수령이 되었 다. 2명의 공동수령이 이끄는 사회주의 북조선은 더욱 비관과 절망의 나락 으로 가까이 갔다. 이때부터 수령을 충성으로 모신다는 명분으로 전국 도 처에 수령의 동상, 박물관, 기념관 등이 우후죽순마냥 생겨나기 시작했다.

315

모두 나랏돈으로 집행되었다.

시대와 연대를 넘어 시간은 계속 흘렀다.

그 속에 빠져 들어간 자신의 지난날.

1980년대는 각종 노동능력을 고취시킨 ○○전투, 누구를 따라 배우는 운동, ○○속도 등이 난무했다. 전체 인민이 "하루 세끼 이밥에 고깃국을 먹는 공산주의 사회가 곧 온다!"는 노동당의 선전에 충성의 노동으로 몸이 부서지게 낮과 밤을 보냈다.

1990년대 중반에는 '위대한 수령' 김일성이 30년 전에 하였던 "전체 인민에게 쌀밥에 고깃국 먹여주겠다!"는 빈말만 남기고 저 세상으로 갔다. 아니 더 좋은 극락세계로 갔다. 그의 유해가 안치된 평양의 금수산태양궁전은 인민들이 평생 살아도 구경할 수조차 없는 황금보석으로 만들어졌으며 그 관리를 위해 매해 거액의 당자금을 사용한다.

김일성의 유훈정책이 나왔다.

망자의 유언으로 시행되는 국가통치다.

2000년에 들어 노동당에서 "경애하는 김정일 장군님의 훌륭한 영도로 머지않아 강성대국이 온다. 미제와 그 앞잡이들이 끝내 우리에게 두 손을 들고 항복했다"고 하였다. 그게 도대체 무슨 소리인가 했더니 바로 남조선 대통령의 평양방문을 의미했던 것이다.

지난 40여 년간 귀에 못이 박히도록 들은 노동당의 소리는 전부 거짓이었다. 실현될 수조차 없는 황당한 변명이었다. 가장 큰 문제는 뻔뻔하게 거짓말 하는 당국에 "왜 말도 안 되는 소리를 하는가?"고 따지기는 고사하고 의심조차 못한다는 것이다. 당의 지시는 곧 수령의 명령이기에 여기에 토를 다는 것 자체가 '중범죄'다.

당과 수령의 결정과 지시에는 꿀 먹은 벙어리인 2천만 인민이다. 생명이 끊어지고 싶지 않으려면 그 방법 밖에는 없다.

사회주의! 그게 대체 무엇인데?

인민이 굶는 사회주의!…

안시현에게 마지막 소원이 있다면 꿈에도 가보고 싶은 고향 땅을 한 번 밟아보고 눈을 감았으면 하는 것이다.

전라도 남해 바다마을 부모님의 묘소를 찾아 술 한 잔 올리고 생명 주신 그 은혜 고맙다고 큰절을 드리고 싶다. 언제인가 한 번 가면 다시는 영영 못 오는 이 세상에서 말이다.

야속하게도 나이는 점점 들어간다. 불치병 암까지 만났다. 하루 살면 기적일 정도로 시간이 많지 않은 안시현이다.

유선방송에서 이런 소식도 나왔다.

김대중 대통령은 평양의 웅장 화려한 모습을 보면서 "김정일 국방위원장님의 영도로 평양이 비약적인 발전을 가져온 도시가 되었다는 것이 무척 놀랍다. 과히 건설의 영재이고 민족이 낳은 훌륭한 지도자임은 분명하다"며 감탄을 금치 못하였습니다.

그러면서 김 대통령은 "과거 미국의 압력에 못 이겨 공화국에 대한 경제 제재를 위한 국제정책에 맹종하게 따랐던 것을 심각하게 반성한다"고 하였습니다. 위대한 영도자 김정일 동지께서는 "대통령 각하도 일하다 보면 실수할 수 있고 우리는 다 용서했습니다. 그래서 이렇게 평양에 초청한 것입니다"고 말씀하셨습니다.

경애하는 장군님의 태양 같은 사랑을 온몸으로 받아 안은 대통령은 감사의 눈물을 금치 못하며 "김정일 국방위원장님! 여생을 눈 먼 반공으로 살아온 자신이 부끄럽습니다. 늦게나마 이제는 눈 뜬 친공으로 살겠습니다"며 거듭 감사의 인사를 표시했습니다.

방문 첫날 나온 보도 내용이다.

노동당에서 알려주는 공공 정보이며 이는 철저히 인민들을 위한 것이다. 당에서 직접 관장하는 전국의 모든 기관, 기업소, 학교, 농장, 공공장소 등에 설치된 유선방송은 주민들에게 사상교육 및 체제선전을 목적으로 운영되는 설비다. 심지어 전국의 모든 가정에도 의무적으로 설치되어 있는 유선방송이기에 주민통제가 가능한 것이다.

안시현은 고개를 가로젓는다.

자기와 똑같은 전라도 태생으로 1924년생인 김대중 대통령이 세상에 널리 알려지는 공식방문차 평양에 와서 자기 아들뻘 되는 1942년생인 김정일 수령에게 지나치게 아첨하며 비굴하게 보였다니? 아무리 같은 수령(대통령) 급이라고 해도 말이다.

아니다. 이것은 좀 거짓말이 아닐까?

분명하다. 공화국 전체 인민이 노동당의 강제적인 지시에 따라 귀로 들을 수 있는 조선중앙제3방송(유선방송)으로 보도해주는 것만 봐도 충분히 그러고도 남는다. 그게 아니라면 평양방송(외국에서도 청취할 수 있는 전파방송, 라디오)으로 소식을 내보내야 하지 않겠는가.

체제유지의 뭐든 잘하는 노동당.

그것이 조작, 날조, 위조든 상관없다.

김일성의 남침공격으로 반발한 6·25전쟁 휴전이후 처음 있는 북남수뇌상봉(남북정상회담)이다. 하여 누구보다 마음이 설레었던 안시현을 비롯한 국군포로 출신 이산가족들이다.

악몽 같은 그 무서운 전쟁에서 남북의 사람들이 서로 헤어진 이산가족이다. 지난 1980년대 중반부터 시작된 남북이산가족 상호방문 및 상봉에는 국군포로 출신이 전혀 없다. 이유는 평양당국이 남북문제에서 '국군포로' 자체를 전혀 인정하지 않기 때문이다.

북에 들어온 남조선 괴뢰군(국군) 군인들은 모두 "사회주의 공화국이 좋다고 자진해서 올라오거나 모르고 왔다가도 자의적으로 이북에 남겠다고 한 사람들이니 포로는 없다!"는 것이다. 전쟁 후 당에서 이렇게 공포하였기에 수령정권이 바뀌지 않는 한 그대로 일관된 정책이 수십 년간 내려오고 있는 북한당국이다.

그러니 국군포로 출신은 이산가족상봉에서 제외되었다. 이 문제를 풀 사람은 딱 한 명! 바로 대통령이다. 대한민국 대통령이 북한 최고지도자에게 특별히 요청을 해서 해결할 수도 있는 문제이다. 그래서 한껏 조용히 기대했었다.

남녘 고향방문 길이 좀 열리기를…

평양을 방문 중인 김대중 대통령은 백화원 영빈관에서 남조선 기업인들의 애로사항을 경애하는 김정일 장군님께 일일이 보고하면서 그들의 심정을 담아 개성 지역에 특별경제 산업지구(개성공단)를 설치해주실 것을 간절히 요청하였습니다.

이에 대해 경애하는 장군님께서는 "외국기업인들의 합작요청도 들어주는 우리가 남조선 기업인들의 애로사항을 못 들어줄 이유는 없다. 누가 뭐라고 해도 우리 민족끼리다. 통일을 위해서는 북과 남이 경제적 발전을 공고히 하고 앞당기는 것부터 실시해야 한다. 당장 해당기관에 지시를 해서 풀어주라고 하겠다"고 하셨습니다.

그러면서 장군님께서는 개성산업지구(개성공단)를 만들려면 그 지역에 주둔한 인민군 1개 군단을 후방으로 옮겨야지만 민족의 평화를 위해 기꺼이 감수하겠다고 하셨습니다.

이에 대해 놀라움을 금치 못한 김대중 대통령은 "김정은 국방위원장님의 통 큰 결단으로 내가 서울로 떳떳하게 돌아가게 되었다. 가서도 한반

도 통일과 경제번영을 위해 모든 것을 다 바쳐 힘껏 노력하겠다"고 천명
하였습니다.

방문 둘째 날에 나온 보도 내용.

개성공업지구(개성공단)가 생기면 과연 인민들의 생활수준이 조금이라도
나아질까. 1980년대 들어 외국과의 합작기업이 많이 생겨 외화벌이가 전국
가적 운동으로 자리매김하였다.

온 나라 인민들이 1년 내내 산이며 바다로 나가 약초며 수산물을 마련
하여 수출하는 것이다. 그렇게 벌어진 외화는 전부 평양의 당자금이 되었
다. 당은 수령이고 국가다. 수령이 쓰는 자금이 당자금이다. 수령은 그 돈
으로 국가를 운영한다.

우선 나라를 지켜야 하니 100만 인민군 유지비에 어마어마한 돈이 들어
간다. 인민군 군관과 사병에게 지불하는 임금(인건비)보다는 무기생산, 관
리, 수입 등이 만만치 않다. 그리고 UN에 가입한 국가(DPRK)를 유지하자
니 해외공관(대사관) 운영비를 지출해야 한다. 사법, 안전, 보위기관 운영도
필수이며 거액이 드는 분야는 확실하다.

이보다 더 중요한 부분이 있다.

수령은 당자금으로 자기 조상의 시신궁전(평양의 금수산태양궁전)을 더 고
급스럽게 치장하고 최상의 수준으로 관리해야 한다. 그것은 체제유지를 위
한 수령우상화의 첫걸음이다.

인민은 돈 버는 기계이고 수령은 돈 쓰는 기계. 살아 있는 수령은 자기가
사용하는 모든 초호화 고급상품을 구입한다. 승용차, 전자제품, 고급식품,
별장과 호화궁전 관리에도 거금이 쓰인다.

수령은 누구보다 가족·친인척, 측근에게 언제나 고급선물을 가득히 안
겨줄 것이다. 그리고 자기를 가까이에서 보좌하고 받드는 당과 국가의 간

부, 인민군 장령(장성)들에게도 훈장과 메달, 승용차와 고급아파트 등을 계속해서 줘야 한다.

그러니 남조선 기업이 개성에 와서 돈을 많이 벌어준다고 한들 뭐가 달라지겠는가? 고작 노동자들 끼니는 해결되겠다. 백성에게는 그냥 그림의 떡이라고 확신하는 안시현이다.

그가 은근히 바라는 것은 단 하나!

국군포로들에 대한 대통령의 관심, 그것이다.

최소한도 잊지는 말아주었으면 하는 간절한 마음이다. 허나 새나 자기가 태어난 조국 대한민국의 대통령이다. 과거사 어쨌거나 이곳 북녘 땅 북방오지에 40여 년 전 강제로 이주해온 수많은 대한민국 국군포로들이 있음을 아는지 모르는지.

대통령이 꼭 국군포로들의 존재를 알았으면. 하여 이들에게 작은 미안하고 감사의 마음이라도 가졌으면. 더 좋기는 대한민국 대통령으로서 자기들의 남녘 고향방문을 실현시켜줄 것을 북측 당국에 공식적으로 제안해주었으면… 너무도 꿈같은 바람일까.

그래도 꼭 상상하고 싶다.

김대중 대통령은 2박 3일간의 역사적인 평양방문을 모두 마치고 서울로 돌아가면서 "이번 평양방문기간 어디 하나 불편할세라 세심한 배려를 돌려준 공화국 정부에 충심으로 되는 감사의 인사를 드린다"면서 "김정일 국방위원장님께서 가까운 시일 안에 서울을 방문해주실 것을 정중히 요청드린다"고 하였습니다.

경애하는 김정일 장군님께서는 이에 대해 커다란 만족을 표시하며 서울로 돌아가는 김대중 대통령에게 남북화합과 번영, 평화의 상징으로 풍산개 2마리를 선물하시였습니다.

김대중 대통령은 "오늘은 비록 풍산개 2마리를 안고 가지만 내일은 7천만 우리 민족이 함께 만날 통일선물이 있기를 바라며 즐거운 마음으로 돌아간다"고 말했습니다. 서울에 돌아가서 풍산개 2마리를 잘 키우겠다는 약속도 남겼습니다.

이렇듯 이번 평양 북남수뇌상봉(남북정상회담)은 경애하는 김정일 장군님의 통 큰 결단과 크신 배려로 성공적으로 이루어졌습니다. 이번 행사를 통하여 우리 조선민족은 하나이며 우리끼리가 우선이라는 진리와 같은 사실을 온 세상에 과시했습니다. 경애하는 장군님 계시어 우리 조선은 천세만세 길이 빛날 것입니다.

평양방문 마감 날 보도내용이다.

안시현은 미칠 것 같다. 혹시나 하여 지푸라기라도 잡는 심정으로 희소식을 기대했었다. 휴전과 분단으로 인해 가보지 못하는 조국 대한민국이다. 어머니 품과도 같은 그곳을 한 번이라도 밟아보는 고향방문의 길이 열려 보이기는 고사하고 거론조차 없었다.

휴전 이후 최초로 대한민국 대통령이 평양방문을 마치고 돌아가는 손에 겨우 들린 것이 고작 풍산개 2마리이다. 그 손에 들릴 것이 그렇게 없었는가. 남북이산가족의 고향방문을 통 크게 하겠다는 북측의 약속편지 등이 있으면 뭐가 잘못되는가. 사람을 귀중하게 여긴다는 이북정권이나 사람이 우선이라는 이남정권이 아닌가.

통치자의 오판으로 전쟁이 일어났다. 그 전쟁의 주범은 김정일의 부친 김일성이다. 수십만의 이산가족이 생겼는데도 그에 대해 어떠한 책임은커녕 일언반구의 사과 한마디 없다. 백성(국민, 인민)들은 그냥 통치자들의 이용물이고 체제 운영의 소모품인가.

안시현이 숨을 가쁘게 쉰다.

오랫동안 앓아온 폐암도 지겹다.

어쩌면 그냥 조용히 눈을 감았으면 하는 마음도 없지 않아 있다. 낯설고 차디찬 이곳 북방의 탄광촌 아오지에서 40여 년 살았지만 마음은 늘 고향인 남해 바닷가 해남에 가 있었다.

그곳은 적어도 여기처럼 모든 사람들이 하나의 생각으로 국가를 위해 공동으로 일하고 생활하는 사회가 아니었다. 무슨 일이든 열심히 하면 그 대가를 분명 누리는 곳이었다. 그래서 더욱 못 견디게 그리운 어머니 품 같은 곳, 고향이 아니겠는가.

그렇지 않아도 살기 싫은 북조선 사회이다. 평생토록 숨이 막히고 어두컴컴한 땅속에서 밤낮 석탄만 캐는 미물로 살아왔다. 후회는 많아도 더는 미련이 없다. 지금까지 40여 년 버럭 같은 인생을 살면서 어떤 희망도 없었는데 미래 40년에는 무슨 변화가 있을까?

역사는 되풀이되기도 한다.

그 속에서 사람들이 얽혀 살아간다.

수령인 김정일은 간부들과 인민들에게 항상 "사회주의를 지키는 나에게서 어떤 변화도 바라지 말라!"고 하였다. 당연할 테지. 부친한테서 자동으로 물려받은 그 황제자리가 어때서 변화하겠는가. 수령이 나라의 경제발전을 위해 개혁적인 지도자로 변하라고 요구하는 어느 누구도 없다. 2천만 인민 모두가 꿀 먹은 벙어리마냥 수령에 대해 어떠한 비판도 전혀 못하고 '나 죽었소!' 하고 사는 공화국 사회다.

더도 덜도 말고 지구상 최고의 그 수령 자리는 죽을 때까지 앉고 싶을 것이며 후에는 자식에게 물려주고도 남을 것이다.

단언컨대 2대 수령 김정일은 분명히 그 자리를 3대 수령에게 물려준다. 자기 핏줄일 것이다. 그래야만 제가 죽어도 눈을 편하게 감을 수 있을 것이다. 이런 추악한 사회에서 40여 년 살았으니 억울하고 또 억울하다. 지나간 시간은 되돌아 못 온다.

그 시간에 자신의 운명을 맡겨둔 사람들.

대한민국에서 잊어진 국군포로들.

기막힌 것은 국군포로 숫자를 전혀 모른다는 사실이다. 평양당국은 그에 대해 일체 어떠한 입장이나 표명도 없다. 외국의 방송이나 언론을 접할 수 없는 2천만 인민은 전부 눈 뜬 장님이다. 좋은 것이든 나쁜 것이든, 사실이든 아니든, 오로지 당에서 알려주는 정보와 소식만을 접하고 평생을 사는 공화국 인민들이다.

안시현이 그동안 중국에 친인척이 있는 동료들로부터 귀동냥으로 얻은 정보는 놀라웠다. UN(United Nations, 국제연합)이 추정하는 6·25전쟁 국군포로 숫자는 대략 8만 2천 명, 여기에 미군과 유엔군(참전 외국군인)까지 포함하여 10만 명 정도로 보고 있다.

자기는 분명 이북에 강제로 남겨진 사람이다. 아오지 버력 공동묘지에 묻혀 있는 수천 명의 국군포로출신 사람들이다.

포로가 없다고 강변하는 이북당국.

이는 분명히 국제법 위반이고도 남는다.

국제사회가 인정하는 제네바협정 위반으로 반인도적 범죄에 해당이 되는 것이다. 8만여 명에 달하는 국군포로는 대부분 공화국 전역에 퍼져 동물 같은 삶을 살았다. 주로 탄광, 광산, 임산사업소, 농촌, 건설장 등 어렵고 힘든 노동현장이다.

노동당은 내부적으로 비밀리에 국군포로를 1, 2, 3부류로 등급을 나눠 관리했다. 공화국 반대행위를 주동적으로 했는지, 아니면 마지못해 했는지에 따라 등급이 달라진다. 과거를 깨끗이 자백하고 노동당에 열성껏 충성하는 사람은 1부류, 대충 충성하는 사람은 2부류, 마지못해 충성하는 사람은 3부류이다. 여기서 1부류 사람은 노동당에 입당할 수도 있고 초급(직장장, 작업반장 등) 간부도 될 수 있다.

안시현은 지난 40여 년간 2부류의 신분으로 살았다. 주변 사람들의 따가운 눈초리 속에 기를 펴지 못하고 산 인생이었다.

풍산개 소식에 비극이 발생했다.

여기저기서 마구 들려온 자살소리…

그 장본인은 다름 아닌 국군포로들이다. 사람 마음은 다르면서도 엇비슷하다. 풍산개 소식에 숨이 막힐 지경인 안시현이고 동료인 많은 국군포로들이 자신의 처지를 비관하며 목숨을 끊었던 것이다. 농약을 마시고, 산에 올라가 밧줄에 목을 매고, 집에 불을 지르는 등 다양한 방법으로 한 많은 북녘 사회에 등을 지고 말았다.

유서와 유언도 없었다.

자신들이 살아온 한생이 유언이고 유서이다. 평생 인간 이하의 대접을 받으며 말하는 동물, 기계로 살아온 국군포로들.

공화국에서 자살은 곧 정치범이거나 민족반역 행위이다. 하여 평소 자살하고 싶어도 차마 남겨진 사람들에게 차려질 후안 때문에 선뜻 못하는 것이다. 그럼에도 기필코 극단적 선택을 보인 많은 국군포로 출신 노인들이다. 오죽했으면 가족의 영구치명인 정치범이 되는 오명까지 남기고 세상을 원망하며 하직했겠는가.

남북분단 역사상 처음 있는 대한민국 대통령의 평양방문에 일말의 소망을 품어보았지만 개보다 못한 자기들의 처지를 비관하고 운명한 국군포로들. 억울한 그들의 아픔, 과연 누가 언제 어떻게 보상해주겠는지? 그런 날은 올까? 과연 언제…

꿈이다. 더도 덜도 말고 그렇다.

이것도 이제는 마지막인가 싶기도 하다.

남북의 두 체제 하에 순수 인도적 입장에서 헤어진 가족을 만나 생사를 확인하고 편지라도 주고받으며 살면 좋겠다.

그러면서 한편 실망하였다.

북남문제가 곧 정치문제가 아니겠는가. 두 체제가 존재되는 것은 바로 정치 때문이다. 사회와 국가를 통치하는 것 자체가 최고 정치지도자의 고유 영역이 아니겠는가. 두 명의 통치자와 서로 다른 체제가 어떻게 하나가 된단 말인가. 영화에서나 가능한 일이다.

자자손손 한 강토에서 화목하게 살아오던 우리 민족이 어쩌다가 서로 죽이고 찌르고 파괴한 것도 성차지 않아 오늘도 총부리를 마주하고 있단 말인가. 기가 막히다. 통치(권력)라는 게 과연 뭘까?

남북의 두 체제가 융합될 수 있을까.

물과 기름이다. 절대로 합칠 수 없을 것이다. 대통령과 국회의원을 국민의 투표로 선출하는 자유민주주의 사회와 수령의 권좌를 자손대대로 이어받는 공화국 체제가 어떻게 하나가 될 수 있겠는가. 절대 불가한 영역이다. 개탄할 노릇이다. 북과 남의 정권을 잡은 자들이 사익을 위해 통일을 안 하고 있다. 그 속에 민족이 산다.

아! 비운의 한반도 남과 북, 북과 남!

언제면 꼭 하나가 되겠는가?…

삐그덕!~ 현관문이 열리더니 안칠성과 차순녀, 그리고 유치원 가방을 멘 안은별이 들어선다. 암 진단을 받고 별다른 치료방법 없이 고생하는 안시현이 더 이상 기력이 모자라 유치원으로 손녀를 데리러 못가니 아들 부부가 저녁에 퇴근하며 데리고 온다.

정신을 잃어 보이는 안시현.

아버지를 마구 흔드는 안칠성.

"아부지!~ 아부지! 정신 차리세요. 아부지!"

어렵사리 눈을 뜨는 안시현이다. "휴!~ 휴!~" 하며 가쁜 숨을 몰아쉬
는 그가 이제 더는 살 가망도 없거니와 또한 살고 싶어 하지도 않는다. 그
래도 말하고 생각하고 희망을 갖는 사람이기에 한 가닥 미련을 가져보았
다. 되지도 않을 일이지만…

눈을 감아도 고향에 가서 감고 싶을 정도로 사랑하는 그 땅, 이제는 영영
이루지 못할 한갓 망상 속에 간직하고 타향인 이 북녘 땅에서 생을 마감하
려 한다. 안시현의 시야에 가족이 들어온다. 자기가 만든 세상에 유일한 식
구인데 그게 아름다운 것인지, 아니면 애물단지였는지 무척이나 혼돈스럽
다. 사랑과 축복으로 가득해야 할 가정에 불운한 걱정과 근심만 남겨두고
세상을 떠나자니 마음이 미어터진다.

"아들아!~ 미안하다."

"무슨 말씀임까? 우리가 아부지를 잘 모시지 못한 결함임다. 너무도 불
효했슴다. 아부지! 부디 용서하시오야."

"휴! ~ 사람 인생 별것 아닌데."

"옳은 말씀임다. 아부지!"

"남조선 아니, 대한민국 태생인 나는 1950년 6·25전쟁 시기 인민군에
포로가 되어 여기 함경북도 은덕군 아오지 탄광에서 탄부로 살았다. 그야
말로 아무 쓸모없는 버럭 같은 인생이었다."

정확히 맞는 표현이다.

안시현을 포함한 국군포로 출신들은 그동안 이곳 6·13청년탄광이나 사
회(은덕군)에서 '국군포로'라는 말조차도 못하고 살았다. 공식적으로 '포로'
라는 용어 자체가 공화국 정부의 "남조선군 포로는 없다!"는 정책에 위배
가 되기에 그랬다. 그냥 뭇사람들로부터 '남조선 것들' 혹은 '괴뢰군 출신'
등으로 불린 자신들이었다.

주민 구성을 파악하는 사회안전부(경찰청)의 주민등록계서는 국군포로

출신들을 143호로 규정지어 관리 감시했다. 이들은 탄광서는 '버력', 건설장서는 '막돌', 농촌서는 '잡초' 등의 은어로 불렸다. 사회 어디에서도 기피인물로 취급하였다. 그러니 많은 사람들로부터 받은 모멸감과 멸시는 이루 말할 수 없을 정도로 컸던 것이다.

힘겹게 입을 여는 안시현.

"언젠가 통일의 날도 오지 않을까? 하고 살았다. 사람은 세상천지 떠돌며 살다가도 죽어서는 고향에 묻히고 싶은 것이다."

"아부지! 진정하시오야…"

안칠성의 마음은 천근만근 무겁다. 허나 새나 아버지였다. 어차피 나이들면 한 번은 떠나는 인생이지만 너무나 고생 속에 살다 가시는 아버지가 아닌가. 사회가 이렇게 야박하고 궁핍한 세상이니 어디가 하소연도 못한다. 마냥 속상한 마음뿐이고 삭힐 방법도 없다.

내가 부모님을 사랑하듯이 아버지도 똑같을 것이다. 근 반세기 전에 헤어진 남해 바다마을의 가족이 얼마나 그립겠는가. 남북이 서로 다른 이념 때문에 끔찍하고 치욕스러운 살육전쟁을 하였다. 고향 땅 한 번 밟아보는 것이 평생의 소원인데 그 뜻을 이루지 못하고 이렇게 세상을 떠나보내야 하니 안타까운 심정이다.

북과 남으로 헤어진 사람들이 반백년이 되도록 만나지도 못하고 편지조차 못하니 이런 비극이 세상에 또 어디 있겠는가.

차순녀가 흐느낀다.

"아버님!~ 아버님! 일어나시오야."

"…"

"그리고 꼭 고향에 가보셔야 함다. 아버님!~"

힘겹게 계속하는 안시현이다.

"은별이 에미야! 우리 집에 시집 와서 고생 많았다. 43호 가족이 얼마나 수모를 받는 일인데. 고마운 생각은 항상 있었다."

"…"

"통일이 되면 내 고향 전라도 남해에 가서 우리 며느리 자랑을 꼭 하려고 했었는데… 이제는 영영 틀렸구나."

차순녀가 울먹인다.

"아닙다. 아버님! 그동안 저를 딸처럼 대해주신 아버님의 그 사랑 너무나 감사했습다. 많이 부족한 제가 좀 더 잘해드리지 못한 자책감만 크게 듭다. 아버님! 눈을 감으시면 안 됩다. 꼭 일어나시오야. 아버님! 우리 함께 남해 바닷가로 가셔야 합다."

안시현이 아무 대답이 없다.

너무 안타까운 안칠성의 마음이 아닐까?

아버지에게 임종의 날까지 따뜻한 이밥(쌀밥) 한 그릇 제대로 못 해드린 자식의 불효함에 머리가 숙여진다. 명절에도 먹어보기 힘든 쌀밥을 배불리 먹어보는 것은 어른들도 소원이다.

어떤 정권이 조선(한)반도를 통치하든 우리 백성들은 무슨 상관이 있단 말인가. 사랑하는 온 가족과 모여서 친·인척 집 방문도 자유롭게 하며 살았으면 얼마나 좋겠는가. 우리는 너무도 불우한 시대에 태어나서 숨 쉬고 있다. 분단과 통일을 저들의 통치목적에 이용하는 북과 남의 통치자들만 좋은 세상을 만난 것이다.

아!~ 아버지들이 살아왔고 우리가 사는 이 세상!… 또 이제 자식들이 살아가는 이 사회에 과연 미래와 희망이 있을까?… 40년 전부터 부모님 계시는 고향으로 가는 희망을 갖고 살았던 아버지, 그 꿈의 고민과 기억을 이제는 여기서 마치려고 한다.

손녀 안은별의 애처로운 울음소리.

"엉엉!~ 할배! 죽지 마!~"

"…"

"할배!~ 어서 일어나."

안시현이 감았던 눈을 서서히 뜬다. 안 씨 가문의 어린 생명인 손녀딸. 세상에 남기는 유산이 바로 후손이 아니겠는가. 자랑스러운 그 후손이 선대조상을 공경하며 따라 배우고 사는 것이 민속풍습이다. 지금의 북과 남이 이념적으로 서로 다른 사회라 할지라도 민족의 풍습은 잘 이어가야 할 것이다. 원했든 원치 않았든 세상에 남겨진 자신의 핏줄들이다. 이 사회서 살아가야 할 후손인 것은 분명하다.

"은별아!… 잘 자라거라."

"네!~ 할아버지."

"그리고 네가 어른이 되어서도 통일이 안 되면 저 아랫동네에 꼭 가봐라. 그래도 그곳이 사람답게 사는 동네란다."

안은별이 눈만 크게 떠 보인다.

당연히 무슨 소린지 모를 것.

대신 안칠성이 고개를 연신 가볍게 끄덕인다. 일상에서 어른들도 은어로 사용하는 남조선을 지칭하는 '아랫동네'라는 소리를 어린 딸이 알 수 없다. 노동당의 입장에서 생각하면 다소 반동소리나 같은데 임종을 앞둔 아버지의 유언이니 필히 수긍하는 것이다.

그리고 그 아랫동네는 바로 은별이 친할아버지 고향이 아니겠는가. 정치이고, 이념이고 떠나서 민족 일원의 순수한 마음에서 보면 아랫동네 남조선이 나쁜 곳은 아니다. 그곳도 분명 우리나라다.

자기 아버지의 고향, 남조선!… 언젠가는 꼭 제대로 알고 싶은 사회다. 노동당의 통제로 그곳을 전혀 알 수는 없어도 마음 한 구석은 늘 궁금하다. 과연 노동당에서 알려주는 대로 남조선이 미제의 식민지이고 못사는 사회일까. 아니다 전혀 아닐 것이다.

안시현이 숨을 몰아쉰다.

"아들아!~ 내 시신은 '버럭 묘지'에 묻지 말아라."

"예? 그게 무슨 말씀임까?"

"얼마 전에 가봤는데 거기는 별로이더라."

"그러면 어디에…"

"꼭 태워 버려라. 한 줌의 재가루가 되어 바람을 타고 저 하늘 높이 날아 그리운 내 고향 남쪽으로 가련다."

"예. 알겠슴다. 아버지!"

"가서 꼭 어머니에게 아들이 왔다고 인사하고 싶다. 그리고 사랑하는 어머니와 하늘나라에서 오래오래 살고 싶다."

"흑흑!~ 아부지!"

"아버님! 흑흑!…"

"엉엉!~ 할아버지!"

안시현이 숨을 멈춘다.

부 록

등장인물

◎ 국군포로

- **안시현** (전남 태생 : 6·13청년탄광 채탄공)

- **고수봉** (인천 태생 : 탄광 자재창고관리원)

- **길승섭** (대구 태생 : 갱도 노동안전원)

- **변구진** (서울 태생 : 탄광 채탄공)

◎ 북한주민

- **김화옥** (안시현 아내 : 주부)

- **안칠성** (안시현 아들 : 탄광 굴진공)

- **차순녀** (안칠성 아내 : 이발사)

- **안은별** (안칠성 딸 : 유치원생)

- **한연실** (고수봉 아내 : 탄광식당 요리사)

- **고설란** (고수봉 딸 : 예술선전대원)

- **전충혁** (고설란 남편 : 인민군 군관)

- **선우명숙** (길승섭 아내 : 시장 상인)

- **길원철** (길승섭 아들 : 탄광 발파공)

- **리향기** (유치원 교양원)

- **송수남** (국군포로 아들 : 탄광 동발공)

332

- 황호재 (탄광 예술선전대장)
- 서복화 (국군포로 딸 : 예술선전대원)
- 박선필 (보위부원)
- 시장단속 안전원
- 연대정치 지도원
- 유치원장
- 보위부 남녀 검열원
- 석탄도둑 부부 · 아들
- 산지기 영감

◎ 소설 배경장소
- 함경북도 은덕군(옛 경흥군)
- 6·13청년탄광 정문 앞 / 기동선전대장 방
- 안시현 집 / 전남 해남마을 / 광주시
- 탄광2호 갱 안 / 아오지 마을 동구길 시냇가
- 탄광지하막장 / 검은금 유치원 / 메뚜기시장
- 보위부 조사실 / 길승섭 집 / 고수봉 집
- 군부대 회관 / 정치지도원 방 / 고설란 집
- 유치원 마당 / 교양실 / 유치원장 방
- 박선필 방 / 변구진 집 / 마을 밤길
- 탄광 경내 규찰대 활동지역 / 버럭 묘지
- 아오지 다리 부근 / 공개총살 현장

막장 수다

초판 1쇄 인쇄 _ 2023년 6월 15일
초판 1쇄 발행 _ 2023년 6월 25일

지은이 _ 림일

펴낸곳 _ 바이북스
펴낸이 _ 윤옥초
편집팀 _ 김태윤
디자인팀 _ 이민영

ISBN _ 979-11-5877-353-3 03810

등록 _ 2005. 7. 12 | 제 313-2005-000148호

서울시 영등포구 선유로49길 23 아이에스비즈타워2차 1005호
편집 02)333-0812 | 마케팅 02)333-9918 | 팩스 02)333-9960
이메일 postmaster@bybooks.co.kr
홈페이지 www.bybooks.co.kr

책값은 뒤표지에 있습니다.

책으로 아름다운 세상을 만듭니다. ― 바이북스

미래를 함께 꿈꿀 작가님의 참신한 아이디어나 원고를 기다립니다.
이메일로 접수한 원고는 검토 후 연락드리겠습니다.